Fantasy

Herausgegeben von Friedel Wahren

Vom **Earthdawn-Zyklus** erschienen in der Reihe
HEYNE SCIENCE FICTION & FANTASY:

1. Chris Kubasik: *Der magische Ring* · 06/5117
2. Chris Kubasik: *Die Stimme der Mutter* · 06/5118
3. Chris Kubasik: *Vergiftete Erinnerungen* · 06/5119
4. Greg Gorden: *Die Prophezeiung* · 06/5120
5. Sam Lewis (Hrsg.): *Der Talisman* · 06/5274
6. Caroline Spector: *Narben* · 06/5317
7. Caroline Spector: *Kleine Schätze* · 06/5318
8. Carl Sargent & Marc Gascoigne: *Schleier des Wahnsinns* · 06/5385
9. Nigel Findley: *Das vergessene Kaer* · 06/5435
10. Allan Varney: *Die Geister, die man ruft* · 06/5507

EARTHDAWN

ALLAN VARNEY

DIE GEISTER, DIE MAN RUFT

Zehnter Roman
des
EARTHDAWN™-Zyklus

Deutsche Erstausgabe

WILHELM HEYNE VERLAG
MÜNCHEN

HEYNE SCIENCE FICTION & FANTASY
Band 06/5507

Titel der Originalausgabe
PIERCING A VEIL
Übersetzung aus dem Amerikanischen von
CHRISTIAN JENTZSCH
Umschlagbild: FASA Corporation

Redaktion: Joern Rauser

Printed in Germany 1998
Umschlaggestaltung: Atelier Ingrid Schütz, München
Technische Betreuung: M. Spinola
Satz: Schaber Satz- und Datentechnik, Wels
Druck und Bindung: Elsnerdruck, Berlin

ISBN 3-453-10973-2

Dieses extrem geradlinige Buch
ist Don Webb gewidmet,
der gern Umwege beschreitet

PROLOG

ZEHN JAHRE ZUVOR

Ich kam an die Stätte meiner Geburt und rief: »Die Freunde meiner Jugend, wo sind sie geblieben?« Und das Echo antwortete: »Wo sind sie geblieben?«

Arabisches Sprichwort

Intrantiveres Scheitern, den Dämon zu beschwören, hinterließ Knochenfragmente und winzige Fetzen Eingeweide auf dem Arenapublikum. Vier Platzwarte beschafften sich den Palankin eines Magistrats und brachten Denson, den heldenhaften Waffenschmied, zu den Heilern. Abgesehen davon schienen alle anderen unverletzt zu sein. Als sie begriffen, daß die Gesellschaft der Grauen Eule nicht nur das Turnier gerettet, sondern die Ankunft eines Dämons in ihrer Mitte verhindert hatte, erhoben sich die Bewohner von Merron von ihren Sitzen und jubelten. Sie applaudierten den noch anwesenden Mitgliedern der Gesellschaft viele Minuten lang, bis die Helden sich würdevoll zurückzogen und zu Delmo gingen, um sich gründlich zu säubern.

Ihr Kampf gegen den bösen Zauberer hatte die Gesellschaft verändert, ihren Tavernenbesitzer aber vollkommen verwandelt. Delmos frühere Arroganz war serviler Höflichkeit gewichen. Er gab ihnen seine besten Zimmer. Er ließ ihnen saubere Laken und parfümierte Seife bringen. Später am Abend servierte er ›Merrons neuen Helden‹ in seinem privaten Eßzimmer seine besten Speisen und ganze Fässer mit Ale und Wein. »Auf Kosten des Hauses«, sagte Delmo schmeichlerisch. »Ich bitte euch nur darum, daß auf den zukünftigen Reisen der Gesellschaft mein bescheidenes Gasthaus Erwähnung findet.«

»Warum nicht?« sagte Wulf. Der Geisterbeschwörer legte einen abgenagten Knackschnabelflügel beiseite. »Wohin gehen wir als nächstes?«

»Getrennte Wege«, sagte Denson, der in diesem Augenblick in der Tür auftauchte. Die anderen musterten ihn verblüfft. Denson sah völlig gesund aus, sogar noch besser als vor dem Kampf. Seine Wunden waren verheilt, ohne Narben zu hinterlassen, seine kräftigen Arme sahen stärker denn je aus, und die berühmten blonden Haare waren lang und glänzend nachgewachsen – wenngleich sie an der Stelle weiß waren, wo Intrantivere ihm den Daumen auf den Schädel gelegt hatte.

Wulf, Han Lun, Grimborn und Boffin starrten ihn an. Wie von einem guten Troubadour nicht anders zu erwarten, fand Boffin die Sprache zuerst wieder. »Nun, ich hoffe, ich komme dem Tod auch so nah wie du, Denson«, sagte er. »Das Verhängnis scheint dir gut zu bekommen.«

»Wunder! Ist großes Wunder!« Han Luns Finger bearbeiteten seine Onyxperlen in der Meditationsstruktur des Erhabenen Glücks.

Zur Abwechslung schien es Grimborn gleich zu sein, ob ihn jemand lachen sah. »Schön, daß wir uns begegnet sind, Schildmacher! Diese Worte sagte ich im Servos-Dschungel zu dir. Laß sie mich jetzt noch einmal mit Freuden wiederholen!«

Wulfs erstaunter Blick wanderte zwischen Denson und Grimborn hin und her. »Ich habe dich noch nie so viele Worte hintereinander sagen hören.«

Der Zwerg lächelte. »Alle paar Jahre entspanne ich mich einmal.«

»Was ist Grund für Wunder, Denson-*gen?*« fragte Han Lun. »Warum du so schnell geheilt?«

»Das liegt an der zärtlichen, aufmerksamen Fürsorge.« Denson griff hinter sich und zog eine schlanke junge Frau in den Raum. Sie trug die weißen Gewänder der Heilerin, ein Questor Garlens. Ihr Haar leuchtete in strahlendem Blond. Es hatte denselben Farbton wie das von Denson. Mit eulengrauen Augen sah sie liebevoll zu ihm auf. Denson sagte: »Das ist Layla.«

Alle nickten höflich. Wulf flüsterte Boffin zu: »Ich schwöre, der Mann könnte auch noch in einem Vulkan weibliche Gesellschaft finden.«

Die violetten Augen des Troubadours weiteten sich. »Bring ihn nicht auf dumme Gedanken!«

»Das habe ich gehört«, sagte Denson. Er und seine neue Freundin gesellten sich zu den anderen an den Tisch. »Ihr braucht mir nicht länger in einen Vulkan oder in andere Gefahren zu folgen. Ich löse die Gesellschaft auf.«

Bestürztes Schweigen.

»Wir haben alle gewußt, daß dieser Tag einmal kommen würde«, fuhr der Waffenschmied fort. »Ich habe meine alten Rechnungen beglichen, so daß mir nichts mehr zu beweisen bleibt. Ich habe vor, nach Märkteburg zurückzukehren – vielleicht wird Layla mich begleiten. Grimborn, ich glaube, du hast dort noch ein paar Dinge zu erledigen?«

Das Lächeln des Bogenschützen wurde sehr dünn. »Ein paar Ziele, die es zu treffen gilt.«

»Komm mit uns. Aber wir wissen alle, daß Wulf weiter nach Süden ziehen muß. Alban ist Magistrat geworden, also werden er und Padia gewiß hier in Merron bleiben. Han Lun, hast du schon Pläne gemacht?«

Die Finger des Zauberers huschten unruhig über seine Perlenkette. »Gehe zurück nach Cathay. Muß Medizin finden, muß Dorf retten.«

Boffin verzog das Gesicht. »Aber – ich dachte, du hättest die Kräuter verloren, nachdem der Ghul deine Robe zerrissen hat ...« Als sein Blick auf den Saum von Han Luns schwarzer Robe fiel, hielt er verblüfft inne. Dann: »Geflickt! Wo, um alles in der Welt, hast du die Zeit gefunden, deine Robe zu nähen?«

»Ich sie nicht geflickt. Robe sich selbst geflickt. Robe lebt, wie du, wie ich.«

Boffin rutschte zum Rand der Bank. »Eine lebende Robe. Na schön. Ich, tja, hätte nie – ach, was soll's. Also hast du diese Kräuter nie verloren?«

»Doch, habe Kräuter verloren. Aber ist klein wenig von Kräutern im Futter geblieben. Robe hat Rest benutzt und neue Pflanzen daraus wachsen lassen.«

»Ach so, die *Robe* läßt Pflanzen wachsen, ja? Sag jetzt nicht, daß sie auch Witze erzählt und die Laute spielt, sonst verbrenne ich sie, um die Konkurrenz loszuwerden.«

Jetzt runzelte Wulf die Stirn. »Wenn die Robe sich selbst flickt, warum stickst du dann jeden Morgen daran herum.«

»O ja, sticken.« Han Lun nickte. »Meditation.«

Boffin gab würgende Laute von sich. »Meditation, bäähh! Du klingst wie Alban. In all der Zeit, die ihr zwei mit Herumsitzen und Nichtstun verschwendet, könnte ich etwas Nützliches tun, wie – naja – schon gut, die Vorstellung, nützlich zu sein, entsetzt mich.«

Layla fragte ihn: »Seid Ihr der Troubadour, der dieses Lied über Intrantiveres entzündete Füße gedichtet hat? Ich hörte, wie es die Bootsleute in den Docks sangen. Alle haben ganz laut gelacht! Habt Ihr noch mehr erfunden?«

Boffin lächelte strahlend. Wulf verdrehte die Augen und murmelte: »Bitte, jemand möge ihm Einhalt gebieten.«

Doch niemand tat es, und Boffin erhob sich. »Nun,

wie es der Zufall will, habe ich soeben etwas Neues über Intrantiveres Handlanger komponiert, einen erbärmlichen Ork namens Vilph. Ich habe es heute während des Turniers gesungen, und den Magistraten hat es so gut gefallen, daß sie mir hier eine Stellung angeboten haben.« Er räusperte sich. »Ich nenne das Lied ›Der Kleine Vilph bekleckert sich die Robe‹, und es geht etwa so …«

Grimborn unterbrach ihn spitz. »Da wir gerade von Vilph reden, haben Padia und Alban ihn nicht verfolgt?«

Denson griff nach einer Flasche Feuerscheinwein. »Ich sandte sie ihm nach, als ich hörte, daß er etwas im Luftschiffhafen vorhat. Wann sind sie zurückgekommen?«

»Ich habe sie nicht gesehen.« – »Nicht gesehen.« – »Wahrscheinlich haben sie sich irgendwo verkrochen und schmusen miteinander.«

Densons Augen blitzten. »Ich habe ihnen gesagt, sie sollen uns hier vor Mitternacht treffen! Sie sind während meiner Abwesenheit doch nicht gekommen?«

Alle Gesichter nahmen einen Ausdruck der Furcht an.

»Nun hört schon auf«, sagte Boffin in die Stille hinein. »Das war doch nur Vilph, der Illusionist. Sogar ich habe gegen ihn gekämpft. Er könnte keine Katze besiegen.«

Sie starrten einander an, wobei ihnen der hohle Klang seiner Worte auffiel. Dann sprangen alle wie ein Mann auf und stürmten aus dem Eßzimmer.

Im Vorraum blieben sie wie angewurzelt stehen. Padia Villandry stand vor ihnen, Alban Peyl auf den Armen. Sie sah unverletzt aus, obwohl ihre langen Haare verfilzt waren. Albans hagerer Körper war von Kopf bis Fuß mit Schlamm bedeckt, und sein dichtes schwarzes Haar schien blutverkrustet. Als Padia näher kam, sahen die anderen, was mit Alban geschehen war, und sie wichen zurück.

Padia sagte matt: »Er lebt noch. Er braucht einen Heiler. Vilph ist entkommen.« Als sie ihr Alban abnahmen, sank sie zusammen und setzte sich auf den Boden. Sie starrte ins Leere, und die Falten ihrer braunen Robe umgaben sie wie ein welkes Blatt.

Teil Eins

HEIMSUCHUNG

Das letzte Wissen um die Wirklichkeit in bezug auf das Begreifen meines eigenen Daseins überkam mich [...] In diesem Augenblick wurden meinem Herzen die folgenden Verse enthüllt, die ohne mein Wissen und Zutun über meine Lippen kamen:

Ich wußte nicht, daß diese Leiche etwas anderes war als Wasser und Staub;
Ich kenne nicht die Kräfte des Herzens, der Seele und des Körpers.
Welch Unglück, daß diese Zeit meines Lebens ohne dich verstrich!
Du warst ich, und ich wußte es nicht.
– Tevekkul-Beg, Schüler des moslemischen Mystikers Molla-Shah

1

Albans Arm

Alban Peyl verlor seinen rechten Arm bei einem Kampf kurz nach seiner Ankunft in Merron. Zehn Jahre später, während des Chaos' der Heimsuchung, kehrte der Arm zurück.

Zehn Tage lang war der Regen auf die Stadt niedergeprasselt und hatte den Byrose anschwellen lassen, bis er über die Dämme getreten war. Der Fluß überschwemmte zuerst das Acker- und Weideland im Süden und trieb dabei eine stinkende Last nordwärts zum Flachland an die Westküste: tote Schweine und Ziegen, Wagenräder und die Splitter von Getreidesilos. Die Alten Familien ritten von ihren Kuppelanwesen im Stadtteil Altstadt herab und sahen die Trümmer vorbeitreiben. Am Ostende – dem richtigen Ende – der Schwalbenschwanzbrücke schlugen Bedienstete zwei befestigte Zelte aus wasserfester Leinwand auf, eines für die Reichen, das andere für deren Pferde. Dann warteten die Bediensteten im strömenden Regen, während ihre Herren sich niederließen und Weizenbrötchen mit Aprikosenkäse aßen. Während der Donner grollte und der Fluß kaum eine Armeslänge unter ihnen vorbeirauschte, plauderten die Gründerfamilien müßig miteinander. Bald waren sie ihres eigenen Geschwätzes überdrüssig und blickten über die Holzbrücke zum Stadtteil Zweipfennig, wo Familien mit weniger Ansehen über den reißenden Fluten auf schrägen Hausdächern hockten.

Boote der T'skrang trieben kieloben über den untergetauchten Docks des Stadtteils Hanfseil, durch ihre kurzen Schlepptaue halb versenkt. Sie boten ihre Namen den Wolken dar: *Niokus Bug, Handelsprinzessin, Chorrolis' Freund.* Wasser strömte graubraun in die Häuser des Stadtteils Schulenburg. Zauberlehrlinge unterbrachen ihr Gespräch über Zaubermatrizen, um Grimoire in die oberen Stockwerke von Schulen und Teehäusern zu schleppen. Ein Student versicherte den anderen, das Flußwasser könne den hiesigen Tee nur verbessern, aber niemand lachte. In Kürze mochten die Häuser der Kaufleute im Stadtteil Schlußstein fallen, und wer blieb dann noch den Magistraten auf dem Hohen Hügel zu regieren übrig? Merron, Barsaives Juwel, die Stadt Der Tausend Herzen, seit Jahrhunderten meine Heimat, würde noch vor Sonnenaufgang in den Fluten versinken.

Sogar im Stadtteil Nachtschatten war alles ruhig. Seine schwarzen Schindelhäuser waren geschlossen, die gewundenen Gassen noch trocken, aber leer. Nachtschatten lag im Regenschatten des Westendes der Schwalbenschwanzbrücke, nördlich von Zweipfennig und einen Palankinritt für ein halbes Silberstück von Altstadt entfernt jenseits der Brücke. Doch jetzt überquerte niemand den Fluß, um nach Nachtschatten zu gehen. Der Regen hatte Altstadts Verlangen nach Würfelspielen, Troubadouren, Erotomanen, Blendstaub und Sühneveranstaltungen in den Geißlungssalons ertränkt.

Außerdem hatte der Regen Nachtschattens Flußufer aufgeweicht, und doch wimmelte es von Namensgebern, da jede Rasse hektisch arbeitete, um seine Enklave zu schützen. Neben der Irrenanstalt Antimer im Menschenviertel stapelten fünf starke Männer mit Sand gefüllte Jutesäcke am Flußufer. Hier hatte der Fluß die Flutmarke weit überschritten und war bis fast an den Rand des Sandwalls angestiegen.

Ein Regentropfen fiel auf Alban Peyls Immerreinen Mantel, perlte von seinem goldenen Brokatstoff ab und fiel herunter. »Mehr, Roodville! Mehr Säcke!« rief er aus dem Hintereingang der Irrenanstalt. »Wenn ich zurückkomme, muß noch eine Lage Säcke für den Wall fertig sein, sonst, bei Mynbruje, hole ich Euch, bevor es der Fluß tut!«

»Herr! Sofort, Herr!« Am Ufer salutierte ein hochgewachsener, kantiger Mann. Er drehte sich um und schrie eine Gruppe von Pflegerinnen an, die erschöpft auf einem Stapel Jute lagen. Dabei wedelte er mit einem langen Messingrohr, das in eine Onxyspitze auslief, einer Stachelrute. Regentropfen, die auf die Spitze der Stachelrute fielen, verdampften zischend. Die Frauen nahmen ängstlich ihre Schaufeln auf und machten sich wieder daran, Säcke zu füllen.

»Ermuntert die Männer auf den Sandwällen ebenfalls, Roodville!«

»Sehr gut, Herr!« Die Stachelrute blitzte auf, ein Arbeiter stieß einen Schrei aus, und alle verstanden sofort viel besser, wie Merron seine Arbeiter ›ermunterte‹.

»Ausgezeichnet.« Für den Augenblick zufrieden, zog Alban sich in den Eingang zurück. Über seinem kastanienbraunen Wams trug er die gelbe Schärpe, die ehemaligen Magistraten vorbehalten war, und er war froh, daß sie noch immer einiges Gewicht trug. Tatsächlich lastete auf der Schärpe mehr Gewicht, als ihm lieb war. Eine dicke Speckrolle quoll ebenso darüber, wie das Fett seiner Oberschenkel die Beine seiner schwarzen Hose ausbeulte. Seine Wangen wurden mit jedem Jahr feister, und seine Stirn drängte seine glatten schwarzen Haare immer mehr zurück, so daß Alban Peyl ein sich beständig wandelndes Muster aus Wölbungen und Grenzlinien bot.

Nichtsdestoweniger hatte er mit achtunddreißig Jahren den durchdringenden Blick, der alternden Männern zu eigen war. Er konnte sich in einem Spiegel betrachten und unter einem Jahrzehnt der Fettpolster noch den jungen Kriegeradepten erkennen. Dann dachte er immer noch: *Abgesehen von dem Arm ein im Grunde ordentliches, reizvolles Äußeres.*

Ein kalter, heulender Wind fegte zwischen dem gewölbten Mittelpfeiler der Schwalbenschwanzbrücke und dem wogenden Byrose hindurch und über den Sandwall. Er raste durch die Tür und in den Hermelinaufschlag von Albans leerem rechten Ärmel, um eine Gänsehaut auf dessen haarloser Brust zu erzeugen. Schaudernd eilte er in das dunkle, stickige Irrenhaus.

Aufseher Ennis Roodville folgte Alban eiligst. Mit seiner triefenden Baumwolljacke, der braunen Hose, den unordentlichen blonden Haaren und dem teigigen Gesicht bildete der junge Roodville in jeder Beziehung einen Gegensatz zu Alban. Seite an Seite sahen der dürre Aufseher und der feiste Kaufmann wie ein Kreis neben einer Linie aus. Beide blickten sich alle paar Schritte um, als befürchteten sie, der Fluß könne ohne Warnung über den Wall schwappen und sie davonschwemmen.

Keiner von den Insassen kümmerte sich um den Fluß. In ihren Lumpen zitternd, hockten sie in Holzpferchen, die Männer links, Frauen und Kinder rechts. Die meisten starrten ins Leere, als die beiden Männer vorbeigingen. Andere brabbelten ›Ameisen Ameisen Ameisen‹ oder ›Wo ist meine Alachia?‹ Eine Frau kreischte wie ein Papagei, da sie sich immer wieder eine Nadel aus Knochen in eiternde Geschwüre an ihren Knöcheln stach.

Roodville, der die lauteren Patienten mit seiner Stachelrute bedrohte, redete leise und schnell. »Was das Füllen der Säcke betrifft, Herr, so läuft jetzt alles reibungslos. Die Verzögerung tut mir aufrichtig leid, und ich muß mich bei Euch bedanken, daß Ihr die Bummler ermuntert habt.«

»Aufrichtig leid wird es Euch erst tun, wenn die Flut meine ganze Ware ruiniert.« Albans laute Stimme hallte in dem höhlenartigen Raum. Er betrat den Pferch für die Männer und ließ rasch die Haufen schmutzigen Strohs hinter sich, um zu den hölzernen Packtischen an einer Wand zu eilen, wo stapelweise Kisten standen, die für Märkteburg bestimmt waren. »Wenn wir diese zusätzlichen Kisten, die Ihr so sorgfältig gepackt habt, nicht retten können, wird uns der Verlust doppelt schwer treffen.«

Üblicherweise faszinierte Ennis Roodville Gerede über schwere Treffer. Im Bereich der Finanzen zog er jedoch friedliches Wachstum vor.

»Genau, Herr, Ihr habt in der Tat vollkommen recht. Ich dachte nur, da wir angesichts des Verlusts der Flußboote und Luftschiffe ein paar Tage auf die Karawane warten müssen, könnte ich aus untätigen Händen sozusagen emsige Hände machen.«

»In der Tat.« Das Stöhnen in dem großen Raum bestätigte Albans Auffassung eines müßigen Lebens in der Antimer-Irrenanstalt. Zumindest würde die Flut diese armen Teufel von ihrem Elend erlösen, dachte er, um den Gedanken dann jedoch zu verdrängen. Wo konnte er so billig neue Packer finden?

»Vielleicht ist Euch nie die Idee gekommen, Roodville«, fuhr Alban fort, »daß diese neue Ware, die Ihr zum Verpacken habt herbringen lassen, zuvor trocken und sicher in meinem Lagerhaus in Altstadt gestapelt lag. Jetzt habe ich so viele Kisten, daß ich zusätzliche Packtiere mieten muß, wenn ich bei diesem Wetter welche finde, immer vorausgesetzt, der Fluß nimmt Abstand davon, uns heute nacht hier einen Besuch abzustatten, und jeder Tag Verspätung kostet mich laut Vertrag mit Tinka Vodromian in Märkteburg 1400 Silberstücke!«

»Ah, ach so«, begann Roodville und schluckte dann. Als ihm klar wurde, daß er nicht ›Herr‹ gesagt hatte, bellte er es heraus, ein explosiver Laut, der wie ein

Rülpsen durch das Irrenhaus hallte. Er fügte lahm hinzu: »Ich hoffe, die Karawane trifft bald ein.«

Regen hämmerte auf das Holzdach, und Blitze zuckten am Himmel. Alban sagte: »Unwahrscheinlich. Wir müssen Vorkehrungen treffen, um die Kisten wegschaffen zu können, bevor hier alles von der Flut überschwemmt wird.«

»Vierzehnhundert pro Tag!« Roodville fand das unbeschreiblich aufregend. »Was könnte ich alles mit vierzehnhundert anfangen! Die Anstalt hier bringt mir ein Almosen, Herr: fünf Kupferstücke und sieben Zehntel pro Insasse pro Tag aus dem Fundus des Rates mal einhundertzweiundvierzig Insassen gegenwärtig, und ich sehe nicht, wie ich noch mehr unterbringen könnte.«

»Es sei denn, Ihr laßt ein paar unter die Deckenbalken treiben.« Alban warf einen vielsagenden Blick auf den Fluß, doch Roodville ging nicht darauf ein.

»Nett ausgedrückt, Herr, wie Ihr das gesagt habt. Also bekommen wir insgesamt achtzig Silber und neun Kupfer pro Tag, sagen wir einundachtzig Silberstücke. Das macht pro Jahr neunundzwanzigtausendzweihundert brutto. Ziemlich üppig, könnte man meinen, Herr, bis Ihr die traurige Geschichte meiner laufenden Unkosten hört. Essen, fünf Kupferstücke pro Insasse pro Tag und mehr, wenn die Weizenernte schlecht ausfällt. Steuern auf das Gebäude, ruinöse ein und ein Zehntel pro hundert bei einer kraß übertriebenen Wertveranschlagung von zwölftausendneunhundert Silberstücken. Einhundertzweiundvierzig Silberstücke wandern jedes Jahr in die Taschen der vollgesogenen Steuereinnehmer des Rates, mögen die Dämonen ihre Augäpfel fressen! Hinzu kommen Reparaturen, Löhne, das Ausleihen der Arbeiter, meine Stachelrute …«

»Glaubt Ihr, einige dieser Arbeiter könnten damit beginnen, meine Kisten wegzuschaffen, Roodville. Der Pegel des Flusses steigt beständig.«

Der Aufseher hielt inne. »O ja, Herr. Nun, eigentlich ist es gerade jetzt ziemlich schwierig, jemanden zu erübrigen – das heißt …«

Ein aufgeregtes Heulen nicht weit entfernt erschreckte beide Männer. Ein ausgemergelter Mann wedelte mit seinen knochigen Armen über den Füßen eines anderen Insassen. Der Mann lag nackt und zusammengekrümmt auf dem Boden, und auf seiner Haut bewegten sich dünne Linien.

»Er ist mit Ameisen bedeckt! Ameisen!« Dichte Reihen der Insekten marschierten über Rücken und Oberschenkel des bewußtlosen Insassen. Alban hatte das Kreischen des knochigen Mannes für Angst gehalten, doch als andere Insassen hinzugeeilt kamen, erkannte er mit Abscheu, daß der Ruf etwas anderes zu bedeuten hatte. Ausgehungerte Männer griffen nach den Ameisen und stopften sie sich in den Mund.

Während Alban entsetzt wegsah, nickte Roodville beifällig ob dieser von Unternehmergeist zeugenden Sparsamkeit. Eine Pflegerin kam aus den dunklen Tiefen des Irrenhauses gelaufen. Dabei warf ihr Leuchtjuwelanhänger wilde Schatten auf die Ziegelmauern.

»Ach, meine Herren, wir wollen uns doch nicht den Appetit auf das Abendbrot verderben, oder?« Heiser vor Erschöpfung scheuchte sie die hungrigen Insassen davon und beugte sich über den Fremden. Er hatte sich nicht bewegt.

Roodville spitzte die Lippen. »Witwe Decrevi, soll ich den Leichenbestatter rufen?« Dann murmelte er Alban zu: »Ich habe eine Vereinbarung mit dem Leichenbestatter getroffen.«

Die Pflegerin, Filantha Decrevi, sah Roodville über die Schulter hinweg an. In ihrem Tonfall lag Verachtung. »Ich bin sicher, der Leichenbestatter ist heute zu beschäftigt, so gelegen manchem der Tod dieses Mannes auch kommen mag.«

»Decrevi, Ihr seid zu fix mit Eurer Zunge!« Roodville hob seine Stachelrute, doch Alban hielt seinen Arm fest.

»Ich meinte den Leichenbestatter, Herr«, sagte die Pflegerin unschuldig. Sie wischte rasch die Ameisen weg. »Wem sollte der Tod dieses armen Mannes sonst gelegen kommen?«

Zunächst einmal den meisten Bewohnern von Altstadt, dachte Alban. Merrons herrschende Klasse sah in dem Irrenhaus ein Ärgernis, das den Fundus des Rates belastete. Immerhin hielt es die Verrückten davon ab, die Ordnung in der Stadt zu stören. »Wird er bald sterben?« fragte er.

»Wenn die Passionen nicht einschreiten«, sagte die Schwester. »Ich habe es schon zu oft gesehen, sogar in meiner eigenen Familie. Sein Geist weilt nicht mehr bei uns.«

»Laßt den Leichenbestatter rufen und kümmert Euch darum, daß diese Kisten weggeschafft werden«, sagte Alban zu Roodville. Während der Aufseher sich auf die Suche nach einem Boten machte, betrachtete Alban Filantha Decrevi eingehend von oben bis unten. Bei seinen bisherigen Besuchen in dem Irrenhaus war ihm diese Pflegerin noch nicht begegnet. Ihre Stimme klang sehr jung für eine Witwe. Sie war klein und stämmig, trug die vollen braunen Haare in einem Knoten und hatte dünne Hände. Sie kniete mit dem Rücken zu ihm neben dem Bewußtlosen, und das Licht ihres Amuletts ließ ihre Umrisse scharf hervortreten. »So etwas ist schon in Eurer Familie vorgekommen?« fragte er Filantha.

Während sie sich um den sterbenden Fremden kümmerte, sprach Filantha mit sonderbar fröhlicher Stimme. »Herr, so viele Mitglieder meiner Familie sind bereits gestorben, daß es ein Versehen sein muß, daß ich noch atme. Meine Mutter starb, als ich sieben war und die Fähre zwischen Zweipfennig und der Polsterfabrik in

Schlußstein kenterte. Drei Jahre später folgte ihr mein Vater. Er durchstach sich den Finger mit einer Lederahle, denn er war Schuster. Die Wunde entzündete sich schlimm. Er starb am Fieber, bevor der Ladenbesitzer es für richtig hielt, nach einem Heiler zu schicken.«

»Tatsächlich.« Alban kannte die Besitzer der handwerklichen Geschäfte in Merron. Die Hälfte von ihnen würde den eigenen Vater verbluten lassen, wenn sie dadurch zehn Silberstücke sparen konnten.

»Danach habe ich meine beiden Brüder und meine Schwester aufgezogen«, fuhr sie fort. »Nat und Devin sind beide vor fünf Jahren am Fleckfieber gestorben. Keeta hat geheiratet und starb im Kindbett. Ihre kleine Tochter, meine Nichte, starb ebenfalls, noch vor der Namensgebung. Traurig, nicht wahr?«

Dann sah Alban Filanthas Gesicht, das von dem leuchtenden Kristall von unten beleuchtet wurde. *Sehr traurig*, dachte er. Wenngleich ihr Gesicht klar und faltenlos war, wies es eine spitze, vorspringende Nase, ein gleichermaßen spitzes Kinn und hohle Wangen unter hohen Wangenknochen auf. Ein altes Weib, das noch jung war. Sie sah auf und lächelte: Zahn, Lücke, Zahn, Zahn, Lücke. Alban erwiderte das Lächeln diplomatisch.

»Everard«, fuhr sie fort. »Er war der beste Mann, den man sich vorstellen kann, als wir heirateten. Everard hat hier gearbeitet, bis er aufs Dach stieg, um die Schindeln auszubessern, und ausglitt. Den Fall hat er überlebt, aber danach konnte er nicht mehr sprechen und nicht mehr laufen. Ich habe ihn zweiundfünfzig Tage lang gepflegt, und dann sah ich eines Tages das Licht aus Everards Augen weichen wie bei diesem armen Burschen hier. Kurz darauf ist er gestorben.

Das ist jetzt drei Jahre her. Wißt Ihr, die Schindeln sind seitdem noch immer nicht ausgebessert worden.«

Ihr Tonfall war bis auf ein leichtes Beben bei den letzten Worten die ganze Zeit über von einer heiteren Gelassenheit erfüllt gewesen. Alban erwog eine höfliche Antwort. *Schön, daß Ihr das so gut überstanden habt.* Nein. *Wie nett, daß Ihr Euch an einer Tragödie erfreuen könnt.* Nein, sie klang nicht erfreut, sondern gelassen. Schließlich fragte er sie ganz offen. »Wie kommt es, daß Ihr so gefaßt seid?«

»Es ist ein wenig pietätlos, nicht wahr, Herr?« Sie lächelte wieder. »Ich glaube, ich sollte mir die Haare ausreißen oder mich zusammenkrümmen wie dieser arme Fremde. Jedenfalls habe ich das immer getan, wenn einer meiner Verwandten starb, bei jedem einzelnen, manchmal mehrere Monde lang. Aber ich hielt es nicht lange aus, Herr, das widerspricht meinem Wesen. Ich sah dann einen Sonnenuntergang über dem Byrose oder hörte ein Kind lachen oder nahm einfach nur einen tiefen Atemzug. Es liegt darin solch eine Magie, nur zu leben, oder etwa nicht? Seht her, er hat jetzt nicht mehr lange.«

Sie wiegte den Fremden in den Armen. Sein Atem kam jetzt abgehackt und stoßweise, und seine Augen waren glasig. Seine Lippen zitterten, als wolle er mit aller Macht noch etwas sagen. Alban sah zum erstenmal das Gesicht des Fremden und verspürte einen Schock des Wiedererkennens. Dann sah er ein Zeichen auf der Stirn des Mannes, und Verwirrung umnebelte seinen Verstand. Ich wünschte, ich hätte ihn warnen können. Ich hatte große Schwierigkeiten, seinen einander widersprechenden Gedanken zu folgen. Nein, Alban sah kein Zeichen. Ein Teil von Albans Verstand überzeugte den anderen, daß er diesen Mann noch nie zuvor gesehen hatte. Dennoch, der Nasenrücken *(du hast ihn noch nie zuvor gesehen)* und die Kinnlinie *(du kennst ihn nicht)* – Alban blinzelte und schüttelte den Kopf. Das Haar sah aus wie – die Nase, die Ohren, sie hatten einen gewissen ...

»Lächerlich!« Alban redete zu laut, und Filantha sah erschreckt auf. Alban suchte nach Worten. Schließlich sagte er mürrisch: »Ich kenne ihn nicht.«

»Oh. Nun, niemand scheint ihn zu kennen, Herr. Die Wache hat ihn letzte Nacht auf dem Hohen Hügel gefunden, nackt, wie Ihr ihn jetzt vor Euch seht. Niemand weiß, wer er ist und wie er in diese Lage geriet. Ich selbst kann auch nicht erkennen, warum er stirbt. Vielleicht hat es etwas mit der Heimsuchung zu tun.« Beide blickten auf den rauschenden Fluß. Donner grollte über der Stadt.

Der Aufseher kehrte zurück, und Alban nutzte die Gelegenheit, um sich von dem Fremden zu entfernen. Alban hatte den Mann noch nie zuvor gesehen. Jetzt, da er den Mann nicht mehr vor sich sah, konnte er sich nicht einmal mehr an das Gesicht erinnern. Dennoch kam er ihm auf eine merkwürdige Weise bekannt vor. Er zwang seine Gedanken in andere Bahnen. »Diese Witwe Decrevi scheint gut genug zu sein«, murmelte er Roodville zu.

»Mit Verlaub, Herr, sie stellt ein weiteres Hindernis für ein gewinnbringendes Unternehmen dar, daran besteht kein Zweifel. Sie kostet mich zwei Silberstücke pro Tag, und dafür bekomme ich einen halben Tag lang Widerworte und freche Antworten. Siebenhundertdreißig Silberstücke im Jahr, so, wie Ihr sie dort seht, und ich habe noch drei weitere solcher Pflegerinnen! Sie kosten nicht ganz so viel und haben nicht annähernd ihr Schandmaul, aber die Insassen geraten bei jedem anderen als Decrevi außer sich, könnte man sagen. Zudem mußte ich ihr noch das Leuchtjuwel kaufen, weil sie ständig gejammert hat, ›es ist zu dunkel hier‹. Fünfundsiebzig Silberstücke, aber meine Güte, schließlich ist es nur Geld, nicht wahr?«

Abgesehen von den lächerlich geringen Summen, um die es ging, konnte Alban sich nicht vorstellen, was ihn an Roodvilles Gerede so beunruhigte. Wenn es um sein eigenes Unternehmen ging, gab Alban routinemäßig dieselben Floskeln von sich. Warum dieses Unbehagen? Hatte der sterbende Fremde Alban irgendwie an eine frühere Zeit erinnert, an seine jungen Jahre in der Krieger-Disziplin?

Idiot! Du kennst den Mann nicht. Alban wechselte das Thema. »Ameisen, Roodville. Wenn dieser arme Kerl voller Ameisen war, sind sie vielleicht auch in mein Lager eingedrungen. Wir können befallene Kisten zurücklassen, wenn wir den Rest verlegen. Holt ein Brecheisen.«

Sie überließen Filantha ihrer Totenwache und machten sich daran, die Kisten zu öffnen. Donnerschläge übertönten den Krach, da Roodville eine Kiste nach der anderen aufstemmte. Durch das Kreischen angeregt, das zur Abwechslung einmal nicht auf den Einsatz der Stachelrute zurückzuführen war, fand Roodville Gefallen an der Arbeit.

»Pro Tag Verspätung vierzehnhundert!« murmelte er bei der Arbeit vor sich hin. »Hier geht es wirklich um Geld, Roodville.«

Alban sah die Arbeit Hunderter Handwerker, Alchemisten und unbedeutenderer Adepten gründlich durch, fand aber keine Ameisen. Das Astendar und andere Gewürze der T'skrang in ihren Sandelholzkästchen, die Immervollen Krüge mit Süßigkeiten, Augenglanz-Pilze, prismatische Weinkrüge, Senfkörner, Liebestränke, Heiltränke und Stärkungsmittel, alles erwies sich als unversehrt. Auch solche Delikatessen wie Espagraknochen in Gelee und der kandierte Konfekt schienen unangetastet. Alban machte sich nicht die Mühe, die Heißen Töpfe zu überprüfen, die Essen erwärmten, wenn der Besitzer das auf den Topf gemalte Wort sprach, auch nicht die Rundumspiegel, Feueranzünder und Panflöten der hundert Melodien. »Alles sieht gut aus«, sagte er zu

Roodville. »Nagelt sie wieder zu. Wo sind die Arbeiter, um sie in Sicherheit zu bringen?«

»Wir können sie jetzt nicht vom Wall abziehen, Herr, wirklich nicht. Sie tun, was sie können, um den Fluß einzudämmen.« Zwei stämmige Insassen machten sich daran, die Kisten wieder zu packen. Ein letzter Funke Zurückhaltung ließ Roodville davon absehen, von Alban für jede wieder geöffnete Kiste die doppelte Vergütung von vier Kupferstücken zu verlangen.

»Na schön.« Alban seufzte. Er betrachtete die Kisten mit einiger Enttäuschung. In diesen Waren steckte der größte Teil seines Vermögens. Als er die Insassen Antimers so billig gemietet hatte, um seine Kisten zu packen, hatte er von einem riesigen Profit geträumt, genug um die ganze Anstalt zweimal kaufen zu können, falls es ihn danach gelüstete. Jetzt, viele Tage später, hoffte er nur noch, seine Ware aus Merron wegschaffen zu können.

»Vielleicht kennt Ihr einen anderen Kaufmann«, sagte er, »der mit dieser, wie Ihr es nennt, beeindruckenden Investition größere Katastrophen erlebt hat als ich.«

»Gar nicht, Herr, nein.«

»Dann kennt Ihr also niemanden, der die Verschickung seiner Ware auf einem Flußboot der T'skrang zu einem Spottpreis in Auftrag gegeben hat? Und dann miterleben mußte, wie zwölf Tage vor dem Transportdatum jedes Schiff in der Stadt kenterte, sank oder explodierte?«

»Die meisten Leute, die ich kenne, Herr, glauben, daß die Heimsuchung genau da begonnen hat.«

»Wißt Ihr von anderen Kaufleuten, die zum Luftschiffhafen geeilt sind, um auf dem nächsten Drakkar nach Throal Frachtraum zu überhöhten Preisen zu kaufen? Und dann miterleben mußten, wie katastrophale Stürme jedes Luftschiff zwangen, die Stadt leer zu verlassen und zum sicheren Hafen in Urupa zu fliegen? Wißt Ihr von einem ähnlichen Fall?«

»Pech und doppeltes Pech, wie man so sagt, Herr.«

»Ich habe dreifaches und vierfaches Pech mit der Karawane erlebt, die ich zu einem aberwitzigen Preis gemietet hatte. Zehn Tage Regen bisher, und von meiner Karawane ist nichts zu sehen, richtig?«

»Wahrscheinlich liegt sie irgendwo flußaufwärts fest, Herr.«

»*Wahrscheinlich* weiß man dort, daß irgend etwas oder irgend jemand diese Stadt verflucht hat! Giftige Rauchschwaden in den Magieschulen. Pflastersteine, die weich werden und Wagenräder festhalten. Alle Bewohner einer Straße vergessen, wie man spricht. Und jetzt sind wir nur noch eine Stunde von einer Überschwemmung entfernt.«

»Eher eine halbe«, ertönte eine Stimme aus dem Vordereingang.

Einen Augenblick lang fragte Alban sich, ob der Sturm selbst Gestalt angenommen hatte. Der gewaltige Mann in der Tür hatte wirre schwarze Haare, und ein Windstoß zerzauste seinen langen schwarzen Bart. Auf seine meerblaue Robe waren mit leuchtend weißem Faden Blitze gestickt. In seiner weißen Schärpe, die mit Brombeerblüten und gelbem Fingerkraut behangen war, steckten Glasphiolen mit Stopfen aus Wachs und Folie. Zwischen den Stopfen sprangen Funken hin und her.

Obwohl er aus dem Regen kam, sah der Adept trocken aus. Seine Stimme klang wie Donnergrollen. »Bald wird der Regen noch heftiger fallen. In einer halben Stunde wird der Fluß weit über jede Barriere gestiegen sein, die Ihr bauen könnt.«

Sprachlos starrten Alban und Roodville dem Adepten in die meerblauen Augen. Sie sahen Überzeugung darin. Sie sahen seine dicken Lippen, blaß wie Sandstein und zu einer Miene der Entschlossenheit gespitzt. Sie hörten seine Stimme, und sie glaubten ihm.

»In einer Stunde wird hier jeder schwimmen«, fuhr

der Zauberer fort. Er hob eine Hand, die mit vielen Ringen geschmückt war. »Evakuiert die Verrückten auf höheres Gelände auf der anderen Seite der Brücke.«

»Herr«, begann Roodville mit zitternder Stimme, doch Alban unterbrach ihn. Er schob seinen Umhang beiseite, um seine gelbe Schärpe zu zeigen. »Herr Elementarist, ich werde über Euer Ansinnen nachdenken. Aber zuerst stellt Euch vor. Und als nächstes muß ich Euch rekrutieren, um die Flutwälle hinter dieser Anstalt zu befestigen. Wir haben nur wenig Zeit.«

»Man nennt mich Britham Boyhan«, sagte der Elementarist ungerührt. »Bevor Ihr Euch Sorgen um Eure dem Untergang geweihten Wälle macht, Landmann Wer-Ihr-Auch-Seid, solltet Ihr Euch um Eure Manieren kümmern. Wir, die wir die fünf Elemente der Natur gestalten, beugen uns weder Merrons gegenwärtigen drei Magistraten, noch seinen ungezählten ehemaligen Magistraten.« Er wandte sich zum Gehen.

»Ich bin Alban Peyl, Krieger im Orden des Inneren Lichts!« Albans Stimme hallte durch die Anstalt. Alle anderen schwiegen.

»Tatsächlich«, sagte Boyhan nach einer kleinen Weile. Er trat näher. Insassen der Anstalt beeilten sich, ihm Platz zu machen. Ein Hauch kühler Luft schien ihn zu begleiten.

»Habt Ihr von mir gehört?« fragte Alban einen Augenblick, bevor der Elementarist das Wort ergreifen wollte. Als Krieger, Magistrat und Kaufmann wußte Alban, wie man sich die Initiative bewahrte.

Boyhans Miene behielt ihren Ausdruck nichtssagender Höflichkeit. »Ich kenne die Geschichte eines Kriegeradepten namens Alban Peyl, der dabei geholfen hat, Merron vor dem theranischen Magier Intrantivere zu retten. So, wie mir die Legende erzählt wurde, endete sie, als er den Rat der Magistrate nach einer Amtsperiode verließ.«

Roodville zeigte stolz auf Alban. »Das ist er! Natürlich haben uns zehn Jahre alle verändert.«

Alban musterte Boyhan mit stetem Blick. »Roodville, nehmt die Witwe Decrevi und alle Insassen, denen Ihr vertraut, und laßt den Sandwall höher und schneller bauen. Sofort.«

Sekunden später standen Kaufmann und Zauberer – abgesehen von den teilnahmslosen Insassen des Irrenhauses – allein da. Alban betrachtete Boyhan, der ihn um einiges überragte. »Merrons Zauberer haben nichts gegen diese Heimsuchung unternommen. Ich werde nicht nach dem Grund fragen.«

»Nicht? Tausende tun es dieser Tage.«

»Alle bekommen sonderbare Antworten, sie seien damit beschäftigt, Krankheiten zu vertreiben, Wunden auszubrennen oder ...«

»Brandige Glieder zu amputieren. Verzeihung, Landmann Peyl.« Boyhans Blick wanderte kurz zu Albans leerem Ärmel, und die Brise, die ihn umgab, kitzelte unverschämt Albans Nase. »Also nutzt Ihr nicht Eure angebliche Vergangenheit aus, um Antworten zu finden? Ich bewundere solcherart Zurückhaltung.«

»Ich kenne die Antworten schon. Ich habe mit Geokosmos geredet.«

Der Zauberer fuhr zusammen, und die Luft rings um ihn beruhigte sich plötzlich. Er runzelte die Stirn und versuchte, seine Überraschung zu verbergen. »Ihr benutzt einen Ausdruck, der mir nicht geläufig ist.«

»Ich bitte Euch, Boyhan. Überrascht es Euch, daß ein Magistrat und Adept – und natürlich ein ›Was-auch-immer‹ – von Eurer geheimen Gilde der Elementaristen weiß? Und von Euren Rivalen in den Gilden der Geisterbeschwörer und Magier, Oneiros und Noesis?«

»Rivalen! Geokosmos läßt sich kaum dazu herab, sie zur Kenntnis zu nehmen.« Der Wind, der Boyhan umgab, wurde warm und unbeständig.

»Höre ich da Verachtung?« sagte Alban. »Ihr scheint Eure Verachtung vor Euch herzutragen wie einen Mantel, Adept, und doch haben die Führer von Geokosmos angedeutet, daß sich zumindest ein Zauberer die Achtung der Gilde verdient hat. Dieser Zauberer hat die Flut mit stillschweigender Duldung von Geokosmos geschaffen. Doch die Gilde kennt nicht einmal den Zweck der Flut! Wie könnt Ihr diese Katastrophe entschuldigen?«

Offene Verwunderung war in Boyhans blauen Augen zu erkennen, die gleich darauf Argwohn wich. »Ihr scheint eine Menge zu wissen. Warum nicht auch das?« Boyhan warf wiederum einen Blick auf Albans leeren Ärmel. »Kennt Ihr den Namen ›dieses Zauberers‹ oder seine Absichten?«

»N-nein, aber ...«

»Jetzt erinnere ich mich an das Ende der Legende.« Die Brise um Boyhan zupfte an seinem Bart. »Alban Peyl, der neue Magistrat, heiratete die Magierin, die ihm geholfen hatte, das Amt zu erringen, Padia Villandry. Vielleicht redet in Wirklichkeit jemand anders mit den Führern von Geokosmos, hmm?«

Alban verbarg seine Enttäuschung über das Mißlingen seines Bluffs. Boyhan hatte mit seiner Vermutung ins Schwarze getroffen. Zauberer, die Alban mißachteten, pflegten mit Padia zu reden. Tatsächlich übersah Padia Alban ebenfalls seit Jahren, wenn sie ihn nicht gerade schalt. Er versuchte Boden gutzumachen. »Ich habe Euch eine Frage gestellt, Boyhan. Wie könnt Ihr diese Katastrophe gutheißen?«

»Eine Katastrophe ist es nur aus dem beschränkten Blickwinkel der Namensgeber, aber die Natur webt an einer größeren Decke, und ihre Nadel heißt Wandel. Das Feuer, das die Pinie verbrennt, verstreut Samen in alle Richtungen. Regen trägt den Berg ab, und aus seinem Staub entsteht reiche schwarze Erde.«

»Wahrscheinlich widersprechen Baum und Berg dieser Vorstellung«, sagte Alban schroff. »Angesichts der Tatsache, daß ihr Elementaristen nicht einmal wißt, warum ihr die Nadel der Natur auf Merron einstechen laßt, könnte sie ihr Stopfen nicht woanders erledigen?«

»Laffe.« Boyhan wandte sich angespannt ab. Staub wirbelte hinter ihm auf. Er ging an den Kisten vorbei, und ihre Beschriftung fiel ihm ins Auge.

»Aha.« Boyhan entspannte sich und lachte. »Jetzt verstehe ich die noble Besorgnis des Kriegeradepten. Sollen die Verrückten ruhig ertrinken, sollen sich ihre Leichen stapeln wie Klafterholz, Hauptsache ist, die Natur rührt meine Töpfe und Gewürze nicht an, nicht wahr, Krieger?«

»Hört, Ihr ...«

Ennis Roodville kam naß und verzweifelt von draußen hereingelaufen. »Der Pegelstand ist bereits eine halbe Spanne höher als noch vor zehn Minuten, Herr.«

»Zwei Minuten zu früh«, flüsterte Boyhan.

»Schickt einen Boten auf die Straße«, sagte Alban zu Roodville. »Er soll jedem kräftigen Mann, den er trifft, fünf Silberstücke oder Ware im Wert von zehn Silberstücken anbieten, wenn er beim Bau des Walls hilft. Er kann sich auf mich berufen.«

»Wartet«, sagte Boyhan. »Vergeßt den Wall und schafft die Patienten heraus. Dieses Haus steht keine Stunde mehr. Dann ertrinken alle Insassen, und Eure Gier ist daran schuld!«

»Ich weiß, wer die Schuld hat.« Albans Stimme zitterte vor unterdrückter Wut. »Wenn wir jetzt fliehen, überflutet das Wasser den ganzen Stadtteil. Jeder verliert ein Heim und sein Lebenswerk. Die Leute halten Nachtschatten für lasterhaft, Boyhan, aber hier leben viele ehrliche Familien. Ich bin nicht bereit, deren Leben wie Klafterholz zu stapeln.« Selbst Alban wußte nicht, ob er log, um seine Halsstarrigkeit zu entschuldigen, oder ob er seinen wahren Gefühlen Ausdruck verlieh, die er erst entdeckt hatte, während er sie aussprach.

»Roodville, geht!«

Blitze zuckten, als Roodville hinauslief. Licht glimmte mitfühlend um Boyhans aufgestickte Blitze. »Landmann Peyl«, sagte Boyhan, »versteht doch. Geokosmos hat diese Flut heraufbeschworen oder einem anderen dabei geholfen, es zu tun, aber wir können sie jetzt nicht mehr aufhalten. Das Wasser steigt.

Wie der Byrose in seiner Furt«, fuhr Boyhan fort, »fließen auch die Bestandteile der Welt. Feuer, Luft, Wasser, Holz, Erde, alles fließt in seinem ganz eigenen Rhythmus. Jedes Korn Materie folgt einfachen Regeln, die meine Disziplin kennt. Doch wenn sich Massen von diesen Körnern sammeln, drängen sie sich gegenseitig auf Bahnen, die so komplex sind, daß sie auch der Weiseste nicht vorhersagen kann.«

Der Elementarist bekam einen entrückten Blick, seine Stimme wurde leise. »Auf der flachen Ebene fließt der Fluß ohne Störung, und ein Fels in seinem Bett kann die Strömung nicht verändern. Doch in einer Stromschnelle kann derselbe Fels hoch oben den Sturzbach weit flußabwärts verändern. Ein Kiesel, den ich auf einen flachen Boden werfe, bewirkt gar nichts. An einem Steilhang kann er eine Lawine auslösen. Das Flattern der Flügel eines Sperlings kann die Luft aufladen, so daß ein entferntes Gewitter einen anderen Lauf nimmt.

Elementaristen finden die Domänen der Belastung der Natur, wo eine gezielte Willensanstrengung die Lawine oder die Flut bringt. Wir von Geokosmos helfen dem Willen, der diese Flut bringt, schon seit langem.«

»Und Ihr könnt sie nicht rückgängig machen.«

»Rückgängig machen? Nichts wird je rückgängig gemacht. Nur der Fluß verändert sich. Aber nein, wir können die Flut nicht eindämmen.«

»Vielleicht könnte es derjenige, dem Eure Gilde dient?«

»Ja. Wahrscheinlich. Ich glaube, ihm ist nichts unmöglich.« Wiederum wanderte Boyhans Blick zu Albans rechtem Ärmel. »Wie habt Ihr diesen Arm verloren?«

Verblüfft sagte Alban: »Wenn ich es Euch sage, helft Ihr uns dann beim Bau des Sandwalls?«

Der Elementarist schwieg. Er strich nur mit der Hand über die gepackten Kisten. Er sang leise vor sich hin, und das Holz quoll um seine beringten Finger wie geschmolzenes Glas.

»Also schön«, sagte Alban. »Wenn Ihr es unbedingt wissen wollt, es ist kurz vor der Auflösung der Gesellschaft der Grauen Eule passiert. Wir haben Intrantivere von Throal nach Merron verfolgt. Er und seine Schergen wollten einen Dämon beschwören, um alle Zuschauer bei einem Turnier zu töten.

Im letzten Augenblick durchkreuzte die Gesellschaft seine Pläne, obwohl, um die Wahrheit zu sagen, Padia und ich den Kampf versäumten. Diese Ehre gebührt den anderen: Denson, der unser Anführer war, den Zauberern Wulf und Han Lun, Grimborn dem Bogenschützen und – es gab noch einen anderen …«

Du kennst ihn nicht.

»Der Name liegt mir auf der Zunge …«

Dummkopf! Kein anderer. Es hat nie einen anderen gegeben!

»Komisch, ich dachte, sie hätten noch mehr Hilfe gehabt.« Wiederum konnte Alban keinen klaren Gedanken fassen. Ohne zu wissen, warum, wanderte sein Blick zu dem reglos daliegenden Fremden. Sofort überfiel ihn ein Unbehagen, und er wandte sich rasch wieder ab. »Doch mein Gedächtnis läßt mich nach all den Jahren im Stich. Wo war ich?«

»Padia und Ihr habt den Kampf verpaßt«, sagte Boyhan.

»Ach ja. Wir gerieten bei der Verfolgung eines von Intrantiveres Handlangern, einem elenden kleinen Ork-Illusionisten namens Vilph Axtgriff, in einen Hinterhalt. Wir erwischten ihn auf seinem Luftschiff über dem Hafen von Altstadt, als er versuchte, aus der Stadt zu fliehen. Es war Nacht. Während Padia mit Vilph kämpfte, mußte ich sie vor einem Dutzend mit Enterhaken bewaffneter Luftschiffmatrosen beschützen. Ich erledigte sie alle, aber dem letzten, einem großen Troll, gelang es, mich mit sich über Bord zu reißen.

Weil der Troll mich ständig störte, konnte ich nicht sehr gut gleiten. Ich schlug schwer auf, wenngleich nicht so schwer wie er, Mynbruje sei Dank. Vilphs Besatzung hatte alle Hafenarbeiter getötet. Ich lag dort auf dem Luftschiffhafen, tot für die Welt, bis Padia Vilph verlor und nach mir suchte. Sie sagte, als sie unten ankam, habe sie jemanden mit einer leuchtenden Silberschnur weglaufen sehen. Als ich erwachte, war mein rechter Arm verschwunden. Die Narben zeigten, daß er Magie zum Opfer gefallen war. Vilph muß die Schnur um meine Schulter gewickelt und wie eine Garotte durchgezogen haben. Er ist entkommen.«

»Nehmt Ihr an, daß Vilph Euch den Arm abschnitt?« Boyhan zeigte neues Interesse bei der Erwähnung der silbernen Schnur.

»Ja, natürlich. Er war der rachsüchtigste und böswilligste Schurke, den ich je kennengelernt habe, außerdem ein Lügner und ein Dieb. Wer würde mir sonst einen Arm amputieren und mich am Leben lassen? Außerdem hat er mir mein Lieblingsamulett gestohlen.«

»Zeigt mir die Narben.« Boyhan ging mit ausgestreckter Hand auf Alban zu.

»Hört her, wir sind hier nicht auf einer Ausstellung für Zauberlehrlinge. Werdet Ihr mir dabei helfen, den Sand …? Was fällt Euch ein, hört auf!«

Boyhan riß grob Albans Immerreinen Umhang beiseite, öffnete das Samtwams und entblößte die rechte Schulter. Vor zehn Jahren noch hatte Alban ein Dutzend Angreifer besiegt. Jetzt zerrte er unbeholfen an Boyhans muskulösen Armen. Der Zauberer riß das weiße Seidenhemd auf und betrachtete die gerunzelten Narben auf Albans Schulter.

»Exakt«, murmelte Boyhan. Winzige Runen waren wie Male in Albans Haut eingebrannt und bildeten einen Kreis um den Kreuzungspunkt des strahlenförmigen Narbengeflechts. »Ganz genau. Das sind theranische Runen. Übersetzt lautet die Inschrift *Zum Wohle Merrons*.«

»Glaubt Ihr, das wüßte ich nicht?« Alban schlug um sich wie eine Maus in der Falle. »Für Intrantivere bedeutete ›das Wohl Merrons‹, daß das Theranische Reich die Stadt zurückeroberte! Offensichtlich hat er Vilph die Schnur gegeben.«

»Warum heißt es dann aber ›Merron‹? Die Theraner nennen diese Stadt immer noch ›Wasserstadt‹. Sie haben sie gegründet, um elementares Wasser im Byrose zu sammeln.«

Alban riß sich los, oder vielmehr ließ Boyhan ihn frei. »Auch das weiß ich! Wie kann ich theranische Magie erklären?«

»Niemand bestreitet, daß die Theraner dazu in der Lage sind«, sagte Boyhan nachdenklich, »aber diese Schnur ist nicht theranisch, obwohl sie auf Theras Kunstfertigkeit beruht. Und Vilph hat Euren Arm nicht abgetrennt. Aber ich rede zuviel. Ich bin froh, Eure Geschichte gehört zu haben, denn sie stärkt mein Zutrauen. Ich weiß, daß Geokosmos' Handlungen seltsam erscheinen, aber wir haben einen Grund dafür.«

»Ach, habt ihr das?« Alban traten die Augen aus den Höhlen. »Eure Gilde überschwemmt die Stadt, ertränkt Gebrechliche und Kinder, treibt Tausende von unschuldigen Familien aus ihren Häusern, verwüstet mehr Besitz als eine plündernde Armee und gibt uns eine Erklärung dafür, die ich nicht einmal einem Hund anbieten würde. Ihr begeht diese *seltsamen* Handlungen aus einem *Grund?* Aus *welchem* Grund?«

»Zum Wohle Merrons«, sagte Boyhan leise.

Alban sprang. Seine Finger krallten nach Boyhans rechtem Auge, und sein Knie schoß hoch. Luft drang wie eine Windbö aus Boyhans Lungen, die Insassen der Anstalt stießen bestürzte Schreie aus, und einen Augenblick lang empfand Alban wieder die erhebende Klarheit, die vor langer Zeit seine Kämpfe ausgezeichnet hatte. Er zog am Bart des Zauberers – in der Absicht, ihn niederzuwerfen. Er konnte seine Probleme bekämpfen, seine Lebenskrisen, wie er seine Gegner bekämpfte. Sie besiegen. Triumphieren!

Plötzlich frischte der Wind auf, blendete Alban und schob ihn zurück. Sein Heulen in Albans Ohren hatte Boyhans Stimme. Bevor Alban aufschreien konnte, prallte er gegen einen Stapel Kisten, fiel auf den Steinboden und lag still.

Gequälte Schreie hallten durch das Irrenhaus. Roodville, Filantha Decrevi und die anderen Pflegerinnen kamen vom Flußufer hereingelaufen. »Steh still!« rief Boyhan. Der Wind legte sich, und in die Stille hinein sagte er: »Der Magistrat lernt gerade eine Lektion.«

Kratzer bluteten auf Boyhans Wange. Der Zauberer gestikulierte, und ein kerzenflammengelber Feuerkreis leuchtete rings um eine Fingerspitze auf. Er zog das Feuer langsam über seine Wange wie eine Klinge. Dann wischte er das pulverisierte Blut weg. Darunter wurde frische Haut sichtbar. »Eine Lektion«, wiederholte er, indem er sich in Bewegung setzte. »Daß der Weg des Adepten Einsicht und Selbstbeherrschung ist. Daß er von beidem nicht mehr hat als jeder beliebige Geldraffer und weniger als ein Pferd. Daß seine Weigerung, euch alle zu retten, keinem Heldentum, sondern lediglich eigensinniger Gier entspricht.«

Immer noch benommen, erlitt Alban die Qual der Demütigung. In diesem Augenblick hätte er sich und die Erinnerung an ihn mit Freuden zerstört, um Boyhans Worten zu entrinnen.

Boyhan kniete sich neben Alban, und in seiner Stimme lag Mitleid und Verachtung. »Diese Schnur hat mehr abgetrennt als Euren Arm, Landmann Schmerbauch. Oder vielleicht verschwindet Magie nicht mit einer Schnur oder ähnlichem Schnickschnack. Vielleicht habt Ihr Euch nur von Eurer Disziplin losgesagt und Euch vom Wohlleben abstumpfen lassen.«

Im Tonfall des Bedauerns fügte Boyhan hinzu: »Eine gewöhnliche Person sollte keinen Adepten angreifen. Ich fürchte, ich muß an Euch ein Exempel statuieren. Diese Lektion ist noch nicht ganz vorbei.« Er streckte wieder seine beringten Finger aus.

Nik-nik-nik. Boyhan erstarrte überrascht, als ein leises Klicken wie von Metall auf Glas von seinem Ärmel ertönte. Braune Punkte verdunkelten die leuchtenden Fäden und wurden rasch größer, während sie sich seiner Schulter näherten. Boyhan starrte entsetzt auf Beine wie Stengel, segmentierte Leiber, Facettenaugen und ein zuckendes Fühlerpaar auf jedem dreieckigen Kopf. Es waren die Beißzangen der Ameisen, die das Klicken verursachten.

Boyhan sprang auf und schüttelte seinen Arm. Mittlerweile krabbelten auf beiden Ärmeln, auf Brust und Rücken und auf dem Rockteil seiner Robe Ameisen. Die Insekten waren jetzt so groß wie Weintrauben, und alle krochen stetig auf sein Gesicht zu. Boyhan sprang hin und her wie ein Derwisch und rief Teile von Beschwörungsformeln, die Schneestürme, sengende Flammen oder Eiskristalle herbeibringen sollten. Doch bei jedem Zauber hielt er mittendrin inne. Kein Zauber konnte die wachsenden Ameisen von seinen Gewändern fegen, ohne ihn dabei ebenfalls zu verletzen.

Flammen, Schnee und Eis, Blitze zuckten immer wieder rings um Boyhan auf, da er sich gegen die Ameisen wehrte, die mittlerweile so groß wie Ratten waren und immer noch wuchsen. *Nik-kikikk.* Bei einem Insekt brach der geschwollene Hinterleib weg, und schwarzes Blut quoll aus dem Rumpf. Boyhan krümmte und wand sich, und bei einer Ameise nach der anderen brachen die überlasteten Beine.

Einen Augenblick später hätte Boyhan wahrscheinlich einen geeigneten Zauber gefunden. Und kurz darauf wären die Ameisen an ihrem eigenen Gewicht gestorben. Doch bevor es dazu kam, ertönte eine tiefe Frauenstimme in der Dunkelheit. In dem Zeitraum zwischen einem hastigen Atemzug und dem nächsten waren die Ameisen verschwunden. Boyhan schlug noch ein paar Augenblicke um sich, bevor er es begriff. Er sprang keuchend von einem Fuß auf den anderen und suchte seinen Angreifer.

»Nun denn, Städter Boyhan«, ertönte die Frauenstimme erneut. Die dazugehörige Gestalt tauchte mit königlichem Schritt aus den Schatten des Vordereingangs auf. Ihr zusammengefaltener magischer Regenschutz tropfte bei jedem Schritt. Die schlanke, kräftige Frau trug die Robe eines Zauberkundigen, aber nicht die weite Gewandung eines Adepten. Sie hatte ihre braune, engsitzende Robe im Stil von Altstadt ihrer schlanken Taille angepaßt, und darüber trug sie ein Mieder in einem satten Orangeton. Ihr kurzes schwarzes Haar, das Spuren von Grau aufwies, kräuselte sich unter einem orangefarbenen Käppchen mit einer kleinen Finkenfeder. Die Kleidung war zwar unpraktisch, folgte aber der anspruchsvollsten Mode. »Es tut mir ja *so* leid, daß ich mich so plötzlich eingemischt habe«, fuhr sie fort. »Verzeiht meine Grobheit. Ich bin sicher, Ihr versteht, daß ich meinen Mann beschützen mußte.«

»Die Magierin«, sagte Boyhan benommen. »Padia Villandry.«

Padia lächelte, als biete sie ein Tablett mit Appetithäppchen an. Große, schwarzumrandete Augen glänzten über einer kleinen, dünnen Nase. »Es tut mir leid, mir war ganz entfallen, daß wir einander noch nicht vorgestellt worden sind. Ihr Freund, Städter Laverlane – gehören ihm nicht diese vier reizenden Gasthäuser in Schlußstein und Altstadt? –, hat sich bei den Theatervorstellungen *so* lobend über Euch geäußert – unsere Logen liegen nebeneinander –, daß ich das Gefühl habe, Euch bereits zu kennen.«

»Zügelt dieses Gefühl«, sagte Boyhan scharf. »Nennt mir nur einen Grund, warum ich nicht ...!«

»Verzeiht mir, Adept, aber könntet Ihr mit der Ausführung Eurer Gedanken vielleicht noch ein wenig warten? Ich habe meinen Mann noch nicht begrüßt.« Padia ließ Boyhan einfach stehen. »Alban, mein Lieber, laß mich dir aufhelfen. Diese Robe muß gereinigt werden. Oh, und du hast dein Hemd zerrissen.«

Sie wandte sich wieder an Boyhan. »Habt Ihr Euren Kampf gegen diesen einarmigen Mann jetzt beendet, Adept? Oder stellt er noch immer eine Gefahr dar?«

Wenn sie ihn bedroht, um Gnade gefleht oder Hilfe herbeigerufen hätte, wäre Boyhan ihr die Antwort nicht schuldig geblieben. Doch mit zwei Sätzen hatte Padia den Konflikt in ein ganz anderes Licht getaucht, so daß Boyhan keine ehrenhafte Antwort einfiel. Ein Insasse lachte, aber der feurige Blick des Elementaristen ließ ihn rasch verstummen. Das Schweigen dehnte sich.

Geschlagen richtete Boyhan sich auf. »Aufseher!«

Ennis Roodville trat vor. »Herr! Äh, ich meine ...«

»In einer Viertelstunde wird der Fluß die Anstalt überschwemmen. Schafft die Insassen zum Westende der Schwalbenschwanzbrücke. Questoren von Garlen und Mynbruje warten dort, um Euch zu helfen. Landfrau Villandry, Landmann Schmer … Peyl: Lebt wohl.«

Der Elementarist verließ die Anstalt. Ein Blitz erhellte den Himmel, und einen Augenblick später ließ ein Donnerschlag das Dach erbeben.

Padia richtete Albans Hemd und Robe und sprach leise und durch zusammengebissene Zähne. »Wenn es um großartige Abgänge geht, ist auf einen Elementaristen immer Verlaß. Ich wollte dir eigentlich den neuen Zauberstab zeigen, den ich Romantin abgekauft habe, aber ich hatte nicht damit gerechnet, ihn gleich hier und jetzt zu benutzen. Muß ich dich fragen, wie du in dieses idiotische Gerangel verwickelt worden bist?«

Alban suchte nach einer Antwort, die seine Würde in ihren Augen wiederherstellen würde, fand jedoch keine. Vielleicht konnte er sie in die Defensive drängen. Welch eine Ehe, in der er sich Gesprächstaktiken überlegen mußte! Es wäre ihm lieber gewesen, von Boyhan verstümmelt zu werden, als Padia Zeuge seiner Demütigung werden zu lassen, denn diesen Vorfall würde sie ihm wahrscheinlich sein Leben lang vorhalten. »Was für ein Zauberstab? Du hast mir nichts von einem Zauberstab gesagt.«

»Landmann«, sagte Roodville zögernd, »ich denke, ich beginne jetzt am besten damit, die Leute zur Brücke zu bringen, wenn es Euch recht ist. Ach, und guten Abend, Landfrau Villandry.« Er wählte seine Worte in ihrer Gegenwart sehr sorgfältig. Die beiden hatten eine gegenseitige Abneigung entwickelt, sorgsam verhüllt, seit Padia damit begonnen hatte, sich in der Altstädter Gesellschaft lautstark für eine Verbesserung der Zustände in der Anstalt auszusprechen.

»Hoffen wir, daß es ein guter Abend für jemanden in Merron werden wird, Städter Roodville«, sagte Padia spröde. »Alban? Sollen sie evakuieren?«

»Evakuieren«, wiederholte Alban. Das Wort schien

ihn zu verhöhnen. *Evakuieren, Landmann Schmerbauch?* »Ja. Ich denke schon.« Seine Stimme bekam einen wehleidigen Unterton. »Ich war nicht gierig, weißt du, oder wenigstens steckte mehr dahinter.«

»Würdest du dich *bitte* zusammenreißen?« flüsterte seine Frau. »Du bist ein Magistrat. Also benimm dich auch wie einer!«

Ich war ein Krieger, aber jetzt – Groll erfaßte Alban, eine bittere Entfremdung von Padia, diesem Ort und seinem Leben. Doch ihre Worte klangen wahr. Er atmete tief. »Roodville, sind neue Männer aufgetaucht, um an dem Wall zu bauen?«

»Sechzehn, Herr, als ich zuletzt gezählt habe.«

»Ihr Passionen! So schnell?«

»Wie es der Zufall will, Herr, war mein Läufer – der junge Selby, der rothaarige Bursche – auch im Keller von Bondromes Bestem, wo ein Spiel um hohe Einsätze stattfand. Ein Spieler hat die anderen soeben mit einer Serie von vier Zwölfen ausgenommen, und diese anderen brauchen jetzt rasch frisches Kapital.«

»Wie ich sehe, ändert die Überschwemmung an einigen Dingen gar nichts. Zieht die Arbeiter und Pflegerinnen vom Wall ab. Sie können die Insassen zur Schwalbenschwanzbrücke bringen. Die neuen Männer sollen den Wall weiterbauen. Je länger sie die Überflutung hinauszögern, desto besser. Später können sie dann meine Waren in Sicherheit bringen.«

»Gewiß, Herr.« Roodville hob seine Stachelrute und wandte sich zum gehen.

»Könntet Ihr die Rute vielleicht ein wenig sparsamer einsetzen, Städter Roodville?« rief Padia. Roodville drehte sich mit beleidigter Miene zu ihr um. Als er in den Regen hinausging, hatte er die Stachelrute gesenkt.

Jeder Arbeiter in der Anstalt begann mit den Vorbereitungen für den Auszug. Insassen schrien vor Angst auf, als sich die Türen ihrer Pferche kreischend öffneten.

Alban und Padia standen unbemerkt da. Vor seinem geistigen Auge sah Alban sich vergeblich gegen einen berobten Arm wehren. »Landmann Schmerbauch«, hallte es in seinen Gedanken. In seiner Verzweiflung ging er auf das nächste Ziel los. »Du mußt kritisieren, nicht wahr? Mag die Katastrophe auch noch so groß sein, wir verändern die Welt!«

»Nachdem ich dich aus dieser lächerlichen Rauferei herausgeholt habe!«

Padia brach ab und sah sich um. Wandfackeln tropften in der feuchten Luft und vertieften die Schatten. Sie zog Alban zu einer dunklen Stelle neben den Kisten und drückte ihn gegen eine schimmlige Wand.

»Ich hätte keinen Dank erwarten sollen«, zischte sie. »Zweifellos schämst du dich zu sehr, um klar denken zu können. Warum? Weil jetzt jeder weiß, was wir schon seit zehn Jahren wissen? Löse dich von deiner Vergangenheit. Sei stolz auf das, was du noch bist!«

»Vielen Dank für dein liebevolles Mitgefühl. Was soll dieser Zauberstab? Hast du noch nicht genug Stäbe in deiner Sammlung?«

»Dieser ist ziemlich originell.« Aus ihrem Mieder zog Padia einen Kupferstab mit Messingbeschlägen. Eingeritzte Insekten bildeten darauf eine Doppelhelix. Padias Zorn verrauchte, während sie ihn bewunderte. »Die Einzelheiten seiner Herstellung sind für Sachverständige von Belang, aber da sie überwiegend technischer Natur sind, werde ich sie dir ersparen. Der Zauberstab funktioniert prächtig, wie du gesehen hast, aber ein Zauber, um Insekten zu vergrößern, reizt nicht viele Kunden. Romantin hat ihn mir billig überlassen.«

Alban wappnete sich. »Für wieviel?«

»Neunzehnhundert Silberstücke, auf Rechnung.«

»Chorrolis errette mich!« Er sank in sich zusammen und rieb sich die Augen.

Padias Mundwinkel verkniffen sich vor Empörung. »Dieser Zauberstab hat dich bereits errettet, als die Passion sich nicht hat blicken lassen. Dann mußt du eben noch ein Dutzend Heiße Töpfe mehr verkaufen. Ist das ein Grund für billige Theatralik?«

In Albans Geist fand sich ein Durcheinander unklarer und einander widersprechender Gefühle vor. Er beschwerte sich aus Gewohnheit über den Preis des Zauberstabs, aber auf einer ganz bestimmten Ebene empfand er Stolz darüber, daß er Padia immer noch glücklich machen konnte. Andererseits lehnte er diese seine Nachgiebigkeit ab, die sie ausbeutete. Schließlich hatte sie ihrer Sammlung und ihren gesellschaftlichen Pflichten so viel Aufmerksamkeit gewidmet, daß sie ihre Disziplin fast ebensosehr vernachlässigt hatte wie er seine.

Seine Verwirrung hatte einen Namen: Liebe. Nach einer Dekade der Querelen und Treuebrüche war seine Liebe nicht gestorben, sondern abgetaucht wie ein gejagtes Tier, hatte sich so gut versteckt, daß er sie selbst vermißte. Er vermißte sie sehr.

Angesichts dieses inneren Aufruhrs konnte er nur eine ausweichende Antwort anbringen. »Wir werden uns später über deine Extravaganzen unterhalten. Bist du bei diesem scheußlichen Wetter wirklich losgegangen, um einen Zauberstab zu kaufen?«

Padia lächelte, als wolle sie sagen, kein Unwetter könne einem Adepten etwas anhaben. »Nein. Ich habe Romantin zufällig auf der Brücke getroffen, als alle herausgekommen sind, um sich den Fluß anzusehen. Tatsächlich ist mir, während wir zugeschaut haben, eine ziemlich gute Idee gekommen. Ich dachte, wir könnten vielleicht in nächster Zeit eine große Abendgesellschaft für die Familien geben, sagen wir in sieben oder acht Tagen, und zwar zum Wohle der armen Opfer in Zweipfennig. Die Überschwemmung hat alles zerstört, Alban. Wir könnten ein hübsches Sümmchen für den

Wiederaufbau sammeln und Lebensmittel, Spielzeug für die Kinder und ähnliche Dinge kaufen.«

»Hervorragende Idee, natürlich immer vorausgesetzt, die Überschwemmung vernichtet uns nicht auch.«

»Das bezweifle ich. Ich wage zwar zu behaupten, daß bei dieser Heimsuchung alles möglich ist, aber wir sollten trotzdem helfen.« Padia hielt inne wie ein Taucher, der kurz davor steht, von der Klippe zu springen. »Ich dachte, die Gesellschaft könnte auch der Anstalt helfen.«

»Was willst du damit sagen?« Albans Stimme bekam einen kalten Unterton. »Ich nehme an, du willst wieder unsere furchtbare Unmenschlichkeit anprangern?«

»Alban, ich habe lediglich gesagt …«

»Du hast nichts dagegen, mein Geld auszugeben, und dann reißt du mit selbstgerechtem Stolz alles ein, was ich aufgebaut habe!« Erinnerungen drangen ungebeten in sein Bewußtsein, Bilder von den Insassen, wie sie sich Ameisen in den Mund stopften, von Roodvilles Stachelrute, von verdrehten Gliedmaßen und rauhem Husten. Er vertrieb sie wieder in das Dunkel seines Verstandes.

»Dann wäre dir lieber, wenn diese armen Teufel unter diesen schauderhaften Bedingungen verrotten und sterben?« Sie sah ihn ebenso an, wie Boyhan es getan hatte, ungläubig und verächtlich.

Er erhob die Stimme. »Warum willst du dich nicht dafür einsetzen, das zu verbessern, was bereits da ist, anstatt von Altstadt zu verlangen, es zu beseitigen?« Blutunterlaufene Augen von Insassen in der Dunkelheit, Roodvilles Grinsen, Boyhans höhnisches Gelächter, Landmann Schmerbauch! Er bekämpfte seine Gedanken wie Feinde.

»Wenn das dein Ernst ist«, begann sie, als plötzlich der Fremde Laute von sich gab.

Keiner von beiden hätte seine Stimme hören dürfen. Das Irrenhaus hallte vom Fluchen und Schluchzen wider, und der sterbende Fremde flüsterte beinahe. Dennoch erreichten sie seine Worte, als habe er gerufen. Einen Augenblick lang erkannten sie die Stimme, aber dann verwirrten sich ihre Gedanken, und sie wußten, daß sie sie noch nie zuvor gehört hatten. Dennoch liefen sie beide zu ihm. Er lag allein da, denn die Pflegerinnen hatten den Rest der Männer am Vordereingang versammelt.

Alban kniete sich neben den Fremden und hörte ihn verzweifelt die Worte wiederholen: »Vilph hat mir das angetan.«

»Was hat er getan? Wann? Wer seid Ihr?«

Jeder Muskel im Leib des Mannes war angespannt. Er wiederholte die Worte, als sei er von einem einzigen Gedanken besessen. »Vilph hat mir das angetan.«

Während er dem Fremden zuhörte, erinnerte Alban sich daran, gesagt zu haben: *Komisch, ich dachte, sie hätten noch mehr Hilfe gehabt.*

»Sieh nur, er zittert.« Padia sah sich um. »Keine Decken. Was für ein Schweinestall. Alban, gib ihm deinen Umhang.«

Alban zögerte. »Das ist mein Immerreiner Umhang.« Padias starrer Blick beschämte ihn. »Wenn dieser arme Kerl sich herumwälzt, könnte er das Gewebe beschädigen.« Padia starrte ihn noch immer an. Er geriet ins Stottern. »Außerdem sind ... sind mein Wams und mein Hemd zerrissen, und ich wäre lieber nicht so ungepflegt.«

»Besser das als etwas anderes.«

»O ja, spiel du nur die Rechtschaffene, du mit deinem Ameisenzauberstab. Von dem Geld, das du für ihn bezahlt hast, könntest du hier jeden Insassen einen Monat lang ernähren!«

Unter anderen Umständen wäre dies der Beginn einer stundenlangen Willensprobe gewesen. Dann richtete sich der Fremde mühsam auf und keuchte: »Vilph hat mir das …« Die letzten Worte kamen heiser heraus, und dann sank der Mann schlaff zurück.

Der Leichenbestatter, der dünn wie eine Bohnenstange war, traf ein, um seine Vorbereitungen zu treffen. Arbeiter wickelten die Leiche ein und brachten sie weg. Alban, der mit überkreuzten Beinen in einer dunklen Ecke saß, achtete kaum darauf. Die Ereignisse schienen sich ringsumher zu überstürzen, und er fühlte sich isoliert und irgendwie gezwungen, sich nach innen zu wenden und sich seinen Gedanken zu stellen.

Die Leiche hätte ihm nicht so zu schaffen machen dürfen. In seiner Zeit als Adept hatte er Hunderte gesehen. Bei näherer Betrachtung wurde ihm jedoch klar, daß er nicht eine mehr gesehen hatte, seitdem Vilph oder sonst jemand seinen Arm gestohlen hatte.

Er hatte mehr als den Arm verloren. Die silberne Schnur hatte ihm etwas geraubt, das tiefer lag, eingebettet in seinem Ich. Er hatte seinen Einklang mit dem Universum verloren. Oder … *Magie verschwindet nicht mit einer Schnur.* Hatte er sie willentlich aufgegeben?

»Alle sind unterwegs zur Brücke.« Padia hockte sich neben ihn. Ihr Regenschutz tropfte wieder. »Mit Ausnahme der Männer, die du angeworben hast, den Wall zu errichten. Sie haben ihn ziemlich hoch gebaut, aber ich glaube, das Gewicht des Wassers wird ihn bald einstürzen lassen.«

»Mmm.«

»Sollen sie mit dem Abtransport deiner Kisten beginnen?«

Einst hatte er gegen ein Dutzend Feinde gleichzeitig gekämpft. Einst hatte er klarsichtig und vernünftig gehandelt. Wann hatte er das vergessen? Er sagte: »Ich nehme an, wir müssen die Waren retten.«

»Müssen? Alban, was ist über dich gekommen? Ist es das Gerede dieses armen Mannes über Vilph?«

»Verzeih mir.« Er stand auf. »Komm mit mir, während ich die Befehle gebe.« Sie gingen rasch, und ihre Schritte hallten durch den leeren Raum. »Kanntest du den Mann?« fragte er sie.

»Ganz gewiß nicht. Doch er hatte etwas Vertrautes an sich. Ich kann den Finger nicht darauflegen.«

Alban hielt den fadenscheinigen Vorhang für sie auf, so daß sie durch die Tür gehen konnte. Eine alte Angewohnheit. »Wenn Vilph nach Merron zurückgekommen ist, sollten wir vielleicht ein paar Wachen anwerben. Der kleine Ork gehörte zu der Sorte, die zehn Jahre warten kann, um eine Rechnung zu begleichen.«

»Ja, aber wir wissen nicht, ob unser Vilph derselbe ist, den dieser Mann erwähnt hat. Wir wissen nicht einmal, ob Vilph Merron damals überhaupt verlassen hat«, sagte Padia, indem sie ihren Regenschutz auf ihn ausdehnte. Regen trommelte auf seinen Stoff, während sie rasch über die durchweichte Ebene gingen. Der ohnehin nicht besonders helle Tag war der Dunkelheit gewichen. Sie gingen zu den Fackeln am Sandwall. »Vilph war eigentlich keine so große Gefahr.«

»Vor zehn Jahren.«

»Er hat seine Rechnung mit dir bereits beglichen, als er dir den Arm abschnitt.«

»Ich bin nicht so sicher. Dieser Elementarist sagte, jemand anders hätte ihn genommen.«

Sie blieb stehen. Ein kalter Wind peitschte vom Fluß herüber und versuchte ihre Kappe abzustreifen. »Boyhan? Was hat er dir erzählt?«

Alban wurde aus ihrem Tonfall nicht schlau. Was lag darin? Argwohn? Beunruhigung? »Er sagte, die Schnur sei nicht theranisch und Vilph habe meinen Arm nicht abgeschnitten. Sonst nichts.«

Wieder ruhig, führte Padia Alban das Ufer entlang, wobei sie mindestens hundert Löchern im Boden auswichen. »Der Tod dieses Mannes – körperlich war alles in Ordnung mit ihm, soweit ich feststellen konnte«, sagte sie. »Wenn Vilph diesem Mann etwas angetan hat, was war es dann? Wie hat Vilph ihn umgebracht?«

Regentropfen bildeten einen Nebel um die Kapuze von Albans Immerreinem Umhang. »Vilphs Magie ist die Einbildung. Sie kann keinen wirklichen Schaden anrichten.«

»Oft stimmt das«, sagte Padia. »Aber du hast vergessen, daß Illusionisten auch mit tatsächlichen Effekten arbeiten, um Gegner zu besiegen, die ihre Illusionen durchschauen. Andererseits verschwimmt im Geist auch die Linie zwischen Wirklichkeit und Illusion.«

Geschützte Fackeln warfen düstere Inseln aus flackerndem Licht auf den Sandwall. Er war jetzt viel größer als Alban und sah ziemlich solide aus. Schlammiges Wasser sickerte aus einem Dutzend Lücken und sammelte sich am Fundament des Walls. An einem Ende wanderten Jutesäcke eine Menschenkette entlang bis zum Wall, wo viele Männer emsig hin und her eilten. Der Byrose floß nur eine Armeslänge entfernt, doch sein Donnern schien seltsam weit entfernt zu sein.

Sie gingen zu der Menschenkette. Die Leute troffen vor Wasser, als seien sie soeben aus dem Fluß gekrochen. »Ich bin Landmann Peyl. Wo ist Städter Roodville?«

»Ich glaube, er ist mit den Verrückten zur Brücke gegangen, Herr«, sagte ein großer barfüßiger Mann. Er trug eine an den Hüften weite und an den Knöcheln enge Hose und ein offenes rotes Hemd mit bauschigen Ärmeln. »Vielleicht kann ich helfen. Luggat werde ich genannt. Was wünscht Ihr, Herr?«

Ein krachender Donnerschlag unterbrach ihn, und dann eilte Luggat davon, um dabei zu helfen, einen Arbeiter, der in den Fluß gefallen war, aus dem Wasser zu fischen. Alban dachte ein paar Augenblicke darüber nach, was er wünschte. Er war hergekommen, um die Arbeiter damit zu beauftragen, seine Kisten in Sicherheit zu bringen. Als er den langen, hohen Wall betrachtete, empfand er jedoch Scham bei dem Gedanken, sie von dieser heldenhaften Arbeit abzuziehen.

Dumm! Der Fluß wird den Wall ohnehin sprengen. Alban sah zu, wie Luggat und die anderen ihren Kameraden retteten und dann mit ihm scherzten. Sie ließen eine Feldflasche kreisen. Diese Männer waren offensichtlich Freunde und genossen eine Kameradschaft, um die Alban sie beneidete. Das Selbstmitleid rief ihm seine anderen Wünsche und Dinge, um die er andere beneidete, in Erinnerung: den sorglos guten Willen seiner Angestellten in seinem Kontor, einen Schreibtisch für sein Arbeitszimmer, einen neuen Schaukasten für seine Waffen, mehr Geld, Unabhängigkeit vom Geld, Zauberstäbe für Padias Sammlung, Padias Liebe, Padias Abwesenheit.

Dieser Wasserfall ungeordneter Begierden fraß an Alban, und doch hatte er einen Bruchteil seiner Lektionen, die er dem Orden des Inneren Lichts verdankte, behalten. Er wußte, daß ihn die Erfüllung dieser Wünsche nicht glücklich machen würde. Er würde sie nur durch andere Wünsche ersetzen. Wünsche, Erfüllung, Wünsche, der endlose, unbefriedigende Kreislauf. Und dennoch wünschte er!

Luggat kam zurück und sagte: »Verzeiht die Verzögerung, Herr. Also, was wünscht Ihr?«

Padia stieß Alban an. »Hör auf zu träumen. Sag ihm, was du willst.«

Alban starrte auf den Sandwall und seufzte. »Ich will, daß es zu regnen aufhört.«

»Hi-Hilfe!«

Alle fuhren herum und erblickten einen Jungen, Roodvilles Läufer, der über das Ufer und ins Licht stolperte. Der Junge, Selby, trug ein abgelegtes Hemd, das beinahe weiß und ihm viel zu groß war, über einfachen, sehr kleinen Leggings ohne bestimmbare Farbe.

»Die Insassen sind los«, keuchte Selby atemlos. »Städter Roodville ist verletzt.«

Alle fluchten oder erstarrten vor Schreck. Der einzige Adept, Padia, faßte sich zuerst. »Sie werden durch Nachtschatten irren«, sagte sie zu Alban. »Ich sammle sie wieder ein. Sorg dafür, daß der Wall standhält!« Sie nahm ein durchweichtes Stück Schwebholz auf und lief los. Kurze Zeit später sah Alban das Holz aufflammen. Padia hielt die Fackel hoch und verschwand in der Nacht.

Selby erzählte die ganze Geschichte. Kurz vor der Brücke hatte Roodville seine Stachelrute mit zu viel Eifer eingesetzt. Daraufhin waren zwei Arbeiter fortgelaufen, und die übrigen konnten die Insassen nicht mehr völlig unter Kontrolle halten. Nach einem lauten Donnerschlag waren die Insassen in Panik geraten und hatten Roodville über den Haufen gerannt. Die Pflegerinnen hatten den Aufseher zur Brücke getragen. Mehr wußte Selby nicht.

Alban dachte an jene verrückten Männer und Frauen, die jetzt voller Furcht durch die dunklen, verlassenen Straßen von Nachtschatten irrten. Er erinnerte sich, gedacht zu haben, daß die Überschwemmung diese armen Teufel von ihrem Elend erlösen würde. Er dachte: *Wer hat sie ins Elend gestürzt?* Er empfand Scham.

Doch er und die Gesellschaft trugen die Schuld nicht allein. Die Heimsuchung! Sie hatte Angst und Zerstörung gebracht und jetzt den Wahnsinn auf Merron losgelassen.

»Luggat! Wie lange haben wir noch?«

»Der Wall selbst hält noch eine Weile, Herr. Aber der Fluß steigt schnell. Fünf Minuten, höchstens zehn. Und wir haben fast keine Säcke mehr.«

Alban wandte sich an einen anderen Mann. »Nehmt drei Arbeiter und lauft zum T'skrang-Viertel. Tormathis-Exporte, das rote Ziegelhaus. Tormathis hat Roodville die Säcke verkauft, und sie hat noch mehr. Kauft, so viel Ihr tragen könnt, und zwar ...« Alban schluckte. »... zu jedem Preis, den sie verlangt. Handelt in meinem Namen. Lauft!« *Da geht der Rest meines Vermögens dahin,* dachte er.

»Selby«, sagte er zu dem Jungen, »lauf zur Brücke. Sag jedem großen Namensgeber dort und jedem, dem du unterwegs begegnest, Landmann Alban Peyl zahlt jedem zwanzig Silberstücke oder vierzig in Waren, der beim Bau dieses Walls hilft. Führ sie hierher.« Der Junge lief los.

»Habt ihr gehört?« rief Alban den Männern zu. »Zwanzig Silberstücke für jeden von euch. Haltet nur den Fluß zurück!«

Zehn Minuten später stand Alban Peyl hoch oben auf dem Sandwall und betrachtete die Fluten drei Handspannen unterhalb seiner Füße. Eine Mannschaft, bestehend aus Männern, ein paar Frauen, einigen Orks und Trollen und einem gewaltigen Obsidianer stapelten Sandsäcke in wasserdichten Reihen. Nie mehr als einen Schritt über der Flut, arbeiteten sie mit hastiger Anstrengung.

Padia war noch nicht zurückgekehrt. Alban hatte nichts von den entflohenen Wahnsinnigen gehört. Er hatte keine Ahnung, wie lange seine Mannschaft dieses Arbeitstempo durchhalten konnte.

Es regnete noch immer, stärker jetzt, und der Fluß stieg minütlich weiter an. Winzige Frösche, grün wie frische Blätter, hüpften über den Wall, da sie Zuflucht vor dem Wasser suchten. *Überschwemmungen unterscheiden sich von anderen Katastrophen,* dachte Alban. *Sie kommen langsamer, aber dafür erbarmungslos. Weniger Angst, mehr Verzweiflung. Feuer, Stürme, Erdbeben, Vulkanausbrüche fühlen sich an wie der Tod. Eine Überschwemmung ist eher ein langsames Dahinsiechen.*

Zum erstenmal an diesem Abend fühlte er sich fast

wohl. Seine Handlungen glichen seine Scham wenigstens teilweise aus. Dennoch erfüllten ihn die Kosten seiner Bemühungen mit einigem Unbehagen. Er mußte seine Ware retten. Ihr Verlust würde ihn ruinieren.

Während er nach Luggat Ausschau hielt, dachte Alban an seine Zeit als Abenteurer. Er hatte nur einen Schlafsack und die Dinge in seinem Rucksack besessen, dazu gerade genug Silber, um sich seine nächste Mahlzeit und ein Dach über dem Kopf für die nächste Nacht kaufen zu können. Er hatte bis auf seine Waffen, ein paar Kleinigkeiten, eine Phiole mit Kelias Gegengift und seine Freunde nichts zu verlieren gehabt. Wann hatte er zuletzt Freunde gehabt? Nicht dickbäuchige Gäste, deren Atem nach Wein stank und die zu viele Ansichten hatten, sondern Freunde um einer Sache willen?

Unter ihm füllten Arbeiter Säcke mit Sand. Über das Prasseln des Regens hinweg hörte Alban einen sagen: »Gestern bin ich zweiunddreißig geworden. Heute bin ich vierzig. Noch so eine Nacht, und ich bin fünfzig.« Ein anderer sagte: »Kopf hoch. Einen Tag später kannst du dich zur Ruhe setzen.«

Alban ging weiter. Er spürte ihre Kameraderie angesichts einer aussichtslosen Sache, für die sie gemeinsam eintraten, und wollte daran teilhaben. Aber er würde nie zu ihnen gehören, und das nicht nur wegen seines Reichtums und seiner Stellung. Er erinnerte sich daran, Roodville früher am Abend befohlen zu haben, andere Arbeiter zu ›ermuntern‹, und er empfand einen Stich der Reue.

Alban kletterte den Wall herunter und ging zu Luggat, dem vorübergehenden Vorarbeiter, der am anderen Ende des Walls Spalten mit Lehm versiegelte. Eine abgedeckte Fackel, die zwischen zwei Säcke geklemmt war, warf einen matten gelblichen Schein. »Könnt Ihr jemanden erübrigen, um ein paar Kisten in Sicherheit zu bringen?«

»Nun, Herr, um die Wahrheit zu sagen, es ist eine knappe Angelegenheit. Ich würde nur ungern welche dazu abstellen, wenn es nicht unbedingt nötig ist.«

»Ich fürchte, es ist aber sehr – na ja, schon gut.« Alban wandte sich zweifelnd ab.

Er starrte matt auf ein paar Schildkröten, die unendlich langsam das Ufer entlangwatschelten. Die Flut würde sie ebenso zerschmettern wie sein Vermögen. Dann würde sie sich ausbreiten und gewundene Straßen in Kanäle verwandeln, Verrückte, Vagabunden und streunende Tiere ersäufen, Türen aus ihren Angeln reißen, Denkmäler von ihren Sockeln stürzen und jahrhundertealte Wahrzeichen zerstören.

Die Vorstellung empörte Alban. Er durfte es nicht zulassen. Seine Gedanken kehrten zu den Schildkröten zurück. Trauer wallte in ihm auf, und Tränen liefen ihm über die Wangen – wegen der Schildkröten.

»Glaubt Ihr«, fragte Alban Luggat, »wir haben auch nur die geringste Chance, den Wall ...«

Sie hörten ein knirschendes Grollen von unten. Der Sand erbebte unter ihren Füßen. Wasser spritzte unter dem Wall hervor. Der Wall erzitterte, und durch Lücken zwischen den Säcken spritzten Strahlen schmutzigen Wassers. Die Fackel fiel zu Boden und erlosch. Die Dunkelheit schlug über ihnen zusammen wie eine Welle.

»Wir brauchen Hilfe!« rief Alban.

»Der Boden! Der Boden ist zu weich und gibt nach!« rief Luggat. Er stemmte sich gegen den Wall, verlor jedoch den Halt. Die Wasserstrahlen wurden dicker. Der Wall neigte sich nach innen. Alban hatte einen Augenblick Zeit zu denken: *Jetzt ist es soweit.*

Etwas fiel wie ein Stein aus großer Höhe herab. Zwei Säulenbeine versanken tief im nassen Sand, und zwei Arme stemmten sich wie Stützpfeiler gegen den Wall. Ein Blitz ließ Alban einen knollenförmigen Kopf, riesige Augenbrauenwülste und steinerne Haut erkennen.

Als vertreibe er sich nur die Zeit, stellte der Obsidianer fest: »Ich glaube, ich kann diesen Wall nicht mehr lange halten.«

»Trolle!« rief Alban. »Orks, irgend jemand! Zu Hilfe, helft ihm!« Während der Donner krachte, eilten die größten Mitglieder von Albans Mannschaft herbei und stützten den Wall mit Schaufeln und Streben.

Alban sagte zu Luggat: »Schickt alle anderen in die Anstalt. Die Hälfte soll die Pferche der Insassen einreißen. Benutzt die Holzstreben, um den Wall abzustützen.«

»Das wird nicht lange halten, Herr.«

»Es wird so lange halten, bis die andere Hälfte die Kisten in der Anstalt genommen hat und sie ...« Verzweiflung erstickte Albans Stimme. Er fühlte sich, als habe ihm ein Angreifer den verbliebenen Arm und beide Beine abgehackt.

Er beherrschte seinen Schmerz und fuhr fort. »Die anderen werden die Kisten hierher tragen und damit den Wall befestigen.«

»Verstanden, Herr.« Luggat schrie seine Befehle.

Alban irrte, wankte davon. Er setzte sich in den Sand, während Dutzende von Namensgebern in die Anstalt rannten. Er dachte nichts.

Ja, ich erinnere mich noch ganz genau an den Ablauf. Alban traf seinen Entschluß ohne jeden Zweifel vor dem Erscheinen der Passion.

Im Laufe der nächsten zehn Minuten schleppten die Männer die Kisten heran und retteten damit den Sandwall. Zwar hatte der Wall damit Britham Boyhans Prophezeiung überdauert, aber das Wasser aus dem immer noch ansteigenden Byrose schwappte über den Wall und durchnäßte die Kisten. Arbeiter kämpften gegen das überschwappende Wasser und den Regen an und versuchten noch mehr Säcke auf den Wall zu schichten. Nur der Obsidianer arbeitete ohne Pause. Die anderen wurden durch ihre zunehmende Erschöpfung gebremst.

Die Arbeiter hatten ihre Haltung Alban gegenüber unmerklich geändert. Luggat, der sich neben ihn in den Sand fallen ließ, sprach jetzt zu ihm, als sei er einer von ihnen. »Die Gefahr, daß der Wall einstürzt, ist für den Augenblick abgewendet, obwohl mir der Schädel platzt, wenn ich an das Gewicht des Wassers hinter den Säcken denke. Nein, das Problem ist, der Fluß steigt immer noch schneller an, als wir den Wall aufbauen können.«

Alban starrte ihn hilflos an. »Würde es helfen, den Lohn zu erhöhen? Obwohl ich glaube, daß ich es mir nicht leisten kann.«

»Nein. Wir haben alle Leute hier, die angeworben werden können, und alles Silber der Welt kann keine Kraft kaufen, die verbraucht ist. Im Augenblick könnte ich für alle Waren in den Kisten keinen Finger mehr rühren…«

»… für die ein Lumpensammler jetzt vielleicht noch zehn Silberstücke geben würde.« Alban hatte Zeit gehabt, die ruinösen Vertragsstrafen aufzusummieren, die er zu entrichten haben würde, und darüber verbittert zu werden. Vielleicht mußte er sein Kontor schließen und möglicherweise sogar Jessis verkaufen, sein Anwesen in Altstadt. Dennoch, er konnte keine Kraft aus seiner Verbitterung ziehen. Er hatte verbissen gegen die Heimsuchung gekämpft, und die Moral dieses Kampfes stärkte ihm den Rücken. Vor die Wahl gestellt, würde er jedesmal wieder so handeln.

Jetzt schien es, als müsse er einen anderen Weg finden, den Fluß zurückzuhalten, aber er hatte keine Ideen mehr, keinen Willen. Alban hatte mit seinem alten Leben abgeschlossen, als habe er einen Fluß eingedämmt. Wäre Padia gekommen und hätte ihn nach Hause gebracht – hätte sich irgendeines von hundert anderen Toren geöffnet –, hätte Albans Leben vielleicht einen ganz gewöhnlichen Verlauf genommen. Daher muß ich die anschließenden Ereignisse mit um so mehr Sorgfalt schildern.

Das Wasser schwappte nicht mehr über den Sandwall. Das Rauschen der Fluten dahinter wurde zu einem Flüstern und dann zu unheimlicher Stille. Regen verwandelte sich in kühlen Nebel, und ein Hauch von Diptamdost lag in der Luft. Plötzlich spritzte Wasser gegen den Wall und erhob sich zu einer schaumbedeckten Woge. Weißes Licht waberte auf ihrem Kamm, blitzte zum höchsten Punkt des Walls und bündelte sich dort zu einem ätherischen Leuchten.

In diesem Leuchten sah jeder Arbeiter Thystonius.

Ich konnte die Passion nicht mit Deutlichkeit wahrnehmen. Obwohl ich magische Strukturen lese wie andere Leute Schriftrollen, nähren die Passionen sich von Kräften einer anderen Ordnung. Ein Jota des Wesens jedes Namensgebers in Barsaive wird abgezweigt, um die Passionen zu nähren, wie jede Person aus einer Ansammlung unzähliger winziger Zellen besteht. Jene, welche den Passionen keine Kräfte zuführen, nehmen sie niemals wahr. Die Arbeiter sahen Thystonius jeder auf seine ganz eigene Weise, und ich blickte durch ihre Augen.

Alban sah einen hochgewachsenen, kräftigen Mann von vielen Jahren, der keine Kleidung trug, aber statt dessen mit leuchtend roten Zeichen des Ordens des Inneren Lichts tätowiert war: Schuppen, Zargen, Stäbe. Silberne Haare und ein silberner Vollbart flatterten im Wind. Für Alban war nichts anderes so gleichbedeutend mit Lebendigkeit, Weisheit und Kraft.

Die Passion stand gewichtslos auf dem Sandwall und sprach mit der inneren Stimme der Gedanken der Arbeiter.

Herausforderer! Ihr, die ihr der Flut mit der Kraft eurer Glieder Einhalt gebietet, warum haltet ihr inne? Eure Häuser ste-

hen im Trocknen, ihre Wetterfahnen drehen sich noch in Windböen und nicht in Wasserfluten, und das nur wegen eures Mutes. Dennoch rauscht die Flut heran. Immer noch peitscht der Wind gewaltige Gewitterwolken über den Himmel. Der beständig steigende Fluß ermüdet nicht, um so weniger solltet ihr es tun. Erhebt euch, steht auf, kämpft!

Alban, Luggat und all die erschöpften Arbeiter standen auf. Sie hoben den Blick und betrachteten Thystonius ehrerbietig, und sein Anblick verlieh ihnen neue Kraft. Sie liefen zum Sandwall. Währenddessen stiegen die nächsten Worte der Passion in ihnen auf.

Vor einem Augenblick stand ich über einem anderen Fluß weit entfernt, für Sterbliche eine Reise von vielen Tagen. Dort in den Caucaviabergen fiel eine Wilde, eine Angehörige der einheimischen Stämme, die sich in ihrer Jugend die Zunge durchbohren, um zu bezeigen, daß sie die verhaßte Sprache der Ausländer nicht benutzen werden, in reißende, von der Schneeschmelze gespeiste Fälle. Diese kahlrasierte Frau, zierlich von Gestalt und voll von Jahren und Furcht, wehrte sich nach Kräften gegen die eisige Strömung, um das Ufer zu erreichen. Ich tanzte über den Fluten und trieb sie vorwärts, wie ich jetzt euch vorwärts treibe, vorwärts, vorwärts!

Von neuer Kraft erfüllt, hoben die Arbeiter ihre Schaufeln und Säcke. Sogar Alban hob mit einer Hand einen Sack auf. Er empfand keine Überraschung ob seiner plötzlichen Stärke. Er hievte ihn hoch zum Wall und zwischen einen Schwarm rufender Arbeiter. Während sie liefen, kamen ihnen neue Gedanken.

Der Atem, den diese Frau in dankbaren Zügen einsog, schmeckte süßer als gezuckerte Früchte. Sie hat wahrhaftig gelebt. Strengt euch an! Die schwachen und müden Phantome eurer Vorfahren liegen seit Millionen von Jahren im

Grab, und dort werden sie auch noch in weiteren hundert Milliarden Jahren liegen. In diesem staubigen Nichts bringen jetzt auch die winzigsten Zeitspannen, die sie mit Suchen, Anstrengen, Versuchen verbracht haben – mit dem Kampf für einen gerechten Sieg oder dem Ausstechen eines Rivalen um die Hand einer Geliebten –, all diese Stunden des Kampfes, wie lange sie auch zurückliegen mögen, diese augenlosen Gespenster bringen den hellsten Schein der Erinnerung mit sich. Bevor ihr euch ihnen anschließt, strengt euch an!

Und sie strengten sich an. Alban, den bisher sein Immerreiner Umhang trocken gehalten hatte, war rasch in Schweiß gebadet. Er verlor jedes Zeitgefühl und sich selbst in der Arbeit. Ob Padia schließlich zurückkehrte, um von ihrem Erfolg zu berichten, und ihn dann mit nachdenklichem Lächeln der Arbeit der Passion überließ und nach Hause ging, wußte Alban nicht.

In dem Tumult erloschen viele Fackeln. Die Arbeiter sahen einander nur schemenhaft. Irgendwann streckte Alban die Hand aus, um einen Sack zu ergreifen, den ihm sein Nachbar reichte, und seine Hand streifte die des anderen. Alban spürte viele Ringe.

»Wer ist das?« fragte er.

Keine Antwort.

»Boyhan?«

Eine Pause. »Ja.«

Alban erwog, innezuhalten und mit ihm zu reden, doch wenn ihr Werk gelingen sollte, brauchten sie jede Hand. Er machte sich wieder an die Arbeit.

In gewöhnlichen Zeiten mochten die Bürger von Merron jede Passion ein- oder zweimal im Jahr sehen. In der Zeit der Heimsuchung, als die Gefühle in jedem Namensgeber hohe Wellen schlugen, ließen sich alle zwölf Passionen im Stundenrhythmus in der ganzen Stadt sehen. In dieser Nacht erschien Thystonius auf jedem Wall und jeder Barrikade in Nachtschatten und half den

Arbeitern durch die lange Nacht. Mit Hilfe der Passion bauten sie die Wälle hoch und stark genug, um die Überschwemmung zu verhindern.

Durch ihre Arbeit überlebte Nachtschatten.

Der Wendepunkt kam einige Stunden vor Morgengrauen. Wenngleich es immer noch regnete, stieg der Fluß nicht weiter an. Die Arbeiter jubelten, als ihnen die Neuigkeit von den Wällen gemeldet wurde. Bis auf die Knochen durchnäßt, fanden sie den Regen jetzt kühl und erfrischend, die Luft süßer als gezuckerte Früchte. Niemand konnte sich erinnern, wann die Passion verschwunden war.

Albans Kopf war vor Erschöpfung wie leergefegt. Er zog eine Fackel aus dem Wall und wankte am Ufer entlang. Er fand Boyhan. Der Adept atmete mühelos, doch sein glasiger Blick zeugte von Erschöpfung. Er, ein Elementarist, hatte sich vom Regen durchnässen lassen.

Alban setzte sich neben ihn. »Es ist gut, Euch wiederzusehen.«

Boyhan sprach so, als beantworte er eine Frage. »Ich konnte keinen Zauber anwenden, um den Wall zu stärken. Die Gründe – nein, ich werde sie nicht verraten. Soviel beherzige ich noch.«

Alban schwieg.

Boyhan klang verwirrt. »Aber – diese Leute haben so hart gearbeitet. Der Byrose hat so viel genommen. So viel.« Er senkte den Kopf und brach in ein unbändiges Schluchzen aus.

In einer anderen Stimmung wäre Alban vielleicht in ihn gedrungen, um mehr zu erfahren. Jetzt wünschte er nur, jemandem zu helfen, der an seiner Arbeit teilgenommen hatte. Er stand auf, streifte seinen Umhang ab und legte ihn Boyhan unbeholfen über die Schultern. Der Mann, der ihn zuvor bekämpft hatte, weinte jetzt noch immer und nahm Albans Geste nicht zur Kenntnis.

Mit klopfendem Herzen und kribbelnden Gliedmaßen suchte Alban die Einsamkeit. Er marschierte langsam durch den Sand. Zum erstenmal in dieser Nacht spürte er den Regen, kühl und reinigend. Er erklomm den Wall und sah sich um. Blitze zeigten ihm die Fluten des angeschwollenen Byrose, und in Intervallen der Schwärze sah Alban die Lichter von Altstadt. Durch den Regen wirkten die Lichter verschwommen und trügerisch wie die Augen eines Totengeists.

Was ließ seine Beine erzittern? Was trieb ihm heißes Blut in die Wangen? Doktrinen fielen ihm ein, die ihm seit zehn Jahren entfallen waren. *Der erwachte Krieger besiegt den hadernden Geist. Hadere nicht, und werde unüberwindlich.*

Was ließ das Blut in seinen Ohren rauschen? Die Erinnerung.

Jetzt muß ich mit Bedacht fortfahren. Hier. An dieser Stelle ereignete sich die Episode, die ein Tor öffnete, das mir einen Rückblick auf Albans Gedanken gestattete.

Alban betrachtete die trüben Lichter Altstadts über den Fluß hinweg. Winzige Punkte an einem riesigen Himmel, Sterne dahinter, eine öde Leere dahinter und riesige Abgründe der Zeit voraus: Das alles sah er. Er zitterte vor Furcht. Er, und alles, was er liebte, Spielzeuge der Passionen in einer ziellosen Welt, würde sinnlos sterben und für immer verloren sein.

Entsetzen packte ihn. Er schloß die Augen und versuchte sich vor seinen Gedanken zu verstecken. Auf der Suche nach einer Zuflucht erinnerte er sich an die ruhige Stimme seines Mentors im Orden, Roniro. *Merke dir. Der Wind bläst dich nicht an und auch nicht rings um dich. Der Wind bläst* durch *dich hindurch.*

Ja. Die Erkenntnis der Leere. Einst hatte Alban sie gekannt.

Wie die Pflanze der Sonne entgegenwächst, so mußt du leben.

Er richtete sich auf seinen Atem und ergriff Besitz von seinem einzigen Geburtsrecht: diesem Augenblick.

Eine unterschwellige Freude erfüllte ihn, die nicht einer Passion, einer Gottheit oder einer Disziplin entsprang, sondern seinen geschärften Sinnen. Während seiner Zeit im Orden hatte er niemals solch einen Zustand erfahren. Er hatte ihn sich als überwältigende Freude vorgestellt, und doch fühlte er sich jetzt ganz ruhig. Er sah mit Klarheit.

Für seine Augen leuchteten die Arbeiter unter dem Sandwall in einem silbernen Licht, das weder vom Himmel, noch von einer Fackel oder einem Kristall kam. Das Licht durchfloß die Namensgeber, zeichnete ihre Züge in allen Einzelheiten nach und überzog sie mit einem mondfarbenen Glanz.

Als er den Kopf hob und stillhielt, konnte er diese Leute als Wirbel und Strudel wahrnehmen, als flüchtige Kräuselungen im Lichtstrom. Sie formten sich und erbebten in diesem einen Augenblick, so lieblich, während sie in diese Strömung aus einem höheren Raum getaucht wurden. In einem weiteren Augenblick würde alles verschwinden. Der Strom, der sie durchlief, berührte ihn ebenfalls. Auch er würde wie ein Kräuseln vergehen. Er lebte nicht abgesondert.

Er spürte diese Leute leiden, wie er gelitten hatte, und der Trost des Mitleids erwärmte sein Herz. Worte stiegen ungewollt in ihm auf. Murmelnd sagte er zu ihnen: »Ich habe den Weg vergessen, der an allem Sehnen vorbei zum Frieden führt. Ich habe die Disziplin von Körper und Geist vergessen. Alle diese Jahre, verloren ohne euch! Ihr seid ich, und ich habe euch vergessen.«

Etwas in ihm riß. Er weinte. Er fiel auf dem Sandwall auf die Knie und stürzte dann in die Fluten. Das Wasser, das die geschmolzene Erde gekühlt hatte, das ihre Millionen Spezies ernährt und ihre Milliarden Knochen gewaschen hatte, das ganze Städte verschlungen hatte und jede Stadt verschlingen würde, die noch kommen mochte, dieses Wasser schloß sich über Alban und zog ihn hinab.

Eine unbekannte Zeitspanne trieb er dahin, während er Hitze und Kälte, Licht und Dunkelheit zugleich erlebte. Er kam neben dem Sandwall auf der Seite liegend wieder zu sich.

Der Regen hatte aufgehört. Durch die dünner werdenden Wolken waren Sterne zu sehen.

Luggat, Selby mit einer Fackel und die anderen Arbeiter betrachteten ihn. Luggat grinste. »Seid Ihr wieder wach? Ihr habt schrecklich viel Wasser geschluckt. Ein Glück, daß wir Euch fallen sahen. Alles in Ordnung?«

Alban hustete. »Ich fühle mich verändert.« Er setzte sich auf und rieb sich die Augen.

Keuchend und fluchend wichen die Arbeiter zurück.

»Was ist …?« Alban hielt inne.

Er hatte beide Hände benutzt. Sein rechter Arm war zurückgekehrt.

Und seine starke rechte Hand hielt eine kurze Schnur aus leuchtendem Silber.

2

Padia Perplex

Padia Villandry verbrachte den nächsten Morgen mit dem Empfang von Besuchern auf Jessis, dem Peyl-Villandry-Anwesen auf dem terrassenförmigen Südhang von Altstadt. Das rote Ziegelhaus erhielt viele Komplimente für seine angenehme Front und seine makellose Sauberkeit, Eigenschaften, die es mit seiner Herrin teilte.

Mit unfehlbarem Anstand hieß Padia eine Flut von Gratulanten, Neugierigen, verrückten Propheten, Möchtegern-Gefolgsleuten, Souvenirjägern und Angehörigen der Oberschicht willkommen. Alle kamen, um den Herrn des Anwesens zu sehen, den einarmigen Magistrat, der wunderbarerweise seinen fehlenden Arm wiederbekommen hatte! Letzte Nacht, als der Regen aufgehört hatte! Vor Zeugen! Nach dem fünfzehnten Besucher, als die Dämmerung lediglich eine Andeutung am sich aufklärenden Himmel gewesen war, hatte Alban das Anwesen verlassen und war nach Schulenburg geflohen. Er hatte die Silberschnur mitgenommen und es seiner Frau überlassen, die Besuchermenge abzufertigen.

»Hallo. Es tut mir schrecklich leid, daß Ihr ihn verpaßt habt, aber Ihr versteht das gewiß. Die Zauberer wollen ihn studieren, müßt Ihr wissen. Hallo, Landmann Drayton, ein wunderbarer Tag, nicht wahr? Ja, ich richte es ihm aus. Guten Morgen, meine Liebe! Ein umwerfendes Kleid, Ihr müßt mir das Schnittmuster geben.«

Albans Feigheit hätte Padias Wangen vor Wut rot anlaufen lassen müssen. Er wälzte die gesellschaftlichen Verpflichtungen gewohnheitsmäßig auf sie ab, und sie hatte sich mit zunehmender Lautstärke über zehn Jahre einer enttäuschenden Ehe beklagt. Doch an diesem Morgen, dem ersten strahlenden Morgen seit Wochen, übernahm sie die Pflicht ohne Murren.

»Ja, mir geht es prächtig. Nein, mein Mann hat seinen Arm wieder. Es geht ihm ausgezeichnet, und er hat schon seit Jahren nicht mehr so gut ausgesehen. Magische Schnur? Du meine Güte, was für eine Schnur meint Ihr? Magistrat Vorna, welch eine Ehre, Euch auf Jessis begrüßen zu dürfen! Vielen Dank für Euren Besuch.«

Viele Besucher kamen aus den Nachbaranwesen, während manch andere die ganze Stadt durchquert hatten. Letztere kamen mit der Nachricht, der Byrose verlöre sein Hochwasser, als habe jemand einen Stöpsel gezogen. Einige von ihnen glaubten sogar, Alban selbst habe den Regen zum Erliegen gebracht. Padias Gedanken konnte ich entnehmen, daß sie nach einer schlaflosen Nacht der Gespräche und des Studiums insgeheim selbst zu dieser Überzeugung gekommen war.

»Evellan, hallo, Eure neue Tätowierung gefällt mir wirklich gut! Nein, es tut mir leid, er hat keine Abdrücke hinterlassen. Wenn er der Flut ein Ende bereitete, kann ich Euch versichern, daß er keine Ahnung davon hat, wie. Hallo, Städter, freut mich, Euch zu sehen. Ach, würdet Ihr das bitte wieder zurückstellen, ich bin sicher, Ihr habt Euch nichts dabei gedacht.«

Abgesandte vom Hohen Hügel, Questoren von Garlen, die nach Zeichen der Anwesenheit der heilenden Passion suchten, Hochstapler, die behaupteten, Alban geheilt zu haben: Gegen Mittag komplimentierte Padia sie alle hinaus und setzte das magische Siegel am Eingangstor in Gang. Mit fester Stimme verkündete es Besuchern, daß die Anwohner sie später am Nachmittag willkommen heißen würden.

Sie zog sich in den Salon im Westflügel zurück, einer gut eingerichteten Stube mit Sitzgelegenheiten für Namensgeber aller Rassen. Alban benutzte ihn bei seinen Geschäftsbesprechungen. Dort trank sie mit ihren Freundinnen aus der Gesellschaft, den Zwergenlandfrauen Barghill-Bhurn und Nurnholz, ein Glas Singblumentee.

»Er hat sich sehr seltsam benommen«, sagte sie zu den Landfrauen. »Er hat kaum etwas zu seiner ruinierten Ware gesagt. Und selbst der Gedanke, möglicherweise Jessis aufgeben zu müssen, hat ihn kaum gestört.«

»Er hat den Verstand verloren«, verkündete Landfrau Barghill-Bhurn. Ihre Stimme, sogar für eine Zwergin ungewöhnlich tief, hatte sich auch im Alter ihre zermürbende Resonanz bewahrt. »Der Arm ist wieder da, der Verstand ist weg. Ein trauriger Tausch.« Sie trug ein gewaltiges Kleid aus schwarzem Organza, in dem sie wie ein gerupftes Waldhuhn aussah. Ihr stupsnäsiges Gesicht war hinter der Krempe eines breitrandigen Hutes und einem vornehmen Schleier verborgen.

Mit einem kurzen, fetten Arm hob sie ihr vergoldetes Teeglas wie ein Amtszepter. »Sein Haus, seine Stellung in der Gesellschaft – Anker und Boot! Boot und Anker!« Nachdem sie diesen vielsagenden Vergleich vorgebracht hatte, nippte sie.

»Hatte er, also ich meine, war er betrunken?« fragte Landfrau Nurnholz zaghaft. Alles an der jungen Zwergin, von ihren gelockten braunen Haaren bis hin zu ihrem schlichten braunen Kleid, schien zurückhaltend zu sein. Der Gesellschaft gefiel sie so.

»Nein, wir trinken nicht.« Padia goß allen Tee nach. Sie hatte die Bediensteten zum Mittagessen in ihre Quartiere geschickt. »Er machte einen kraftstrotzenden, aber durchaus klaren Eindruck. Er sah sich ständig um, ohne sich aber den Anschein zu geben. Das hat er früher immer getan. Dabei habe ich richtig nostalgische Gefühle bekommen.«

Selbst in ihren gelegentlichen Anfällen von Begriffsstutzigkeit quollen Earlene Nurnholz' blaue Augen natürlich hervor. Manche fragten sich, ob sie je blinzelte. Jetzt quollen ihr die wäßrigen blauen Augen fast aus dem Kopf. »Glaubt Ihr, er könnte vielleicht zu seinen, Ihr wißt schon, zu seinen Kriegerzeiten zurückgekehrt sein?«

»Earlene, trinkt Euren Tee!« Landfrau Barghill-Bhurn gestattete Gespräche über Trunkenheit, Untreue, Wahnsinn, Schlaganfälle und, unter engen Freunden, Verdauungsprobleme. Adeptenmagie überstieg jedoch ihren Horizont. Adepten übten Macht in Merron aus, aber das ließ sie noch lange nicht vornehm erscheinen.

In den meisten Städten Barsaives diktierten Zwerge das Wesen und die Zusammensetzung der richtigen Gesellschaft. Bulrutha Barghill-Bhurn regierte die Alten Familien ebenso, wie die Magistrate Merron regierten, wenn man davon absah, daß sie sich selbst auf Lebenszeit gewählt hatte. Sie fällte Urteile und genehmigte Veranstaltungen in ihrer Domäne – wie die Beamten des Hohen Hügels in ihrer. »Ob Landmann Peyl sich zu dem von Euch erwähnten Zustand zurückentwickelt hat oder nicht, Earlene, wir müssen Padia trösten, die gequälte Gattin.«

»Vielen Dank, Landfrau, aber ich brauche jetzt noch keinen Trost.« Tatsächlich war der Empfang der richtigen Gäste ein Trost für Padia. Ungeachtet ihrer Bemühungen, den unteren Schichten Merrons zu helfen, fühlte sie sich nur in der besseren Gesellschaft zu Hause.

In den zehn Jahren hohen gesellschaftlichen Standes und Komforts hatte Padia allmählich das Interesse an der ihrer Disziplin eigenen Analyse der Funktionsweisen der Magie verloren. Jetzt benutzte sie ihre Kräfte der Sammlung, um ein ausgedehntes gesellschaftliches Netz aufrechtzuerhalten, eine Matrix, die beinahe so komplex war wie die eines beliebigen Zaubers. Ihr natürlicher Charme half den Gründerfamilien dabei, ihre Vergangenheit als Adept zu übersehen. »Mit Verlaub«, fuhr sie fort, »ich glaube, Earlene ist auf die Wahrheit gestoßen.«

»Was, ich?« Earlene machte plötzlich einen sehr aufgeregten Eindruck. »Wer hätte das gedacht!«

»Alban hat seinen Arm bei einem magischen Angriff verloren. So, wie er sich anschließend veränderte, war klar, daß dieser Angriff ihn nicht nur seines Arms beraubt hat. Er hat seine Wahre magische Struktur verändert.«

Earlene quollen wieder die Augen aus dem Kopf. »Was ist das?«

»Alles im Universum hat eine Struktur magischer Energie. Sie definiert alles an dem Objekt – oder der Person. Albans Struktur enthält Vergangenheit, Intellekt, Fertigkeiten, Fähigkeiten und seine Art und Weise, sich mit der Welt auseinanderzusetzen. Jeder, den er kennt oder der ihn kennt, alles, was er ist und glaubt, wäre Teil dieser Struktur.«

»Einschließlich seines Arms?«

»Nun, ich nehme es an. Gewöhnlich würde der Verlust eines Arms den Rest von Albans Struktur nicht sonderlich beeinflussen. Aber dieser Angriff hatte etwas Merkwürdiges an sich, etwas Machtvolles. Er hat ihm seinen Arm geraubt, indem er ihn tiefgreifend verwandelte. Sein Kampf gegen den Fluß heute nacht scheint ihn wieder zurückverwandelt zu haben.«

Earlene war an den Grenzen ihrer Auffassungsgabe angelangt. »Ihr meint also, als er seine Struktur veränderte, mußte der Arm wieder zu ihm zurückkehren?«

»Anscheinend.«

»Hat ihn jemand anders all die Jahre aufbewahrt?«

Die Lüge ging Padia leicht über die Lippen. Sie belog Alban seit Jahren, wie die Zauberer Merron seit Jahrhunderten belogen. »Ich weiß es nicht. Er könnte auch einfach nur im Astralraum verschwunden sein.«

»Iiii!« Als Earlene die Nase rümpfte, wurde ihr Gesicht noch reizloser. »Da leben die Dämonen. Glaubt Ihr ...?«

Padia beeilte sich, diesen Gedanken im Keim zu ersticken. »Nein, nein, ich bin ganz sicher, daß es kein Dämon war. Albans Arm ist gesund, wie auch er selbst. So etwas kann nicht aus Dämonenmagie entstehen.« *Wenigstens das stimmt*, dachte sie. *Mögen die Passionen verhüten, daß uns heute nacht eine aufgebrachte Menge besucht.*

Earlene sah erleichtert aus. »Aber warum hat es aufgehört zu regnen?«

Die zweite Lüge erwies sich als leichter, weil Padia in dieser Richtung selbst nur Vermutungen anstellen konnte. »Das ist gewiß ein Zufall.«

»Gewiß! Und, Earlene, was darüber hinausgeht, braucht uns nicht zu bekümmern.« Landfrau Barghill-Bhurn hatte zuviel Gerede über Magie gehört. »Padia, meine Liebe, wird dieser Vorfall die Pläne für Eure entzückende Abendgesellschaft stören?«

»Das glaube ich nicht. Ich hoffte, mit Euch über die Gästeliste sprechen zu können ...«

Über den Mittag hinweg befaßten sie sich mit der Einschätzung der gegenwärtigen gesellschaftlichen Stellungen. Dann brachte Landfrau Barghill-Bhurn die rituelle Entschuldigung vor, daß andere Pflichten auf sie warteten, und Padia begleitete sie und Earlene zur Haustür.

Als sie die Hand auf den Riegel legte, um die Tür zu öffnen, hörte sie ein Klopfen. Gereizt fragte Padia sich, was aus dem magischen Siegel am Tor geworden war.

Dann rief eine Stimme auf der anderen Seite der Tür: »Öffnet, Padia! Ich bin es, Wohlnoth, Euer alter Lehrer.«

Einen Augenblick lang fühlte Padia sich ein wenig schwindlig. Ja, die Stimme klang tatsächlich wie Wohlnoths. Natürlich. Lächelnd sagte sie zu den Landfrauen: »Mein Adeptenmeister in der Magierschule.« Der Hausdiener, Dander, tauchte aus dem Bedienstetenquartier auf, doch sie winkte ihn fort. Sie öffnete die Tür.

Einen Augenblick lang glaubte sie, auf der Veranda eine bucklige graue Gestalt und eine größere dunklere dahinter zu sehen. Etwas wie Panik ließ sie erstarren. Dann sagte Wohlnoths tiefe melodiöse Stimme: »Ja, Padia, ich bin es, Wohlnoth, und ich sehe noch genauso aus, wie Ihr mich von der Schule der Überlegenen Schutzmittel in Erinnerung habt!«

Ein Flackern, ein Sichverdichten der Luft, und sie blinzelte. Ihr Blickfeld klärte sich. Da stand Wohlnoth, ein runzliger alter Mann in einer indigofarbenen Robe, die mit azurblauen Runen und Sternen bestickt war. Seine buschigen Augenbrauen und der lange strähnige Bart hatten dieselbe Pfeffer-und-Salz-Farbe wie vor Jahren in ihrer Studienzeit. Schnell legte Padia ihre Furcht ab. »Meine Güte, Meister Wohlnoth, welch eine angenehme Überraschung! Ihr habt Euch kein bißchen verändert.«

Wohlnoth kicherte auf seine vertraute Art. »Ich darf Euch meinen treuen Lehrling vorstellen, einen netten jungen Mann namens Hodrick. Ein gutaussehender Bursche, nicht wahr? Ich bin sicher, Ihr werdet ihn mögen, Padia.«

»Hallo«, sagte der nette junge Mann namens Hodrick. Er hatte kurzgeschnittene lockige schwarze Haare, warme braune Augen und ein gutgebildetes Gesicht mit hohen Wangenknochen und einem kräftigen Kinn. Er trug eine breitschultrige orangefarbene Robe mit weiten Ärmeln, die er zusammengeschoben hatte, so daß seine

Hände verborgen waren. *Was für ein hübscher Bursche,* dachte Padia. Sie wußte nichts mehr von der großen dunklen Gestalt. Sie mochte Hodrick bereits.

Padia bat Wohlnoth und Hodrick in ihre marmorgeflieste Eingangshalle und übernahm die Vorstellung. Earlene Nurnholz wirkte ein wenig benommen, als sie sie begrüßte, aber so wirkte sie oft. Landfrau Barghill-Bhurn schien etwas fassungslos zu sein. »Padia, sind das, äh, Freunde von Euch?«

Wohlnoth kam der Beantwortung dieser Frage glattzüngig zuvor. »Landfrau Barghill-Bhurn, nehme ich an? Welch eine Freude für einen alten grauhaarigen Mann wie mich, die führende Gestalt der Merroner Gesellschaft kennenzulernen.« Wohlnoth nahm ihre kleine Hand und sah ihr eindringlich in die Augen. »Ich muß mich für den Zustand meiner Haare und meines Bartes entschuldigen, Landfrau Barghill-Bhurn, von meiner faltigen Robe ganz zu schweigen. Wir alten Magier nehmen so selten am gesellschaftlichen Leben teil, daß wir in diesen wichtigen Dingen oft nachlässig sind. Ich hoffe, Landfrau Barghill-Bhurn, Ihr gewährt mir Pardon?«

Während sie der melodischen Stimme lauschte, wurde der Ausdruck in Bulrutha Barghill-Bhurns Augen weicher. Benommen sagte sie: »Meine Güte, Padia, was für einen reizenden Freund Ihr habt.«

»Ja, in der Tat«, sagte Padia. Wohlnoth hatte mehr Charme entwickelt, als sie ihm je zugetraut hätte.

Wohlnoth lächelte. »Landfrauen, ich muß mich für Städter Hodrick und mich selbst entschuldigen, daß wir euch unterbrochen haben. Ich glaube, ihr wart gerade im Begriff zu gehen?«

»Wir waren gerade im Begriff zu gehen«, sagte Landfrau Barghill-Bhurn.

»Im Begriff zu gehen«, sagte Landfrau Nurnholz.

Sie gingen. Padia kam wieder zu sich, als sie auf dem schlammigen Rasen unter der hohen Esche südwestlich des Hauses stand. Wohlnoth und Hodrick waren bei ihr und schauten zu den Blättern auf. Das grelle mittägliche Licht bleichte den Himmel und schmerzte in ihren Augen. Die hohe Ziegelmauer nicht weit entfernt dämpfte die Geräusche von der Straße dahinter.

Sie schien sich daran zu erinnern, daß Wohlnoth irgend etwas gesagt hatte. Sie rieb sich die Schläfen. »Ich – es tut mir leid, was sagtet Ihr?«

»Ich sagte, ich bin in diesem Frühjahr sehr oft auf dem Weg zur Schule an Jessis vorbeigekommen. In den Zweigen dieses Baumes haben zwei Amseln Tag für Tag ihr Nest gebaut, und dann hat sich die Mutter dort eingenistet. Ich habe sie bei Sonne und Regen geduldig dort sitzen sehen.«

Wohlnoth rieb sich die Schläfe. »Dann sah ich eines Morgens zwei Junge darin sitzen und fiepen, während Mutter und Vater sie abwechselnd fütterten. Sogar als der Regen die Stadt überflutete, haben die Eltern ihre Jungen gefüttert. Doch als ich gestern hier vorbeiging, war das Nest leer. Ich fürchte, der Sturm hat die Jungen aus dem Nest geblasen.

Angesichts des Sturms konnte ich nichts unternehmen. Ich ging in dem Wissen weiter, daß ich diese dummen kleinen Vögel ihrem Schicksal überließ. Wißt Ihr, Padia, ich habe in der letzten Nacht nicht sehr gut geschlafen, weil ich immerzu an diese Amseln denken mußte. Was für ein alberner und rührseliger alter Mann ich geworden bin! Schließlich entschloß ich mich zu einem Besuch, um festzustellen, ob sie den Sturm vielleicht überlebt haben und noch zu retten sind.«

Wohlnoths Geschichte rührte Padia. Sie verschränkte die Hände auf dem Rücken und sah sich in der Umgebung des Baumes um. »Ihr habt die Vorgänge als Spaziergänger von draußen besser beobachtet als ich in meiner Eigenschaft als Bewohner. Ich wußte nicht einmal von dem Nest. Könnt Ihr sie irgendwo sehen?«

Wohlnot legte beiläufig die Hände auf den Rücken und verschränkte sie. »Ja, ich sehe sie. Seht Ihr sie auch, Hodrick?«

»Ja«, sagte Hodrick. Er bewegte sich kaum.

Padia folgte Wohlnoths Blick und sah zwei zitternde Bälle im Gras liegen. Die Amseljungen, deren Gefieder noch seidenweich und braun war, scheuten vor ihrer Berührung zurück. In den Ästen des Baumes zwitscherten wütend die Eltern.

Hodrick starrte die Vögel an, als lese er eine Schriftrolle. »Diese Amselmutter nistet seit acht Jahren in jedem Frühjahr in diesem Baum. In jedem Winter fliegt sie weiter nach Süden, als irgend jemand von uns in seinem ganzen Leben je gereist ist. Der Instinkt treibt sie vorwärts. Andernfalls würden wir sie tapfer nennen. Wieviel von dem, was wir unter Namensgebern Tapferkeit nennen, beruht in Wahrheit auf einem Instinkt. Wieviel auf Stolz? Wieviel auf Liebe?«

Wohlnoth sah Hodrick schief an. »Ich habe noch nie einen Lehrling gehabt, der ein Gespräch so leicht zum Erliegen bringen konnte. Verzeiht ihm, Padia.«

Als sie Hodricks seltsame Rede hörte, empfand Padia eine jähe, überraschende Zuneigung für ihn. Hinter seinen Worten verbargen sich dieselben unerwarteten Gedanken, die sie – vor langer Zeit – für Alban eingenommen hatten. Er hatte ebenfalls aus Banalitäten ominöse Lehren gezogen, eine Angewohnheit, die nur sie amüsant und liebenswert gefunden hatte.

Hodricks Verhalten ließ außerdem auf eine mysteriöse Kraft schließen, auf eine spielerische Vertrautheit mit magischem Wissen. Vor langer Zeit hatte Padia diese Vertrautheit ebenfalls gekannt. Die Verbindung von Bekanntem und Exotischem begeisterte sie.

Sie verschränkte die Arme vor der Brust und sah ihn an. »Ihr lest bemerkenswert gut für einen Lehrling. Ich wage zu behaupten, daß uns die Antworten auf Eure

Fragen wahrscheinlich beschämen würden. Wißt Ihr, ich habe diesen Baum selbst gepflanzt, als mein Mann und ich Jessis gekauft haben. Ich wollte das Holz für einen Zauberstab benutzen, aber mit den Jahren, nun ja, ist die Notwendigkeit abhanden gekommen.« Sie schwieg verlegen.

»Padia«, sagte Wohlnoth glatt, »würdet Ihr diese Jungen wieder ihren Eltern zuführen? Ihr müßt sie in das Nest dort in der Astgabel fliegen. Seht Ihr es?«

Padia suchte nach Ausflüchten. »Unnötig. Ich kann sie einfach levitieren.« An den Levitationszauber erinnerte sie sich noch. Sie benutzte ihn, um mit Staubwedeln ansonsten unzugängliche Spinnweben zu entfernen.

Wohlnoth verschränkte die Arme vor der Brust und starrte sie an. »Der Levitation mangelt es an Kontrolle. Fliegt sie bitte hinauf.«

Padia versuchte Zeit zu gewinnen. »Vielleicht fliegt Euer Lehrling sie hinauf und zeigt uns, wie gut er seine Studien gemeistert hat.«

»Das hat er nicht. Bitte zeigt ihm, wie ein wahrer Magier es tut.«

»Ich – Meister, ich muß bekennen, daß ich meine Studien jahrelang vernachlässigt habe. Ich habe mir zwar noch den einen oder anderen Zauber bewahrt, um den Kamin anzuzünden oder im Haus aufzuräumen, aber ...«

Sie dachte, Wohlnoth würde zornig, aber statt dessen zuckte für einen winzigen Augenblick ein Lächeln um seine Mundwinkel.

Da wurden Padias Gedanken nebelhaft wie in einem Traum. Ich konnte ihnen erst wieder folgen, als sie in ihrem Ausstellungsraum, einem hellen und geräumigen Salon am Südende des Ostflügels, wieder zu sich kam. Wohlnoth und Hodrick standen neben ihr vor dem Schaukasten mit den Kristallschilden. Der Raum enthielt nichts sonst außer ihrem Schrank mit der Zauberstabsammlung und in zwei Ecken Ringpanzer von der Gesellschaft der Grauen Eule. Die Deckenbemalung zeigte einen Schwarm Chaktas im Flug.

Durch das vordere Fenster sah Padia die Esche, aber sie konnte nicht erkennen, ob die Jungen in ihrem Nest saßen oder nicht. Wie hatte sie ...? Wann ...?

Wohlnoth ergriff das Wort, und beim Klang seiner sanften Stimme legte sich ihre Verwirrung. »Was für eine bemerkenswerte Sammlung Ihr habt, Padia. Zauberkundige aller Disziplinen haben sie gepriesen. Das hier sind lebende Kristalle, nicht wahr?«

Sie schüttelte den Kopf – nicht zur Verneinung, sondern um ihn zu klären. Prismatische Kristalle bedeckten den schweren Bronzeschild in dem Schaukasten. Sie starrte in ihr flackerndes Licht. »Ja. Ein Kristallschild aus den Donnergipfeln. Ich habe ihn vor vielen Jahren einem Ork-Banditen als Trophäe abgenommen.«

Wohlnoth schüttelte zögernd wie aus Bewunderung den Kopf. »Hier drüben, das muß Eure sagenhafte Sammlung von Zauberstäben sein. Ich wollte sie mir seit langem einmal ansehen.«

Padia runzelte die Stirn. »Ihr habt sie schon gesehen, Meister.«

»... noch einmal ansehen. Ach, Padia, es wärmt mein altes Herz, wenn ich mir vorstelle, daß ich, Wohlnoth, mich in Euren Augen seit der Zeit, als ich Euch in den grundlegenden Talenten unserer Disziplin unterwiesen habe, kein bißchen verändert haben soll.«

Seine Stimme! An seine sonore, beruhigende Stimme hatte sie sich bisher nicht erinnert. Einen Augenblick lang schien die Gestalt Wohlnoths vor ihren Augen zu wabern, doch seine Stimme wärmte sie wie eine Decke.

Er starrte sie noch einen Augenblick länger an, dann wandte er sich lächelnd wieder den Zauberstäben zu. Der große breite Holzschrank, in den kunstvoll magische Siegel eingearbeitet waren, beherbergte drei Dutzend Zauberstäbe, eine von Barsaives größten Privatsammlungen.

»Frischt mein Gedächtnis auf, Padia. Die meisten dieser Zauberstäbe verkörpern verschiedene Magier-Zauber, nehme ich an?«

»Ja. Ein paar stammen auch aus anderen Disziplinen. Ich behalte sie aus ästhetischem Interesse. Zum Beispiel bedient sich dieser Feuerstab aus Urupa, ein Elementaristenstab, einer sonderbaren Manifestationsmethode ...«

Sie stellte viele bemerkenswerte Stäbe vor und befriedigte außerdem Wohlnoths Neugier hinsichtlich einiger technischer Einzelheiten in bezug auf die magischen Siegel. Hodrick aber schien mehr von ihr angezogen zu sein. Aus dem Augenwinkel sah sie, wie er sie anstarrte. Sie fühlte sich sowohl beunruhigt als auch geschmeichelt.

»Diese Schublade dort unten, was enthält die?«

Padia fühlte sich auf eine neue Weise beunruhigt. Die magisch versiegelte Schublade, die Wohlnoth meinte, hatte für kurze Zeit die Silberschnur enthalten, die Alban an diesem Morgen mitgebracht hatte. »Die Lade ist leer«, sagte sie. Sie sagte die Wahrheit, hätte aber noch mehr sagen können. Eine Eingebung hielt sie davon ab. Wohlnoth und Hodrick wechselten einen langen Blick.

Wiederum wurden Padias Gedanken von einem Nebel eingehüllt. Diesmal kam sie in ihrem Salon im Ostflügel zu sich. Das Mobiliar darin war gänzlich auf den menschlichen Körperbau zugeschnitten und bestand aus Calamanderholz, das aus Cathay eingeführt worden war. Die Polster waren in Grün- und Goldtönen gehalten. Die Ecken wurden durch Lichtkristalle in Bronzestehlampen beleuchtet. Auf der Anrichte vor ihr stand ein goldenes Teeservice, und in der Hand hielt sie ein volles Teeglas. Hodrick saß links neben ihr. Seine Hände steckten immer noch in seinen Ärmeln.

Wohlnoth hatte irgend etwas gesagt. »Entschuldigung, über was spracht Ihr gerade?« fragte sie.

Wohlnoth stand vor der Vitrine, in der sich ihre zahlreichen Schriftrollen befanden. Er hielt ein volles Teeglas in der Hand. »Ich merkte nur an, daß Euer ganzes Heim so sauber und ordentlich ist, wie es sich für die Gemächer eines Magiers geziemt. Ich sehe glänzende Politur auf jedem Möbelstück, und es riecht nach Ammoniak und Zitronen.«

Padia dachte matt: *Wenn er das Durcheinander in den Zimmern auf Albans Seite des Hauses sehen könnte, würde er mich nicht für sauber und ordentlich halten.* Sie ging niemals dorthin.

Er fuhr fort: »Wenn Ihr eine freimütige Bemerkung von mir – Wohlnoth, Eurem alten Lehrer – verzeiht, Ihr habt Eure Energien von der Intensität magischer Studien auf eine magische Intensität der Haushaltsführung gelenkt.«

Seine melodische Stimme beschwichtigte den Kummer, den ihr seine Worte bereiteten. Padia konnte sich unbestimmt erinnern, ihnen ihre ordentlichen Räume in diesem Flügel gezeigt zu haben. »Nun«, begann sie, aber es kamen keine weiteren Worte. Sie trank einen Schluck lauwarmen Tee und grübelte. Waren Wohlnoths Worte denn wahr?

»Ihr tut Landfrau Villandry unrecht«, sagte Hodrick zu Wohlnoth. Er klang nicht wie ein Lehrling, der das Wort an seinen Herrn richtet, und Wohlnoth schien überrascht zu sein. Hodrick fuhr fort: »Sie arrangiert sich mit den Anforderungen, die dieses Leben an sie stellt. Welche Verwendung hat sie für Gegenzauber und Gewitterwolken, wenn in dieser Umgebung Charme und Ordnungssinn dienlicher sind? Sie führt dennoch jene in ihrer Umgebung durch Einfluß und Beispiel zum

Guten. Kein Adept kann mehr tun, wie umfangreich sein Grimoire auch sein mag.«

Wohlnoth trank einen Schluck Tee und dachte nach. »Vielleicht habt Ihr recht. Padia, Ihr habt Euch auf Eurem Weg gut geschlagen.«

Hodricks unerwartete Verteidigung ließ Padia erschreckt, benommen, begeistert und erfreut zurück. Diese Spannbreite der Empfindungen verschmolz zu einem stärkeren Gefühl des Verlangens. In ihrem luxuriösen gesellschaftlichen Leben hatte Padia bis heute wenig Rätselhaftes gefunden, und die geregelten Vergnügungen in Jessis brachten keine Erregung mit sich. Wiederum erinnerte sie irgend etwas an Hodrick an den Alban von früher.

»Meister Wohlnoth hat sich verändert«, sagte sie zu Hodrick. »Hätte ich ihm in meiner Lehrzeit widersprochen, hätte er mir hundert Übersetzungen aus den Büchern des Harrow aufgegeben. Ihr habt ohne Zweifel bereits eine magische Fähigkeit des Charmes entwickelt.« Kaum hatte sie die Worte ausgesprochen, als sie ihr kühn, ja sogar frivol vorkamen. Üblicherweise im Gespräch sehr geradlinig, fühlte sie sich in seiner Gegenwart unruhig und abgelenkt.

Wohlnoth beobachtete sie eingehend. Er stellte sein Glas ab und fragte: »Padia, wodurch, glaubt Ihr, hat Alban seinen Arm zurückbekommen?«

Einer Eingebung unterhalb ihres bewußten Verstandes folgend, stellte sie ihr Glas ab. »Falls Ihr Euch noch daran erinnert, vor zehn Jahren, nachdem Alban seinen Arm verloren hatte, habe ich mit Euch geredet. Ihr habt mir von – von der Wesenheit erzählt, die ihn genommen hat.«

»Unsinn, Padia. Ihr könnt hier ganz offen reden.«

»Ihr habt mir von ...« Padia warf einen Blick auf Hodrick. »Es ist nicht persönlich gemeint, aber ein Lehrling sollte diese Dinge nicht hören.«

»Hodrick, bitte beschwichtigt Padias Ängste, indem Ihr das Erste Geheimnis aus Dranmorets *Inedita* zitiert.«

Zu Padias Verblüffung begann Hodrick damit, den jahrhundertealten Text zu rezitieren.

»Im Jahre dreihundertzehn der Stadt schlug die Plage mit Macht zu. Dämonen durchstreiften die Donnergipfel, und in den hügeligen Esselfeldern überlebte kein Grashalm. Drei Monate nach Erhalt der letzten Nachricht aus Throal brach ein Dämon mit vielen Gliedern und Augen, nicht größer als eine Katze, in die nördlichste Kuppel unter dem Hohen Hügel ein. Zufällig war die Hüterin Aurendilea in der Nähe und bekämpfte den Dämon mit vielen Zaubern, während dieser beständig wuchs, bis er die Größe einer Scheune angenommen hatte. Tödlich verwundet, trieb sie den Dämon den Weg zurück, über den er eingedrungen war, und ein Questor Upandals wandte sich an seine Passion, um die Kuppel wiederherzustellen, während Aurendilea zu seinen Füßen starb.

Die Weisen der Stadt suchten nach zusätzlichen Schutzmöglichkeiten. Aurendileas Verlobter, der Hüter Radolf, erwachte aus seiner Trauer und versammelte alle Meister der vier Magie-Disziplinen. In einem langen Ritual von Blutmagie opferten sie ihn und machten ihn zu einem Brennpunkt ihrer Kräfte, und sie nannten ihn den Egregore.«

»Das reicht«, sagte Wohlnoth.

Warum, fragte sich Padia, hatte Wohlnoth einem Lehrling von Merrons Beschützer erzählt? Kaum dreißig von den Zauberern in der Stadt hatten überhaupt je von der *Inedita* gehört.

»Ich muß sagen«, begann sie in selbstgerechtem Tonfall, um dann zu zögern. *Es ist besser, das Thema jetzt nicht zur Sprache zu bringen.* »Ich muß sagen, Hodrick zeigt vielversprechende Ansätze. Meister, Ihr sagtet, der Egregore habe Albans Arm genommen. Ihr wußtet nicht mehr darüber und habt mir gesagt, ich solle es dabei belassen, weil nur die höchsten Würdenträger in den Gilden mehr darüber sagen könnten.

Doch Jahre später erfuhr ich, als ich eine unleserliche Schriftrolle von Micnor dem Älteren kaufte, mehr davon. Ich stellte sie wieder her, indem ich Hann Dronvillos siebte Variante von Edros Wiederherstellungsformel benutzte. Micnors Text erörtert über sechzig bekannte Manifestationen des Egregore in einhundertsechsundzwanzig Jahren. Außerdem untersucht er verschiedene Berichte, welche die Gilden seit Micnors Zeit unterdrückt haben – Berichte von Angriffen auf Bürger von Merron, und zwar von einer Wesenheit, die Micnor für den Egregore hielt.«

Hodrick ließ keinerlei Interesse erkennen. Statt dessen starrte er sie noch immer bewundernd an, ohne zuzuhören. Wohlnoth lauschte Padias Worten hingegen aufmerksam.

Sie fuhr fort. »Alle paar Jahre greift der Egregore einen Namensgeber an, und zwar immer in der Nacht. Er benutzt seine Silberschnur, um dem Opfer ein Körperteil zu rauben. Micnor sagt – nun, am besten zitiere ich ihn.«

Unter Benutzung der Ausbildung ihrer Disziplin stellte Padia sich alle Schriftrollen, die sie sich jemals gemerkt hatte, als ausgedehnte flache Schriftfelder in einer Landschaft und sich selbst als Punkt vor, der hoch über dieser Landschaft schwebte. Sie betrachtete die Ebene ihrer Erinnerung und sah die Passage, die sie suchte, als Gipfel am Horizont. Einen Augenblick später war sie dort angekommen, und die Erinnerung stieg frisch und klar in ihr auf.

»Die merkwürdige Kreatur setzt sich über die Jahrhunderte aus Hunderten von Körperteilen zusammen. Wenn ein Teil altersschwach wird, zieht die Kreatur bei Nacht durch die Stadt. Niemand kann ihr folgen, und kein Auge, wie scharf es

auch sei, vermag sie zu sehen. Sie fällt über ihre Beute her und schneidet mit ihrer Silberschnur den Teil ab, den sie benötigt. Dadurch erneuert sie ihre Kraft und die Verwandtschaft mit der Stadt.

Der Körper der Kreatur hat sich im Laufe der Zeit so sehr verändert, daß sie in den Berichten mittlerweile die Kompositform genannt wird. Student, beherzigt diese wahren Worte, die der gelehrte Micnor für das Wohlergehen des verständigen Ohrs zusammenstellte!«

Wohlnoth grunzte. »Micnor hatte schon immer eine sehr hohe Meinung von sich. Sehr gut erinnert, Padia.«

So viel von einem Magier steckt also noch in mir, dachte Padia mit Erleichterung. »Der Egregore oder die Kompositform hat den Arm meines Mannes für sich genommen. Die Kreatur hat dabei einen Zauber benutzt, die seine magische Struktur veränderte. Ich habe das Streben nach Geheimhaltung der Gilde geehrt und es Alban niemals gesagt. Die Umstände machten es ihm sehr leicht zu glauben, der Illusionist Vilph Axtgriff habe den Arm abgetrennt.

In der letzten Nacht hat irgend etwas – ich verstehe nicht ganz, was, eine Art mystischer Erfahrung – bewirkt, daß Albans Struktur sich wieder zurückverwandelt hat. Das hat den Zauber des Egregore gebrochen, und der Arm ist wiedergekehrt. Wahrscheinlich habt Ihr gehört, daß der Regen genau in diesem Augenblick aufhörte. Ich nehme an, daß der Egregore den Regen gebracht und das Verschwinden des Arms seine eigene Struktur geändert hat. Dadurch wurde sein Zauber gebrochen.«

»Ich glaube, eine Struktur verändert sich nicht so leicht«, sagte Hodrick. »In einer Krise mag sie verzerrt werden, was Zauber bricht, die sich aus ihr ergeben. Aber gewöhnlich nimmt sie rasch wieder ihre alte Gestalt an.«

»Was ist mit Alban vor zehn Jahren geschehen? Er hat sich nach dem Verlust seines Armes verändert.« *Und wirkte auch nach seiner Wiederkehr verändert.*

»Er könnte sich mit der Verzerrung sozusagen abgefunden haben. Vielleicht hat er das neue Leben, das sie ihm verhieß, mit offenen Armen empfangen.«

Ihr Passionen, was für eine schreckliche Vorstellung. Die Intensität von Padias Abscheu überraschte sie. Schließlich war er zu Ruhm und Wohlstand gelangt und hatte ihr ein behagliches gesellschaftliches Leben ermöglicht. Sie besaß eine beeindruckende Sammlung von Zauberstäben und Schriftrollen, und sie organisierte Wohltätigkeitsarbeiten und förderte Künstler. Natürlich war sie Alban dafür dankbar. Und doch ...

Konnte ein Kriegeradept freiwillig zu einem aufgeblähten Plutokraten werden? Sie weigerte sich, darüber nachzudenken. Sie fand die Vorstellung widerwärtig, und sie rief unangenehme Gefühle wach. Sie würde sie nicht genauer betrachten. Sie sperrte sie ins düsterste Verlies ihres Bewußtseins ein und deckte sie zu.

Wohlnoth saß in einem Ohrensessel und beugte sich angespannt vor. »Ich beglückwünsche Euch zu Eurer Gelehrtheit, Padia. Ich kann Euch im Vertrauen mitteilen, daß der Egregore in der Tat für die jüngsten Regenfälle und die anderen Ereignisse verantwortlich ist, die von den Leuten jetzt Heimsuchung genannt werden.

Seit Jahrhunderten hat der Leib des Egregore, der Kompositform, Merrons Magiegilden in Krisenzeiten alarmiert. Tatsächlich ist die Erschaffung des Egregore über Umwege für die Bildung der Gilden verantwortlich. Sie wurden gegründet, um auf die Warnungen des Egregore vor dem Eindringen von Dämonen antworten zu können. Nachdem die Plage zu Ende war und die meisten Dämonen aus Barsaive verschwunden waren, haben die Gildenführer wenig von der Kompositform zu sehen bekommen – bis vor ein paar Wochen.

Zu diesem Zeitpunkt tauchte die Kompositform bei geheimen Zusammenkünften der drei Gilden auf. Zuerst bei Geokosmos, dann bei Oneiros, der Gilde der Geisterbeschwörer, und schließlich bei Noesis. Sie hat den Verantwortlichen von einer gewaltigen Bedrohung für Merron berichtet und ihre Hilfe verlangt. Jeder Würdenträger in den Gilden hat von Radolfs Zeiten bis zum heutigen Tag einen Bluteid geschworen, dem Egregore bei Aufforderung zu helfen, und das haben sie getan. Ihre Hilfe hat zu den großen Zaubern geführt, die gegen diese Bedrohung ankämpfen, zu jenen Zaubern, die von einer unwissenden Bevölkerung Heimsuchung genannt werden.«

Padia beugte sich gespannt vor. »Was für eine Bedrohung? Meister, warum hat Noesis mir davon nichts erzählt?«

»Die Form hat die Bedrohung nicht näher beschrieben. Und was das Schweigen der Gilde Euch gegenüber betrifft – ich glaube, Ihr habt niemals den Bluteid geschworen. Der Egregore kann Eure Kräfte nicht nutzen. Und Ihr müßt zugeben, Padia, daß Ihr schon seit einiger Zeit nicht mehr in der Magiergilde tätig seid.« Wohlnoth sah sie mitleidsvoll an, als wolle er sagen: *Wir werden nicht erwähnen, wie sehr Eure Kräfte nachgelassen haben.*

»Doch nun, Padia«, fuhr er fort, »gebe ich Euch Gelegenheit zu helfen. Wir müssen alle tun, was wir können, um diese Bedrohung zu bekämpfen. Wir müssen helfen, den Egregore zu schützen, so daß er die Gilden auch weiterhin auf alle Gefahren aufmerksam machen kann.«

Wohlnoths Blick forderte Padias ungeteilte Aufmerksamkeit. »Die Silberschnur, Padia. Die Lebenskraft der Form ist von der bindenden Magie der Schnur abhängig. Ohne diese Schnur wird die Form zerfallen.« Er streckte den Arm aus und ergriff ihre Hand. »Ihr besitzt die Schnur. Wenn Ihr sie mir anvertraut, werde ich sie sofort zu den Führern von Noesis bringen, so daß sie sie ihrem rechtmäßigen Besitzer zurückgeben können. Damit würdet Ihr Euch ihre und auch meine außerordentliche Dankbarkeit verdienen.«

Padia verspürte den Drang, Wohlnoths Hände zu nehmen. Sie streckte die Hände aus – und hielt dann inne. Seine Ausstrahlung störte sie. Einen Augenblick lang schienen ihre Augen die Sehschärfe zu verlieren, und sein Bild verschwamm.

Sie zog ihre Hand weg. »Woher wißt Ihr, daß ich die Silberschnur hatte, Meister?«

Rasch sagte er: »Das habe ich natürlich herausgelesen. Ihr erinnert Euch doch noch sehr gut, Padia, wie ich, Euer alter Lehrer ...«

»Es tut mir leid, Meister Wohlnoth, aber Alban hat die Schnur mit nach Schulenburg genommen.«

»An wen hat er sich dort gewandt, Padia?«

»Das weiß ich nicht. Er kennt so viele Leute in der Stadt.«

Wohlnoth schien verärgert zu sein, doch dann kehrte sein freundliches Lächeln zurück. »Nun gut.« Er stand auf. »Ich überlasse es Hodrick, Euch zu unterhalten, während ich einem Ruf der Natur folge.« Padia wies ihm den Weg, und er verließ den Raum mit einem kurzen Nicken.

Padia starrte den Eingang an, als stünde Wohlnoth immer noch dort. Argwohn erwachte in ihr, wurde jedoch rasch von einem Schwall zielloser Gedanken überdeckt. Ihr Sinnen richtete sich allmählich auf Hodrick, der sie immer noch betrachtete. Ihre Verärgerung war stärker als seine Anziehungskraft.

»Was interessiert Euch so an mir, Hodrick, daß Ihr nichts anderes betrachten wollt?«

Ihr Verweis hinterließ keinen Eindruck. Mit großer Ernsthaftigkeit erwiderte Hodrick: »Ich finde Euch sehr anziehend.«

Padias Antworten auf derartig offene Bemerkungen variierten je nach den Umständen, sogar von Augenblick zu Augenblick. Nun, da ihr Verstand umwölkt war, sagte sie: »Ihr seid zu forsch. Ich bin eine verheiratete Frau.«

»Dem Namen nach.«

»Ihr seid zu ...!«

»Seit zehn Jahren führt Ihr dieses lieblose, blutleere Leben der Vortäuschung falscher Tatsachen. Ihr, Magierin und Gelehrte der Gesellschaft der Grauen Eule und Herrin über fünf Dutzend Zauber und Talente, die Ihr die Lakaien von Intrantivere bekämpft habt – Ihr habt einen Feind gefunden, der Euch schließlich besiegte: ein Leben des Und-wenn-sie-nicht-gestorben-sind.«

Padia starrte ihn sprachlos an.

»Ihr wußtet nicht, welches Leben Ihr wolltet, aber auf jeden Fall wolltet Ihr nicht das Leben, das Alban für Euch ausgewählt hat: die stützende Ehefrau, der öffentliche Hintergrund für seine Art des öffentlichen Lebens. Er hat Euch zu einer Gastgeberin gemacht, die seiner Karriere ebenso förderlich war wie sie Euch. Ihr habt ihn umsorgt.

Es war Euch zunehmend unangenehm, daß Alban, der von seinem florierenden Geschäft besessen oder erschöpft war, Euch gesellschaftlich niemals half. Ihr habt versucht, ihn dort herauszuholen, doch alles, was Ihr versuchtet, hat ihn nur tiefer in dieses Leben eintauchen lassen. Kaum habt Ihr ihm etwas angeboten, das er sich wünschte, wollte er schon etwas anderes.«

Padia flüsterte kaum hörbar: »Ja.«

»Ihr habt euch voneinander entfernt. Langsam, mit den Jahren, störten Euch seine Handlungen immer häufiger, und Ihr wurdet zu seinem beständigen Kritiker. Ihr zogt bittere Genugtuung daraus, sein Leben ein wenig besser zu ordnen, als ihm lieb war, und seine

Freunde dazu zu bringen, Euch mehr zu mögen als ihn. Und doch könnt Ihr Euch nur in ganz seltenen Augenblicken eingestehen, daß Ihr Euren Mann haßt.«

»Das tue ich nicht!« Padia fing an zu weinen.

»Ihr haßt ihn«, fuhr Hodrick fort, »nicht dafür, was aus ihm geworden ist, sondern dafür, was zu werden er Euch gezwungen hat. Wenn Ihr Euch dieser Wahrheit je gestellt hättet, wäre Euch Euer gesellschaftliches Leben als bloße Ablenkung von Eurer wahren Disziplin enthüllt worden.«

»Was wißt *Ihr* von meinem Leben?«

»Ich habe Euch lange Zeit beobachtet«, sagte Hodrick gelassen. Seine Worte hätten zu einem Weisen gepaßt, der Insekten sammelt, aber seine Stimme bekam einen liebevollen, beinahe ehrerbietigen Beiklang. »Ich habe die Gelehrte bewundert, die Abenteurerin, die Frau, für die ein verwöhnter Magistrat keine Verwendung hat. Die Frau aus seiner Jugend, die seine Liebe weckte ... und meine.«

»Genug!« Padia beherrschte ihre Tränen und erhob sich. »Das ist mehr als genug. Auch wenn das, was Ihr sagtet, stimmen würde, habt Ihr ernsthaft geglaubt, solch eine Ansprache würde mich für Euch einnehmen? Wenn Meister Wohlnoth zurückkehrt, werdet Ihr mein Haus mit ihm verlassen und niemals zurückkehren.«

Hodrick erhob sich ebenfalls, ohne die Hände aus den Ärmeln zu nehmen. Etwas an seinen geschmeidigen Bewegungen, an seiner aufrechten Haltung erinnerte Padia wieder an Alban, wie er vor langer Zeit gewesen war.

»Um Eure Frage zu beantworten«, sagte Hodrick gelassen, »ja, ich habe tatsächlich geglaubt, die Wahrheit würde Euch gut zu Gesicht stehen. Zumindest war das früher so, als Ihr danach trachtetet, die Wahrheit zu erfahren. Ihr sprecht als Magierin zu einem Lehrling, aber ich muß Euch etwas sagen, das unsere Beziehung in ein anderes Licht rücken und meine Zuneigung für Euch rechtfertigen wird. Ihr müßt wissen …«

Padia wußte nichts und wollte auch nichts wissen. Sie nahm Hodricks rechten Arm in der Absicht, ihn aus dem Salon und zur Haustür zu führen. Ihre Finger versanken tief in seiner Robe, und doch spürte sie keinen Widerstand. Verwirrt tastete sie den Ärmel entlang, um ihn dann hochzuziehen.

Hodrick hatte keinen rechten Arm. Statt dessen trug er ein Geflecht aus Stahldrähten, die raffiniert geschmiedet und zusammengesetzt waren.

Padia keuchte. »Ihr habt keinen – Euch fehlt …« Sie ahnte die Wahrheit. »Ihr hattet *seinen* Arm. Ihr, der Egregore. Die Kompositform.«

Der Nebel der Illusion hob sich von Padias Verstand, und sie sah wieder klar. Sie wich entsetzt zurück, als Hodrick waberte und sich dann auflöste. Vor ihr stand eine große, stämmige Gestalt, die in ihrer zerlumpten orangefarbenen Robe zwar menschlich, aber entstellt aussah. Gerade Streifen aus rosa Narbengewebe rahmten die zwei Augen der Kompositform ein, das eine grau, das andere grün. Und die Adlernase. Und den Kiefer, dessen Haut dunkler war als der Rest des blassen haarlosen Kopfes. Desgleichen den lohfarbenen muskulösen linken Arm und die fünf nicht zueinander passenden Finger der scheckigen Hand. Die Kreatur stand schief vor ihr.

Padia kämpfte gegen ihre Panik an. »Die Schnur. Ihr wolltet die Silberschnur.«

»Ja, ich brauche die Schnur tatsächlich zum Überleben«, sagte die Form mit Hodricks Stimme. »Aber ich habe keine bösen Absichten, und ich habe die Wahrheit gesagt. Mir ist klar, daß mein Aussehen Euch abstößt, aber glaubt mir bitte …« Die Form trat zaghaft einen Schritt vor.

Padia stolperte rückwärts und suchte dabei nach

einer Waffe oder Fluchtmöglichkeit. Als ihr Blick auf die Tür fiel, dachte sie plötzlich: *Wohlnoth!* Ohne einen Blick zurück zu werfen, lief sie zur Tür, von einer Angst getrieben, die alle Gedanken an die Form in den Hintergrund drängte. Sie wagte nicht, sich die Zeit zu nehmen, eine Waffe aus den Schaukästen in Albans Flügel des Hauses zu holen. Während sie durch den Flur rannte, überschlugen sich ihre Gedanken förmlich:

Hier in meinem eigenen Haus!

Wann habe ich zuletzt einen Zauber zu anderen Zwecken als zur Hausreinigung *gewirkt?*

Er muß diese Amseljungen selbst aus dem Nest geworfen haben. Irgendwie kam ihr diese Tat rücksichtsloser vor als jede an Namensgebern verübte Grausamkeit.

»Ich habe mir noch den einen oder anderen Zauber bewahrt, um den Kamin anzuzünden oder im Haus aufzuräumen ...« Sie hatte freiwillig ihre Schwäche enthüllt. Jetzt würde sie für diese Dummheit büßen. Als sie an der Abstellkammer mit den Reinigungsmitteln vorbeikam, nahm sie rasch einen Staubwedel aus einem Weidenkorb. Während sie weiterlief, begann sie damit, einen Faden von magischer Kraft zu weben.

Da, gleich vor ihr: die Tür zum Ausstellungsraum. *Wenn er glaubt, ich habe ihn noch nicht durchschaut, wird er noch keine Abwehrzauber vorbereitet haben.* Sie lief zur Tür.

Da war der Schaukasten mit den Schilden und da der Wandschrank, und dort war auch Wohlnoth. Er hockte neben der geöffneten Schublade, in der sich für kurze Zeit die Silberschnur befunden hatte. Sie sammelte sich, musterte ihn durchdringend, und das Bild von Wohlnoth löste sich auf.

Der alte Ork an seiner Stelle sah klein und grau aus. Die Farbe seiner hochstehenden borstigen Haare entsprach dem Kalkweiß seiner langen unteren Eckzähne. Einer war krumm gewachsen. Unter einer einzigen durchgehend buschigen Augenbraue befanden sich zwei tief in den Höhlen liegende schwarze Augen. Sein rasiertes Kinn wies zwei Muttermale auf. Aus einem wuchsen schwarze Haare, aus dem anderen weiße. Der Ork trug eine Robe, die der Farbe seiner Haut entsprach und so grau wie Kaminasche wirkte. Die Robe hatte kurze, aber weite Ärmel und war mit weißen Löwen und schwarzen Schakalen bestickt.

Auf einen mageren Unterarm war eine schwarze Schlange tätowiert. Padia erinnerte sich an diese Tätowierung. Manchmal glitt sie von einem Arm zum anderen.

Als sie diese Gestalt aus ihrer Vergangenheit erblickte, empfand Padia sowohl Angst als auch Erleichterung. Sie verfügte nicht annähernd über ihre früheren Kräfte, aber sie hatte sich noch nie sonderlich Sorgen wegen des Illusionisten Vilph Axtgriff gemacht.

Vilph schaute auf seine knotigen Hände, als sein Wohlnoth-Bild verschwand, und erhob sich dann. Padia hatte noch nie einen kleineren Ork gesehen. Er war kaum einen Kopf größer als ein Zwerg, sogar kleiner als Alban. Vilph lächelte selbstgefällig. »Wie ich sehe, habt Ihr meine kleine Maskerade durchschaut, aber seid dankbar, daß ich ...«

Padia ließ die Arme herabsausen, um ihren Zauber zu wirken, und warf dann den Staubwedel. Er flog Vilph ins Gesicht. »Hnrf!« sagte Vilph, indem er einen Schritt rückwärts stolperte. Padias Levitationszauber ließ den Staubwedel immer wieder über das Gesicht des Illusionisten fahren, so daß er geblendet blieb. Während sie zum Schaukasten mit den Schilden eilte, schnippte sie mit den Fingern und zeigte auf den Staubwedel, der daraufhin in Flammen aufging.

Der Gestank brennender Federn erfüllte den Raum. Vilph grunzte und riß sich den brennenden Wedel aus dem Gesicht. Er bellte ein gutturales Wort und warf den Wedel nach ihr. Im Flug vervielfachte er sich zu fünf gleichen Wedeln, die alle brannten. Padia duckte sich hinter dem Schaukasten, und die Wedel verfehlten sie knapp. Als sie neben der Rüstung gegen die Wand prallten, erloschen sie. Die vier Kopien lösten sich auf.

Vilph wischte sich Ruß vom Gesicht und sagte: »Ihr könnt Euch nicht vorstellen, wie meine Macht gewach-mph!« Der levitierte Schaukasten, den Padia mit einem Fußtritt in seine Richtung befördert hatte, prallte gegen seine Brust und gegen sein Gesicht. Er fiel zu Boden.

Noch im Fallen streckte der benommene Ork eine Hand aus, und giftgrünes Licht bildete sich um seine Fingerspitzen. Schnell wie ein Pfeil zuckte ein Blitz durch den Raum und zerschmetterte den Schaukasten. Während Padia vor dem Regen von Glasscherben zurückzuckte, dachte sie: *Das war keine Illusion! Er ist stärker geworden.*

Vilph sprang auf. »Jetzt begreift Ihr vielleicht, daß – ahh!« Er wich einer spitzen Glasscherbe aus, beobachtete, wie sie an ihm vorbeiflog, und wandte sich dann verächtlich schnaubend wieder zu ihr um. »Wenn Ihr glaubt, solche Lappalien …«

Die Kante des Kristallschilds erwischte ihn unter der Nase. Rotes Blut spritzte in hohem Bogen durch das Zimmer, als der Ork zu Boden ging. Sein Kopf prallte auf den harten Holzfußboden.

Padia schwang den schweren Schild noch einmal und traf Vilph dicht unter den Rippen. Dann lief sie zum Wandschrank. Außer Atem gestikulierte Vilph. Ein weiterer grüner Blitz zuckte zu Padias Schulter.

Sie schrie auf. Ihre Robe war an der Schulter schwarz verkohlt, ihre Haut darunter verbrannt. Taumelnd prallte sie gegen die Glastür des Wandschranks und zerschmetterte sie.

Kein Alarm ertönte, denn Vilph hatte die schützenden Siegel unwirksam gemacht. Padia ergriff einen Zauberstab aus gewundenem Rosenholz und fand die theranische Inschrift auf dem Elfenbeingriff. Sie sammelte sich und merkte sich die Beschwörungsformel.

»Keine Spiele mehr«, sagte Vilph. »Padia, laßt den Schild fallen!«

Padia ließ den Schild fallen. Sie sah verblüfft nach unten, weil sie gehandelt hatte, bevor sie einen Gedanken hatte fassen können. Diese Stimme! Solange Vilph zu sprechen in der Lage war, konnte sie sich nicht einmal auf ihre eigenen Gliedmaßen verlassen. *Bei den Passionen, er ist als Zauberer doppelt so gut wie ich. Ich muß fliehen.*

Hatte er sich immer noch seine sonderbare Besessenheit bewahrt, jeden Tropfen seines Blutes zu konservieren? Sie hatte nichts zu verlieren. »Ihr blutet aus der Nase, Vilph.«

Eine Hand des Orks fuhr reflexhaft an seine Nase. Er schrak zusammen, als er seinen roten Finger sah. »Haltet still!« rief er, und plötzlich konnte sie sich nicht mehr bewegen. Doch sie hielt immer noch den Zauberstab, und – sein Fehler! – sie konnte noch immer sprechen.

Vilph schloß die Augen. Während Padia unruhig einen Faden wob, um ihren Zauberstab benutzen zu können, versickerte das Blut auf Nase und Oberlippe des Orks in seiner grauen Haut, als werde es von einem Schwamm aufgesogen. Er öffnete die Augen. »Jetzt laßt den ...«

Er sprach zu spät. Als sie die Beschwörung beendet hatte, ertönte ein lautes Kreischen von unter dem Fußboden. Durch Risse im Holz erhoben sich ein Dutzend dünne Dornensträucher. Sie wuchsen wie eine Feuerwand und verzweigten sich mit atemberaubender Geschwindigkeit, so daß Vilph von einem Wald dichter Dornenbüsche umgeben war, bevor er etwas tun konnte. Die Büsche zitterten und summten, und die mißhandelten Dielenbretter kreischten.

Vilph schrie auf. Als Padia den Schrei hörte, faßte sie

neuen Mut. Sie überwand ihre Starre und floh aus dem Ausstellungsraum, wobei sie mit dem Zauberstab hinter sich zeigte. Summende Dornenbüsche wuchsen in ihrem Kielwasser.

Aus dem Ausstellungsraum hörte sie Flüche, dann einen Schrei. »Hodrick, haltet sie auf!«

Padia zeigte mit dem Zauberstab im Vorbeilaufen auf die Tür des Salons. Sie hoffte, daß die Form dort geblieben war und die Dornen sie aufhalten würden. Sie hatte keine Vorstellung von den Kräften der Form und wußte nur, daß sie sich unentdeckt bewegen konnte.

Ihre verbrannte Schulter umklammernd, lief sie durch den Flur des Ostflügels zum Wohnzimmer, hinter dem sich die Eingangshalle und die Haustür befanden. Sie fragte sich kurz, ob Vilph den Dornen bereits entkommen war und sie dort erwartete. War sein Ausruf ein Trick gewesen? Wütend verdrängte sie den Gedanken. *Nach zehn Jahren taucht er wieder auf, und einen Augenblick später tanze ich nach seiner Pfeife!* Sie war nicht stolz auf ihr Geschick und ihre Schlauheit. Adepten schienen solche Dinge selbstverständlich.

Aus dem Ausstellungsraum hörte sie ein Rumpeln und dann das Knacken brechender Dornensträucher.

Durch die geöffnete Tür vor sich konnte sie ins Wohnzimmer schauen, das größte Zimmer des Anwesens. Sonnenstrahlen fielen durch seine hohen Fenster. Der Raum enthielt Sessel und Diwane, die mit rotem Samt bezogen waren, sowie einen Eßtisch mit dazu passenden Stühlen aus polierter Kirsche. Die vornehmsten T'skrang-Künstler hatten die Bilder an den Wänden geschaffen. An der mit Walnuß eingefaßten Kuppeldecke hing ein riesiger Kristallüster.

Padia platzte in das Zimmer und wäre beinahe mit Dander zusammengeprallt. Sie blickte an ihm vorbei. *O nein, das habe ich völlig vergessen.* Hinter dem hochgewachsenen alten Hausdiener standen die Wirtschafterin, beide Hausmädchen, der Lakai und der Koch, Stallknechte, Gärtner, sogar die Küchenmädchen – jeder Domestik in Jessis. Zitternd und mit weit aufgerissenen Augen standen sie nah beieinander wie eine Taubenschar kurz vor dem Abflug.

Padia verlieh ihnen Flügel. »Verlaßt das Anwesen, sofort!«

Das Rumpeln aus Vilphs Flügel des Hauses wurde lauter. Lautes Kratzen, Quieken, Reißen, Knacken. Die Dornenbüsche summten nicht mehr. Sie hörte ein leises Krabbeln wie von Dutzenden winziger Füße.

Padia scheuchte die Dienstboten in die Eingangshalle. Dander, der die Etikette zu wahren versuchte, indem er sie sogar beim Laufen ansah, sagte: »Ich bedauere aufrichtig, die Hilfen ins Wohnzimmer gebracht zu haben, aber ...«

»Verlaßt das Anwesen, bevor er sich befreien kann! Flieht über die Straße auf Lansus Anwesen. Bleibt dort, bis ich euch zurückhole.« Die Menge der Dienstboten hinderte Padia daran, selbst die Flucht zu ergreifen, während die Krabbelgeräusche näher kamen. Sie lief ins Wohnzimmer zurück.

Aus dem Nichts packte sie eine gescheckte Hand.

Padia schrie auf. Die Kompositform hielt ihre Hand und damit auch den Zauberstab hoch über ihren Kopf. Sie trat nach ihr, dann versuchte sie ihr die Augen auszukratzen, aber irgend etwas ließ sie innehalten. *Irgendein einflußreicher Zauber,* dachte sie, *der mich davon abhält, ihn zu verletzen*. Radolf der Hüter hatte den Zauber vor Jahrhunderten gestaltet. Er zerstreute jegliche Aggression, die ein Bewohner Merrons der Kompositform gegenüber empfand.

Die Form wirkte bestürzt. »Padia, Ihr braucht uns nur zu sagen, wohin Euer Mann die Schnur gebracht hat, dann gehen wir sofort, ohne Euch auch nur den geringsten Schaden zuzufügen.«

»Gewiß doch!« Padia biß die Zähne zusammen und verdrängte die Schmerzen ihrer Brandwunde. Am Ende des Flurs konnte sie eine große graue Gestalt sehen. Der Boden vibrierte unter dem Gewicht ihrer zahlreichen Füße. *Eine Illusion!* sagte sie sich. *Glaube sie nicht!*

»Warum wollt Ihr es uns nicht sagen?« fragte die Form.

»Daß Vilph es wissen will, ist Grund genug für mich, es nicht zu sagen.« Sie wehrte sich in ihrem Griff.

Sie nahm einen Geruch nach Essig wahr, der immer stärker wurde, je näher das graue Ding kam. Die langen schwarzen Krallen an seinen acht Füßen klickten über den Parkettboden. Immer, wenn das Ding an einem Flurfenster vorbeikam, fiel grelles Sonnenlicht auf seinen aufgequollenen Leib. Geschmeidig huschte es zur Tür und quetschte sich hindurch, wobei die stacheligen Haare auf seinem Rücken die obere Begrenzung streiften. Acht glänzende schwarze Augen, die in zwei Gruppen zu je vier zu beiden Seiten des Mauls angeordnet waren, starrten sie mit unergründlicher Neugier an. Padia empfand eine Furcht, wie sie sie seit Jahren nicht mehr verspürt hatte.

Über eine Bestie wie diese war sie einmal vor langer Zeit im Servos-Dschungel gestolpert. Alban hatte sich mit der Rührseligkeit des Kriegers an diese Zeiten erinnert. Padia, die einer gelehrteren Disziplin anhing, erinnerte sich in erster Linie an Erschöpfung, Entbehrungen und Gefahr. Sie wußte noch, wie sie und Alban auf einer Lichtung gerastet hatten. Alban war gegangen, um Wasser zu holen, und Augenblicke später war die große graue Gestalt aus den Bäumen gesprungen …

Jetzt stand eine andere Jehuthra auf hohen segmentierten Beinen vor ihr, das genaue Ebenbild derjenigen, welche Padia vor Jahren verwundet hatte. Die Beine knackten hohl wie Knöchel, als das Ding auf sie zu rannte. Sie kämpfte standhaft gegen ihr Entsetzen an.

Das ist keine echte Jehuthra. Konzentrier dich. Durchschaue die Illusion.

Der stechende Essiggeruch hüllte sie ein. Ein Vorderbein schoß vor. Eine glänzend schwarze Kralle verhakte sich in ihrem Mieder und zog. Sie stolperte vorwärts, wobei sie immer noch mit dem Zweifel an der Illusion beschäftigt war.

Als die Jehuthra sie unter einem borstigen Bein auf dem Boden festnagelte, zweifelte sie die Illusion immer noch an. Als sich zwei mit Geifer bedeckte Mundfühler aus dem gummiartigen Maul schoben und sie die blauen Adern in den aufgeblähten Lippen sehen konnte, wurde sie in ihrer Überzeugung schwankend. Als sie den Puls an ihrem eckigen Hals schlagen und dazu die klebrigen Beulen auf dem grau-weißen Bauch und die Haut parasitärer Pilze auf den Fußgelenken sah, fing sie an zu zittern. Tatsächlich hatte Vilph eine echte Jehuthra beschworen.

Mit wachsender Verzweiflung erinnerte sie sich an ihre Bemerkung, die sie Alban gegenüber gemacht hatte: »Vilph war eigentlich keine so große Gefahr.«

Das Ding senkte den Kopf, und sie schrie auf. Mit kehliger Stimme äußerte das Ding eine Folge von Silben, *Nga-hangh-la-aga-ah-naara-yahagga.* Etwas anderes tat es nicht, und nach einer Weile gelangte Padia zu der Überzeugung, daß es nichts anderes vorhatte, als sie festzuhalten, bis Vilph kam. Solch ein Ungeheuer konnte sie nicht levitieren, und Feuer würde ihm keine Angst einjagen. Sie konnte nur warten.

Sie setzte eine tapfere Miene auf und drehte den Hals, um die Kompositform anzusehen. »Also, ›Hodrick‹, ich nehme an, Ihr seid derjenige, der diesmal an Vilphs Fäden zieht. Wie lautet Euer richtiger Name?«

»Ich benutze den Namen, den Vilph mir gab. Aber ich kontrolliere ihn nicht. Es ist eher umgekehrt.«

»Hat der Egregore – habt Ihr die Gilde tatsächlich vor

einer Gefahr für die Stadt gewarnt? Hat man Euch dort geholfen, die Heimsuchung über die Stadt zu bringen?«

»Ja.«

»Um was für eine Gefahr handelt es sich?«

»Ich weiß es nicht. Vilph sagt, er wisse es.«

Padia starrte die Kompositform ungläubig an. »Vilph Axtgriff, der nicht einmal unter der Folter ein wahres Wort herausbringen würde, sagt, er wisse es. Vilph, der die Kontrolle über die Heimsuchung hat! Was will er?«

Die Form blickte unbehaglich drein. »Er hat einander widersprechende Motive genannt.«

Es – *er* – schien völlig ohne Falsch zu sein. Sie argwöhnte einen weiteren Trick, aber zu welchem Zweck? Sie würde ihnen nicht verraten, wohin Alban die Schnur gebracht hatte. Hodrick mußte das wissen. Er spitzte die Lippen, während er sie ansah, und seine ungleichen Augenbrauen hoben sich auf eine Art, die sie wiederum an Alban erinnerte.

Plötzlich erkannte sie die Wahrheit. Vor zehn Jahren hatte die Kompositform Albans Arm und seine Struktur genommen, als Alban auf der Höhe seiner Macht und seiner Liebe zu Padia gewesen war. Die Form hatte ihm diese Macht genommen, und es hatte den Anschein, als sei die Liebe mit ihr gegangen. Hatte die Form sich beides bewahrt, obwohl sie den Arm wieder verloren hatte?

Sie wand sich erneut unter dem Bein der Jehuthra, aber sie bewegte sich nicht. Aus dem Ostflügel näherten sich eilige Schritte. Mit verzweifelter Hoffnung sagte Padia: »Hodrick, bitte laßt mich frei.«

»Ich kontrolliere die Jehuthra nicht. Vilph kontrolliert sie.«

»Ihr könntet sie bekämpfen. Ihr könntet Vilph bekämpfen. Ich kenne ihn. Was er Euch auch erzählt hat, es ist eine Lüge, und Ihr könnt gewiß sein, daß er mir und der Stadt übel will.«

Hodrick sah unsicher aus. Padia zögerte, wobei sie ihre Selbstachtung gegen die Gefahr abwog, in der sie, Jessis und sogar Merron schwebten. In dem Bewußtsein, daß sie eine Linie überschritt, sagte sie: »Wenn ich Euch wirklich etwas bedeute, helft mir, mich zu befreien, damit ich mich verteidigen kann.«

»Ihr wißt nicht – er würde nicht …« Jeder Fleck auf dem Flickenteppich von Hodricks Gesicht spiegelte seine innere Qual wider. Sie sah jetzt, daß die rosa Narben, die jeden Bestandteil seiner Gestalt umgaben, zu bluten angefangen hatten. Ohne die bindende Schnur verlor die Form ihren inneren Zusammenhalt.

Padia fragte sich, wie weit sie zu gehen wagte. Sie sprach die Worte im Geiste. *Ihr hattet recht. Ich liebe meinen Mann nicht. Befreit mich, dann könnt Ihr mir von Eurer Liebe erzählen.* Sie öffnete den Mund, doch die Worte blieben ihr im Halse stecken. Sie haßte sich dafür, sie überhaupt gedacht zu haben, und rief sich statt dessen eine Maxime aus ihrer Zeit in der Gesellschaft in Erinnerung. »Deinen Feind zu bekämpfen, macht dich ihm ähnlicher.«

Vielleicht hätte sie die Worte doch noch ausgesprochen, wenn sie etwas mehr Zeit gehabt hätte, sich die Notwendigkeit vor Augen zu führen, dann aber traf Vilph ein. Er kam wie üblich mit seinen langen, steifen Schritten und starr durchgedrücktem Rücken durch die Osttür.

Der kleine Ork sah die Jehuthra und ihr Opfer an. Er verzog die Lippen zu einer Grimasse. »Wie ich schon vor Eurer unhöflichen Unterbrechung zu sagen versuchte, Ihr könnt Euch nicht vorstellen, wie meine Macht gewachsen ist.«

Padia versuchte gelangweilt zu klingen. »Wenn wir die rituelle Häme als vorgetragen betrachten können, wäre es vielleicht möglich – *mmmph!*« Eine breite rosa Zunge erschien zwischen den Lippen der Jehuthra. Die

Zunge schnellte eine Armeslänge vor und fiel auf Padias Mund. Voller Ekel schlug sie um sich, aber eine Falte der Zunge legte sich über ihren Kiefer und Nacken. Die Zunge war heiß, feucht und klebrig und hielt sie fest.

»Plötzlich nicht mehr so gesprächig?« Während Vilph sie triumphierend anstarrte, sah Padia Kratzer der Dornen auf seinem runzligen Gesicht. Er fuhr fort: »Nein, aus irgendeinem Grund redet ihr jetzt nicht mehr. Ihr dachtet, Ihr könntet mich besiegen, werte Dame? Ihr mit Euren Staubwedeln und Dornenbüschen? Ihr mit Euren polierten Möbeln und Eurem goldenen Teegeschirr wart mir noch nie gewachsen, erst recht nicht jetzt nach zehn Jahren, die ihr mit belanglosem Klatsch und parfümierten Festivitäten verbracht habt, die *ich* hingegen mit unablässigen Studien unter Bedingungen verbracht habe, für die Ihr nur ein höhnisches Lachen übrig hättet, Ihr und Eure gut gekleideten, geizigen, hohlköpfigen Freunde aus der besseren Gesellschaft, gesittete Erben von Banditen, die ihren Reichtum durch Raub und Verbrechen erworben haben, bei denen sich sogar der schändlichste Dieb aus Zweipfennig mit Grausen abwenden würde, aber wer lacht jetzt? Lacht Ihr jetzt *immer noch?*«

Padia verdrehte gelangweilt die Augen. Vilph fauchte und holte mit einem Fuß aus.

Hodrick sagte rasch: »Bitte tretet sie nicht.«

Vilph erstarrte vor Überraschung. Nach einer angespannten Pause sagte er: »Natürlich nicht. Ich hatte nicht die Absicht, sie zu treten.« Er sah nach unten. »Ich wollte nur diese Dornenranke entfernen.«

Vilph zog eine Dornenranke aus dem Saum seiner Robe und betrachtete sie. Er ging mit ihr zum Eßtisch und kratzte damit beiläufig über die Kirschholzplatte. Padia zuckte bei dem Geräusch zusammen, bis sie sah, daß Vilph sie von der Seite beobachtete. *Ach, die geisti-*

gen Duelle der Zauberer, dachte sie mürrisch. *Wie ist dieses Insekt zu derartiger Macht gelangt?*

Hodrick räusperte sich. »Vielleicht sollten wir an die Zeit denken.«

»Drängt mich nicht, Hodrick. Ich lasse mich nicht drängen.« Vilph kratzte noch zweimal über den Tisch. »Genug davon«, sagte er, indem er die Ranke gegen den Lüster warf. »Ich werde Euch jetzt in den Astralraum versetzen, Padia, und zwar an eine Örtlichkeit, die ganz besonders von den Dämonen bevorzugt wird. Wenn es mir paßt, werde ich wiederholen, was sie von Euch übriggelassen haben.« Er fing an zu gestikulieren.

Entsetzt wehrte Padia sich gegen das Bein des Ungeheuers. Sie hatte noch nie von einem so gräßlichen Zauber gehört. *Er hat mit der Geisterbeschwörung begonnen. Er hat diese Kreatur beschworen, und jetzt läßt er sich mit Dämonen ein!* Die Furcht verlieh ihr zwar zusätzliche Kraft, aber sie konnte das Bein der Jehuthra noch immer nicht bewegen.

Hodrick sprach mit wehmütiger Stimme. »Wollt Ihr ihr nicht noch eine Gelegenheit geben, uns zu sagen, wohin ihr Mann die Schnur gebracht hat?«

»Sie wird es uns nie verraten. Unterbrecht mich nicht.«

Mit sicheren Bewegungen wob Vilph die Fäden des Zaubers. In anderer Stimmung hätte Padia vielleicht widerwillig seine Technik bewundert. Einen Augenblick später sah sie nebelhafte, farblose Fäden an seinen Händen.

Ihre Haut wurde klamm. Ranken aus grauem Dunst wallten unter ihr auf und riefen ein blaßgrünes Leuchten hervor, wo sie ihre Haut berührten. Als ein Dunstschleier mit ihrer Schulterwunde in Berührung kam, kribbelte es wie ein Schwarm Ameisen. Die Wände des Zimmers schienen zurückzuweichen, und ein Schimmer von einem Nichts schmerzte in ihren Augen. *Der Astral-*

raum! Das kann er nicht tun! Ihr Passionen, helft mir, Hilfe!

Vilph hob die Hände. »Und jetzt, meine liebe Padia, wünsche ich Euch ...«

Mit dem ohrenbetäubenden Klirren von splitterndem Glas sprang Alban Peyl durch ein Fenster. Scherben flogen durch das Zimmer und funkelten im Sonnenlicht. Vilph fuhr herum. Die astralen Dunstschleier rings um Padia lösten sich sofort auf.

Alban trug keine teure Jacke und auch nicht seine gelbe Schärpe, sondern nur ein enges schwarzes Wams und eine schwarze Hose. Als der fette Kaufmann wie ein Ball durch die Luft flog, erinnerte er fast ein wenig an den Krieger, der er früher einmal gewesen war. Er landete mit einem dumpfen Knall auf den Füßen. Dann fiel er vor Schmerzen stöhnend zu Boden.

Padia fand, daß es der uneleganteste Auftritt war, den sie je gesehen hatte, und doch hatte sie sich seit Jahren schon nicht mehr so gefreut, ihn zu sehen.

Vilph starrte ihn an und lachte dann rauh. »Ja, Alban? Habt Ihr irgend etwas zu sagen? Ein Krieger läßt einem dramatischen Auftritt doch immer eine dramatische Feststellung folgen.«

Alban japste wie ein Kranker. »Laßt – laßt sie ...«

Vilph lachte erneut. »Wie die Jahre uns verändern! Als ich Euch zuletzt sah, konntet Ihr doppelt so hoch springen. Ihr habt eine Eichenstrebe zertreten, ohne einmal Luft zu holen.«

Der Ork ging in seinen Sandalen durch die Scherben und beugte sich über Alban. »Sagt mir, Alban, wann habt ihr zuletzt etwas Anstrengenderes unternommen, als Treppen zu steigen? Doch als Euer Arm zurückkehrte, waren auch die alten Instinkte wieder da, nicht wahr? Ihr dachtet, ›Ha, ich springe einfach durch das Fenster!‹ Wie üblich beschränkt sich die Verbreitung von Illusionen nicht auf meine Disziplin.«

Padia sah Alban an, der außer Atem auf dem Boden lag, und sie bemerkte, was Vilph entging. Albans Stirn war vor Konzentration tief gefurcht, und sein Blick wanderte alle paar Augenblicke zu der Jehuthra. Sie dachte: *Er versucht die Illusion zu durchschauen, der Dummkopf!* Sie wollte ihn anrufen, ihn schütteln, ihn die Wahrheit erkennen lassen. *Es ist keine Illusion, steh auf und bekämpfe ihn!*

»Bekämpfe ihn!« rief sie zu ihrer Überraschung. Die Zunge der Jehuthra knebelte sie nicht mehr, und sie konnte sich frei bewegen. Desorientiert sah sie sich um. Das Ungeheuer war verschwunden.

Verblüfft starrte Vilph zunächst auf die Stelle, wo sich einen Augenblick zuvor noch die Jehuthra befunden hatte, und dann auf Alban.

»Vielleicht erinnert Ihr Euch noch«, sagte Alban japsend, »daß meine Disziplin ein gewisses Talent für den Untrüglichen Blick entwickelt. Ich kann Eure Illusionen durchschauen.«

»Seid verwünscht!« Vilph gestikulierte, und wieder spielte grünes Licht um seine Fingerspitzen. »Hodrick, haltet sie fest!«

Padia war bereits aufgesprungen und hatte sich von der Kompositform entfernt – oder nicht? Wohin war sie verschwunden? Sie zeigte mit dem Zauberstab auf Vilph, doch mit unmenschlicher Geschwindigkeit ergriff die gescheckte Hand der Form wiederum die ihre.

Blut sickerte aus Hodricks Narben und lief wie Tränen seine Wangen hinunter. »Ich muß mich entschuldigen«, sagte er sanft.

Vilph beruhigte sich und lächelte. »Seit Jahrhunderten fängt Hodrick weitaus mächtigere Wesen, als ihr zwei es seid. Man könnte sagen, daß er für nichts anderes lebt. Ihr habt Euren Arm wieder, Alban. Wenn Ihr mich angreift, wird Hodrick ihr beide rauben.«

Padia keuchte entsetzt. Sie blickte in die Augen der Form, die nicht zueinander paßten. In ihnen las sie Mitleid und Schuldbewußtsein.

Alban erhob sich gelassen, obwohl er immer noch schwer atmete. »Welchen Groll Ihr auch gegen uns gehegt haben mögt, seitdem sind zehn Jahre vergangen. Wir haben keinen Streit mehr mit Euch. Laßt uns in Ruhe.«

»Ich war noch nie nachtragend«, sagte der Ork selbstgerecht. »Ich helfe lediglich meinem Freund Hodrick, sich seinen rechtmäßigen Besitz wieder anzueignen, die Silberschnur, die seinen Leib zusammenhält. Sagt uns, wohin Ihr sie gebracht habt, dann lassen wir euch in Ruhe.«

Padia wehrte sich gegen den Griff der Form. »Sag es ihm nicht! Er benutzt die Form – Hodrick –, um die Heimsuchung über die Stadt zu bringen! Er hat mich angegriffen!« Daß sie ihn zuerst angegriffen hatte, schien unerheblich zu sein.

Vilph sagte trocken: »Außerdem habe ich ihren Lieblingstisch ruiniert. Ich bin wahrhaftig ein Schurke. Sagt es mir, dann seid Ihr mich für immer los.«

Albans Blick irrte von einem zum anderen. Schließlich sagte er: »Ich werde es Euch sagen, wenn Ihr mir im Gegenzug etwas verratet.«

»Gewiß. Wann hätte ich es je unterlassen ...?«

»Letzte Nacht in der Antimer-Anstalt sind wir jemandem begegnet, der behauptete, Ihr hättet ihm etwas angetan. Stimmt das?«

Vilph lächelte nichtssagend. »Fragt ihn doch selbst.«

»Er ist gestorben. Was habt Ihr ihm getan?«

»Schon tot? O je.« Vilphs Lächeln wurde breiter. »Ich habe nichts getan. Wirklich, es läuft darauf hinaus, daß mein Wort gegen seines steht, und Troubadoure sind notorische Lügner.«

Alban fuhr zusammen. »Ich habe nicht gesagt, daß er ein Troubadour war. Wer war der Mann?«

»Meine Güte, Ihr scheint mich überrumpelt zu haben. Cleverer Alban. War er nicht ein Freund von Euch?«

»Ich habe nie ...« Alban hielt inne. Überraschung und Furcht spiegelten sich auf seiner Miene wider.

Vilph sagte: »Ich werde langsam vergeßlich. Was sagtet Ihr gerade noch über den Untrüglichen Blick? Etwas darüber, meine Illusionen durchschauen zu können?«

Alban verzog das Gesicht. »Ich will Euch nicht in meinem Haus haben. Ich habe die Schnur zu Quare Fructidor gebracht, das ist der Schätzer auf dem Westwall. Er wußte nicht, was er davon halten sollte, also bin ich zu Quietus gegangen. Ich habe die Schnur bei jemandem namens Thanyx gelassen. Und jetzt geht.«

»Hodrick?«

Hodrick sagte: »Quietus ist die Schule der Geisterbeschwörer. Thanyx Destrovan ist eine Geisterbeschwörerin im Rang eines Gesellen und Vorsteherin der Matrixforschung.«

Vilph nickte. »Hodrick, laßt sie frei und kommt mit mir. Peyl, macht Platz für mein Transportmittel.« Vilph wich an die Wand zurück, wo Hodrick sich zu ihm gesellte. Der Ork gestikulierte grandios.

Durch das Fenster flog ein Teppich. Kaum drei Schritt lang und zwei breit, war es eigentlich nur ein Läufer. Weber in Schlußstein und Zweipfennig hatten in seinen samtigen Flor farbige Flügelmuster eingewoben. Ein Goldton wie derjenige von Adlerflügeln überlappte das Scharlachrot.

Der Teppich segelte so stabil wie ein Luftschiff hinein, wobei seine Ränder in stetem Rhythmus wie Flügel schlugen. Er setzte leicht wie ein Blatt auf dem Boden neben dem Eßtisch auf. Vilph stellte sich auf den Teppich, Hodrick folgte ihm, und der Teppich hob ab. Die beiden standen da wie auf einem Schiffsdeck.

»Ich verlasse Euch mit diesem Gedanken«, sagte

Vilph. »Wisset denn, was Ihr auch tut, ich werde immer …«

»Eure Nase blutet, Vilph«, sagte Padia.

Sie sah Vilphs Hand zu seinem Gesicht zucken und dann innehalten. Er bedachte sie mit einem Blick schieren Hasses und beschrieb dann eine hackende Geste. Der Teppich wendete, und sie flogen durch das Fenster, ohne eine Scherbe zu berühren.

Alban ging zum Fenster und sah ihnen nach, während Padia sich zu ihm gesellte. Er sagte nachdenklich: »Wir werden Hilfe gegen sie benötigen. Wie schlimm bist du verletzt?«

»Ich brauche vielleicht einen Tag, um zu heilen.« Als sie ihre Hände und Unterarme betrachtete, sah sie mehrere tiefe Schnitte von den Glasscherben. »Oh! Ich hole die Heilkräuter.«

»Nicht nötig.« Alban starrte auf die Schnitte, und sie schlossen sich vor ihren Augen. »Ich bin wieder ein Adept.«

Irgendwie fühlte Padia sich deswegen unbehaglich. »Ich habe mich sehr gewundert, als du durch das Fenster sprangst. Was für ein lächerlicher …!« Sie hielt inne. Aus reiner Gewohnheit hatte sie begonnen, ihn zu kritisieren, und doch hatte seine Aktion sie gerettet.

Alban lächelte. »Ich wollte den Gaffern am Tor ausweichen, also bin ich die rückwärtige Mauer emporgeklettert.«

»*Emporgeklettert?*«

»Auf halbem Weg über den Rasen habe ich Vilph und das Ungeheuer durch das Fenster gesehen. Ich nehme an, er hat recht. Die alten Instinkte waren stärker als alle Vernunft.«

»Das würde ich auch sagen! Ich, nun ja, ich meine, du solltest auf dich achtgeben, während du dich umgewöhnst. Danke – danke, daß du mich gerettet hast.« Der Augenblick schrie nach einer Umarmung, dachte sie, oder sogar nach einem Kuß. Verlegen redete sie weiter. »Vilphs Gerede, daß der Mann aus der Anstalt ein Freund von dir gewesen sein soll, hat mir zu denken gegeben. Ich fürchte, er hat auch unsere Erinnerungen verändert.«

»... Und der Mann, den wir letzte Nacht gesehen haben, war jemand, den wir einmal kannten. Welch eine schreckliche Vorstellung. Ist so etwas überhaupt möglich?«

Padia dachte nach. »Illusionen sind gewöhnlich nur von kurzer Dauer. Mittlerweile hätten wir uns längst an diesen ›Freund‹ erinnern müssen.«

»Es sei denn, er hat Blutmagie angewandt.«

Sie schauderte. Zwar übertrafen Stärke und Dauer der Magie des Blutes gewöhnliche Zauber bei weitem, aber sie trug immer noch den Makel der Plage. »Vilph hat sein Blut stets geschützt. Jetzt frage ich mich, wofür er es sich bewahrt haben mag.«

»Er hat Gewalt über dieses Hodrick-Wesen. Über den Egregore oder die Kompositform oder was er sonst sein mag.«

Padias Augen weiteten sich. »Woher weißt du das?«

»Als ich die Schnur zu Haerlam dem Seher brachte, konnte ich ihn dazu bewegen, mir von ihm zu erzählen, bevor er sie ...« Alban brach ab. Sein Blick irrte im Wohnzimmer umher. »Ich hatte soeben eine ungewöhnliche Eingebung. Dürfte ich diesen Zauberstab haben?«

»Du weißt nicht, wie man ihn benutzen kann.«

»Ich würde ihn mir gern ansehen. Nenn es eine ungewöhnliche Eingebung.«

Padia erkannte verspätet ihre alte Warnung aus den Zeiten der Gesellschaft der Grauen Eule. Verblüfft gab sie ihm den Zauberstab.

Alban hielt ihn am Griff, dann warf er ihn einmal in die Luft. Mit unheimlicher Geschwindigkeit fuhr er herum und schleuderte ihn in eine leere Ecke des Zimmers. Der Stab prallte von einer Wand ab, dann von einer anderen und flog zurück, um über den ruinierten Eßtisch zu rutschen. Alban fing ihn wieder auf und warf ihn gegen eine leere Stelle an der Wand.

Der Stab traf auf ein unsichtbares Hindernis und fiel zu Boden. Benommen starrte Padia auf die Stelle. Die Illusion flackerte, und da standen Vilph und Hodrick auf dem gelandeten Teppich.

Der Ork rief: »Ihr beide – bleibt, wo ihr seid! Schweigt still!« Mit wütendem Groll stellte Padia fest, daß Vilph sie erneut gelähmt hatte. Offenbar konnte Alban sich auch nicht bewegen.

Vilph rieb sich ein Auge und funkelte sie an. »Ein Versuch des Anzweifelns hätte völlig gereicht.« Er schüttelte den Kopf. »Alban, Ihr wart schon immer ein schlechter Lügner. Ich wäre gegangen, wenn Ihr die Wahrheit gesagt hättet über – wie war noch der Name? Haerlam?«

Hodrick sagte: »Haerlam von Choraetalan, der Seher genannt. Lehrer an der Schule der Überlegenen Schutzmittel und einer der Ältesten von Noesis.«

»Vielen Dank.« Vilphs Stimme nahm einen Tonfall ungekünstelter Aufrichtigkeit an. »Und während wir endgültig verschwinden, denkt über die zersetzende Wirkung auch nur einer kleinen Lüge auf euer beider Leben nach. Der Preis der Weisheit ist ein striktes Einhalten der Wahrheit.«

Er winkte, und der Teppich schwebte einen Schritt aufwärts. »Um die Sache der Wahrheit weiter zu fördern, Alban, muß ich Euch sagen, daß Padia in all den Jahren wußte, daß die Form Euren Arm genommen hatte. Da seht Ihr, was eine Lüge auch aus der glücklichsten Ehe machen kann!« Er verbeugte sich, und der Teppich flog durch das Fenster.

Zu Padias Erstaunen drehte Alban sich um und sah ihnen nach. Als sie in der Ferne verschwunden waren, sah er sich forschend im Zimmer um. »Ich glaube, diesmal sind sie wirklich verschwunden. Konzentrier dich, Padia. Durchschaue die Illusion.« Er starrte sie eindringlich an.

Padia stolperte, als die Wirkung des Zaubers erlosch. »Du konntest dich die ganze Zeit bewegen? Warum hast du nichts unternommen?«

»Ich hatte keine Chance gegen ihn«, sagte er. »Schlechte Nachrichten. Ich hatte gehofft, Haerlam zu erreichen, während sie der falschen Spur zu Thanyx folgten. Jetzt ist es ausgeschlossen, daß wir vor ihnen dort sind. Dennoch sollten wir die Pferde satteln.«

»Ich habe die Bediensteten zu Lansu geschickt.«

»Ich sattle die Pferde selbst.« Alban sah sie an. »Hat Vilph die Wahrheit gesagt? Hast du es wirklich gewußt?«

Padias Schuldgefühl folgte einem ausgetretenen Pfad und verwandelte sich in Feindseligkeit. »Es war mir verboten, es dir zu sagen. Wenn du mir vorwerfen willst, die Richtlinien meiner Gilde zu ehren, faß dich zuerst an die eigene Nase.« Sie wappnete sich für den Gegenangriff.

Alban sah sie gelassen an. »Ich werfe dir nichts vor. Glaubst du, es wäre gut, wenn dieser Hodrick die Schnur zurückbekäme? Offensichtlich gehört sie ihm.«

»Nun ja«, begann Padia unsicher. Sie war auf ein Schlachtfeld gestürmt und hatte es leer vorgefunden. Mehr als seine Sprünge und Würfe, mehr als ihre Heilung, überzeugte es sie endlich davon, daß der Mann, den sie einst geliebt hatte, zurückgekehrt war. Alte Zuneigung kämpfte in ihrem Herzen gegen die Verbitterung, die sich dort im Laufe der Jahre ausgebreitet hatte. »Es tut mir leid, ich kann nicht – ich weiß nicht, wie – Alban, wo warst du?«

Gegen ihren Willen erinnerte sich ihr Magiergedächtnis an jedes Versehen, an jede Grausamkeit, an jeden Irrtum. Wenn er wieder er selbst war, sollte sie ihm verzeihen? Konnte sie ihm verzeihen? Sie fing an zu weinen. »Du hast mich in all den Jahren allein gelassen. Du hast mir so schreckliche Dinge angetan und mich dazu getrieben, dir schreckliche Dinge anzutun. Wir haben uns so oft gegenseitig das Leben gerettet, aber ich frage dich, wofür?«

Er versuchte sie in die Arme zu nehmen, doch sie konnte ihren Groll nicht beiseite schieben. »Wir waren Adepten«, sagte sie. »Ich wollte Leuten helfen. Gutes tun. Du hast mich in dieses Haus gesteckt, in dem ich nichts anderes zu tun hatte, als es *sauberzuhalten*, Feste vorzubereiten und all diese Zauberstäbe zu kaufen. Oh, er hat meine Vitrine mit den Zauberstäben ruiniert und meinen Ausstellungsraum, und ich brauche mir um nichts anderes Sorgen zu machen als um – Schaukästen.« Sie konnte nichts mehr sagen. Sie weinte an seiner Schulter.

Lange Zeit war in dem Raum nichts anderes zu hören als das Zwitschern der Drosseln draußen und das Schluchzen der Frau drinnen. Schließlich sagte Alban: »Du erinnerst dich gewiß an die Zeit, die wir im Servos-Dschungel verbrachten, als ich dich auf der Lichtung warten ließ und du allein gegen die Jehuthra kämpfen mußtest. Ich kam zu spät zurück, um dir zu helfen. Als ich dich verwundet daliegen sah – ich glaube, erst da habe ich wirklich begriffen, wieviel du mir bedeutest.

Irgendwann, nachdem ich – die Richtung verloren hatte, habe ich meine Gefühle aus den Augen verloren. Heute bin ich hierher zurückgekommen, und wieder hast du allein und verwundet gekämpft. Ich will, daß du weißt, daß ich heute dieselbe Liebe und Bewunderung empfunden habe.

Frage nie, warum wir einander gerettet haben. Wir beschreiten beide den Weg des Adepten, den Weg zum Verstehen. Ich bin von diesem Weg abgekommen, und du hast auf mich gewartet. Jetzt bin ich zurückgekommen, und ich hoffe, daß wir gemeinsam weitergehen.«

Padia sah, daß Alban sie mit dieser gedämpften Ansprache trösten wollte. Sie konnte die Zärtlichkeit heraushören, und doch klang er so losgelöst. Hatte er sich auch früher so verhalten? Hatte sie das anziehend gefunden? Sie erwiderte seine Umarmung, doch mit einem Gefühl der Unvermeidlichkeit, der Enttäuschung. Die Jahre hatten sie ebenso verändert wie ihn, und keine Magie konnte sie wiederherstellen. Anstelle des Hasses, den sie in all den Jahren eingesperrt hatte, unterdrückte sie jetzt ihre Zweifel und Befürchtungen.

Sie verspürte das Gefühl, das einen Magier am meisten stört, das Gefühl, etwas vergessen zu haben. Plötzlich rief sie: »Die Jungen!« Sie lief durch die Eingangshalle und hinaus auf den vorderen Rasen, während der verblüffte Alban ihr auf dem Fuß folgte.

Padia blickte hoch zu der Esche und dann in das im Schatten liegende Gras darunter. Keines der Rätsel dieses Nachmittags verwirrte sie so wie das, was sie jetzt sah.

Im Nest der Amseln zwitscherte laut ein Junges, während es von seinen Eltern mit Würmern und Larven gefüttert wurde. Auf dem Boden lag das andere Junge, tot, das Gehirn rot über das Gras verspritzt.

3

Tugendhafter Vilph

Vilph Axtgriff behielt seine noble, stumme Pose auf dem vorderen Ende des Teppichs bei, bis er außer Sicht von Jessis zu sein glaubte. Dann fluchte er und stampfte auf den unnachgiebigen Flor des Läufers.

»Dieser fette Topfverkäufer! Dieser kahlköpfige, schwachsinnige Freßsack hat mich am Auge getroffen! Sein Stuhl ächzt unter ihm, wenn er zu Tisch sitzt, er sieht nicht einmal, daß sich die Lippen seiner eigenen Frau vor Abscheu kräuseln, und doch durchschaut dieser Gimpel eine meiner besten Illusionen. Einfach verschwunden, pffft! ›Ach, tut mir leid. Sollte dieser Nebelfetzen eine Riesenspinne sein? Für mich war es ein Armsessel.‹ Grrr! Vilph, du versoffener Amateur, gib es auf und verlaß die Stadt.«

Als ihm Hodricks starrender Blick auffiel, riß Vilph sich zusammen, aber innerlich litt er tausend Qualen. Er konnte den Spott Villandrys mit einem Wort zum verstummen bringen, aber welcher Zauber stellte den Hohn in ihm selbst ab? Peinlichkeiten der Vergangenheit hingen wie Glocken in seinem Gedächtnis, deren Läuten Schmerzen brachten. Sein demütigender Konflikt mit Alban und Padia läutete so laut wie ein Turmglockenspiel.

»Was bekümmert Euch?« rief Hodrick. Zwar hatte der Wind nicht die Kraft, sie vom Teppich zu fegen, aber er trieb ihre Worte davon.

»Ich teste eine neue Illusion«, rief Vilph zurück. Seine Worte formten seine Überzeugung. Augenblicklich konzentrierten sich seine Gedanken auf das Ersinnen einer neuen Illusion. Wäre ich seinen Gedanken nicht von Augenblick zu Augenblick gefolgt, hätte ich in der Tat so wie er glauben können, daß er seit ihrem Aufbruch von Jessis über diese neue Illusion nachdachte.

Vilph hatte einen Verstand von Bühnendimension. Er hielt ganze Bündel von Überzeugungen und Einstellungen bereit, jedes für sich wie Kulissen über einer Theaterbühne. Eine Szene zeichnet einen idyllischen Hintergrund, und die Troubadoure preisen Barsaives wellige Hügel. Der Vorhang fällt, hebt sich wieder, und die Hügel sind verschwunden. Eine neue Kulisse zeigt das Gefängnis auf dem Hohen Hügel, und die Schauspieler versichern mit leidenschaftlicher Überzeugung, daß sie hier schon tagelang Wache halten. Vilphs Denken verlief in denselben Bahnen, von Einbildung zu Einbildung. Doch ebenso, wie das Läuten einer Glocke in der Nähe des Theaters das Publikum aus seiner Versunkenheit reißt, so wurde auch Vilph gelegentlich von seinen Erinnerungen geweckt. Dann verfluchte er seine tausend Unzulänglichkeiten.

Einstweilen war die neue Kulisse an Ort und Stelle, und Vilph dachte über eine Illusion nach, mit der er sich an Alban rächen konnte. Mit einer Geste verlangsamte er den Teppich und redete in gewöhnlicher Lautstärke weiter. »Hodrick, erzählt mir von Alban Peyls Bekannten, Freunden, Geschäftspartnern und anderen Verbindungen zur Gemeinde.«

Die nicht zueinander passenden Augen der Form weiteten sich in böser Vorahnung. »Werdet Ihr ihm dasselbe antun wie dem Troubadour?«

Ein weiterer Vorhang fiel in Vilphs Verstand herab. »Natürlich nicht.« In diesem Augenblick glaubte der Ork dies, hatte es immer geglaubt und würde es immer glauben. »Ich frage aus simpler Neugier. Ihr kennt die magischen Strukturen aller Namensgeber in Merron, nicht wahr?«

»Ich kenne sie nur, wie sie vor einem Monat waren, als Ihr mir Bewußtsein verliehen habt.« Hodricks tiefe Stimme enthielt eine Spur von Groll. »Jetzt kann ich sie nicht mehr spüren. Strukturen fließen wie der Byrose. Ich bin ihren Veränderungen nachgegangen, um Merron schützen zu können, aber Ihr habt mich von ihnen getrennt. Wie kann ich der Stadt jetzt noch dienen?«

»Vertraut mir«, sagte Vilph beruhigend. »Nachdem ich mitansah, wie Ihr Albans Arm gestohlen habt, habe ich sehr viel Zeit damit verbracht, Euch zu studieren.« Vilph kam ein reizvoller Gedanke, und im gleichen Augenblick wurde er zu einer ewigen Wahrheit: »Ich arbeite an einem Siebenstufenplan, um Eure Sinneskräfte wiederherzustellen, und er ist so gut wie fertig. Zuerst müssen wir die Magiegilden dazu bringen, ihre Treue unter Beweis zu stellen. Dann können wir mit ihren Kräften die Wiederherstellung angehen.«

Wie andere Angehörige seiner Disziplin war Vilph ein Meister der Improvisation. Hätte Hodrick nach den sieben Stufen des Plans gefragt, hätte jeder Illusionist sieben ausgezeichnete Lügen herunterrasseln können. Doch nur wenige besaßen Vilphs Gabe, seine eigenen Lügen zu glauben und sie wie Evangelien zu predigen.

Hodrick, der bereits einander widersprechende Evangelien gehört hatte, blickte skeptisch drein. »Ihr habt mir jetzt drei Erklärungen genannt, warum ich die Gilden benutzen muß, um diese Zauber zu wirken, die von den Leuten ›die Heimsuchung‹ genannt werden. Als Ihr mich mit Bewußtsein beschenkt habt, sagtet Ihr, wir müßten die Gilden darauf vorbereiten, eine Invasion der Dämonen zu bekämpfen. Später habt Ihr diese Geschichte als Test meiner intellektuellen Fähigkeiten abgetan. Ihr behauptetet, in Wahrheit hätte Euch die Passion Mynbruje auserkoren zu prüfen, wie sehr die Gilden der Sache der Wahrheit ergeben sind.«

»Ja, ja …«

»Ich will gerne glauben, daß Ihr diese unterschiedlichen Erklärungen miteinander in Einklang bringen könnt, aber ich sehe nicht, wie.«

Ich hoffte, Vilph würde bei dem Versuch, seine Lügen zu stützen, an sein wahres Motiv denken, die Heimsuchung über Merron zu bringen, ein Motiv, das ich nun schon seit einem Mond vergeblich in Erfahrung zu bringen versuche. In seinem Verstand gab es eine Art Trennwand, einen Schirm aus chaotischen Empfindungen und Bildern, die so dunkel für mich waren wie das Hinter-der-Bühne in einem Theater. Vilphs Motive lagen verborgen in diesem Dunkel. Solch eine Barrikade habe ich nur bei den allertüchtigsten Illusionisten vorgefunden. Sie faszinierte und frustrierte mich.

Der Schirm hielt auch jetzt, als Vilph über Hodricks Bemerkungen nachdachte, stand. Widersprüchliche Lügen zu erklären, ist für einen Illusionisten nur eine Gelegenheit zur Übung. Nur fand Vilph im Augenblick die Aufgabe, längst vergessene Geschichten miteinander in Einklang zu bringen, langweilig, also blickte er nach unten. »Ah, Hodrick, seht doch!«

Auf seinem Flug nach Südosten hatte der Teppich die Westhrallstraße überquert, die gewundene Grenze zwischen altem Geld und neuer Gelehrsamkeit. Altstadts steile Terrassenhänge, deren Besitzungen von breiten geraden Straßen eingerahmt wurden, wichen welligem Land mit schäbigen Kästen. Die graubraunen Häuser von Schulenburg, die aus Lehmziegeln, Bruchsteinmauerwerk oder stuckverziertem Holz bestanden, drängten sich an den Enden der sich verzweigenden Gassen wie Trauben an einer Rebe. Hier wohnten Künstler, Auktionäre, Buchhalter, Hausmeister, Dozenten, Besticker, Grammatiker, Lexikographen, Musiker, Schuldeneintreiber, Gelehrte, Schreiber, pensionierte Soldaten, Lehrer, Tutoren, Leichenbestatter, Ammen und Freisassen. Wenn sie nicht damit beschäftigt waren, sich die Miete zu verdienen, versuchten sie mehr oder weniger, ihre Heime angesichts der Tatsache wohnlich zu machen, daß ihre in Altstadt und Schlußstein wohnenden Vermieter sich nicht darum kümmerten.

In Schulenburg lebten die meisten von Merrons Zauberern, etwa fünf oder sechs Dutzend. Die Schulen zogen sie an. Jede Schule befand sich in einer Senke zwischen abschirmenden Hügeln und war von grasbewachsenen Feldern umgeben, so daß zwischen den Schulen und den nächsten Häusern ein ausreichender Sicherheitsabstand herrschte, falls ein Experiment einmal schiefging.

Merrons Magistrate hatten nicht lange nach dem Ende der Plage dafür gestimmt, die vier magischen Schulen zu bauen. »Auf diese Weise wissen wir immer, wo die Zauberkundigen sind und was sie vorhaben«, sagte ein Magistrat, der hätte hinzufügen können, »und außerdem verschaffen wir damit meinen Steinmetzen Arbeit und Brot.« Die Schulen förderten den Fortschritt in der magischen Forschung auf Kosten einer scharfen politischen Rivalität unter den Disziplinen. Überall sonst in Barsaive mochte ein Magier den Elementarismus studieren oder ein Illusionist Geisterbeschwörerei. Jene, die in Merron die Grenzen der Disziplinen überschritten, verheimlichten ihre ›Untreue‹ aus Angst vor Sanktionen ihrer Gilde.

Vilphs Teppich flog zuerst über Quietus hinweg, einem langen fensterlosen, schwarz glänzenden Rechteck mit den Proportionen eines Sargs, aus dem des Nachts Kreischen und schrille Flötenmusik drang. Dann sah er die Schule, die für die Illusionisten gedacht war, ein solides Marmorbauwerk ohne eine Spur von Charakter. Kein Illusionist hatte am Entwurf des Bauwerks mitgewirkt oder war bei der Einweihungszeremonie aufgetaucht, um der Schule einen Namen zu geben, noch war das Bauwerk je von ihnen in Besitz genommen worden. Wenigstens glaubten das die Leute. Nachbarn sahen arme Obdachlose ein- und ausgehen und Scharen von Tauben unter den Traufen. Man konnte nie wissen ...

Jetzt, nur fünf Minuten, nachdem er Jessis verlassen hatte, sah Vilph eine dritte Schule voraus, die Magierschule der Überlegenen Schutzmittel. Zu Pferd konnten Alban und Padia nicht hoffen, in weniger als einer weiteren Viertelstunde herzureiten. Bis dahin würde Vilph die Schnur längst haben. Vilph fürchtete keinen der beiden Adepten, aber er sah ein, daß die beiden seine Geschäfte mit Haerlam behindern konnten. Sie mochten sogar ein paar lästige Fragen in den Zauberergilden aufwerfen – falls die Gilden es wagen würden, Schwierigkeiten zu riskieren. Vilph lächelte.

In Hochstimmung zeigte er auf Überschwemmungsschäden. »Da, seht Ihr dieses Schlammfeld? Ich kann mich erinnern, daß dort eine Reihe billiger Wäschereien und Teehäuser stand. Soll die eine Hälfte den Schlamm abwaschen und die andere das Waschwasser in Gläsern servieren, ha! Dort drüben, der Lochost-Tempel hat seine Tore verloren und wer weiß, was sonst noch. Zweifellos hat die Passion sich geweigert, den Tempel zu retten, denn seine bornierten Questoren sind ein Haufen Heuchler. Seht Ihr die Leute, die sich um den umgestürzten Lebensmittelkarren versammelt haben? Ameisen auf einem Kadaver!«

»Die Leiden der Überschwemmungsopfer scheinen Euch Freude zu bereiten.«

»Gebt nicht mir die Schuld, gebt sie den Gilden. Hätten die Zauberer ihre Bemühungen vertrauensvoll vereint, hätten sie diesen Stadtteil in wenigen Stunden säubern können. Statt dessen verstricken sie sich in ihr übliches Gezänk um Zuständigkeiten und Standpunkte. ›Meine Lehrlinge werden sich nicht herablassen, Schlamm zu schippen, wenn Eure nur Bücher wegtragen müssen.‹ Pah!«

Zur Abwechslung sagte Vilph einmal die Wahrheit. Das halbe Dutzend Zauberer in jeder Gilde focht politische Kämpfe in einem Maßstab aus, der besser zu dem Dutzend Oligarchen der Alten Familien auf dem Hohen Hügel gepaßt hätte. Magistrate und Möchtegern-Magistrate beeilten sich, die vielversprechendsten neuen Gesellen der Schulen zu verpflichten, weil ein befähigter Zauberkundiger als Bediensteter mit Macht und Ansehen verbunden war. Dafür wetteiferten die drei Gilden um die Gunst ihrer Schutzherren, um ihrer Disziplin mehr Raum und Einfluß zu gewähren. Dies führte wiederum zu endlosem, kleinlichem Zank und Hader.

»Welch ein Unsinn«, fuhr Vilph fort. »Kein Wunder, daß die Illusionisten keine Gilde brauchen, wenn alle Namensgeber sich ihre eigenen Illusionen schaffen, an die sie ganz fest glauben. Hätte Peyl Euren Zauber nicht dadurch zunichte gemacht, daß er sich seinen verfluchten Arm wiedergeholt hat, hätte der Fluß diese schwafelnden Gelehrten mittlerweile vielleicht schon davongeschwemmt. Dieser Stadtteil wäre ohne sie besser daran.«

»Wir sind an der Schule vorbeigeflogen.«

Vilph verbarg seine Überraschung, aber eine weitere winzige Glocke gesellte sich zu den vielen, die bereits in seinem Gedächtnis hingen. »Ja. Das weiß ich. Ich wollte nur den Schaden begutachten.« Um diese Behauptung zu beweisen, ließ Vilph den Teppich einen weiten Bogen über den Stadtteil fliegen, wobei er sich ihrem Ziel allmählich wieder näherte. Er wog die Notwendigkeit zur Eile gegen einen plausiblen Rundflug ab, während ihn das Läuten seiner inneren Glocken quälte.

Nach fünf Minuten hatten sie die Schule der Magier

erreicht. Die Magier verteidigten beherzt ihren Namen, die Schule der Überlegenen Schutzmittel, gegen den Spott anderer Zauberkundiger. Das Gebäude hatte sieben Seiten, die alle unterschiedlich hoch waren. In jede aus Quadern bestehende Mauer waren Reihen um Reihen fingerhoher Sigillen eingemeißelt. Insgesamt einhundertacht sorgfältigst ausgewählte Materialien hatten beim Bau der Schule Verwendung gefunden. Hausmeister rissen rücksichtslos jede neue Pflanze aus, die nicht zu den achthundertsiebenundsiebzig Arten gehörte, die von den Gründern ursprünglich ausgewählt worden waren. Jeder zum Personal gehörende Adept konnte die Auspizien hersagen, die diese und zweitausendfünfhundertneunundfünfzig weitere Notwendigkeiten vorschrieben.

»Wo ist Haerlam der Seher jetzt?« fragte Vilph Hodrick.

»Das weiß ich nicht. Früher konnte ich jeden Namensgeber in der Stadt aufspüren, aber jetzt ...«

»Ja, ja, alles ist schiefgegangen, nachdem ich Euch Bewußtsein geschenkt habe. Soll ich es wieder rückgängig machen?«

Hodrick sah Vilph mit einigem Unbehagen an, sagte jedoch nichts. Vilph fiel auf, daß die Narben der Form jetzt stärker bluteten. Ohne die Silberschnur blieb Hodrick – wie lange noch? eine Stunde? –, bevor sein Körper in seine Bestandteile zerfiel.

»Welche Mittel standen Euch zur Verfügung, um den Aufenthaltsort dieser Zauberer ausfindig zu machen?«

»Das weiß ich nicht. Ich hatte – ein Mittel ...«

»Wie hilfreich. Wo wäre Haerlam im letzten Mond zu dieser Tageszeit zu finden gewesen?«

Hodrick dirigierte Vilph zu einem Vorsprung in der Nähe des Firsts des siebeneckigen Daches. Unter ihnen sahen ein paar Leute zu ihnen auf, um den Teppich bei der Landung zu beobachten, und gingen dann weiter.

»Ich kann die Schule durch diese Luke betreten«, sagte Hodrick, indem er auf eine Falltür aus Eichenholz zeigte. Der alte Zauber sorgte dafür, daß die Kompositform durch alle Portale in Merron gehen konnte. »Habt Ihr einen Plan, wie wir in den Besitz der Schnur gelangen können?«

»Einen brillanten Plan«, sagte Vilph. »Geht hinein und sagt Haerlam, er soll sie Euch geben.«

Hodrick hielt inne. »Ah, der Bluteid wird ihn dazu zwingen. Elegant.«

Dann fühlte Vilph sich veranlaßt, nach unten auf den gepflegten Rasen zu blicken. Als er dort nichts sah, wurde ihm klar, daß diese Regung ihren Ursprung nicht in ihm, sondern in der Kompositform hatte. Als er den Kopf wieder wandte, war Hodrick verschwunden. *Verflucht sei dieser Zauber der unsichtbaren Bewegung. Sich vorzustellen, daß über die Jahrhunderte hinweg Radolfs Zauber die Bewegungen meines Kopfes lenkt!*

Obwohl ihn der Gedanke empörte, hatte Vilph keine Möglichkeit, sich an Radolf zu rächen, der bei der Erschaffung des Egregore gestorben war. Statt dessen wanderten seine Gedanken zu Alban, der die Schuld an dieser Störung trug. *Wenn Peyl an so etwas wie den Untrüglichen Blick glaubt, werde ich ihm etwas zu sehen geben.*

Die Vollendung seiner erschöpfenden Forschung und Planung lag in Reichweite. Sobald die Schnur Hodrick wiederhergestellt haben würde, konnte Vilph ihm befehlen, die Gilden zu mächtigeren Zaubern zu bewegen. *Zuerst Oneiros, dann Noesis. Oder ich könnte auch bei Geokosmos fortfahren, aber dort habe ich meinen Standpunkt bereits vorgetragen: daß …*

Bei dieser Andeutung eines Motivs wanderten seine Gedanken in die Dunkelheit hinter der Bühne. Trotz allergrößter Bemühungen konnte ich ihm dorthin nicht folgen.

Drei Minuten später sah Vilph sich um. Hodrick

stand dicht neben ihm. »Ich konnte Haerlam nicht finden. Seine Kollegen sagen, eine unerwartete Verpflichtung habe ihn veranlaßt, seine Studien zu unterbrechen.«

»Was für eine Verpflichtung?« fragte Vilph.

»Eine Beerdigung.«

Der Teppich landete hinter dem kleinen Mausoleum. Vilph bemerkte die dunklen Streifen auf seinen Marmormauern, die sich wie träge Flammen wanden. Er kroch zu einer Ecke, während Hodrick sich unsichtbar neben ihm hielt. Obwohl der durchnäßte Boden unter den Füßen des Orks gluckste, verursachte Hodrick keinen Laut. Als sie um die Ecke lugten, sahen sie, daß sich auf der anderen Seite des grasbewachsenen Vorplatzes eine Gruppe Trauernder vor einem offenen Grab versammelt hatte.

Im nachmittäglichen Sonnenlicht stand eine gemischte Gesellschaft niedergeschlagener Leute in Trauerkleidung: nichtssagende hochgeschlossene Überröcke und Kniebundhosen für die Männer, lange, engsitzende Musselinkleider und geschnürte Überwürfe für die Frauen. Alle trugen eine fransenbesetzte weiße Binde, das Symbol der Trauer, am linken Oberarm.

Die Trauernden standen steif da und gaben sich alle Mühe, sich dem Anlaß entsprechend zu verhalten. Ihrer rötlichen Gesichtsfarbe und der allzu frischen Kleidung konnte Vilph entnehmen, daß es sich um Geschäftsleute aus Schulenburg handelte. Er zuckte zusammen, als er das unbeherrschte Jammern einer kleinen älteren Frau mit der Figur einer zusammengerollten Matratze hörte. Auf ihren gekrümmten Schultern trug sie ein Humerale, ein einfaches weißes Tuch für die hinterbliebenen Eltern.

Vilph verzog das Gesicht. »Ich sehe hier auf dem Magierfriedhof nicht einen einzigen Magier. Seht, sie begraben eine Leiche. Auf dem Magierfriedhof. Eine Leiche!« Die meisten Bewohner Merrons zogen die Einäscherung dem Begräbnis vor, weil Barsaives Tote manchmal aus ihren Gräbern krochen. Geisterbeschwörer sprachen sich aus eben jenem Grund bei jeder Gelegenheit gegen die Einäscherung aus, und konsequenterweise kam für die anderen Kollegen ausschließlich die Einäscherung in Frage.

Die Frau mit dem weißen Schultertuch richtete mit den anderen Trauernden ihre Aufmerksamkeit auf eine hochgewachsene Frau in weißer Robe, die an einem Ende des Grabes stand. Sie sprach mit einer hohen, zischenden Stimme, deren Akzent Vilph nicht einordnen konnte. »Freunde, der Tod bedeutet nicht das Ende. Nicht Abschluß, sondern Wandlung. Fleisch geht wieder in die Erde ein, die es hervorgebracht hat, Geist gesellt sich zu der Vielzahl Unsichtbarer unter uns. Hier und heute heißen wir einen neuen Geist in unserer Mitte willkommen.«

Die schluchzende Trauernde rief: »Katri, ach, Katri!«

Vilphs Verwirrung wuchs. »Die Frau, die die Trauerrede hält ... das ist kein Questor. Ihrer Robe und ihrer ganzen Art nach zu urteilen, würde ich sie fast für – aber nein.«

Die hochgewachsene Frau trug eine Robe, wie sie ein Geisterbeschwörer tragen würde, knochenweißes Satin, das mit einem Muster aus Ochsenschädeln bestickt war. Weite Ärmel, an den Handgelenken zusammengebunden, darüber schwarze Armreifen mit grünem Rand. Ihre Hände sahen hager und fleckig aus. Ein smaragdgrüner Skarabäus am Hals diente als Schließe für eine Kapuze, die ihr Gesicht verbarg.

»Wer ist sie, Hodrick?«

»Die Geisterbeschwörerin Thanyx Destrovan.«

»Tatsächlich! Albans Lüge wird hier Fleisch, wo wir Haerlam zu finden hofften. Das ist ein zu bemerkenswerter Zufall.« Er dachte nach. »Wartet. Haerlam – hat er nicht vor zwei Monden ein Manifest im Allwetter-Teehaus angeschlagen? Das Manifest, in dem die Gilden aufgefordert werden, zusammenzuarbeiten und voneinander zu lernen?«

»Ja. Er hat kaum Unterstützung bekommen, aber Thanyx hieß die Idee gut.«

»Zwei Friedensstifter … Hmm.«

Die Trauerrede ging weiter. »Die Welt rings um uns ist von Geistern durchdrungen«, sagte Thanyx. »Jeder unserer Atemzüge ist mit Luft vermischt, die von allen anderen Wesen geatmet wurde, welche je gelebt haben. Zeit, Geschichte, alles durchdrungen von Geistern. Unsere Überlieferungen, unsere Vorstellungen, alle geformt von Leuten, die schon lange vor unserer Geburt gestorben sind. Wer könnte das bestreiten? Geister beherrschen uns. Doch mit der Kenntnis ihrer Namen und mit der Kraft unseres Willens können wir vielleicht sie beherrschen.

Katri hatte einen starken Willen. Ich habe sie durch ihre Lehrzeit bis zur Novizin begleitet. Und sie hätte es noch viel weiter gebracht. Jetzt nimmt sie in der Kraft der Jugend eine neue Gestalt an. Betritt eine neue Welt, tausend neue Welten, die größer und vielfältiger als diese und von Macht durchdrungen sind. Auch dort wird sie es weit bringen, denn sie hat keine Furcht. Ich helfe ihr.«

Wenn sie noch einmal ›durchdrungen‹ sagt – Vilph beendete den Gedanken nicht. Jeder Geisterbeschwörer, der ihm je begegnet war, hatte ihn geängstigt. Nein, nichts ängstigte ihn – ein neuer Vorhang fiel – sie hatten ihn irgendwie irritiert. Die Geisterbeschwörung stand für die Wesenheiten, die er nicht täuschen, für die Wirklichkeit, die er nicht lange verschleiern konnte.

Vilph sah einen stattlichen Menschen in mittleren Jahren aus einem Abort kommen und zu den Trauernden gehen. Der Mann trug eine kunstvolle Robe, ummäntelt, gegürtet und geschnürt, die vor eingefaßten Broschen und Spangen funkelte und mit Troddeln und Quasten protzte. Ein dreifarbiger Turban mit vier verschiedenen Sorten von Federn krönte sein blasses rundliches Gesicht. Wenn er sich bewegte, zitterte er wie eine aufgeregte Matrone.

Vilph ging es so sehr gegen den Strich, den Mann anzusehen, daß er beinahe die Magiersymbole übersehen hätte, die in die buntscheckige Robe eingewoben waren. »Ich nehme an, dieser – dieser Gegenstand, der gerade zum Grab geht, ist Haerlam der Seher. Er sieht aus, als sei er mit einem Schneiderkarren zusammengestoßen. Hat er die Schnur bei sich?«

»Nein«, sagte Hodrick traurig.

»Wartet, bis die Zeremonie vorbei ist. Dann werde ich dafür sorgen, daß er uns zur Schnur bringt. Sie kann nicht mehr lange dauern.«

Haerlam verbeugte sich vor Thanyx, vor der Gruppe, vor dem Grab und vor einem Busch in der Nähe, bevor er innehielt. »Ah, ja«, begann er in einem vollen Tenor und viel zu überschwenglich für den Anlaß. »Ich spreche den hinterbliebenen Verwandten und Freunden Katri Mons mein aufrichtiges Beileid aus. Wir an der Schule empfinden grenzenlose Dankbarkeit für ihre Hilfe bei unserem Kampf gegen die kürzliche Überschwemmung. Ich möchte nur meiner tiefen Bekümmernis über ihr unzeitiges Ertrinken Ausdruck verleihen. Ahem – was nicht bedeuten soll, daß ein zeitigeres Ertrinken für sie vorgesehen war – ich meine …« An dieser Stelle begann Haerlam, sich für diese naheliegende Bedeutung zu entschuldigen, dann für die Unterbrechung seiner Trauerrede. Seine Stimme verlor sich in einem einförmigen Murmeln.

Ertrinken! Diese Geisterbeschwörerin hatte den rivalisierenden Magiern dabei geholfen, die Überschwemmung zu bekämpfen, und war dafür gestorben. Von dieser Erkenntnis überrascht, empfand Vilph so etwas wie ein Schuldgefühl und eine niederschmetternde Reue. Sein Werk hatte diesem jungen Namensgeber das Leben gekostet! Aber natürlich hatte ein Geisterbeschwörer jeden Tag mit dem Tod zu tun, und außerdem wäre sie ohnehin bald gestorben – wenn Thanyx sie nicht wiederbelebt hatte, konnte sie keinen großen Eindruck hinterlassen haben – die Aussonderung der Minderwertigen – Vilph verbarg sein Schuldgefühl hinter einem Schleier der Rechtschaffenheit.

Die Stimme der Geisterbeschwörerin kreischte jetzt wie ein quietschender Sargdeckel. Ihre Worte klangen nach Alttheranisch. »Was tut sie, Hodrick?« flüsterte Vilph.

»Sie hat damit begonnen, ein Gesegnetes Licht zu wirken. Seht Ihr, die erforderlichen Helfer reagieren bereits auf ihre Beschwörung.«

Ein in einer ganz bestimmten Formation fliegender Stäubchenschwarm tauchte auf und umkreiste die Trauernden wie iopanische Schleiertänzerinnen. Aasfliegen, die in eine goldene Aureole gehüllt waren und abscheulich aussahen. Wo sie über das Gras flogen, hinterließen sie goldene Linien, die rasch verblaßten. Thanyx Destrovans Singsang sammelte die Geister über ihren Köpfen zu einem Ball, und ihr sanfter Glanz fiel auf die Trauernden. Katris Mutter sah verwundert auf, und ihre Tränen versiegten.

»Ich war noch niemals Zeuge der Anwendung dieses Zaubers bei einer weltlichen Zeremonie. Was glaubt Ihr, wie lange es noch dauern wird?«

»Etwa zwanzig Minuten, wenn wir frühere Rituale in Quietus zugrundelegen«, antwortete Hodrick.

»Wir haben keine Zeit für diesen Unsinn. Peyl und seine Frau könnten in diesem Augenblick hierher unterwegs sein.« Vilph ließ seine Hände eine Handbreit über seinen Körper wandern, während seine Finger Fäden der Magie woben. Er formte eine imaginäre Wölbung über seinem flachen Bauch, dann zeichnete er eine größere und breitere Silhouette nach. Er plusterte die Wangen auf und strich sich seine stacheligen grauen Haare zurück. Vor seinem geistigen Auge sah er ein gestochen scharfes, fehlerloses Bild, und seine Gedanken drückten eine felsenfeste Überzeugung aus. Sein Glaube formte die Magie. Anstelle des grauen Orks stand Alban Peyl da.

Vilph betrachtete seine neue Gestalt und grinste. Das schwarze Wams und die gleichfarbige Hose, die Kleidung eines Kriegers, spannten sich über seinem kugelförmigen Bauch. *Was für eine lächerliche Gestalt,* dachte er. *Peyl könnte mir nie gefährlich werden.* Er erwog, Albans gelbe Schärpe hinzuzufügen, um das lächerliche Porträt zu vervollständigen, aber natürlich mußte er genauso aussehen, wie Haerlam Alban früher am Tag gesehen hatte. Vilph schritt dem Kreis aus Gesegnetem Licht entgegen, während Hodrick ihm unsichtbar folgte.

Haerlam sah ihn zuerst. »Alban!« rief der Magier, wobei er den Singsang der Geisterbeschwörerin unterbrach.

»Was sehe ich?« rief Vilph in die Stille hinein. »Kann dieser Anblick wahr sein? O wie wunderbar!« Seine Stimme, melodisch und volltönend, entwaffnete die Trauernden. Vilph konnte sie auf den ersten Blick einschätzen und ihre Bedürfnisse erkennen, und sein Zauber breitete sich aus. Er konnte die geringste Spur der Bedürfnisse und Wünsche seiner Zielpersonen ausbeuten. Vilph hatte schon vor langer Zeit die Grundlage der Illusion begriffen: Leute wollen glauben.

Er erwog die ›große Vision‹, derer diese Trauernden ansichtig werden sollten. Mit beiläufiger Virtuosität hatte Vilph mit dem Weben seines Zaubers begonnen, ohne eine genaue Vorstellung davon zu haben. Er verwarf die Idee, Leichen aus ihren Gräbern kriechen zu lassen, da er eine morbide Abneigung gegen Klischees hatte. Aus einer Laune heraus sagte er statt dessen: »Wie sind diese wilden Tiere hergekommen? Was hat dieses üppige Wachstum von Dschungelbäumen und Blumen bewirkt? Wahrhaftig, dies ist ein idyllisches Königreich!«

Die Illusion griff auf seine Opfer über. Vilph zeichnete in jedem Verstand ein Traumbild von Nußbäumen, Palmen und Mangroven mit hohen Luftwurzeln, die mit Moos und Lianen bewachsen und beißenden Schimmelpilzen gesprenkelt waren – von Jutesträuchern und Feuerdornen mit leuchtend roten Beeren – von pinkfarbenen Orchideen und Tamarisken. Der Dschungel schien die Trauernden zu umgeben. Inmitten dieses Aufruhrs von Farben siedelte er Papageien, Kakadus und Hornschnäbel an. Weiter weg ließ er Tiger, Affen, Lemuren, Ozelote, Sturmwölfe, Hermeline, Löwen und weiße Füchse aufmarschieren, die sich alle friedlich um den Kreis des Gesegneten Lichts versammelten. Er ließ nichts aus. Vilph wollte eine Vision von einem Nachleben gestalten, eine Vorstellung, die er so unsinnig fand, daß nur der dreisteste Unsinn sie vermitteln konnte.

Die Trauernden glotzten wie versteinerte Hühner. Sogar die fette Frau stellte ihr Gejammer ein. Vilph sah allein Thanyx an, daß sie zweifelte. Diese Geisterbeschwörerin konnte ihm Schwierigkeiten machen. Dennoch fuhr Vilph fort.

Die Stimme des Mädchens sollte in dem Wald hallen. Er hatte keine Ahnung, wie sie im Leben geklungen hatte, und so schuf er einen zitternden Sopran. »Mu-u-utter«, ertönte es, und die Trauernden schrien auf, als sie die Stimme aus der Mitte der Tiere hörten. Verspätet dachte er: *Die scheußliche fette Frau könnte eine Tante sein.* »Mu-u-utter, bist du da?« Vilph flüsterte Hodrick zu: »Helft mir.«

Hodrick flüsterte zurück: »Ihre Stimme lag mehrere Töne tiefer. Außerdem hat sie genäselt und einen Schulenburg-Akzent gehabt.«

Vilph spielte die Stimme wie ein Instrument. »Mu-u-utter.«

»Katri! Katri! Bist du das?« Die fette Frau fing wieder an zu weinen. »O ihr Passionen! Katri, ich bin hier!«

»Mutter, ich bin in eine wunderbare neue Welt eingegangen. Sieh doch, wie die Gefilde des Himmels dieses Gehölz tiefster Zufriedenheit nähren. Aus jeder Vogelkehle höre ich ein glockenreines Klingen, dessen leisester Ton angenehmer klingt als jeder Glockenturm auf der Erde. Der Tiger schreitet ganz offen unter uns, der Schakal benötigt kein Fleisch, und es gibt hier keine Fliegen oder Mücken, die uns stören, nur wunderschöne Schmetterlinge.«

Vilph hielt inne, da er glaubte, mit den Schmetterlingen zu weit gegangen zu sein, aber den Trauernden gefiel es offenbar. Sie lauschten in ehrerbietigem Schweigen, und Katris Mutter schien geradezu ekstatisch zu sein. Vilph schwelgte in der Macht der Illusion, den Geist zu erhöhen und zu verklären. Er würde Merron wie diese würdigen Unschuldigen zu wunderbaren neuen Höhen führen!

Er spürte immer noch einen Mißton, einen zweifelnden Geist: Thanyx. Vilph flüsterte Hodrick zu: »Wie haben Thanyx und ihr Lehrling, diese Katri, zueinander gestanden?«

»Thanyx hielt Katri für eine vielversprechende Schülerin mit einem starken Willen, einem mitfühlenden Wesen und einem ungewöhnlichen Respekt vor anderen Disziplinen. Katri hat Thanyx als älteren Führer in die Mysterien betrachtet.«

Augenblicklich ließ Vilph die Stimme wieder ertönen. »Ach, Meister, das Leben im Jenseits hat alles bestätigt, was ich von Euch lernte. Ihr habt mich so gut ausgebildet! Hier kann ich endlich sehen, wie jeder Zauberkundige nur eine Schicht einer vielschichtigen Wirklichkeit sieht.«

Hodrick berichtete Vilph flüsternd von Katris außerordentlicher Ängstlichkeit bei Beschwörungsritualen, von ihren Freundschaften und Rivalitäten mit anderen Lehrlingen, von ihren Essensvorlieben. Vilph arbeitete diese Einzelheiten geschickt in die Schilderungen der Stimme ein, und er spürte Thanyx schwankend werden.

Die Geisterbeschwörerin schlug die Kapuze ihrer Robe zurück und starrte staunend nach oben. Sie hatte knochenweiße Haare und ein langes, hageres Gesicht mit einer spitzen Nase. »Katri. Kannst du dich uns zeigen?«

Verflixt, dachte Vilph. »Hodrick.«

»Katri Mon hatte ein blasses rundliches Gesicht, ein junges Gesicht, mit einer schmalen, aufwärts gerichteten Nase.« Während die Form sprach, beschwor Vilph ein unscharfes, waberndes Bild über dem Kreis aus Gesegnetem Licht. »Dichte braune Augenbrauen«, fuhr Hodrick fort. »Große grüne Augen mit goldenen Ringen in den Pupillen – nein, die Augen müssen schmaler sein. Ja. Hohe Stirn – etwas stärker gewölbt –, lange braune Haare, glatt und nach hinten fallend ...«

Vilph ließ das Bild deutlicher werden, und die ehemals Trauernden schrien jetzt vor Freude.

»Katri!« rief Thanyx. Sie lächelte und legte ihre eisige Haltung ab. Damit verschwand auch ihre Skepsis, und Vilph grinste triumphierend. Voller Hochstimmung dachte er an das alte Sprichwort: »Elementaristen beherrschen das Wirkliche, Geisterbeschwörer das Unwirkliche und Magier die Kraft der Magie selbst. Aber Illusionisten beherrschen Elementaristen, Geisterbeschwörer und Magier.« Welch ein Segen er doch für Merron und seine guten Leute war, indem er diese Bilder beschwor! Sie würden sagen: *Ach, wir haben nie eine wahre Schönheit gekannt, bis unser geliebter Vilph zu uns kam, um sie uns zu zeigen. Er wickelt die größten Geisterbeschwörer um den kleinen Finger.*

»Ihr hofftet, die Zeremonie zu beschleunigen, glaube ich?« flüsterte Hodrick.

»Ja, ja ...« Vilph konzentrierte sich, und Katris Bild meldete sich wieder zu Wort. »Mutter, Meister, meine lieben Freunde, geht jetzt in dem Wissen, welches Glück euch erwartet! Verschwendet keine Sekunde eures Lebens mit dieser Zeremonie! Wohin ihr auch geht, ich werde immer bei euch sein ...« Und so weiter. Als sich die Menge in einem Nebel der Freude zerstreute, dachte nicht einmal Katris Mutter daran, daß das Grab noch offen und der Sarg nicht versenkt worden war.

Haerlam eilte mit Thanyx im Schlepptau zu Vilph. Keiner sah Hodrick, und beide hielten Vilph für Alban Peyl.

»Habt Ihr das gesehen, Alban?« begann Haerlam. »Ach, hallo übrigens, aber habt Ihr das gesehen? Ich hatte ja keine Ahnung, aber die Heimsuchung hat die merkwürdigsten Dinge verursacht, womit ich nicht sagen will, daß zwischen diesem freudigen Ereignis und der Tragödie jener anderen furchtbaren Vorfälle irgendeine Verbindung besteht ...«

Vilph fand rasch heraus, daß eine Unterhaltung mit Haerlam dem Seher daraus bestand, ihn zu unterbrechen. »Habt Ihr irgend etwas über die Silberschnur herausgefunden, die ich Euch gebracht habe, Haerlam?« fragte Vilph. Die Illusion verstellte auch seine Stimme.

»Ja, nun. Im Geiste der Zusammenarbeit zwischen den Gilden habe ich sie der Geisterbeschwörerin gezeigt, die ich heute morgen erwähnte, Thanyx, die, glaube ich, hier irgendwo in der Nähe – ah, da ist sie ja. Nun, äh, kennt ihr euch bereits?«

Die Frau streckte eine zerbrechlich wirkende Hand

aus. »Ja, ich habe von Euch gehört. Ihr seid der Ehemann der Magierin Padia Villandry.«

»Ich bin entzückt.« Verspätet kam Vilph zu dem Schluß, daß Alban niemals ›entzückt‹ gesagt hätte, aber das konnte Thanyx nicht wissen.

Haerlam hatte mittlerweile eine lange Reise in einen weiteren Satz begonnen. »Nun, sie konnte nicht mehr mit der Schnur anfangen als ich, und insgeheim fange ich an zu glauben, daß niemand in Merron viel damit anzufangen wissen wird, aber im Geiste der Toleranz und offenen Verständigung haben wir beschlossen, sie einem Elementaristen zu zeigen, demjenigen, von dem Ihr heute morgen gesprochen habt – Boyhan? War das der Name?«

»Britham Boyhan«, sagte Thanyx. Vilph nickte, als kenne er diese Person sehr genau.

»Was übrigens den Geist der Toleranz betrifft, Alban«, fuhr Haerlam fort, »wißt Ihr den Umfang meiner Leistung vielleicht nicht zu würdigen, die Schule davon zu überzeugen, dieser Zeremonie hier zuzustimmen, und auch nicht die Courage meiner geschätzten Kollegin Thanyx zu prüfen, die lange schwärende Kluft zu heilen zwischen – nun, ich will damit nicht sagen, daß eine Kluft schwären kann, aber …«

»Hat Boyhan die Schnur jetzt?«

»Ah! Nun, Boyhan hat sich bemerkenswert zivil verhalten, besonders nachdem ich Euren Namen erwähnte – was natürlich ein Zeichen der Hochachtung vor Euch ist, Alban. Er sagte uns …« Haerlam senkte die Stimme, »… Ihr wüßtet von den Magiegilden.«

»Ihr könnt ganz offen reden«, sagte Vilph auffällig entgegenkommend. »Meine Frau Padia hielt es für geboten, mich ins Vertrauen zu ziehen. Ihr könnt ganz sicher sein, daß ich Eure Geheimnisse bewahren werde.« *Du kannst mir ruhig ganz genau erzählen, was du weißt,* dachte er.

»Nun, Boyhan hat versprochen, die Schnur seinem Vater zu geben, dem alten Taundis Boyhan, und den alten Knaben dazu zu bringen, die Elementaristengilde Geokosmos einzuberufen. Soweit ich weiß, studieren sie sie jetzt in ihrer Schule.«

Auf Vilphs Vorschlag hin brachen die drei sofort zur Schule der Elementaristen auf. Hodrick begleitete sie unsichtbar. Mit einem Gedankenbefehl schickte Vilph seinen Teppich zum nächsten Versteck unter den Mittelpfeiler der Schwalbenschwanzbrücke.

Sie gingen durch Schulenburg. Haerlam schwatzte unentwegt, doch Thanyx schien tief in Gedanken versunken zu sein. Vilph konnte Haerlam nicht einschätzen. Der Mann wirkte einfältig und stümperhaft und klang dann plötzlich wieder wie ein Weiser. Vielleicht schusterte er seine gelehrten Reden aus früheren Vorlesungen zusammen.

»Die Magie der Kompositform entspringt drei bekannten Quellen«, sagte Haerlam, »ihrem Körper, ihrer Schnur und ihrer Eide.

Erstens wissen wir von vier inhärenten Zaubern, mit denen Radolf und seine Gefährten die Form im Verlauf der Plage belegt haben. Die Form benutzt irgendeine Art der Unsichtbarkeit. Sie kann Barrieren durchdringen. Sie spürt Dämonenmagie und andere Störungen der Strukturen, und das überall in der Stadt. Irgendein geistiger Zauber hält andere davon ab, sie anzugreifen.«

Sie verließen das Schulgelände und gingen durch breite, schlammige Straßen. Die Bewohner von Schulenburg schippten Schlamm vor ihren Türen, kauften Tonkrüge von Wasserträgern und stapelten an jeder Kreuzung zerstörtes Mobiliar zu hohen Haufen.

»Zweitens«, fuhr Haerlam fort, »beruht die Silberschnur, die ebenfalls Radolfs Werk ist, auf theranischen Künsten, die uns fremd geworden sind. Wir haben drei Kräfte ausgemacht, die nicht sehr gut mit unseren magischen Disziplinen harmonieren. Die Schnur stiehlt Körperteile und überträgt sie auf die Form. Sie hält die eigentliche Form zusammen. Und nach allem, was Ihr uns heute morgen erzählt habt, Alban, müssen wir davon ausgehen, daß die Form die Schur auf einige Entfernung ausmachen kann.«

Die Adepten gingen über den Marktplatz am Laternenweg. Markthändler, Käufer und Kinder scheuten alle gleichermaßen zurück, wenn sie Thanyx Destrovan sahen, und der Anblick von Haerlams auffälliger Kleidung ließ sie innehalten. Sogar in Schulenburg bekamen die Leute selten Zauberer zu Gesicht.

»Drittens und letztens, in jeder Generation erneuern die höchsten Würdenträger in den Gilden ihren Bluteid, der Form bei Bedarf ihre vereinte Macht zur Verfügung zu stellen. Die dem zugrundeliegende Theorie ist ebenfalls im Zuge der Plage verlorengegangen. In jenen Zeiten gestattete es diese Übertragung der Macht der Form, Dämonen zu bekämpfen, zumindest die schwächeren. Unglücklicherweise haben dieselben Eide der Form ermöglicht, die Überschwemmung und andere Katastrophen über uns zu bringen.«

Vilph hörte kaum zu. Er nahm mit Interesse zur Kenntnis, daß er selbst – oder vielmehr Alban Peyl – die Menge noch mehr begeisterte, als die Zauberer das taten. Offenbar war die Rückkehr von Peyls Arm *das* Thema des Tages. Er hörte eine Gruppe von Kindern darüber streiten, ob sein Arm echt aussah. Aus einer Laune heraus winkte er ihnen zu, und sie schraken zusammen und liefen davon.

»Ihr solltet hinzufügen, Haerlam«, meldete Thanyx sich zu Wort, »daß die Kompositform keine Gespräche im eigentlichen Sinne führt. Die Aufzeichnungen mehrerer Jahrhunderte zeigen, daß sie nur zur mechanischen Wiederholung von Warnungen fähig ist – ›Gefahr von Dämonen im Nordosten‹. Wie ein Papagei.«

Das ist seit einem Mond überholt, dachte Vilph.

Sie gingen durch eine Art Park. Ein gepflegter Fußweg führte mitten hindurch, und genau im Zentrum schwebte eine große Scheibe aus Stein in der Luft, das einzige äußerliche Zeichen dafür, daß sie sich der Schule der Elementaristen näherten.

Sie stießen auf eine kreisrunde Vertiefung im Boden, die mit Gras überwachsen und von Bäumen umringt war. Auf einer Seite des Kreises erhob sich ein steiler Erdwall, und darin befand sich eine lange Reihe von Fenstern. In einem Teich gleich unter dem schwebenden Stein spiegelte sich bei jedem Wetter ein blauer Himmel. Dieser Ort, die Universität, war abgesehen von der Grenze zu Hanfseil der am tiefsten gelegene in Schulenburg, und doch hatten sich die Einwohner nur hier ganz sicher vor der Überschwemmung gefühlt.

Sie blieben vor dem Wall stehen und schauten sich um. Sie sahen sonst niemanden. »Ihr seid schon einmal hier gewesen, Alban?« fragte Thanyx.

Vilph war vor zehn Tagen unsichtbar hergekommen. Er hatte zugesehen, wie Hodrick den Elementaristen von Geokosmos bei dem rituellen Zauber vorangegangen war, der den Byrose überflutet hatte. Er erinnerte sich daran, wie die Elementaristen in gleichmäßigen Abständen und im Schutz einer Nebelwand auf dem Wall gestanden hatten, während Blitze von einer Gestalt zur anderen gezuckt waren … »Nein, ich habe diesen Ort noch nie gesehen.«

»Die Felsenscheibe wird die Feste genannt und ist ein Treffpunkt für Geokosmos. Die Scheibe ist durch viele magische Siegel geschützt. Dort treffen sich Elementaristen, um ungestört zu sein oder neue Zauber auszuprobieren, deren Wirken anderswo Dämonen anlocken würde.«

»Die Schule der Überlegenen Schutzmittel hat zwei derart befestigte Punkte«, sagte Haerlam, um sich gleich darauf zu bremsen. »Äh, womit ich keinesfalls andeuten will, daß wir unseren geschätzten Kollegen an der Universität überlegen sein könnten.«

»Nein, natürlich nicht«, sagte Thanyx. »Es hat auch nichts zu bedeuten, daß es in Quietus drei dieser Punkte gibt.«

Haerlam hob seine dünnen Augenbrauen. »Bitte bereitet den skandalösen Gerüchten ein Ende, verehrte Thanyx, daß zwei dieser Punkte im Zuge fehlgeschlagener Beschwörungen verdorben wurden.«

Die Geisterbeschwörerin warf den Kopf in den Nacken. »Freund Haerlam, ›verdorben‹ ist eine äußerst unpassende und irreführende Bezeichnung. Wir können sie reinigen, wenn wir sie brauchen.«

»Das heißt also ...«

Vilph trat zwischen sie. »Ich frage mich, ob das nicht Boyhan ist?« Er zeigte auf den Erdwall, in dem eine kreisrunde Öffnung entstanden war. Durch das Portal kam Britham Boyhan. Das Blau seiner Robe hatte einen helleren Farbton und entsprach dem klaren Himmel, so daß die weißen Fäden, die in der Nacht zuvor wie Blitze geschimmert hatten, nicht zu erkennen waren.

Boyhan kam ihnen entgegen, und sogar auf diese Entfernung konnte Vilph den Argwohn des Elementaristen spüren. Es lag an der Art, wie sich die blauen Augen verengten, als ihr Blick auf Vilph fiel.

Boyhan nickte Thanyx und Haerlam kühl zu. »Schön, daß wir uns treffen, Adepten. Willkommen in der Schule. Und auch Ihr, Landmann Peyl.« Er musterte Vilph durchdringend. »Der neue Arm steht Euch. Wie ich sehe, seid Ihr jetzt mehr wie ein Adept gekleidet.«

Vilph beherrschte seine Rolle ebenso gründlich wie ein Theaterschauspieler. »Ich war immer der Adept, wie ich auch gekleidet gewesen sein mag«, sagte er glatt.

Boyhan starrte ihn noch einen Augenblick an, dann sagte er: »Mein Vater hat Geokosmos in der Feste zusammengerufen. Wir diskutieren über den Sturz des Egregore und seiner Kompositform. Wollt ihr drei euch uns anschließen?«

Haerlam und Thanyx wechselten einen überraschten Blick. Haerlam sagte: »Wir, äh, wissen diese Ehre sehr zu schätzen.«

Vilph, der sein eigenes Erstaunen verbarg, war jetzt ganz sicher, daß Boyhan – oder sein Vater, ein bekannter und sehr mächtiger Adept – eine Falle gestellt hatte. Eine Magiegilde, die sich jahrhundertelang abschottete, lud nicht einfach so Fremde ein, sich ihnen anzuschließen! *Peyl und Villandry müssen hergekommen sein – müssen Haerlam hierher gefolgt sein – und die Gilde gewarnt haben.* Sofort machte Vilph einen neuen Zauber bereit.

Sie schritten in die Vertiefung und hinunter zum Teich, wo sogar die Luft mit Magie aufgeladen zu sein schien. An diesem Ort konnte ein Besucher Geister der Erde, des Wassers und des Holzes spüren, all die alten und mächtigen Prinzipien. Hier wirkte die Felsscheibe der Feste, wie sie reglos in der Luft hing, beinahe gewöhnlich.

»Wie sollen wir, nun ja, hinaufkommen?« fragte Haerlam.

»Einen Augenblick, ich beschwöre den Springbrunnen.« Boyhan stimmte einen Singsang in einer der Elementarsprachen an.

In der Zwischenzeit wirkte Vilph seine Illusion. »Ich nehme an, ihr habt nichts dagegen, daß ich einfach hier stehe und nichts tue«, sagte er zu den anderen. Der Zauber tat seine Wirkung, und die anderen bekamen glasige Augen und nickten. Sie würden jetzt ignorieren, was Vilph auch tun mochte.

»Hodrick, seid Ihr hier?« rief er.

Die Form stand neben ihm. Die Narben in Hodricks Gesicht und an seinem Körper waren breiter geworden. Die roten Nähte bluteten jetzt stärker. »Ich kann die Silberschnur auf dieser Scheibe spüren«, sagte er. »Ich brauche sie bald.«

»Ja, ja, deswegen sind wir hier. Denkt jetzt an gar nichts. Dieser nächste Zauber ist sehr kompliziert, und ich bestehe auf Eurer Mitwirkung.«

Während Vilph einen zweiten Zauber in Angriff nahm, beendete Boyhan den seinen. Die Wasseroberfläche kräuselte sich, und plötzlich schoß ein Dutzend Wasserstrahlen in den Sonnenschein. Der erste Strahl am Rand des Teichs war ganz flach, die nächsten waren dann etwas höher, und der letzte reichte bis zum Rand der Feste. In den Wasserstrahlen funkelte Sonnenlicht, das zu glitzernden Farbkaskaden gebrochen wurde, die wie Blätter im Wind erzitterten. An der Spitze jeden Wasserstrahls fiel weißer Schaum nach allen Seiten, so daß ein wunderschön anzusehendes Chaos herrschte.

Boyhan bewunderte den Springbrunnen einen Augenblick lang, dann sprach er ein abschließendes Wort. Augenblicklich erstarrten die Strahlen, nicht zu Eis, sondern in ihrer Bewegung, als seien sie aufgemalt.

»Wenn ihr mir bitte folgen würdet«, sagte Boyhan zu den Adepten. Er setzte einen Fuß auf den niedrigsten Wasserstrahl, der sein Gewicht wie ein Felsen trug. Dann erklomm er den Springbrunnen Stufe um Stufe.

»Ah, ein hübscher Effekt, ganz ohne Frage«, sagte Haerlam. »Doch ich zögere, ohne Geländer so hoch zu steigen. Wenn es Euch nichts ausmacht, benutze ich meine eigene Methode.« Er sprach eine kurze Formel und flog nach oben. Die Unbeholfenheit des Magiers am Boden verwandelte sich in der Luft in makellose Eleganz. Er erhob sich in einem gelungenen Bogen und landete leichtfüßig auf dem Rand der Feste.

Thanyx verzog das Gesicht. »Nun, wenn es darauf hinausläuft, beschwöre ich Geister, die mich hinauftragen.« Sie stimmte einen tonlosen Singsang an.

Boyhan unterbrach sie. »Bitte. Wir haben keine Zeit, uns gegenseitig zu übertreffen. Die Gilde wartet.«

Thanyx erklomm die Stufen, während Boyhan sich an Vilph wandte. Für seine und der anderen Augen hatte Alban Peyl tatenlos und schweigend dagestanden, aber mittlerweile hatte Vilph einen komplizierten Zauber gewirkt.

»Seid Ihr bereit, Hodrick?« fragte er. »Wie zuvor werden wir damit beginnen, die Schnur zu verlangen. Falle hin oder her, die Zauberer von Geokosmos sind an ihren Bluteid gebunden. Sollte das scheitern, denkt an unseren Alternativplan. Kommt mit mir.«

In Hodricks Stimme lagen Enttäuschung und Verzweiflung. »Wie Ihr wünscht.« Er sprach mittlerweile recht undeutlich, da sich sein Unterkiefer gelockert hatte.

Nun, da beide sichtbar waren, erklommen sie die Wassertreppe.

Ein außenstehender Beobachter konnte nur grauen Nebel auf der Felsscheibe erkennen. Die Adepten in der Feste befanden sich unter einer Kuppel aus wallendem grauen Nebel. Ein leuchtender Lichtfleck auf der Kuppel folgte der Sonne und zeigte so die Tageszeit an. Innerhalb der Feste wirkten Farben lebhafter, Geräusche heller und die Luft lieblicher.

Vilph und Hodrick betraten die Nebelkuppel, nachdem sie die Wassertreppe erklommen hatten. Thanyx und Haerlam warteten in der Nähe. Beim Anblick der Kompositform schraken beide zusammen.

Die sechs Elementaristen von Geokosmos standen Schulter an Schulter auf der anderen Seite der Kuppel. An einem Ende der Reihe stand Britham Boyhan. Neben ihm befanden sich zwei wohlbekannte Zauberer: der stattliche und phlegmatische Gideon Lant, ein Einwanderer aus dem Bergwerksdorf Nore, und Simon Weald, ein alter und angesehener Spezialist für alle Zauber, die mit Holz zu tun hatten. Beide trugen altmodische graubraune Roben.

Am anderen Ende der Reihe starrten Ramiel Sandsturm und Forleau die Sammlerin Vilph argwöhnisch an. Ramiel, ein junger und sehr talentierter Elf von unübertroffenem Hochmut, trug eine bräunliche Robe, die mit abstrakten Mustern bestickt war, welche den Wind darstellen sollten. Er hielt drei durchsichtige Glaskugeln wurfbereit zwischen den vier langen Fingern seiner rechten Hand. Forleau zog ihre dünnen schwarzen Augenbrauen hoch. Sie hatte keine andere Kopfbehaarung, aber ihre Kopfhaut war von einem irisierenden Nebel bedeckt. Ihre Robe war mit Fischmustern in vielen Farben bestickt.

In der Mitte stand der körperlich größte Zauberer: Der Anführer von Geokosmos, Taundis Boyhan, genannt ›Feuerhaar‹. Der alte Taundis besaß die breiten Schultern seines Sohnes, löwenartige Züge und strahlend blaue Augen, aber im Gegensatz zu Brithams schwarzen Haaren hatte Taundis eine auffallend rote Mähne mit einer weißen Schläfenlocke und einen roten Vollbart mit einem weißen Streifen in der Mitte. Er trug eine weiße Robe, die mit roten und goldenen Sonnensymbolen bestickt war, und einen langen roten Schal.

Da die Elementaristen beim Anblick Hodricks keine Überraschung zeigten, wußte Vilph, daß er in eine Falle geraten war.

Taundis' volltönende Baritonstimme hatte einen ernsthaften Klang. »Willkommen Thanyx Destrovan von der Gilde Oneiros. Willkommen Haerlam der Seher, Ältester der Gilde Noesis. Willkommen Kriegeradept Alban Peyl. Ich will gleich zur Sache kommen. Seit Jahrhunderten ist die Kompositform, die Stimme von Merrons Egregore, den Gilden als Vorbote unmittelbar bevorstehender Gefahren erschienen. Jetzt glauben wir jedoch, daß der in Ungnade gefallene Illusionist Vilph Axtgriff Kontrolle über die Form erlangt und ihren ursprünglichen Zweck untergraben hat. Antwortet die Kompositform?«

Unterschiedlich geformte Lippen teilten sich, und Blut lief aus den Mundwinkeln, als die Lippen eine uralte Beschwörung rezitierten. »Zum Wohle Merrons! Bei dem Blut, bei dem Ihr geschworen habt, bringt der Kompositform ihre Silberschnur, oder Merrons Hüter wird sterben.«

Niemand bewegte sich. Vilph dachte: *Sie verbergen etwas – oder jemanden. Peyl und Villandry lauern hinter ihnen.* Er bereitete einen neuen Zauber vor.

Ramiel Sandsturm lächelte affektiert. »Die Plage ist vorbei. Manche sagen, ›Merrons Hüter‹ sei zu einer größeren Bedrohung geworden als die Dämonen, vor denen er einst gewarnt hat.«

Forleau nickte. »Die Form ist nur ein Sprachrohr. Die Marionette des Egregore. Kein Namensgeber. Wenn sie stirbt, was macht das schon aus?«

Gideon wandte sich nachdenklich an Simon Weald. »Ihr könnt Euch erinnern, Simon. Nicht wahr? Ja, das könnt Ihr. Von dem kürzlichen Schwindel abgesehen, der uns dazu veranlaßt hat, diese katastrophale Überschwemmung herbeizuführen, wann hat die Kompositform uns zuletzt vor einem Eindringen von Dämonen gewarnt?«

Simon strich sich den braunen Bart. »Hmm. Nicht bei der Rasper-Nor-Geschichte außerhalb der Stadt und nicht bei Intrantivere, weil da kein Dämon beschworen wurde, hmm. Vor vierzehn Jahren, als Blähformen in den öffentlichen Bädern Schlußsteins auftauchten.«

Vilph sah Taundis Boyhan an und wirkte seinen Zauber. Er murmelte leise: »Zeig die Schnur.«

»Wir sehen also«, begann Taundis, »daß die Kompositform ihren Nutzen überlebt hat. Wir sehen keinen

Grund …« Er brach ab und starrte ins Leere. »… keinen Grund, Euch die Schnur nicht zu zeigen«, fuhr er fort, »obgleich wir nicht die Absicht haben, sie Euch zu geben. Tasche!«

Die Zauberer von Geokosmos konnten ihre Überraschung nicht verhehlen. »Vater«, begann Britham, »bist du sicher …?«

»Still! Ich habe entschieden. Tasche! Wo ist diese Tasche?«

An der Basis der Nebelkuppel bildete sich eine kniehohe Ausbuchtung im Stein. Sie sah wie ein umgedrehter Korb aus, an der Spitze rund und mit zwei kurzen Armen. Die Ausbuchtung glitt auf Taundis zu, wobei sie sich durch den Fels der Feste bewegte wie eine Welle im Wasser. Sie blieb neben Taundis stehen und streckte die winzigen Arme aus.

»Keine Umarmungen«, warnte Taundis. »Öffne dich, Tasche.«

Der Träger senkte die Arme. Nach einer mürrischen Pause erschien ein Schlitz in der Tasche, der sich wie ein Mund öffnete. Taundis griff in die schwarze Leere darin, tastete herum und zog schließlich die Silberschnur heraus.

Die Garotte war so lang wie der Arm des Zauberers und leuchtete wie in hellem Mondlicht. Auf den ersten Blick schien die Schnur aus Silbersträngen geflochten zu sein. Ein waches Auge konnte die dünneren Linien erkennen, aus denen diese Stränge bestanden, die feineren Fasern, aus denen die Linien bestanden, und immer so weiter, bis das Auge die Unterschiede nicht mehr wahrnehmen konnten.

»Theranische Arbeit«, sagte Haerlam der Seher zu sich. »Eine sehr gute Arbeit.«

Endlich, dachte Vilph. Er murmelte: »Gebt die Schnur dem Träger zurück.«

Taundis ließ die Schnur in den riesigen Mund Tasches

zurückfallen. »Schließe dich, Tasche«, sagte der alte Elementarist. »Mehr werdet Ihr von dieser Schnur nicht zu sehen bekommen, Landmann Peyl – oder sollte ich sagen, Städter Axtgriff.«

Also kein Versteckspiel mehr. Sie werden bald angreifen. Vilph sah keinen Sinn mehr darin, die Illusion Albans aufrechtzuerhalten, und beendete den Zauber. Die Adepten sahen, wie Albans Gestalt sich auflöste und Vilphs an ihre Stelle trat. Vilph richtete den Blick auf den Träger und flüsterte: »Hierher.«

Sofort verließ Tasche Taundis Boyhans Seite und bewegte sich auf den buckligen Ork zu. Die Geokosmos-Adepten schrien auf, doch bevor sie handeln konnten, fiel Alban Peyl – der richtige Alban Peyl, der jetzt einen Ringpanzer und einen Kampfstab aus Mahagoniholz trug – von der nebligen Decke. Padia Villandry fiel mit ihm herunter. Sie trug ebenfalls einen Ringpanzer, dazu ihren Kristallschild und einen Zauberstab aus Elfenbein. Sie hatten sich im Nebel auf einem Gitter aus Luft verborgen, ein Werk von Taundis Boyhan.

Alban und Padia sahen Vilph unmittelbar unter sich. Sie hatten ihn völlig überrascht und würden ihn schwer treffen. Dann sorgte irgend etwas dafür, daß Alban und Padia sich in der Luft wegdrehten, so daß Padia hinter dem Ork auf den Boden prallte. Alban fiel zwischen Vilph und Tasche.

Dann rappelte er sich keuchend auf. »Irgendwas stimmt hier nicht«, rief er den Elementaristen zu.

Padia hob ihren Schild. »Wir wollten uns auf ihn stürzen!«

Geokosmos achtete nicht auf sie. Sie sahen Vilph auf Alban oder auf Tasche hinter ihm losgehen und machten ihre Zauber bereit.

Britham rief: »Gebt acht, Peyl!« Er sprach eine Beschwörung und zeigte auf Vilph, aber sein Arm fiel herab. Er blickte verwirrt drein. »Irgendeine Illusion«, sagte er laut. »Nun, wenn ich Euch nicht treffen kann, beseitige ich eben die Schnur. Tut mir leid, Tasche.«

Britham zeigte auf Tasche, und Feuer schoß aus seinen Fingerspitzen. Alban sprang zur Seite. Der Flammenstrahl traf den Träger, und dessen klaffender Mund stieß einen schrillen Schrei aus. Tasche verschwand, und Steinsplitter flogen durch die Luft, trafen Vilph und verletzten ihn.

Die Verletzungen bluteten, und das Blut – erschien hoch über Vilphs Haupt. Erst da sahen die anderen klar. Die Gestalt des grauen Orks löste sich auf, und vor ihnen stand Hodrick, während gleichzeitig die Gestalt Hodricks derjenigen Vilphs wich. Seine Illusion hatte ihr Äußeres vertauscht. Von dem Trick zum Narren gehalten, hatte Boyhan das Unvorstellbare getan. Er hatte die Kompositform verletzt und damit den uralten Blut-eid gebrochen.

Mit weit aufgerissenen Augen betastete Hodrick seine Wange. Sein Arm ruckte bei der Bewegung, als hänge er an Fäden. Er starrte auf das Blut an seinen Fingerspitzen. Die Nähte in seinem Gesicht verbreiterten sich, als seine Augen hervortraten. Sein loser Unterkiefer fiel noch weiter herab und übertrieb auf groteske Weise den Ausdruck des Entsetzens.

In all diesen Jahrhunderten ist er noch nie verletzt worden, dachte Vilph. Die Ereignisse waren Vilphs Kontrolle entglitten. Ein jähes Angstgefühl überfiel den Ork, da er die Katastrophe kommen sah.

Alban sah sie ebenfalls voraus, und er lief zu Hodrick. Er zögerte, als der Schutzzauber seine Angriffsabsicht zunichte machte. Alban sah hilflos zu.

Der erzürnte Hodrick richtete seine blutunterlaufenen Augen auf Britham Boyhan und streckte ruckartig den Arm aus, so daß er auf den Elementaristen zeigte. Die Worte quollen als gutturaler und unzusammenhängender Schrei aus seinem Mund, aber die Verdammung durch den Bluteid bedurfte keiner Worte.

Boyhan begann mit einer Beschwörung, um sich zu verteidigen, doch zu spät. Über die Kluft der Jahrhunderte hinweg sprachen die Schutzzauberer Merrons ihr Urteil.

Eine Blutfontäne schoß aus Boyhans Stirn. Die Wunde bildete die theranische Rune für ›Verrat‹. Schreiend und mit wild rudernden Armen taumelte Boyhan rückwärts, als sei er von einem Streitkolben getroffen worden. Ein nasser, salziger Geruch erfüllte die Feste.

Zwei weitere Blutfontänen, eine aus jeder Schulter: ›Treulos‹ lautete die linke Rune, ›Illoyal‹ die rechte. Boyhans Blut durchschlug seine Robe wie rote Splitter. Es bespritzte die Geokosmos-Zauberer, und sie sprangen zurück, als habe sie das harmlose Blut verbrannt.

Boyhans Schrei wurde zu einem Kreischen. Aus seinen Hüften platzten zwei neue Fontänen, aus den Runen ›Egoistisch‹ und ›Wahnsinnig‹. Boyhan fiel auf den Rücken. Er schlug so heftig um sich, daß seine Ellbogen auf dem Steinboden brachen.

Der alte Taundis Boyhan lief zu seinem Sohn, prallte jedoch zurück, als die sechste Rune auf Brithams Bauch explodierte: ›Schwach‹. *Schwach im Bauch,* dachte Vilph verrückterweise.

Der alte Mann kniete sich neben seinen Sohn. »Britham! Britham!«

Der schockierte Vilph konnte seine Gedanken nicht im Zaum halten. *In der Zeit der Plage haben sie das zu Feiglingen gesagt. Eine Redewendung.*

Die Schreie des Vaters übertönten diejenigen des Sohnes. »Halte aus, Sohn! Sei stark!«

Er kann nicht, er ist schwach im Bauch. Vilph empfand den grausigen Drang, laut aufzulachen. Er hatte Boyhan gerade kennengelernt und ihn kaum zehn Minuten später getötet. *Wie absurd!*

Britham sah seinen Vater an und versuchte zu sprechen. »Es ist – es ist nicht …«

Die siebente und letzte Rune explodierte direkt über seinem Herzen: ›Vergeltung‹. Er zuckte einmal und lag still.

Tödliche Stille, bis Taundis zu schluchzen begann. Hodrick starrte benommen auf die Leiche, als die Wut dem Schock wich.

Thanyx Destrovan ging schweigend zur Leiche und beschrieb in der Luft über ihr einen Kreis. »Eingegangen in eine größere Welt«, flüsterte sie. »Seid tapfer, Adept.«

Einer nach dem anderen wandten sich die fünf überlebenden Elementaristen, die beiden Magier, die Geisterbeschwörerin und der Krieger zu Vilph um. In jeder Miene sah er eine stumme Anklage.

»Ich wollte nicht, daß das geschieht«, sagte der Ork, dessen Gedanken immer noch wirr waren. »Hodrick hat es getan. Boyhan hat es sich selbst zuzuschreiben, das habt ihr alle gesehen. Das wäre alles nicht geschehen, wenn ihr uns einfach die Schnur gegeben hättet!«

Taundis Boyhan erhob sich. Die Luft um ihn erhitzte sich. Die Blutspritzer auf seiner Robe waren bereits getrocknet. Jetzt fingen sie an zu glimmen. »Mein Sohn. Er hätte uns vielleicht alle in der Meisterschaft der Magie übertroffen. Er hatte das freundlichste …« Hustend brach der alte Mann ab. Eine Träne fiel aus seinem Auge, die jedoch sofort verdampfte. Seine Augen glänzten in einem feurigen Orange. »Vilph Axtgriff«, sagte Taundis ernst. »Wenn ich nur noch fünf Minuten länger lebe, werde ich Euch brennen sehen.«

Vilphs breite Nasenflügel blähten sich. Als sich seine Gedanken wieder ordneten, fiel ein neuer Vorhang. Der junge Boyhan war nicht zu bändigen gewesen und hatte kurzerhand angegriffen – unbedachtes Handeln führte immer zur Katastrophe – das Aussondern der Minderwertigen …

»Jetzt ist nicht die Zeit für prahlerische Drohungen«, sagte Vilph rechtschaffen. »Ihr müßt Hodrick die Schnur geben. Euer Bluteid verpflichtet Euch dazu, der Kompositform, Merrons Beschützer, zu Diensten zu sein. Wenn Ihr in brecht, werdet ihr alle ebenso sterben wie der junge Boyhan.«

»Wenn ich nur noch fünf Minuten länger lebe ...« wiederholte Taudis, indem er sich in Bewegung setzte. In seinen Augen und an seinen Fingerspitzen züngelten Flammen.

Alban trat zwischen die beiden. »Einen Augenblick, Taundis. Hodrick, wir wollen Euch keinen Schaden zufügen, wenn Ihr Vilph nicht dient. Verlaßt ihn, schließt Euch uns an, dann geben wir Euch die Schnur. Vilph hat Euch dazu veranlaßt, die Heimsuchung herbeizuführen. Wißt Ihr überhaupt, warum er Euch benutzt?«

Hodrick antwortete mit einem gräßlichen Heulen. An seinem Hals klaffte eine tiefe Naht, so daß sein Kopf sich auf die Seite neigte. Brust und Arme waren blutverschmiert.

»Wir haben keine Zeit für neckisches Geplänkel«, sagte Vilph. »Holt den Träger zurück und gebt Hodrick die Schnur, dann können wir über seine Zugehörigkeit reden.«

»Sagt uns, warum Ihr die Heimsuchung über die Stadt gebracht habt.«

Vilph seufzte. »Also gut, ich werde euch die Wahrheit sagen. Die Theraner haben mich angeworben. Ich sollte Verwirrung stiften und die Stadt schwächen, so daß sie sie angreifen können.« Seine Gedanken zogen sich wieder hinter den Schirm chaotischer Bilder zurück, so daß ich nicht sagen konnte, ob seine Worte der Wahrheit entsprachen.

Alban und die Zauberer ließen sich seine Antwort durch den Kopf gehen. »Lächerlich«, sagte Haerlam. »Ich habe keinen einzigen Bericht gehört, in dem von theranischen Truppenbewegungen hier in der Gegend die Rede gewesen wäre.«

»Ich habe lediglich Eure Leichtgläubigkeit testen wollen«, sagte Vilph. »In Wahrheit bin ich der Anführer einer Verschwörung von Kaufleuten, die die Grundstückswerte senken und billig große Landstriche erwerben wollen.«

Die anderen sahen ihn zweifelnd an. »Fast alle Stadtteile sind gleichermaßen in Mitleidenschaft gezogen worden«, sagte Alban. »Kaufleute würden sich nur einen Stadtteil vornehmen, so daß ein kompletter Aufkauf machbar wäre.«

»Schon gut, schon gut«, sagte Vilph gelangweilt. »Ihr habt mich durchschaut. Ihr verdient die ganze Wahrheit. Ich diene Vestrial, der Wahnsinnigen Passion der Täuschung und des Verrats. Er manipuliert die Magiegilden, um Merron zu zerstören.«

»Dieser Verrückte spielt mit uns!« Taundis eilte mit flammenden Händen vorwärts. »Er hält uns nur hin, während er einen Zauber vorbereitet!«

Vilph lächelte. »Sehr scharfsinnig.« Er wirkte den Zauber.

Taundis erstarrte. Er und die übrigen sahen, wie Vilphs Gesicht das Aussehen eines Totenschädels annahm (oder leuchtete sein eigener nur weiß unter seiner Haut auf?), und in diesem Schädel sahen sie voraus und *spürten* sie gräßliche Tode. Mit wachsendem Entsetzen wußte Gideon Lant, daß er auf dem Grund eines Bergwerks lag und ein Gebirge von Felsbrocken seinen Brustkasten zerquetschte. Forleau schob einen mit Saugnäpfen übersäten Tentakel weg und erstarrte, als sie in das große runde blaue Auge des Kraken schaute, um dann zu spüren, wie der riesige Schnabel des Ungeheuers sie in der Mitte durchbiß. Ramiel, Simon Weald und Haerlam: von einem Rivalen erdrosselt, bei einem Sturz den Schädel eingeschlagen, Herzversagen im hohen

Alter. Sie wichen vor Vilph zurück, dann fuhren sie herum und flohen.

Sogar Thanyx, die Geisterbeschwörerin, Reisende in den dunklen Gefilden, zog sich voller Angst zurück. Sie kannte Schicksale, wie sie sich die anderen in ihrer ganzen Fürchterlichkeit nicht vorstellen konnten. Von Eisennägeln an jedem Gelenk gehalten, kreischte sie laut, als der Dämon namens Nadelmacher ihr liebevoll die Haut abzog, dann seine Skalpellzunge herausstreckte und – sie floh blindlings.

Thanyx, Haerlam, Padia, Geokosmos – die mächtigsten Zauberer Merrons flohen vor Vilph Axtgriff wie kopflose Hühner. Sie liefen durch die Nebelwände der Feste und über den Rand der Felsscheibe hinaus und fielen in den Teich darunter.

»Lauft, ihr arroganten Wichte!« Vilph schwelgte in seiner Macht. Er sah, daß Hodricks Beine blutüberströmt waren und er nicht mehr gerade stehen konnte. Eiligst kniete sich Vilph neben Taundis Boyhan, der zitternd auf dem Steinboden lag und in einem Verbrennungsalptraum gefangen war. »Nun, Taundis«, sagte Vilph freundlich, »ist es warm genug für Euch? Bringt den Träger zurück, dann entlasse ich Euch.«

Zitternd scheute Taundis vor dem Ork zurück. »T-Tasche«, stammelte er.

Der Träger wölbte sich neben dem Kopf seines Herrn aus dem Boden. Tasche umarmte Taundis' faltigen Hals und öffnete den Mund.

Vilph sagte: »Hodrick, kommt her.« Vilph hörte ein Klirren, das rasch näher kam, aber in seiner Erregung achtete er nicht darauf. Der Ork griff in …

Eine feiste Hand schoß vor ihm hinein und ergriff die Silberschnur. Vilph taumelte verblüfft zurück. Hodrick schrie wortlos auf.

Zwar waren die Zauberer geflohen, doch ein Adept stellte sich Vilph dennoch: Alban Peyl, Kriegeradept im

Orden des Inneren Lichts. Alban wich mit der Schnur zurück, wobei sein Ringpanzer leise klirrte.

In seinem Stolz verletzt, musterte Vilph den fetten Mann. »Warum seid Ihr immer noch hier? Seht doch, der Troll greift mit seiner Hellebarde an, er wird Euch den Bauch aufschlitzen, lauft! Seht doch, die Tundrabestie stürmt heran. Laßt die Schnur fallen, flieht, sie kann Euch töten, ohne einen Gedanken darauf zu verschwenden!«

Alban sagte: »Und ich kann sterben, ohne einen Gedanken darauf zu verschwenden.« Er trat vor und musterte den Ork und Hodrick eindringlich.

»Idiot! Fürchtet Ihr den Tod nicht?«

Alban kam in Schlagdistanz. »In diesem Körper gibt es kein Selbst«, sagte er gelassen, »und daher auch niemanden, der sterben kann.«

»So ein Unsinn!« Vilph wirkte einen weiteren Zauber. »Seht doch, Ihr steht in Flammen.« Albans Ärmel fing Feuer. Er starrte die Flammen an, und sie verschwanden. Knurrend schrie Vilph: »Fledermäuse! Es wimmelt von Fledermäusen!« Alban betrachtete den sich auf ihn stürzenden Schwarm kreischender Vampirfledermäuse – und sie verblaßten.

»Ich sehe klar«, sagte Alban. »Ich lebe durch die Wahrheit. Gebt auf.«

Die Wut verlieh der Samtstimme des Orks einen harschen Klang. »Ihr redet von Wahrheit, Ihr, der Ihr da steht, neuerdings Arm in Arm mit Geokosmos, einer Gilde halsstarriger politisierender Lügner, die Merron in bezug auf den Egregore und ihre eigene Existenz jahrhundertelang getäuscht haben, jawohl, und noch dazu mit der Hilfe der anderen Gilden, während die Form friedliche Bürger angegriffen hat! Eure eigene Frau hat ihnen dabei geholfen. Sie hat Euch belogen!«

»Sie können sich an die Wahrheit halten oder auch nicht, wie es ihnen beliebt. So wie Ihr auch. Gebt es auf.«

»Dann haltet Euch an diese Wahrheit«, sagte Vilph kalt. Eine Grube tat sich unter Albans Füßen auf, und er fiel in die Schwärze – bis er die Illusion durchschaute und wieder auf den Füßen stand. Er stieß mit seinem Mahagonistab gegen Vilphs Brust, und ein winziger Lichtfunke flackerte an der Stelle auf, wo er traf.

»Hodrick, schließt Ihr Euch jetzt uns an?« fragte Alban.

Hodrick sagte nichts. Er wirkte abwesend. Hatte er sie überhaupt vernommen?

Vilph biß die Zähne zusammen und konzentrierte sich. Auf Albans Gesicht und Händen blühten grüne Pusteln auf, die dann platzten, um rote Knospen zu enthüllen, die wieder zu winzigen singenden Schädeln aufblühten – bis die Illusion unter Albans Blick verblaßte. Der Stab traf Vilph erneut und schlug ihn zu Boden.

Ein Sturm, verblaßt, der Schlag. Wundbrand, verblaßt, Schlag.

Jederzeit hätte Vilph Albans Untrüglichen Blick mit einem seiner wenigen realen Zauber außer Kraft setzen können, zum Beispiel mit den grünen Pfeilen, die Padia verwundet hatten. Doch als seine besten Illusionen verblaßten und verschwanden, lehnte Vilph es mit perverser Halsstarrigkeit ab, sich auf echte Magie zu verlassen. Jeder läßt sich von einer Illusion täuschen. Daran glaubte er genauso fest wie an das Gesetz der Schwerkraft. Er biß die spitzen Zähne zusammen und erzeugte aus Prinzip noch lebendigere Phantasien.

Die Auseinandersetzung verlangte beiden viel ab, doch Vilph noch mehr als Alban. Während Alban vor Anstrengung keuchte, war Vilphs magerer Leib von einer ganzen Reihe Blutergüsse entstellt. Als ihn ein weiterer Hieb traf und an einer weiteren Stelle greller Schmerz aufflammte, suchte der Ork nach einem würdevollen Abgang. »Hodrick«, rief er, »ich habe ihn für Euch weichgeklopft. Ihr könnt …« Er duckte sich unter einem weiteren Hieb. »Ihr könnt jetzt die Schnur nehmen.«

Vilph und Alban verloren Hodrick aus den Augen. Der Krieger zog sich rasch zurück und fuhr herum, um den ganzen Raum zu betrachten. Er sah nichts, und so warf er die Schnur so fest er konnte durch die Nebelwand. Eine Sekunde später prallte die Kompositform gegen Alban und begrub ihn unter einer Ladung auseinanderfallender Körperteile.

»Folgt der Schnur, Hodrick!« rief Vilph. Mit einem Gedanken beschwor er seinen fliegenden Teppich. Er würde binnen einer Minute eintreffen.

Fünf Sekunden später sah Vilph eine schattenhafte Gestalt innerhalb der Nebelwand. In einer Hand schien ein hell-silbernes Licht wie eine Laterne, und Vilphs Mut sank. Durch die Wand kam Padia Villandry, die Schnur in der Hand. Sie sah ängstlich, aber entschlossen aus. Sie erfaßte die Lage mit einem Blick und levitierte zur Decke, so daß sie außerhalb von Hodricks Reichweite war.

Vilph stampfte mit dem Fuß auf und bereitete einen weiteren Zauber vor, doch Alban hatte sich mittlerweile befreit und griff Vilph wieder an. Zu sehr mit dem Ausweichen des Kampfstabs beschäftigt, um noch einen Zauber wirken zu können, rief Vilph ihr zu: »Hodrick wird sterben, wenn Ihr ihm die Schnur nicht gebt.«

Alban rief daraufhin: »Er hat sich noch nicht bereit erklärt, sich uns anzuschließen.«

Padia betrachtete Hodrick, der jetzt kaum noch mehr als ein Haufen Fleisch war. Die Kompositform hob den blutigen Kopf. Ein Ohr fiel mit einem feuchten *plop* ab. Die Hand der Form, deren Finger zwar noch dran waren, aber schlaff herabhingen, reckte sich ihr flehend entgegen.

Vor neunzig Minuten hatte sie mit Hodrick in ihrem Salon gesessen. Er hatte ihr schmerzliche Dinge über sie verraten, Dinge, über die ihre Freundinnen aus der Gesellschaft nie reden würden. Er hatte gesagt: *Ich habe keine bösen Absichten, und ich habe die Wahrheit gesagt.*

Was gab den Ausschlag? Nur ihre Abscheu vor der Vorstellung, ein Todesurteil zu verhängen. Sie rief Alban zu: »Ihn zur Zusammenarbeit zu erpressen, ist keine Antwort.« Sie ließ die Silberschnur in seine Hand fallen. »Hodrick«, sagte sie. »Vilph benutzt Euch. Bitte verlaßt ihn und schließt Euch uns an.«

Vilphs Teppich raste durch die Nebelwand. Der Ork wich einem weiteren Hieb von Albans Stab aus, sprang unelegant auf und ließ den Teppich zu Hodrick fliegen. »Springt auf«, sagte er.

Hodrick erhob sich. Das Blut war verschwunden. Seine Beine und sein Arm waren wieder fest angewachsen. Saubere rosa Narben kennzeichneten die Verbindungsnähte der Einzelteile seines Gesichts. In dem grauen und dem grünen Auge der Form sah Vilph einen neuen Ausdruck: Verachtung. »Ich bleibe hier«, sagte Hodrick. Er sah Padia ehrerbietig an, die noch immer über ihm schwebte.

Vilph verfluchte ihn. »Ihr vergeßt Euch! Ihr vergeßt mich und was ich tun kann!«

»Was könnt Ihr mir antun? Nichts Schlimmeres als das, was Ihr mich Merron antun ließet. Ich weise Euch zurück, Vilph, Euch und Eure Lügen und Eure geheimnisvollen Absichten.«

Vilph sah Alban mit erhobenem Stab auf sich zu rennen. In einem Anfall von Panik ließ der Ork den Teppich steigen, bis er außer Reichweite war. »Peyl! Das ist alles Euer Werk!«

»Nein, Vilph«, sagte Alban. »Hättet Ihr Hodrick allein und ganz offen nach Jessis geschickt, hätten wir ihn an Haerlam verwiesen, und dann wäre Geokosmos ihm ohne Argwohn begegnet. Euer eigenes Mißtrauen, Euer Hang zur Täuschung, haben Euch das Genick gebrochen.«

Vilph funkelte ihn an. »Wir werden sehen, wem das Genick gebrochen wird. Vergeßt diesen Troubadour nicht, Alban. Ihn mochte ich auch nicht.« Er flog durch den Nebel.

Hodrick sah zu, als Padia sich neben Taundis hinkniete, ihn tröstete und seine Schultern rieb. Der alte Mann wirkte immer noch benommen.

»Ich weiß, was er durchmacht«, sagte sie zu Alban. »Diese Angst war entsetzlich. Ich habe die Gewißheit meines eigenen Todes verspürt. Die anderen sind vielleicht immer noch auf der Flucht.«

»Und doch bist du zurückgekommen«, sagte Alban.

Sie sah zu ihm auf. »Tod hin oder her, ich wollte dich nicht verlassen«, sagte sie und fügte im stillen hinzu: *Nicht, solange alles noch so neu und ungeregelt ist.* Mit einigem Unbehagen fuhr sie fort: »Ich habe den Bluteid nie geleistet. Als ich mich Noesis anschloß, bestanden die Ältesten darauf – aber die Vorstellung stieß mich ab, und dann habe ich mich ohnehin sehr schnell von meiner Disziplin gelöst. Ich war niemals wirklich an der Gildenpolitik beteiligt, und daher haben mich die Ältesten später nicht unter Druck gesetzt.

Hätte ich den Eid geleistet, hätte ich Britham Boyhans Schicksal durchaus teilen können.« Sie erbebte. »Das war der Tod, den ich auf mich zukommen sah: Wunden in der Gestalt von Runen, und mein Blut schoß aus ihnen hervor wie Wasser aus einem Becher.«

»Jetzt ist alles vorbei«, erwiderte Alban – und erwiderte Hodrick. Beide hatten gleichzeitig gesprochen. Krieger und Kompositform sahen einander an, beide mit gerunzelter Stirn und derselben Neigung des Kopfes.

Alban lächelte dünn. »Ihr habt mehr von mir bekommen als einen Arm.«

Hodrick versuchte ein zaghaftes Lächeln als Erwiderung. »Eure Struktur hat mir geholfen. Ich glaube, ich habe immer noch sehr viel davon.«

»Ich wünschte nur, ich hätte das in den letzten zehn Jahren auch gehabt.« Alban wandte sich an Padia. »Ich habe erst letzte Nacht zu mir zurückgefunden, und jetzt haben wir bereits eine Kopie. Sollen wir ihn im Gästezimmer im Ostflügel einquartieren?«

Padia lachte freundlich, aber innerlich tat ihr Herz einen Sprung. In Hodrick, einem zusammengeflickten Ungeheuer, einem zerlumpten Kerl, erkannte sie viel von Alban. Sie sah die ruhige Kraft und das Mitgefühl, all das, was sie vor zehn Jahren an Alban so gemocht hatte, doch gänzlich frei von den hemmenden Erinnerungen an Kummer und Gram. Ihre Gefühle, die wegen des fehlenden körperlichen Reizes ganz unkompliziert waren, steuerten sie auf eine warme Freundschaft mit Hodrick zu, eine Empfindung, die sie für Alban noch nicht aufbringen konnte.

Taundis Boyhan erhob sich wacklig. Er betrachtete sie alle mit bitterer Miene, und dann die entstellte Leiche seines Sohnes. Während ihm Tränen über die runzligen Wangen liefen, hob er eine Faust, und die Nebelwand verschwand in einem Augenblick. Unter hellem Sonnenlicht sagte er: »Hier, an meinem Ort der Macht, werde ich einen Eid schwören, Vilph Axtgriff zu vernichten. Wer schließt sich mir an?«

Padia legte dem Elementaristen eine Hand auf die Schulter. »Wir haben später noch Zeit für Eide. Wir müssen uns um die Einäscherung Eures Sohnes kümmern, und dann könnt Ihr Euch ausruhen.«

»Nein! Ich werde schwören, solange noch die Passionen in mir lodern!«

»Euer Sohn ist durch einen Eid gestorben«, sagte Alban. »Wollt Ihr es ihm nachtun? Gegen Vilph brauchen wir keine Leidenschaft. Wir brauchen einen klaren Kopf und sorgfältiges Nachdenken.«

»Dann fort von mir!« Taundis rief eine theranische Beschwörung und warf die Arme in die Luft. Er leuchtete in einem rötlichen Licht, und ein Schwefelgeruch lag plötzlich in der Luft. Während die anderen voller Unbehagen zusahen, schwor Taundis Boyhan seinen Eid.

Vilph floh in schrecklicher Laune aus der Feste. Die Begegnung hatte ihm eine neue Glocke beschert, und ihr Läuten marterte ihn. *Dieser Peyl! Er ist mehr als ein Ärgernis – das war er schon immer. Ich muß mich seiner entledigen, ganz ohne Zweifel. Eindeutig.*

Er landete und schickte seinen Teppich fort. Nach seiner Demütigung wollte er unter Geringeren wandeln – nein – unter den einfachen und natürlichen Namensgebern Merrons. Er verließ die Universität und kam zum Markt am Laternenweg. Er strich mit einer Hand über seine Robe und tarnte sie als einfache Straßenkleidung, ein braunes Wollhemd und schwarze Kniebundhosen.

Als er über den Marktplatz ging, bemerkte Vilph eine ihm bekannt vorkommende stämmige Frau. Sie stand schwatzend vor dem Stand eines fahrenden Messingarbeiters, der winzige Ikonen der Passionen verkaufte. Vilph überlegte einen Augenblick, um sie einzuordnen. Ah, das Begräbnis – sie war die Mutter dieser jungen angehenden Geisterbeschwörerin, die gestorben war.

»Wirklich, es war einfach wunderbar«, sagte sie in ernstem Ton zu dem Kaufmann. »Das Nachleben ist herrlich, und nach meiner Zeit hier, die, wie ich hoffe, noch eine Weile andauert, wenn Garlen will, werde ich wieder mit meiner wunderbaren Katri in diesem wunderbaren Wald vereint sein.« Ein glückseliger Seufzer. Sie kaufte eine Statue von Garlens weiblichem Aspekt, und dann ging sie die Reihen der Stände entlang und Vilph entgegen.

Vilph hatte keinen Grund zu bleiben. Die Frau interessierte ihn nicht. Nur – ihre idiotische Freude machte ihn krank. Daß sie Vergnügen an diesem Leben des Leidens fand, machte ihn krank.

Er sah, wie sie die Reihen der Stände verließ und über ein grasbewachsenes Feld zu einem Springbrunnen ging. Er lief ihr nach und rief: »Städterin!«

Sie drehte sich um. »Ja? Es tut mir leid, kennen wir uns?«

Er starrte sie an, ein mörderischer Blick, während er den Faden für seine Magie wob. »Ich bin überrascht, daß Ihr Euch auf dieses sumpfige Gelände gewagt habt. Hier gibt es überall Treibsand.«

Die Frau sah sich erschreckt um. Als Vilph seinen Zauber wirkte, weiteten sich ihre Augen, und sie fiel ins Gras. »Aaah! Hilfe!«

»Tatsächlich«, fuhr er gelassen fort, »sind schon viele Leute hier versunken, während der nasse Sand in ihren Mund und ihre Lunge eindrang. Sie sterben begraben, in Dunkelheit, völlig allein.«

Die Frau versuchte zu schreien, doch der Schrei blieb ihr im Halse stecken. Sie zitterte wie ein Schläfer in einem Alptraum, die Augen weit aufgerissen.

Irgendein unbedeutender Teil von Vilphs Bewußtsein meldete sich. Er sagte: *Du quälst diese unschuldige Frau.* Einen Augenblick lang schwankte Vilph, da ihn ein Schuldgefühl überkam. Dann knirschte er mit den Zähnen und dachte: *Ich habe hehre Absichten.*

Er wandte sich wieder an die Frau. »Ihr glaubt an eine gütige Welt und ein unsinniges Nachleben.«

Die Frau sah sich hektisch um. »Wer ist da? Helft mir, Hilfe!«

»Begreift doch: Die Welt hat kein Interesse daran, Euch zu trösten oder Euch Angst einzujagen, Euch aus Gefahren zu retten oder Euch für Verbrechen zu bestrafen, weder in diesem Leben noch in irgendeinem anderen.«

»Der Boden ist – Helft mir, bitte!« Sie keuchte, als ersticke sie.

»Das Universum schert sich nicht darum, ob Ihr lebt oder sterbt. Gut und Böse, Gerechtigkeit und Schuld, all das sind Illusionen. Denkt darüber nach und werdet stark.«

Er ging weg und überließ sie dem Kampf mit den Schrecken ihres Geistes. Schuldgefühl, Rachsucht, Rechtschaffenheit, Verachtung: Vorhänge fielen in rascher Folge.

Später, als er mit überkreuzten Beinen auf seinem Teppich saß und den kalten Flugwind im Gesicht spürte, lobte Vilph sich für seinen dramatischen Auftritt und seine erleuchtende Einsicht. Eine Bevölkerung von den Fesseln der Illusion zu befreien, erforderte eine wahrhaft moralische Gesinnung. Welch ein Glück für diese Stadt, daß sie, wenngleich es noch niemand wußte, einen Führer – mit der notwendigen Tugend ausgestattet – gewonnen hatte.

Teil Zwei

WAHRNEHMUNG

Es ist die Halluzination, die den Wahnsinn hervorruft, und nicht der Wahnsinn, der die Halluzination hervorruft. Es ist das dramatisierte und inszenierte aufgeführte hysterische und unerbittliche Schauspiel, das die Person in den Wahnsinn treibt, die sich nur ungewiß Dinge vorwerfen kann und vielleicht nicht einmal weiß, welche es sind.

– Henri Michaux,
Die Großen Zerreißproben für den Verstand (1966)

4

Abschälen

Alban erwachte wie aus einem zehnjährigen Traum, wobei er zur Kenntnis nahm, daß er beim Aufwachen eingeatmet und nicht ausgeatmet hatte. Der Orden des Inneren Lichts legte besonderen Wert auf beständige Aufmerksamkeit. Sein Mentor Roniro hatte seine Schüler angewiesen, ihre Aufmerksamkeit so zu vervollkommnen, daß sie sagen konnten, ob sie beim Einschlafen und Aufwachen ein- oder ausgeatmet hatten.

Alban gähnte, reckte sich und erschrak dann. Zwei Arme – das überraschte ihn nicht. Fett auf seinen Gliedern und seinem Bauch, fischweiße Haut, morgendliche Benommenheit – *das* überraschte ihn, wenngleich er seit Jahren damit lebte. Vielmehr hatte ein anderer Alban damit gelebt, und dieser Mann war mit all seinen Erinnerungen bereits zu einem verblassenden Traum geworden.

Alban sah verschlafen zu der hohen, verzierten Decke auf, dann wanderte sein Blick abwärts und in seinem Schlafzimmer umher, einer gut ausgestatteten, aber unordentlichen Kammer. Er hatte dem Hauspersonal immer den Zutritt verboten, und zwar aus Gründen, an die er sich nicht mehr erinnern konnte – wahrscheinlich um Padia zu ärgern. Er lag in seinem großen Himmelbett, in weiße Seidenlaken gehüllt und unter einer Daunendecke. Während er wegen seiner Prellungen und der stechenden Schmerzen in jedem einzelnen Muskel zusammenzuckte, dachte Alban wehmütig an das harte Holzbett zurück, in dem er während seines Aufenthalts beim Orden geschlafen hatte. Dort hatte es keine mit

Gänsefedern gefüllten Kopfkissen gegeben, aber dafür hatte er jedes Morgengrauen mit wachem Verstand begrüßt. Diese opulente, fremdartige Ausschweifung trübte die Sinne.

Während er sich nach einem geeigneten Ort zur Meditation umsah, fiel sein Blick auf einen gesprungenen Tonkrug, der auf dem Nachttisch stand. Das in den Krug eingebrannte Muster zeigte eine fliegende Eule. Alban hatte diesen Krug als Andenken an eine bemerkenswerte Schlägerei in der Taverne Zur Flackernden Laterne in Iopos mitgenommen. Zehn Jahre lang hatte er seinen Morgentee aus diesem Krug getrunken. Die Gewohnheit erinnerte ihn an seine frühere Tüchtigkeit, doch jetzt fiel ihm der ursprüngliche Zweck des Krugs wieder ein. In seiner Zeit als Abenteurer hatte er ihn als Meditationsgegenstand benutzt.

Alban hockte sich auf einem blau-schwarzen Läufer aus Brithanfell auf die Fersen. Er schloß die Augen, klärte seinen Verstand und konzentrierte sich auf seinen Atem. Nach wenigen Minuten fühlte er sich benommen und erhob sich. Sogar stehend fühlte er sich noch schläfrig. Enttäuscht von seinem verweichlichten, vergifteten Körper wurde ihm klar, daß er seine alten Fertigkeiten neu entwickeln mußte. Er vermißte den Rat seines Roniro-Amuletts, das Vilph ihm vor Jahren gestohlen hatte. Sein alter Mentor hatte kurz vor dessen Tod einen Kunstfertigen damit beauftragt, sein Wissen auf das Amulett zu übertragen, um Alban in Engpässen wie diesem leiten zu können.

Wie konnte er seine Schläfrigkeit vertreiben? Ah, natürlich.

Später kam Dander mit seinem Morgentee. Der alte Hausdiener trug lautlos das Tablett herein, blickte zum Bett und ließ das Tablett fallen. Er gaffte.

Alban stand mit geschlossenen Augen hoch aufgerichtet da, das eine Bein angewinkelt wie ein Kranich.

Der andere Fuß stand auf dem tieferen rechten Bettpfosten, der fast zwei und einen halben Schritt über dem Boden endete.

In Vilphs Dachstube in Zweipfennig hätte weder Albans Bett gepaßt, noch war die Decke hoch genug für die Bettpfosten. Sogar Vilph, der so klein und bucklig war wie ein Luftmatrose nach dreißig Jahren im Dienst fand die Stube beengt – und stickig und trostlos und durchdrungen vom Staub früherer Bewohner, deren ununterbrochene Linie bis zur Plage zurückreichte.

Die Stube bot ihm jedoch Abgeschiedenheit. Hier, fünf Stockwerke über dem Boden, wies ein einsames ovales Fenster in den leeren Himmel. Alle anderen Häuser dieser Höhe waren in früheren Jahren eingestürzt. Dieses baufällige Haus drohte ein solches Schicksal beim nächsten Sturm zu teilen.

Vilph öffnete einen Lederbeutel, der an seiner Hüfte befestigt war, und ein Geruch nach Ozon breitete sich in der Stube aus. Der Ork starrte den Beutel an, konzentrierte sich und sagte deutlich: »Peyls Amulett.« Nach einer Pause griff er hinein und zog eine schmale bronzene Armschiene heraus, in die ein kleiner Amethyst eingelassen war. Der in einem rechteckigen Muster geschliffene Stein glitzerte wie ein Teich im Sonnenlicht. Winzige theranische Runen, die in die Facetten eingraviert waren, ergaben das Wort *Roniro*.

Vilph streifte die Schiene über seinen mageren Unterarm. »Roniro«, sagte er laut, um dann nach der Formulierung zu suchen, die er vor Jahren entdeckt hatte. »Ich suche Führung auf dem Weg.«

Das Amulett blitzte auf, die Schiene erbebte, und eine hohe, alte Stimme ertönte aus dem Nichts. »Die Lehren führen uns alle.«

»Welche sind die größten Schwächen Eures Schülers, des fahrenden Adepten Alban Peyl?« fragte Vilph.

Lichtfunken huschten über das Amulett. »Möge jeder Suchende sich zuerst um das Angemessene kümmern und dann anderen mit seinem Beispiel vorangehen. Auf diese Weise wird ein weiser Suchender nicht leiden.«

Vilph grinste höhnisch. Er hatte wenig Erfahrung mit solcherart gesammelten Lebenserfahrungen eines Einzelnen – den Hüllen, wie sie von den Kunstfertigen genannt wurden. Er wußte nicht, ob dieser Hülle Roniros die Fähigkeit fehlte, seine Frage zu beantworten, oder ob sie so klug war, ihr auszuweichen.

Vilph hatte das Amulett vor einem Jahrzehnt in der Hoffnung gestohlen, mehr über Alban zu erfahren. Je mehr Vilph über jemanden wußte, desto besser wirkten seine Zauber gegen ihn. Seine Entdeckung der Kompositform hatte ihn von seiner Rache abgelenkt. Jetzt beabsichtigte Vilph, Versäumtes nachzuholen. »Roniro, erzählt mir von den Schwächen der Kriegerdisziplin insgesamt.«

Die Hülle funkelte. »Kriegeradepten betrachten das ganze Leben als Schlachtfeld, auf dem sie ihren Feinden gegenübertreten. Ihre Magie entspringt der Konzentration auf diese Sichtweise. Wir im Orden des Inneren Lichts erkennen diese Kräfte als mit unserem Hauptzweck vergleichbar an, dem Kampf gegen unseren tödlichsten Feind: unsere eigene Unwissenheit. ›Besiege den inneren Feind, um alle äußeren zu überwinden.‹«

»Ja, ja«, sagte Vilph ungeduldig. »Was braucht der Krieger des Inneren Lichts, um sich diese Kräfte zu bewahren?«

»Sie entstehen ganz natürlich bei entsprechender Einsicht. Einsicht entspringt aufmerksamer Meditation. Zuerst muß die Konzentration entwickelt werden, dann können Gedanken und Empfindungen untersucht werden, wenn sie im Bewußtsein entstehen. Alles muß genauestens betrachtet werden, nichts beurteilt, nichts unterdrückt. Konzentrier dich auf den Augenblick. Im Laufe der Jahre wirst du dauerhafte Wahrheiten erkennen, und mit ihnen kommt die Ruhe des Geistes.«

»Und die Kräfte entspringen dieser Konzentration?«

»Magie fließt durch den ruhigen Geist. Der wahre Krieger lernt, wie er das Universum mit Klarheit sehen und Kampftechniken einsetzen kann, um Reinheit, Mitgefühl und Schönheit zu schaffen.«

Was für ein Gewäsch, dachte Vilph. *»Dauerhafte Wahrheiten«!* »Die Kräfte des Kriegers erfordern also Konzentration. Was stört diese Konzentration?«

»Es gibt viele Störungen – Ruhelosigkeit, Trägheit, Unlust, das Verlangen nach sinnlichen Vergnügungen ...«

»Was ist die größte Störung? Die gefährlichste?«

»Zweifel.«

Ah, dachte Vilph. *Wenn etwas Albans Konzentration stören muß, dann habe ich genau das Richtige. Vielleicht sollte ich Hodrick dieselbe Behandlung angedeihen lassen ...*

Gewöhnlich frühstückten Padia und Alban an dem Eßtisch aus Kirschholz. Obwohl ihre Wunden verheilt waren, zuckte Padia an diesem Morgen wie unter Schmerzen zusammen, als sie die Kratzer auf der Tischplatte sah. Sie zog sich mit Alban und Hodrick in ihren Salon zurück. Dort servierte Dander ein Frühstück aus gebratenen Eiern mit scharfer Wurst, Langusten in Aspik, in Mandelöl eingelegten Bambussprossen, Mischobst mit Sahne, weißem Cheddar, Haferplätzchen, Haselnüssen und kandiertem Ingwerbrot.

»Was ist das?« sagte Alban mit Abscheu.

»Was ist was?« Verwirrt ließ Padia ihren Blick über das Zinngeschirr schweifen. »Ich war der Meinung, du seist nicht mehr so am Essen interessiert, also habe ich ein leichtes Frühstück verlangt.«

»Ich nehme eine Scheibe Käse und ein Haferplätzchen«, sagte Alban kurzangebunden zu Dander. »Serviert meiner Frau und Hodrick, was sie wollen, und verteilt den Rest an die Dienstboten.«

Nach jahrzehntelanger Berufserfahrung in drei vornehmen Haushalten in Altstadt konnte der alte Hausdiener es vermeiden, Überraschung zu zeigen. Doch er hielt während des Auflegens inne, und die Länge seiner Pause zeigte den Eindruck, den Albans Worte bei ihm hinterließen.

Während Dander noch wie erstarrt dastand und Padia sprachlos war, sagte Hodrick: »Meinen Dank für Eure Gastfreundschaft, aber ich esse nicht. Die Schnur erhält mich am Leben.«

Alban musterte Hodrick eindringlich. »Ich habe noch nie von einem Namensgeber wie Euch gehört. Wenn ich ganz offen fragen darf, was seid Ihr eigentlich?«

»Im Grunde bin ich Radolf, nehme ich an – der Magier, der sich geopfert hat, um Merron vor der Plage zu schützen. Die Schutzzauberer aller vier Disziplinen zerstörten Radolfs Intellekt und verbanden seine Wahre magische Struktur mit derjenigen der Stadt. Sie gaben mir ein Gespür für alle Strukturen in der Stadt, wenngleich ich es jetzt verloren habe. In den letzten drei Jahrhunderten ist Radolfs ursprüngliches Wesen mit demjenigen Hunderter anderer Namensgeber verschmolzen, von denen ich Strukturen genommen habe.«

»Augenblick.« Albans Augen weiteten sich. »Ihr kennt alle Leute in Merron? Ihren Aufenthaltsort, ihre Ziele, ihr innerstes Wesen?«

»Ja, jedenfalls bis zum letzten Mond, als Vilph mir Bewußtsein verlieh.«

»Ihr erinnert Euch daran, was Ihr zuvor wußtet. Ich hörte, wie Ihr Vilph von Haerlam und Thanyx erzähltet. Erinnert Ihr Euch auch daran, was Vilph in den letzten zehn Jahren gemacht hat? Wo er wohnt und was er will? An Schwächen, an Feinde?«

Mir fiel die Ähnlichkeit zwischen Albans und Vilphs Gedanken auf. In beiden war die alte Rivalität frisch aufgebrochen.

Hodrick spitzte seine nicht zueinander passenden Lippen und sagte dann: »Was Vilphs Ziele betrifft, so konnte ich sie nicht erkennen. Er benutzt irgendein geistiges Talent, um einer magischen Sondierung auszuweichen. Seine Schwächen kennt Ihr – sein Vertrauen in die Illusion.«

»Ihr könnt das Schwäche nennen, wenn Ihr wollt«, sagte Padia. »Ich kann mir nicht vorstellen, wie er sich diese Macht angeeignet hat. Es kann kein Dutzend Illusionisten in ganz Barsaive geben, deren Fähigkeiten denjenigen Vilphs gleichkommen.«

»Er projiziert die Stärke seiner Überzeugungen, obwohl sie wechselhaft sind wie der Wind«, sagte Hodrick nachdenklich. »Was seine Feinde betrifft, so hat Vilph vor drei Jahren versucht, zwei andere Illusionisten zu verpflichten, um mich aufzuspüren und mir Bewußtsein zu verleihen. Offenbar war er damals der Ansicht, die erforderlichen Zauber würden seine Fähigkeiten übersteigen. Vilph hatte den beiden gesagt, wer mich beherrsche, beherrsche auch die Gilden.

Kurz vor dem geplanten Wirken der Zauber haben die beiden sich gegen Vilph gewandt. Sie fürchteten seine Macht und verübelten ihm seine Versuche, sie zu kommandieren. Sie nahmen ihn gefangen und übergaben ihn der Stadtwache, gefesselt und bewußtlos. Dazu lieferten sie eine Geschichte, er habe den Plan gehabt, Merrons Magistrate in seine Gewalt zu bringen.

Natürlich ist Vilph entkommen. Er zeigte seine Wut, indem er die Ältesten der Gilden verständigte und seine Ankläger mit derselben Geschichte belastete. Die Ältesten beraubten die beiden Illusionisten für ein Jahr und einen Tag ihrer Macht. In dieser Zeit haben sie Merron mit unbekanntem Ziel verlassen. Irgendwann sind beide zurückgekehrt. Sie und Vilph hassen einander.«

Padia fragte: »Wer sind diese beiden?«

»Zwei Frauen namens Kharisha und Pluonus. Zwillinge. Sie führen einen Unterhaltungsbetrieb in Schulenburg.«

Padia sah schockiert aus. »Du meine Güte, ich kenne ihren Laden. Sie haben Festivitäten für einige der vornehmsten Familien ausgerichtet.«

Alban schnaubte. »Ich kenne die beiden ebenfalls. Auf dem Hohen Hügel pflegten wir darüber zu streiten, ob wir ihnen den Verdienstorden verleihen oder sie festnehmen lassen sollten.«

Wenngleich keine eindeutigen Beweise gegen sie vorlagen, war Alban davon überzeugt, daß Kharisha und Pluonus für das Niederbrennen eines Kornspeichers im letzten Jahr verantwortlich waren. Er nahm an, daß eines ihrer Experimente mit Feuerwerk schiefgegangen war. Ein paar Tage später hatten die Zwillinge die Umsiedlung von zweihundert Überlebenden einer Fieberseuche bezahlt, die das Dorf Melcher praktisch ausgelöscht hatte. Kharisha und Pluonus ließen keine Reue wegen der bei dem Speicherbrand ums Leben gekommenen erkennen – zwei Wachmänner waren zusammen mit ihren Wachhunden verbrannt –, lehnten es jedoch ab, an einem Bankett zu ihren Ehren teilzunehmen, das die Überlebenden von Melcher veranstalteten. Ihre Prinzipien schienen sich mit den Jahreszeiten zu verändern. Mit ihren kahlgeschorenen Häuptern und grellen türkisfarbenenen Roben gaben sie sich kaum besondere Mühe, allgemein anerkannt zu werden. *Typisch für Illusionisten,* dachte er.

»Wir werden die Zwillinge als Verbündete gewinnen«, sagte Padia. »Dann müssen wir die Stadt alarmieren.«

Alban schüttelte den Kopf. »Sinnlos.«

Padias Augen verengten sich. Sie legte ihre halb verzehrte Brotscheibe auf den Rand ihres Tellers und faltete dann die Hände im Schoß. »Warum das, mein Schatz?«

»Kharisha und Pluonus sind Illusionisten«, sagte Alban. »Nichts Gutes kann daraus erwachsen, wenn man Illusionen benutzt, um Illusionen zu bekämpfen. Es ist sinnlos.«

»Wie steht es damit, die Stadt zu alarmieren? Ist das auch sinnlos?«

»Wie sollte es helfen?«

»Wenn den Leuten klar wird, daß Vilph sie beeinflußt, werden sie ihn zurückweisen. Er kann es nicht mit der ganzen Stadt aufnehmen.«

Alban sagte: »Du kannst andere nicht dazu bringen, eine Illusion zu durchschauen. Jeder von uns muß sich allein dafür entscheiden, die Wahrheit zu suchen. Wir sind Adepten. Nur Adepten besitzen die notwendigen Fähigkeiten, Vilph gegenüberzutreten.«

»Das ist elitär und eigensüchtig«, sagte Padia. Ihre Stimme hatte einen vertrauten scheltenden Tonfall angenommen.

Alban erinnerte sich, wie ihn dieser Tonfall immer bis aufs Blut gereizt hatte und er sie im Gegenzug ebenfalls zu reizen pflegte. »Ich muß lernen, Gespräche zu führen, anstatt Lehrsätze zu verkünden«, sagte er lächelnd. »Dein Vorschlag ist es sicherlich wert, ihn auszuprobieren. Ich werde dem Hohen Hügel einen Besuch abstatten und die Magistrate vor Vilph warnen. Sie können die Nachricht durch die Stadtwache verbreiten lassen.«

Padia starrte ihn an. »So vergeßlich, wie ich bin, kann man mich kaum als Magier bezeichnen.« Ihre Stimme klang ein wenig erstickt. »Du hast dich verändert.«

»Zurückverändert.«

Dander trat mit einem Silbertablett ein und stellte es neben Albans Teller. »Auf Wunsch der gnädigen Frau«, sagte er.

Neugierig warf Alban einen flüchtigen Blick auf Padia. Sie trank ihren Tee und beobachtete ihn aus dem Augenwinkel.

Dander nahm den Deckel ab. Ein berauschender Duft nach Ingwer, Zitronen und heißem Sirup stieg von dem Tablett auf. Zwei goldene Ingwerwaffeln mit Zitronenglasur lagen darauf, die vor scharf riechendem Drahtholzsirup troffen: Hingabekekse. Zwergenköche in Märkteburg hatten diese Delikatesse ersonnen, die wegen der mit der Beschaffung des Sirups, der nur aus den Drahtholzbäumen im Liaj-Dschungel gewonnen werden konnte, verbundenen Schwierigkeiten sehr selten in Merron war. Es dauerte Stunden, das Gericht zuzubereiten, wie Alban sehr wohl wußte.

In der ersten Woche ihrer Ehe war Padia jeden Tag vor Morgengrauen aufgestanden, um Waffeln zum Frühstück zu backen, das einzige Gericht, dessen Zubereitung sie keinem anderen überließ. Sie aßen die Waffeln gemeinsam an jedem Hochzeitstag, eine Gewohnheit, die sie drei Jahre lang beibehielten. Am vierten Hochzeitstag brachen sie mit der Tradition, weil Padia nach einem besonders heftigen Streit auf Reisen gegangen war. Danach war die Gewohnheit nie wieder aufgenommen worden. Seitdem hatte er keine Hingabe-Waffeln mehr gegessen.

Ernst nahm er eine Waffel und bot ihr die andere an. Sie nahm sie schweigend.

Er biß in die zarte Kruste. Zähe, klebrige, süß-saure Flüssigkeit umhüllte seine Zunge. Sein Abscheu zeigte sich auf seiner Miene, bevor er sich beherrschen konnte.

Padias Ausdruck der Freude verblaßte. »Was ist los?«

»Nichts, nichts!« Er kaute. »All die Jahre – ich hatte vergessen ...«

»Sie schmecken noch genauso. Ich erinnere mich gut. Schmecken sie dir jetzt nicht mehr?«

»Natürlich! Der Geschmack ist ein wenig voll, das ist

alles.« *Habe ich zehn Jahre lang so ein klebriges Zeug gegessen?* Mit starrem Lächeln aß Alban die Waffel auf. *Vielleicht können wir nächstes Jahr Haferplätzchen nehmen.*

»Nun«, sagte sie angespannt, »ich werde diese Illusionistinnen besuchen.« Sie erhob sich und wandte sich an Hodrick. »Würde es Euch etwas ausmachen, mich nach Schulenburg zu begleiten?«

»Selbstverständlich nicht«, sagte er.

Alban spürte ihre Anspannung. Er beruhigte sich, indem er sich ganz auf seine Atmung konzentrierte, dann sagte er: »Padia, was ich auch von Drahtholzsirup halten mag, du mußt wissen ...«

»Ich weiß. Das bist nicht du.« Ihre Fingerspitzen berührten seine Schulter. »Wir brechen in einer Stunde auf. Ich muß mich um die Reparaturen im Haus kümmern, aber es bleibt nicht mehr viel zu tun. Das Personal war sehr tüchtig.«

Alban wischte sich die Hände an einer Baumwollserviette ab. »Ich mache mich dann auf den Weg zum Hohen Hügel.« Als er sich erhob, traf ein Bote mit einem Brief ein. Alban warf einen Blick darauf und seufzte. »Der Hohe Hügel muß noch warten. Norgan meldet einen Notfall.« Norgan führte Albans Kontor. Er war ein unermüdlicher Arbeiter – und ehrlich – neigte jedoch zur Panik.

»Er ist wahrscheinlich ziemlich beunruhigt, Alban«, sagte Padia aus der Tür. »Du hast dich dort seit zwei Tagen nicht mehr blicken lassen, und das, nachdem du ein Vermögen verloren hast. Du vernachlässigst deine Pflichten.«

Keine Pflichten, Hemmnisse, dachte Alban. In zwei Tagen hatte er nicht einmal an seinen finanziellen Verlust gedacht, und er wollte jetzt nicht damit beginnen. Er seufzte, küßte Padia auf die Wange und ging zum Stall.

Padia hatte von Pflichten gesprochen, Alban von

Selbstvertrauen. Irgendwie bin ich enttäuscht, daß die Frage ungeklärt im Raum stand, daß sie sich so beiläufig voneinander verabschiedeten. Im Nachhinein wird mir klar, daß Alban und Padia sich nie mehr als Ehemann und Ehefrau begegnet sind.

Gut gekleidet und mit seiner Magistratsschärpe um die Hüften fuhr Alban im Peyl-Villandry-Zweispänner zu seinem Kontor. Es war eine holprige Fahrt in dem Gefährt, einer plumpen Kutsche mit vier eisenbeschlagenen Rädern. Der Kutscher, ein redseliger junger Mann namens Winn, trieb die beiden Pferde auf den breiten Straßen Altstadts zu einem zügigen Trab an. Auf den überfüllten Gassen von Schulenburg rief er inmitten brauner Staubwolken: »Macht Platz, ein hoher Herr, macht Platz!« Als Alban sich vorbeugte und zur Geduld mahnte, quollen Winn ebenso vor Überraschung die Augen aus dem Kopf, wie dies zuvor bei Dander der Fall gewesen war.

Bald wurde Alban vom Kopfsteinpflaster noch mehr durchgeschüttelt. Schließlich wurde die Straße eben und breiter, und sie gelangten auf die höhergelegene Ebene von Schlußstein. Hinter einem unerschütterlichen Damm zu ihrer Rechten rauschte der aus den Brachen herunterfließende Byrose, ein steter tiefer Ton – so hohl und unpersönlich wie der Wind.

Von seinem Kutschbock aus betrachtete Winn den vorbeiziehenden Damm. »Man kann von Glück sagen, Herr, daß es die Flut nicht bis nach Schlußstein geschafft hat.«

Alban betrachtete die prunkvollen Villen derjenigen, die den schlechten Geschmack besessen hatten, sich selbst ein Vermögen zu Lebzeiten zu verdienen, anstatt es wie die Alten Familien zu erben. »Die Kaufleute müssen Eintritt verlangt haben, und davor hat der Fluß zurückgescheut.«

»Ha, ha, guter Witz, Herr.«

Die mit Giebeln, Säulengängen, Rosetten, Rotunden, Erkern und sogar Obelisken protzenden, allzu prunkvollen Anwesen schienen den Passanten zuzurufen: *Seht her, wir sind vermögend*. Nach allem, was Alban wußte, mochten die magischen Siegel auf ihren ordinären Eisentoren tatsächlich genau diese Worte sprechen.

Alban und Padia hätten durchaus hier landen können, nachdem er vor einer Dekade Magistrat geworden war. Doch im Zuge der Auseinandersetzung mit Intrantivere war ein Anwesen in Altstadt samt der in ihm wohnenden Alten Familie zerstört worden, und das Paar hatte rasch alle erforderlichen Schritte unternommen, um das Grundstück zu kaufen. Damals hatte Padia gesagt: »Ich würde lieber in Zweipfennig wohnen als in Schlußstein.« Alban hatte gesagt – jetzt konnte er sich nicht mehr erinnern, was. In einem Anwesen zu leben, kam ihm jetzt absurd vor.

Albans Gedanken waren von einer Klarheit, wie er sie seit Jahren nicht mehr erlebt hatte. Doch seine Klarsicht zeigte ihm nur die Schwierigkeiten, denen er begegnete.

Er wollte sein Kontor nicht führen. Der Orden des Inneren Lichts hatte ihn gelehrt, daß der bloße Erwerb von Geld einen Sucher vom Pfad zur Erleuchtung ablenkte. Dennoch, viele Leute hingen von seinem Geschäft ab. Nun, da er sein Vermögen verloren hatte, sollte er da seine Arbeiter entlassen und sie auf die Straßen einer verwüsteten Stadt setzen? Oder sollte er versuchen, das Geschäft noch eine Zeitlang weiterzuführen, und dabei vielleicht noch mehr Schulden machen, bis er neue Arbeit für seine Leute fand? Er beschloß, über diese Frage nachzudenken, wenn er im Kontor angelangt war.

Die Kutsche bog nach links in die Kaufmannsstraße ein, einer schattigen Allee mit Nahrungsmittelgeschäften und Läden aller Art. Verdeckt verbargen sich hinter den freundlichen Ladenfronten Werkstätten, lange niedrige Baracken aus Ziegeln und billigem Holz. Sie einmal anzusehen, reichte aus, um Atemnot zu bekommen, ganz zu schweigen davon, zwölf Stunden darin zu arbeiten. Die Werkstätten befanden sich hier, weil Schlußsteins Kaufleuten ein kurzer, protziger Palankintransport jeden Morgen zur Arbeit gefiel. Wenn dies bedeutete, daß ihre Arbeiter aus Zweipfennig pro Tag zwei Kupferstücke für das Übersetzen über den Byrose bezahlen oder einen Umweg von einer Stunde über die Schwalbenschwanzbrücke machen mußten, wen kümmerte es? Wenn Arbeiter mit den Vorlieben eines Kaufmanns nicht einverstanden waren, war es ihr gutes Recht, zu Hause in Zweipfennig zu bleiben und zu verhungern.

Albans Kontor befand sich zwischen einer Bäckerei und der Werkstatt eines Glasers, im Schatten eines Glockenturms, der von morgens bis abends die Schichtwechsel einläutete. Alban hatte das nichtssagende Gebäude schon dreitausendmal zuvor gesehen, jedesmal mit einem Aufwallen von Stolz. Dann hatte er immer an die Geschäfte gedacht, die innerhalb der Zedernholzwände abgewickelt wurden, und an die Konkurrenten, die er im rechtmäßigen Wettbewerb ausgestochen hatte.

Für den neuen Alban Peyl sah das Gebäude klein, schmuddlig und derb aus, wie eine Krypta.

Wie Alban vermutet hatte, belief sich die Krise auf nicht mehr als einen mathematischen Fehler. Kaum war er eingetreten, als Norgan, ein feister Zwerg, für den jeder Rückschlag ein Vorbote des Untergangs der Zivilisation war, ihm mit einem Pergament vor der Nase herumwedelte. »Vollständig bezahlt!« rief Norgan. Die Adern in seiner Knollennase schienen kurz vor dem Platzen zu stehen. »Welch eine Dreistigkeit! Nicht besser als ein gewöhnlicher Dieb! Vollständig bezahlt! Was sollen wir jetzt tun?«

Nach der Überschwemmung ging es in dem Kontor geschäftiger zu als üblich. Die Arbeiter trugen Schuhe mit dicken Sohlen, um ihre Füße vor den allgegenwärtigen Pfützen zu schützen. Sie drängten sich auf dem Kachelboden, der unter dem Gewicht von Rechnungsbüchern und Geschäftskorrespondenzen eines Jahrzehnts ächzte, die vorübergehend an einen trockeneren Ort ausgelagert worden waren. Dismen Alydrys und Byrn Ohme, zwei zerknittert wirkende Buchhalter, hakten beschädigtes Inventar auf einer langen Liste ab. Amyqua Risvold, Albans tüchtige Sekretärin entzündete Räucherwerk in einer Bronzeschale, um den muffigen Geruch nasser Wolle und feuchten Holzes zu überdecken. In Kürze würde das Kontor nach Kirschen stinken.

Zwei Männer mittleren Alters, der schlaksige Borton Flatch und der glubschäugige Gyb Sperniss, Albans Verkäufer, hatten sich an einen Kistenstapel gelehnt. Sie unterhielten sich über die Aussichten, eine einträgliche Anstellung zu finden, sollte das Kontor untergehen.

»Kein Grund zur Sorge, sage ich«, ließ sich Gyb vernehmen, »wenn man den Geschäftssinn des Alten berücksichtigt. Er könnte Silber in einem Pudding finden.«

»Es kann nie schaden, wenn man vorbereitet ist«, erwiderte Borton. »Er hat einen schweren Verlust mit Antimer erlitten.«

Beide Männer schwiegen, als Alban sich ihnen näherte. Alban gab vor, sie nicht gehört zu haben. Um die Wahrheit zu sagen, gab er Borton im stillen recht. Es war am besten, auf alles vorbereitet zu sein.

Alban setzte sich hinter seinen Schreibtisch. Norgan, der ihm gefolgt war, drehte die Öllampe aus Kupfer auf, die an einer dünnen Kette über dem Schreibtisch hing. Alban glättete das Pergament vor sich.

Die Botschaft lautete: *Bestätige Empfang von 100 Servos-Streitrössern, 15 000 Silberstücke vollständig bezahlt, Banston Meriwell.* »Das war im Briefkasten«, sagte Norgan beunruhigt. »Ich habe den Brief heute morgen gefunden, als ich eintraf. Ein Bote muß ihn noch vor Morgengrauen gebracht haben.«

Alban faltete das Pergament zusammen und legte es beiseite. In der letzten Woche hatte er in der Tat seine Zustimmung zu dem Meriwell-Geschäft gegeben, aber der vereinbarte Preis betrug 1500 Silberstücke pro Pferd. Meriwell schuldete ihm 135 000 Silberstücke.

»Ich fürchte, der Fehler liegt bei uns.« Norgan wischte sich mit einem Baumwolltaschentuch Schweißperlen von der Stirn. »Wir haben in der Rechnung eine Null vergessen.« Er schluckte. »Ich werde den Schuldigen finden, das versichere ich Euch. Ich habe Dismen im Verdacht. In letzter Zeit war er geradezu sträflich nachlässig. Oder Byrn. Ja, es muß Byrn gewesen sein. Er hat im letzten Mond bei der Rechnungsstellung geholfen, als Amyqua zu Hause bei ihrer kranken Katze geblieben ist. Ich werde ihn entlassen. Immer vorausgesetzt natürlich …« Norgan schluckte wieder. »Vorausgesetzt, wir haben noch ein Geschäft, aus dem wir ihn entlassen können. Ich weiß nicht, ob wir einen Verlust dieser Größenordnung verkraften können, Herr, da wir doch die Überschwemmung hatten und alles …«

»Ganz ruhig, Norgan.« Alban legte einen Finger auf die Lippen. »Niemand wird entlassen. Das Geschäft wird die Krise überstehen.«

»Aber Herr. Wir haben keine Möglichkeit, das Geld einzutreiben. Wir haben keine rechtliche Handhabe.«

»Das ist wahr.« Rein rechtlich mußte Meriwell die Rechnung bezahlen, wie sie gestellt worden war, und zwar unabhängig von dem Betrag, den er tatsächlich schuldig war. Die Vorschriften waren eindeutig. Alban selbst hatte bei ihrer Formulierung geholfen. »Das ist wahr«, wiederholte er, »aber wir haben andere Handhaben als die rechtlichen.«

Alban gab Norgan ein frisches Blatt Pergament und eine Feder. »Vor zwei Jahren habe ich mich beim Ankauf einer Parzelle Ackerland für Meriwell als Vermittler betätigt. Es handelte sich um ein äußerst wertvolles Grundstück in der Ebene im Norden von Schlüsselstein. Die Weizenerträge sind jahrein, jahraus beeindruckend. Das Land gehörte Fyra Rentau, einer verschrobenen Witwe, die verfügt hatte, daß ihr Land nicht vor ihrem Tod verkauft werden dürfe. Als sie erkrankte – Wundstarrkrampf, eine häßliche Art zu sterben –, übernahm ich die Verantwortung für ihre Angelegenheiten.«

»Wie das, Herr?«

»Sie war eine alte Freundin meiner Frau. Meriwell hatte schon seit langem ein Auge auf das Land geworfen. Er war der Ansicht, sie brauche zu lange zum Sterben – es dauerte einen Mond. Er heuerte einen Straßenbengel an, der in ihrer Straße kampierte und nach dem Beerdigungskarren Ausschau hielt. Er war so ungeduldig, daß ich ihn die Übertragungsurkunde schon früher unterzeichnen ließ. Das Datum der Unterzeichnung liegt eine Woche vor ihrem Tod. Also ist die Übertragung eigentlich ungültig, obwohl sich bisher niemand die Mühe gemacht hat nachzusehen.

Schreibt folgendes: *Meister Meriwell: Teilzahlung erhalten. Hinsichtlich des Rentau-Grundstücks läßt mich mein Gewissen nicht ruhen. Soll ich Trost bei den Gerichten auf dem Hohen Hügel suchen? Was ratet Ihr mir?* Schickt das sofort mit einer korrigierten Kopie der Rechnung zu Meriwell.«

Norgan grinste erleichtert.

»Noch etwas«, sagte Alban. Er öffnete eine Schublade, entnahm ihr einen Stapel Dokumente, und blätterte sie durch, bis er ganz unten eines fand, das er Norgan gab. »Die Übertragungsurkunde für die Möwenmarsch.«

Norgan betrachtete das Dokument verwirrt. »Die Möwenmarsch, Herr? Das Sumpfgelände?«

Alban verschränkte die Hände über dem Bauch. »Nach dem vielen Regen wird es eher einem See ähneln. Schickt dies ebenfalls zu Meriwell. Stellt ihm, sagen wir, 25 000 Silberstücke in Rechnung. Sagt ihm, ich erwarte die Zahlung heute noch. Wenn er Ausflüchte macht, sagt ihm, wie gut sich das Land für den Anbau von Weizen eignet.«

Norgan strahlte. »Oder als Weide für Servos-Streitrösser. Sogleich, Herr. Sonst noch etwas?«

»Ich habe einen Termin auf dem Hohen Hügel. Kehrt mit Meriwells Antwort zurück und wartet auf mich. Es dürfte nicht allzu lange dauern. Laßt das Personal früh nach Hause gehen.«

»Sehr gut.« Norgan entfernte sich, das Pergament und die Besitzurkunde an die Brust gepreßt. Alban glaubte, ihn kichern zu hören.

Zufrieden drehte Alban sich auf seinem Stuhl und legte die Füße auf den Schreibtisch. An der Wand zu seiner Linken hing eine riesige Landkarte von Barsaive, so groß wie sein Schreibtisch. Das weiße Pergament zeigte alle Stadtteile Merrons, jede Straße und die meisten Geschäftseinrichtungen. Dutzende farbiger Nadeln – gelb, violett, weiß und grün – überzogen die Karte wie Dolden winziger Beeren. Jede Farbe stand für ein anderes Geschäftsinteresse: gelbe Nadeln zeigten Landparzellen, die Alban gehörten, Violett stand für Land, das mit Gewinn verkauft worden war. Weiße Nadeln standen für bedeutende Kunden, und Grün stellte seine Handelsrouten in der Provinz dar. Wenn er die Karte betrachtete, sah er zehn Jahre seines Lebens.

Alban zog die gelbe Nadel aus der Möwenmarsch und ersetzte sie durch eine violette. Er lehnte sich zurück und studierte die Karte. Eine Woge der Freude erfaßte ihn. Als er das Kontor vor einem Jahrzehnt eröffnet hatte, befand sich auf seiner Karte nur eine einzige Nadel, eine gelbe, die für eben jenes Kontor stand. Jetzt schienen die Nadeln eher die Besitzungen einer siegreichen Armee anzuzeigen. Er hatte hart für dieses Geschäft gekämpft, so hart wie jeder General auf einem Schlachtfeld. Er hatte triumphiert, immer und immer wieder. Er hatte ein Recht darauf, stolz zu sein.

An diesem Morgen vergaß Alban völlig zu meditieren.

Padia verbrachte eine halbe Stunde in der Westküche und begutachtete die Hausreparaturen der Dienstboten. Anya, das für das Erdgeschoß zuständige Hausmädchen, hatte die letzten Splitter aus dem Flur entfernt. Shynn, die Waschfrau, teilte Padia mit, daß die Flecken in den Vorhängen nach dem dritten Schrubben verschwunden waren. Dander hatte bereits alles Notwendige in die Wege geleitet, um den Kirschholztisch auszutauschen.

»Gut gemacht«, sagte sie. »Ich glaube, wir sind für die kommende Festivität gerüstet.« Beruhigt kehrte sie ins Arbeitszimmer zurück, wo sie Hodrick zurückgelassen hatte.

Hodrick stand vor den offenen Türen von Albans Waffenschrank. Er hielt Sternschläger in der Hand, Albans hochgeschätzten Kampfstab.

»Hodrick, was tut Ihr da?«

Er betrachtete den Stab voller Entzücken. »Eine wunderbare Waffe.«

»Findet Ihr? Der Stab war immer Albans Lieblingswaffe.« Padia konnte nicht verstehen, warum. Sternschläger war ein einfaches Stück Mahagoni, das glatt poliert worden war. Ein schwarzer Fleck auf dem dickeren Ende ähnelte einem fünfzackigen Stern.

»Er hat diesen Stab gefertigt, als er Geselle im Orden des Inneren Lichts wurde«, sagte Hodrick liebevoll, als erinnere er sich an seine eigene Vergangenheit. »Während er den Stab schnitzte und ihn dann polierte, versuchte er beständig, sich seiner Bewegungen bewußt zu sein. Zuerst hoffte er, Lob von seinem Mentor zu erringen, doch während der Arbeit achtete er immer mehr auf das Werkzeug in seiner Hand, auf die Struktur des Holzes und auf den Wind und die Sonne in seinem Rücken.

Einige Namensgeber reden davon, sich im Augenblick zu verlieren. Sie gehen so in ihrer Tätigkeit auf, daß sie jedes Zeitgefühl verläßt. Alban empfand genau das Gegenteil, ein Zurückweichen von allem – außer dem Augenblick. Er erkannte, daß Roniros Lob nichts bedeutete, weil es sich auf diesen Augenblick nicht bezog.«

Padia sah ihn staunend an. »In den zehn Jahren unserer Ehe hat er mir das nie erzählt.«

Hodrick lächelte und machte Anstalten, den Stab wieder in den Schrank zu stellen. Fünf vertikale Einkerbungen hielten Stäbe aus unterschiedlichen Materialien: Eiche mit einer Spitze aus Silber, schwarze Esche, Eisenbaum, Birke mit einem genoppten Kupfergriff und Delarispinie. Er versuchte Sternschläger in die sechste Kerbe zu stellen, die oben etwas schmaler als unten war.

»Ihr haltet ihn verkehrt herum«, sagte Padia. »Alban hat den Schrank so gestaltet, daß er die Waffen aufnimmt, wie er es will.« Als sie den Stab nahm, strichen ihre Finger über seine Hand, und sie hörte ihn scharf einatmen. Sie hielt es für das Beste, das zu übergehen.

»Vielen Dank für die Vorlesung«, sagte sie, indem sie den Stab in die Kerbe stellte. »Und da wir gerade davon reden, wollen wir nach Schulenburg aufbrechen?«

Thanyx Destrovan wußte nicht, was sie an dieser Grube mehr störte, das Ritual oder der Geruch. Sie konnte den Geruch nicht erkennen, eine widerliche Mischung aus

Meerwasser und verwesendem Fleisch. Der mit dem Ritual verbundene Singsang erinnerte sie an einen, den die Theraner benutzten, um Knochen splittern zu lassen.

Sie wußte weder, wer Oneiros für dieses Ritual einberufen hatte, noch wozu. Das Protokoll hinderte sie daran, Ghantrem zu fragen, den Ältesten von Oneiros, der neben ihr stand. Sie würde noch warten müssen.

Sie hatte bereits eine Stunde hier auf dem Menschenfeld gewartet, einem verlassenen Friedhof im Herzen der Elendsviertel von Zweipfennig. Ghantrem hatte sie höflich empfangen, jedoch nichts gesagt. Als Ältester war er zu keinerlei Erklärung verpflichtet. Mit einer Geste lud er sie zum Zuschauen ein. Sein gertenschlanker Leib schien sich in den tiefen Falten seines Zeremoniengewandes zu verlieren, einer wallenden Robe aus schwarzer Seide, deren Saum mit roten Perlen besetzt war. Eine dünne Goldkette hing an beiden Ohrläppchen.

So dicht am Rand der Grube, einer feuchten schwarzen Aushöhlung, die groß genug war, um hundert Namensgeber darin zu bestatten, spürte Thanyx, wie sie die Düsternis des Menschenfelds niederdrückte. Sogar um die Mittagszeit woben die Zweige und Äste der hochaufragenden Erlen ein Dach, das den Friedhof in tiefste Schatten hüllte. Ein kühler Wind rauschte durch die hüfthohen Gänsedisteln und pfiff durch Dornenranken.

Ein schwarzer Obelisk erhob sich auf der Thanyx gegenüberliegenden Seite der Grube, dessen Oberfläche aus Sandstein von den Verwüstungen der Zeit glattpoliert worden war. Nahe der Spitze des Obelisken ragten zwei Arme in den Himmel. Ein Arm war abgebrochen. *Ein Grabstein,* dachte sie. Die Wände der Grube bestanden nicht aus Erde, sondern aus schwarzem Sandstein, ebenso wie der Obelisk. Thanyx fielen die Legenden über uralte Ruinen tief unter dem Menschenfeld ein,

Überreste einer Rasse, die nach Belieben zwischen den Welten der Lebenden und denen der Toten hin und her gewechselt war. *Dies ist nicht nur ein Ritual,* wurde ihr plötzlich klar. *Es ist eine Ausgrabung.*

Fünf Geisterbeschwörer von Oneiros befanden sich in der Grube, und ihr grollender Singsang vermischte sich mit dem Kreischen winziger Geister. Arme Teufel, die während der Plage den Tod gefunden hatten, waren im Menschenfeld ohne viel Aufhebens in Massengräbern verscharrt worden, nachdem man die Leichen auf riesigen Scheiterhaufen verbrannt hatte. Jetzt schossen ihre Geister durch die Zweige und heulten vor Wut über die Eindringlinge.

Wie Ghantrem trugen die fünf Geisterbeschwörer Zeremoniengewänder aus schwarzer, mit Perlen bestickter Seide. Eine von ihnen, Xylona Xanthis, schöpfte graue Asche aus einem Jutesack und ließ sie durch ihre verunstalteten Finger in einen langen Eisentrog rieseln. Neben ihr ließ Morlin der Träumer trübes Wasser aus einem Holzfaß in den Trog ein, und Hendon von Hemiptera rührte die Mischung mit einem Eichenstab um, wobei er sie gelegentlich mit Dornen und zerdrückten Blättern anreicherte.

Xylona stieß gegen den Jutesack. Er kippte um, so daß Asche auf den Boden fiel. Die Zauberin ließ sich auf die Knie sinken und fegte die Asche sorgfältig wieder in den Sack.

Thanyx witterte eine Gelegenheit. »Bedauerlicher Unfall«, sagte sie. »Ich hoffe, es ist noch genug Asche übrig, um das Ritual zu vollenden.«

Ein Geist flog auf Ghantrem zu und schwebte dann eine Handspanne über seinem Kopf. Der Geist, ein Nebelfetzen mit Lichtpunkten als Augen und einem unregelmäßigen Schlitz als Mund kreischte Ghantrem an und klang dabei wie eine aufgespießte Ratte. Ghantrem funkelte den Geist an, der sofort in die Bäume floh.

»Das ist keine Asche«, sagte Ghantrem. Er klang abwesend, als sei er in Gedanken ganz bei der Zeremonie. »Das sind Fliegen. Wir haben mehr als genug.«

Fliegen. Oneiros benutzte sie gelegentlich bei seinen Beschwörungsritualen. Thanyx erinnerte sich unbestimmt an eine Passage aus der *Devinina,* einem Oktodeztraktat von Iniortas dem Traumweber. Iniortas beschrieb die Insekten als ›Stäubchen der Abscheu, Träger der Verderbnis – aber gereinigt werden sie zu einem Katalysator, zu einer Brücke in die Gefilde der Träume‹. Oder in die Gefilde der Alpträume? Thanyx konnte sich nicht mehr erinnern.

Sie musterte die Grubenwand. Tiefe Kratzer – wie von Krallen – bedeckten sie, aber die Markierungen am unteren Rand sahen wie Strichmännchen aus. Thanyx zählte ein Dutzend Figuren, jede so hoch wie ein Männerknie und alle gleich: ein Dreieck als Kopf, ein Strich als Körper, zwei Striche für die Arme und zwei für die Beine.

Die anderen beiden Geisterbeschwörer, Logro der Häuter und Daimon Angelicon Dimitrio zeichneten die Striche der Figuren mit der Flüssigkeit nach. Nachdem sie die letzte Figur nachgezeichnet hatten, fingen sie bei der ersten wieder an. In der letzten Stunde mußten sie jede Figur mindestens sechsmal übermalt haben. Waren die Figuren größer geworden?

Sie wappnete sich für einen Bruch der Etikette. »Was ist das für eine Flüssigkeit?« fragte sie. Ihr Tonfall war trotz ihres pochenden Herzens beiläufig. »Meerwasser?«

»Ja«, sagte Ghantrem. »Aus dem Bauch eines Wals.«

Eine seidenweiche Stimme ertönte hinter Thanyx. »Welch ein Aufwand! Ihr habt ja keine Ahnung, was das Wasser kostet.« Thanyx erkannte die Stimme augenblicklich, und ihr Blut gefror.

Vilph Axtgriff trat vorsichtig durch das Dickicht und

klaubte dabei Dornen vom Ärmel seiner Robe. Offenbar hatte sich der kleine Ork hinter einer Erle verborgen gehalten und gelauscht. »Wie nett, Euch wiederzusehen, Freundin Thanyx. Was führt Euch her?«

»Dasselbe könnte ich Euch fragen, Vilph«, sagte sie verächtlich. Als sie die zwanglose Vertraulichkeit heraushörte, die zwischen dem Ork und Ghantrem herrschte – er klaubte eine Distel vom Saum der Robe des Ältesten –, kam Thanyx ein beunruhigender Gedanke. »Ihr seid auf Einladung von Oneiros hier?«

»Ganz im Gegenteil«, sagte Vilph. »Vor einiger Zeit erwähnte mein ehemaliger Freund Hodrick eine bemerkenswerte Ruine hier auf Menschenfeld. Er weiß eine Menge über Merron, was andere längst vergessen haben. Letzte Nacht erzählte ich meinem neuen Freund Ghantrem von der Ruine, und wie ich sehe, haben die Großen und Mächtigen bereits reagiert. Ich schlug vor, Euch angesichts des Schocks, den Ihr gestern in der Feste erlitten habt, von ihren Aktivitäten auszunehmen.«

Thanyx errötete. »Ihr tändelt mit tödlichen Mächten, Vilph.«

»Wer rastet, der rostet«, erwiderte er mit einem dünnen Lächeln. »Nebenbei bemerkt, mein Beileid zum Tod Eures Lehrlings. Niemand verdient es, so jung zu sterben.«

»Wir alle verdienen es zu sterben«, sagte Thanyx. »Dafür wurden wir geboren.«

Vilph runzelte die Stirn. »Sagt mir, seid Ihr ein gern gesehener Gast auf Festivitäten? Ihr scheint eine besondere Begabung dafür zu haben, ein Gespräch zum Erliegen zu bringen.« Er reckte den Hals, um in die Grube zu schauen. »Es hat den Anschein, als würde die Arbeit gut vorangehen. Ich bewundere ihre Hingabe.«

»Ihr habt dieses Ritual vorgeschlagen?« fragte Thanyx.

»Mag sein, daß die Idee von mir stammt. Sie hat Ghantrem begeistert, nicht wahr?«

Ghantrem lächelte dünn. »Die erste Beschwörung von Freundlichen Hütern in der Neuzeit. Welch ein Durchbruch!«

Thanyx hatte noch nie von Geistern gehört, die Freundliche Hüter genannt wurden, aber das hatte nichts zu bedeuten. Sie konnte die verschiedenen Blumengattungen in Barsaive leichter zählen als die ungezählten Horden der Geister. »Dann ist es kein schädliches Ritual? Das sähe Vilph überhaupt nicht ähnlich.«

Vilph lächelte. »Laßt mich ganz offen reden. Ich habe einen Fehler gemacht, als ich Geokosmos dazu anhielt, den Regen zu bringen. Ich dachte, der Regen würde zu einer besseren Ernte führen. Woher hätte ich wissen sollen, daß diese Elementaristen es zu weit treiben?«

Ghantrem rümpfte die Nase, aber nicht wegen des Gestanks, der aus der Grube drang. »Geokosmos. ›Halsstarrig‹ ist nicht das richtige Wort. Diese Verrückten! Das wird ihnen eine Lehre sein.«

»Ich habe einen Fehler gemacht, indem ich ihnen vertraute«, fuhr Vilph fort. »Oneiros ist so nett, mir dabei zu helfen, diesen Fehler wiedergutzumachen. Diese Geister können dabei helfen, den Schaden zu beheben, den unsere Stadt erlitten hat.«

»Sind sie so mächtig?« Die Beherrschung starker Geister erforderte einen Teil der Lebenskraft des Beschwörers. »Blutmagie, Ältester?« fragte sie Ghantrem.

Der Älteste sah aus, als sei ihm unbehaglich. »Eine gewisse Menge Blut ist erforderlich.«

Vilph schüttelte ablehnend den Kopf. »Wenn Ihr die Formulierung verzeiht, Blutmagie ist nicht nach meinem Geschmack. Ghantrem, ich gehe davon aus, daß die Einbeziehung Hodricks in das Ritual seine Macht erheblich vergrößern könnte, und zwar ohne Blut zu opfern.«

Die Augen des Ältesten weiteten sich. »In der Tat.«

Wütend mischte Thanyx sich ein. »Ihr könnt nicht mehr für die Kompositform sprechen, Vilph. Sie hat Euch zurückgewiesen und ist mit Peyl und Villandry gegangen.«

»Das stimmt, Thanyx. Wie aufmerksam von Euch.« Vilph klang gelangweilt. »Ghantrem, aus reiner Neugier, wann würdet Ihr Hodrick für die Beschwörung brauchen?«

»Wir beenden die Vorbereitungen in der Dämmerung.«

»Ältester!«

Ghantrem bedachte Thanyx mit demselben funkelnden Blick, der den Geist verscheucht hatte. »Ihr vergeßt Euch, Adeptengesell.«

Thanyx empfand Angst. Sie sah keinen Sinn in einem Streit. Oneiros hatte beschlossen, Vilph beizustehen. Eine Einmischung in das Ritual ihrerseits war mit einem Risiko verbunden, das einzugehen sie nicht wagte.

Thanyx wandte sich von der Grube ab und ging zu den Erlen. Es war offensichtlich, daß Vilph sich für Hodrick etwas ausgedacht hatte. Thanyx würde Padia und Alban warnen müssen.

Sie bemerkte nicht, daß Vilph ihr zu den Bäumen folgte.

Hinter den beiden erhob sich ein zufriedenes Gemurmel aus der Grube. Eines der Strichmännchen hatte den Arm bewegt.

Extravagantes Feuerwerk und Festivitätsbedarf, das Geschäft von Kharisha und Pluonus, befand sich im Westteil von Schulenburg, eigentlich nur eine Zwanzigminutenfahrt von Altstadt entfernt. Heute ging Padia jedoch von einer Fahrzeit von mindestens einer halben Stunde aus. Alban hatte den guten Zweispänner genommen. Diese alte klapprige Karriole mit einem lockeren Rad, von dem sie sicher war, daß es am nächsten Schlagloch abfallen würde, war mit Abstand das unterlegene Gefährt. Reece, der sauertöpfische Kutscher, paffte schweigend seine Pfeife. Hodricks Anwesenheit schien ihn irgendwie zu beunruhigen.

Wolken verbargen die Morgensonne und drohten einen angenehmen Tag zu verderben. Wind peitschte die Karriole, und Padia zog ihren gehäkelten Umhang fester um ihre Schultern.

Die Fahrt war bisher schweigsam verlaufen. Hodrick neben ihr saß hochaufgerichtet da und betrachtete die Stadt. Er machte einen schwermütigen Eindruck. Padia vertrieb sich die Zeit, indem sie ihre Techniken, Zauber zu wirken, überprüfte. Sie hatte die letzte Nacht damit verbracht, ihre Grimoire durchzusehen und zu üben. Jetzt beherrschte sie zwar auch nur wenige Zauber, aber wenn Vilph wieder angriff, konnte sie mit mehr als einem Staubwedel kontern.

Sie verzog das Gesicht, als der Gestank – nach faulen Eiern, verfaultem Obst und Exkrementen – von Abfällen in die Karriole drang, die sich vor einem trüben Ziegelgebäude stapelten. »Furchtbar«, sagte sie, indem sie mit einer Hand vor ihrer Nase wedelte. »Ich versuche schon seit Jahren die Alten Familien und Schlußstein dazu zu bringen, das Einsammeln des Abfalls auch auf andere Stadtteile auszudehnen. Ein Jahr lang haben sie es für Schulenburg finanziert, aber dann wurde es wieder eingestellt, da es zu teuer war. Ihre Arbeiter waren weniger krank, sie konnten mehr herstellen, aber nein, den Abfall aus der Stadt zu bringen, ist zu teuer.«

Hodrick sah sie bewundernd an. »Und doch habt Ihr viel Gutes bewirkt.« Als die Kutsche den Regenpfeiferhügel umrundete, blickten sie nach Westen über die Docks von Hanfseil und den wogenden Byrose. Hodrick zeigte aus dem Fenster. »Diese Dämme zu beiden Ufern – das Waisenhaus in Zweipfennig – dahinter, ein Schrein für Garlen – all das ist das Ergebnis Eurer Bemühungen.«

»Nun ...« Sie wäre beinahe errötet. »Das Verdienst gebührt den Räten in Altstadt und Schlußstein.«

»Räte, die Ihr organisiert und geführt habt. Jahrhundertelang habe ich die Strukturen der Stadt und all ihrer Namensgeber mit nicht mehr Bewußtsein gelesen als dem, das eine Spinne von ihrem Netz hat. In diesem letzten Mond sah ich Merron in einem ganz neuen Licht. Bemühungen wie die Euren sind sehr bedeutsam für mich geworden.«

Sie bedachte ihn mit einem zärtlichen Lächeln. »Alles muß sehr merkwürdig für Euch sein.«

»Bevor Vilph mir Bewußtsein verlieh, war ich – oder dieser Körper – wenig mehr als ein dressiertes Tier, ein Werkzeug des Egregore. Für jede Situation hatte er eine festgelegte Antwort. Jetzt ist das anders.«

»Besser?«

Wiederum starrte Hodrick aus dem Fenster. »Sehr viel besser, aber ich sollte mich nicht daran gewöhnen. Was Vilph mir gab, kann er mir auch wieder nehmen.«

»Wie hat er Euch überhaupt Bewußtsein verliehen? Ich habe noch nie von einer derartigen Magie gehört.«

»Ich weiß es nicht. Ich erwachte mit dem Gefühl einer abgerissenen Verbindung zu etwas oder einer Wesenheit. Dem Egregore, nehme ich an.«

»Was ist der Egregore eigentlich genau?«

»Das weiß ich nicht mehr, falls ich es überhaupt je gewußt habe.«

Die Kutsche holperte durch ein Schlagloch. Hodrick fiel auf Padia, die zusammenzuckte, als er gegen ihren Oberschenkel stieß. Hodrick richtete sich sofort auf. »Ich muß mich entschuldigen«, sagte er hastig. »Die Kutsche ...«

»Still. Es ist alles in Ordnung.« Sie lächelte beruhigend, aber in Wahrheit schämte sie sich. Sie hatte nicht zurückzucken wollen. Es war unabsichtlich geschehen, ein Reflex. Trotz seiner Narben und entstellenden Züge war Hodrick kein Ungeheuer.

Sie empfand plötzlich ein starkes Unbehagen. »Glaubt Ihr, Vilph stellt noch immer eine Bedrohung für Alban dar?« fragte sie.

Hodrick antwortete mit Entschiedenheit. »Vilph will Albans Tod. Er tötet aber nicht mit Gift oder Klinge. Meines Wissens nach hat er im eigentlichen Wortsinn noch nie jemanden getötet, zumindest nicht in Merron. Nein, er zieht subtilere Todesarten vor.

Vor zehn Jahren hat Vilph Anstoß an einem Troubadour namens Boffin genommen, einem lustigen Burschen mit violetten Augen und einer Laute aus Rosenholz. Boffin hatte ein Lied über Vilph geschrieben, ein Spottlied über Vilphs Aussehen. Es wurde ziemlich bekannt.« Hodrick sang leise und mit volltönender Stimme. *»Zu arm für saubere Kleider/ach, armer alter Vilph/wenn Regen auf die Kleider fällt/versinken deine Füße im Dreck.*

Zehn Jahre lang hat Vilph seinen Groll gegen Boffin gehegt, bis er die erforderliche Magie meisterte, um Boffins Wahre magische Struktur zu zerstören. Zerstört die Struktur eines Namensgebers, und Ihr zerstört den Namensgeber selbst.«

»Man kann eine Struktur nicht zerstören. Man kann sie verhüllen, sie verändern, aber …«

»Alles, was Boffin für Merron bedeutete, alles, was Merron ihm bedeutete – Vilph hat systematisch jede Verbindung zwischen dem Troubadour und der Stadt zerstört. Er hat jedes Wort verändert, das von oder über Boffin geschrieben wurde. Vilph hat die lebendige Erinnerung zerstört, die andere an Boffin gehabt haben, und das sehr nachhaltig.«

»Vilph sagte, wir würden den Troubadour kennen.«

Padia stellte sich die Landschaft ihres Gedächtnisses vor und suchte nach der Erinnerung an einen Troubadour namens Boffin. »Ich kann nichts Ungewöhnliches in meinem Gedächtnis finden. Wir können ihn nicht sehr gut gekannt haben.«

Hodrick musterte sie mit ernstem Blick. »Boffin hat mit Euch und Alban in der Gesellschaft der Grauen Eule gedient.«

Erschreckt runzelte Padia die Stirn. »Unsinn. Wir haben niemals ...« *(du kennst ihn nicht)* »... ich würde mich gewiß erinnern ...« *(du hast noch nie von ihm gehört)* »... wenn, wenn – ach, ihr Passionen, nein. Nein.« Voller Angst schlug sie die Hände vors Gesicht. Als sie sich an Vilphs Abschiedsworte in der Feste erinnerte, bekam sie Herzklopfen.

»O je. Hodrick, wir müssen Alban warnen.« Sie blickte aus dem Fenster und sah den Feuerwerksladen ein Stück voraus. »Wir reden mit Pluonus und Kharisha, dann suchen wir ihn auf dem Hohen Hügel. Sagt ihm, was Ihr mir erzählt habt. Ihr werdet uns mit Eurem Wissen helfen, nicht wahr?«

Hodrick sah sie ernsthaft an. »Ich würde alles tun, um Vilph daran zu hindern, die Struktur einer unschuldigen Person zu zerstören.«

Die Karriole durchfuhr ein weiteres Schlagloch. Hodricks Schenkel preßte sich gegen ihren. Diesmal zuckte sie nicht zurück.

Winn lenkte die Kutsche den steilen Anstieg zum Hohen Hügel hinauf, während Alban hinten auf der Rückbank saß und es sich vor ihm selbst ekelte. Er hatte sich wieder vom Kontor verführen lassen, und jetzt hatte er nicht mehr die Entschuldigung einer veränderten magischen Struktur.

Altstadts Hänge vereinigten sich zu einem hohen Plateau, das eine nach Osten führende Biegung des

Byrose überblickte. Auf dieser steilen Klippe stand ein Bauwerk aus verschmutztem dunklen Stein, das über Merron aufragte wie ein Grabstein. In seiner Zeit als Magistrat hatte Alban zweimal in der Woche an Versammlungen im Ratsgebäude, Hügelhaus, teilgenommen. Jetzt kam er zweimal pro Jahr oder seltener, wenn er es einrichten konnte. Er fand die Einzelheiten des Regierens und Verwaltens ermüdend und langweilig und die Gesellschaft seiner Kollegen so qualvoll wie Zahnschmerzen. Aus Höflichkeit hielten sie ihn über die Ratsangelegenheiten auf dem laufenden. In Merron war Überfluß dasselbe wie Einfluß.

Alban ließ Winn bei der Kutsche und erklomm die Granitstufen zum Eingang. Der eiserne Torbogen war mit dem Bild eines Falken geschmückt, der eine Maus im Schnabel trug, was (fand Alban) die Philosophie der Gesetzgeber widerspiegelte. Er richtete seine Schärpe und glättete die Enden. Die Schärpe war mit einer silbernen Nadel an der Schulter befestigt, lief quer über seine Brust und verschwand unter seinem breiten Ledergürtel.

Kriast, ein liebenswürdiger Troll mit einem Gesicht, das einem zusammengeklappten Pfannkuchen glich, stand Wache. Er wedelte mit den Armen vor seinem Kopf und fluchte, um dann nach etwas zu schlagen, das Alban nicht sehen konnte.

»Guten Tag, Kriast«, sagte Alban zu dem Troll. »Warum so aufgeregt?«

»Hallo, Landmann Peyl«, sagte Kriast. »Ich habe Euch gar nicht kommen sehen.« Der Troll trug die Uniform der Stadtwache, eine lederne Tunika, sackleinerne Hosen und kniehohe Stiefel mit Messingschnallen. Zwei in die linke Unterarmschiene eingravierte gekreuzte Schwerter wiesen ihn als Korporal aus.

Alban sah ebenfalls nach oben und mußte angesichts der Sonne blinzeln. »Was ist es?«

»Eine Hornisse, Herr«, sagte Kriast. Er entspannte seine behaarten Fäuste. »So groß wie eine Fledermaus. Ist schon den ganzen Morgen hinter mir her. Geht hinein, Herr.«

Alban ging durch einen Flur, in dem das Klicken seiner Absätze von den Marmorwänden widerhallte, zur Ratskammer. Er öffnete eine verwitterte Tür. Das an die Tür geheftete scharlachrote Band bedeutete, daß eine Sitzung im Gange war.

Ein funkelnder Leuchter beherrschte den Raum. In einem Topf in der Ecke stand ein Pfeilkraut, dessen blättrige Zweige bis zur Decke reichten. Eine blaue Porzellanschüssel auf dem Tisch enthielt Butterfeigen, Liaj-Orangen und Schneebeeren.

Die drei amtierenden Magistrate von Merron hatten sich am Ende eines langen Tisches versammelt. Nahe bei Alban saß Lexa Kittague, eine spindeldürre Witwe, die ihr Vermögen mit dem Verkauf von Medizin an die Bauern von Nachtschatten und Zweipfennig verdient hatte. Kittagues Aussehen hatte sich seit Jahren nicht verändert. Sie trug denselben schwarzen Kittel, denselben grauen Wollschal und denselben verhärmten Gesichtsausdruck. Ihre hohlen Augen und die schlaffe Haut ließen sie todkrank aussehen. Alban war immer der Ansicht gewesen, Kittague benutze ihren Reichtum und ihre Stellung, um Merrons Leben ebenso freudlos zu gestalten, wie das ihre war.

Hinter Lexa saß Niss Reeves, die moralischen Wert ausdrücklich mit finanziellem Erfolg gleichsetzte. An ihrem eigenen Maßstab gemessen, war Reeves die Moral in Person, denn sie gehörte zu den reichsten Trollen in Merron. Reeves hatte mit einigen Millionen in Silber angefangen – ein Erbe ihrer Eltern, denen eine Flotte von Handelsschiffen gehört hatte – und ihr Vermögen durch die Finanzierung von Söldnerexkursionen in die wilden Scolberge zwecks Ausplünderung von Orkbrenner-Stämmen verdreifacht. Alban verachtete sie.

Reeves stellte ihren Erfolg mit protzigen Juwelen zur Schau. Offenbar war heute ihr Platin-Tag. Armreifen aus Platin umgaben ihre schwammigen Arme vom Handgelenk bis zur Schulter, dolchförmige Platinohrringe baumelten von ihren Ohrläppchen, und die feisten Wangen waren von jeweils einem Platinsplitter durchbohrt. Morgen mochte Smaragd-Tag sein, übermorgen vielleicht Opal-Tag.

Neben Reeves spielte Brant Carush unruhig mit einer Feder. Sein Gesicht bestand nur aus ebenen Flächen, Winkeln und Kanten, eine Granitbüste, deren Ausdruck sich unmöglich deuten ließ. Ein dünner brauner Bart verlief von einem Ohr zum anderen. Carush war Albans einziger Freund im Rat. Er hatte sein Vermögen als Viehzüchter verdient und einen Teil davon ausgegeben, um in Zweipfennig einen öffentlichen Park anlegen zu lassen. Alban konnte sich noch gut an den Tag erinnern, als Carush diesen Akt der Wohltätigkeit publik gemacht hatte. Reeves hatte gezischt wie ein Kessel mit kochendem Wasser. Doch Carushs Wohltätigkeit war eine Ausnahme, nicht die Regel. Er hielt unerschütterlich an der Überzeugung fest, daß Überfluß und Weisheit Hand in Hand gingen, und besaß die Initiative einer Kuh.

»Es ist schön, Euch wiederzusehen, Alban«, sagte Reeves. Sie unternahm keinerlei Anstrengung, ihre Unaufrichtigkeit zu verbergen. »Wir haben über die Berichte über Euren Arm gestaunt, und jetzt sehe ich, daß sie stimmen. Ich habe auch andere Berichte gehört, über Euer Kontor. Wie gehen die Geschäfte?«

»Leidlich«, sagte Alban knapp. »Ich bringe Neuigkeiten über den Illusionisten Vilph Axtgriff. Welche Punkte stehen noch auf der Tagesordnung?«

»Nur das Zweipfennig-Projekt«, sagte Reeves. »Wir haben es bereits besprochen. Ich nehme an, es besteht keinerlei Notwendigkeit, es noch einmal zu diskutieren.«

Alban kannte die Einzelheiten. Vor einem Jahr – vor einem Jahr! Alban fand das Schneckentempo der Verwaltung entsetzlich – war eine Abordnung von zehn Bürgern Zweipfennigs mit einem Plan vor den Rat getreten, wie man den Müll in ihrem eigenen Stadtteil, in Nachtschatten und in Schulenburg beseitigen konnte. Jahrzehntelang hatten Hausbewohner und Geschäftsbesitzer alte Kleidung und Essensreste hinter Häusern und an Straßenecken gestapelt. Einmal pro Mond hatten Müllsammler die Abfälle auf wacklige Karren geladen und in den Byrose gekippt.

Weil sie für diesen Dienst nur ein paar Kupferstücke berechnen durften – die Anwohner konnten sich nicht mehr leisten –, hatten die meisten Müllsammler ihre Arbeit eingestellt. Manche hatten sich einträglicheren Beschäftigungen zugewandt, andere suchten sich Kunden in Schlußstein und Altstadt, wo sie sich mit dieser Arbeit ihren Lebensunterhalt verdienen konnten. In der Zwischenzeit verrotteten die Abfälle, versperrten Gassen, zogen Ungeziefer und Ratten an und sonderten einen Gestank ab, der an windigen Tagen die gesamte Stadt durchdrang.

Die Bewohner von Zweipfennig hatten vorgeschlagen, der Rat solle Arbeiter einstellen, die den Müll sammelten, um ihn ins Mühlblumental an der Grenze zu Schlußstein zu schaffen. Der Plan sah eine bescheidene Steuer für Landbesitzer in Altstadt und Schlußstein vor. Schließlich würden sie ebenso davon profitieren wie jene in Nachtschatten und Zweipfennig, und die jährliche Steuer würde weniger betragen als der Preis für eine Kiste Schneebeerenwein.

»Wenn es keine Anmerkungen zu dieser Frage

gibt …« Reeves hielt kurz inne, eine Geste der Höflichkeit Alban gegenüber.

Alban sagte: »Der Vorschlag scheint mir eine gute Idee zu sein, eine elegante Lösung für ein Problem, das um so schlimmer wird, je länger die Stadt es vor sich her schiebt.«

Reeves fuhr fort, als habe Alban nichts gesagt. »… laßt uns abstimmen.«

»Ich stimme dagegen«, sagte Kittague. Ihre Stimme war ein Pfeifen, das Geräusch von Luft, die durch ein Rohr gepreßt wurde. »Narretei. Diese Leute leben unter solchen Bedingungen schon, solange ich denken kann. Und jetzt beklagen sie sich? Wir sind nicht ihre Eltern. Es ist nicht unsere Pflicht, ihnen die Nase zu putzen oder sie in den Schlaf zu singen, wenn sie schlecht träumen. Unsere einzige Verpflichtung besteht darin, sie ihr selbstgewähltes Leben leben zu lassen. Wenn sie saubere Straßen wollen, zeigt ihnen, wo die Schaufeln sind.« Das Ende ihres Schals fiel über ihren Arm. Sie schlug ihn sich wieder um den Hals und murmelte: »Der Zug in diesem Raum – wenn ich mich wieder verkühle, wird die Stadt für meine Behandlung aufkommen.«

»Ich bin selbstverständlich derselben Ansicht«, sagte Reeves. »Eine Steuer für die Erfolgreichen würde ein ganz falsches Zeichen setzen. ›Trägheit belohnen wir, Fleiß bestrafen wir.‹ Nein. Carush?«

Alban beobachtete seinen Freund. Wenn Carush dafür stimmte, konnte er den Antrag bis zur nächsten Sitzung zurückstellen lassen, was Zweipfennig Gelegenheit geben würde, Unterstützung zu sammeln. Alban hielt den Atem an.

Carush wand sich auf seinem Stuhl. Er hatte eine Handvoll Fasern von der Feder abgerissen, die jetzt auf dem Tisch lag. Er schluckte, dann sprach er gesenkten Hauptes. »Merron braucht neue Bevölkerung. Wenn unsere Bevölkerung zurückgeht, wird auch unser wirtschaftlicher Erfolg zurückgehen. Wenn sich die Nachricht von der Überschwemmung ausbreitet, befürchte ich, daß dies andere davon abhalten wird, sich hier anzusiedeln. Wir können sie vielleicht nicht davon überzeugen, daß Merron ein sicherer Ort ist. Eine Steuer zum jetzigen Zeitpunkt würde unserem Ruf nur noch mehr schaden. Ich stimme ebenfalls dagegen.«

Reeves strahlte. »Dann ist der Fall erledigt.« Sie klatschte in die Hände. »Die Sitzung ist geschlossen.«

Alban befingerte die silberne Nadel, mit der seine Magistratsschärpe an der Schulter befestigt war. Eine grimmige Wut stieg in ihm auf, und plötzlich riß er sich die Schärpe von der Brust. Die Nadel flog durch den Raum und prallte gegen die Wand. »Ich schäme mich, jemals diesem Rat angehört zu haben!« Er warf die Schärpe auf den Boden und trat ein paar Schritte von dem Tisch zurück.

»Der Arm ist wieder da, und jetzt ist er zu gut für uns«, murmelte Kittague, die bereits in der Tür stand.

Reeves heuchelte Besorgnis. »Du meine Güte, Alban! Was ist los mit Euch? Habt Ihr vielleicht geschäftliche Probleme?«

Alban hätte sie beinahe angeschrien. Er beherrschte sich und stützte sich mit einer Hand auf den Tisch. Er versuchte sich zu beruhigen, indem er sich auf seinen Atem konzentrierte, aber er kochte innerlich vor jäher Wut, als sei etwas Fremdes in seinen Verstand eingedrungen und unterdrücke alle anderen Gedanken.

»Ruht Euch aus, Alban.« Reeves knöpfte ihren Umhang zu. Mit einem Seitenblick auf seinen Arm schloß sie die Tür hinter sich, so daß Alban mit Carush allein war.

Carush bückte sich und hob die Schärpe auf. »Nehmt sie«, sagte er, indem er sie in Albans Jackentasche stopfte. »Ihr wißt, daß ich im Prinzip Eurer Meinung bin. Aber jetzt ist nicht der richtige Zeitpunkt dafür.« Er nahm Albans Arm. »Vielleicht könnte ich noch einen Park finanzieren.«

Alban riß sich los und machte einen unsicheren Schritt in Richtung Tür. In seinem Kopf pochte es schmerzhaft.

»Alban«, rief Carush ihm nach. »Wenn Ihr darüber sprechen wollt, ich bin für den Rest des Nachmittags in meinem Gemach.«

Eine Minute später stand Alban draußen vor dem Eingang. Kriast fragte: »Ist irgend etwas vorgefallen? Geht es Euch gut?«

Alban wußte nicht, was er darauf antworten sollte. Seine Beine zitterten, und seine Augen brannten, als seien sie voller Sand. Alban zog die Schärpe aus seiner Tasche und warf sie dem verblüfften Troll zu. »Die könnt Ihr benutzen, um Hornissen damit zu verjagen.« Er taumelte die Stufen hinunter und in den grauen Nachmittag hinein.

Norgan konnte es nicht glauben. Alban, sein Arbeitgeber, war dem Tode geweiht.

Minuten zuvor war eine alte Frau in das Kontor geplatzt. Sie trug einen Smaragd am Hals und eine knochenweiße Robe: Norgan erkannte in der Frau eine Geisterbeschwörerin. Sie sprach mit starkem Akzent. »Ich bin Thanyx Destrovan. Wo ist Alban? – Nicht da? Zum Hohen Hügel? Ah, nicht gut.«

Immer ängstlich, nahm Norgan dies zum Anlaß, in Panik zu geraten. »Worum geht es? Soll ich nach ihm schicken lassen? Kann ich irgend etwas tun, um zu helfen?«

»Ruft alle Arbeiter zusammen.«

Ohne zu zögern, gehorchte Norgan. In Albans Büro standen sie vor Thanyx wie Soldaten zum Rapport.

Thanyx stand neben Albans Schreibtisch mit dem Rücken zur Karte. »Ein mächtiger Illusionist, Vilph Axtgriff, will Alban Peyl vernichten«, sagte sie schnell. »Vilph hat mich angegriffen, als ich mich aufmachte, Alban zu warnen. Ich bin ihm gerade noch entkommen. Hört zu: Albans Freunde sind Vilphs Feinde. Ihr seid alle in Gefahr.«

Norgan wußte nicht, ob er das verstand. Doch er und die anderen waren zu verängstigt, um Fragen zu stellen. Byrn Ohmes Hände zitterten. Amyqua hatte Mühe, sich die Tränen zu verkneifen.

»Könnt Ihr etwas tun?« fragte Norgan so zittrig wie ein verängstigtes Kind.

Thanyx zog einen undurchsichtigen Glaskrug aus den Falten ihrer Robe. »Das ist ein seltenes Destillat aus der Glockenbeerenpflanze von der Elementaren Ebene des Holzes. Ich habe es von Quietus gestohlen. Es stumpft den Geist ein wenig ab, schützt aber vor Illusionen.«

Sie brach das Wachssiegel des Krugs und tauchte dann den Finger hinein. Eine dunkelrote Flüssigkeit, zäh und klebrig, bedeckte ihren Finger bis zum Knöchel. Sie zeichnete ein Symbol auf Norgans Stirn und schritt dann die Reihe ab, wobei sie jedem Arbeiter das Zeichen auf die Stirn malte.

Die Flüssigkeit wärmte seine Stirn. Er hörte ein schwaches Summen in seinen Ohren, dann wurde ihm unter einem Schwall verwirrter Gedanken schwindlig. Das Gefühl verging, und er fühlte sich angenehm entspannt. Er meinte, in den Fußboden schmelzen zu können.

Thanyx zeichnete den letzten Arbeiter, dann drehte sie sich zu der Karte um. Sie reckte sich, um die oberste Ecke zu erreichen, und zog einen der vier Nägel heraus, mit denen die Karte an der Wand befestigt war. Norgan sah gleichgültig zu und fragte sich nur, warum

Thanyx die Karte abnahm. Sollte er ihr helfen? Sie brauchte nur zu fragen.

Extravagantes Feuerwerk sah wie ein Ziegel aus. Das Geschäft der Illusionistinnen war ein quaderförmiges Gebäude mit einem einzelnen Fenster, das von den Falten eines schwarzen Vorhangs verborgen wurde. Daneben stand die lebensgroße Statue eines Pferdes aus Alabaster und gebleichtem Ton. Es hatte zwei Köpfe, an jedem Ende einen, aus denen beständig Strahlen glitzernden Wassers in ein Steinbecken darunter sprudelten.

Von nackter Erde umgeben, wirkte der Laden leblos. Padia sah keine Blumen oder Sträucher, keine Bäume. Die schmalen Gassen auf beiden Seiten waren leer. Sogar die Lydtorstraße, eine stille Gasse voller nichtssagender Holzhütten, trug zu der düsteren Atmosphäre bei.

Hodrick sagte: »Ich schlage vor, Ihr tragt dem Fahrer auf, mit der Kutsche außer Sicht zu warten. Falls es Ärger gibt, sollten wir seine Sicherheit nicht gefährden.«

Padia hielt es nicht für sehr wahrscheinlich, daß es Ärger gäbe, weil die Zwillinge unbedeutende Zauberer waren. Dennoch – das hatte sie von Vilph auch gedacht. »Eine umsichtige Geste«, sagte sie. Sie entließ Reece, der erleichtert zu sein schien, gehen zu dürfen.

In die Eingangstür aus Zitronenholz waren drei Glasscheiben eingesetzt. Feuerwerk-Illusionen explodierten stumm auf jeder Scheibe: prismatische Funkenhaufen, flammende Wagenräder, theranische Kerzen. Padia klopfte an die Tür. Hodrick stand unsichtbar hinter ihr.

Die Tür schwang auf und enthüllte einen grotesk fettleibigen Mann mittleren Alters in der makellosen Uniform eines Hausdieners. Fettpolster hingen unter seinem Kinn. Seine türkisfarbenen Augen sahen wie

Bohnen aus. Er betrachtete Padia von oben bis unten, dann zog er die Augenbrauen hoch und rümpfte verächtlich die Nase. Eine Hauskatze rieb sich an seinen Beinen. Die Farbe ihres Fells entsprach derjenigen seiner Augen.

Padia seufzte im stillen. Welch eine offensichtliche Illusion, billige Theatralik, die die Absicht verfolgte, Kunden aus der Gesellschaft zu beeindrucken. Einstweilen konnte sie mitspielen. »Hübsches Kätzchen«, sagte sie freundlich.

»Willkommen«, sagte die Katze mit deutlich weiblicher Stimme. »Bemerkenswerte Zerstreuungen für ordentliche Kunden zu vernünftigen Preisen.«

»Nicht für diesen Kunden«, sagte der Hausdiener hochmütig. Er besaß ebenfalls die Stimme einer Frau. »Padia Villandry. Euer Ehemann ist durch die Überschwemmung ruiniert worden. Wenn Ihr ein Wohltätigkeitsessen bestellen wollt, wendet Euch an jemand anders.«

Die Augen der Katze weiteten sich. »Padia Villandry, die hohe und mächtige Magierin? Wir mögen keine Magier.« Sie leckte sich eine Pfote. »Tatsächlich mögen wir eigentlich niemanden. Nur manchmal.«

Verärgert sagte Padia: »Bitte. Ich weiß, wer Ihr seid. Ich muß mit Euch über Vilph Axtgriff reden. Er hat die Heimsuchung über Merron gebracht, und jene von uns, die sich ihm entgegenstellen, möchten mehr über ihn erfahren. Wenn Ihr mich einweihen könntet ...«

Hausdiener und Katze wechselten beunruhigte Blicke. Ihre Körper schimmerten und verblaßten. Zwei Säulen türkisfarbenen Nebels wirbelten über Padias Kopf hinweg und schossen dann wie Pfeile in den Himmel.

»Wartet!« rief Padia. Zu spät. Die Nebelpfeile jagten in weitem Bogen über das Dach des Ladens und verschwanden dann.

Padia fuhr zu Hodrick herum. »Schnell«, sagte sie. »Sie könnten auf der anderen Seite des Ladens sein. Nehmt die Gasse.«

Hodrick lief in einem anmutigen Trab los, der Padia an einen Löwen erinnerte, und sie folgte ihm. An der Ladenecke angekommen, blieben sie stehen.

Hodrick trat hinter sie und zeigte mit einem narbigen Finger auf die Hausecke. »Schaut um die Ecke. Ich halte Euch den Rücken frei.«

Außer Atem drückte Padia sich gegen die Ziegelmauer und lugte dann vorsichtig um die Ecke, wobei ihr Puls laut in den Ohren dröhnte. Sie sah noch mehr nackte Erde, eine kahle Fichte und einen kleinen Stapel Ziegel. Plötzlich fragte sie sich, warum Hodrick, der sich unsichtbar bewegen konnte, sie als Kundschafter benötigte. Sie drehte sich um – und Hodricks Finger gruben sich in ihre Arme. Er preßte sie gegen die Mauer, und zwischen den Ziegeln und seinen harten Brustmuskeln blieb ihr die Luft weg. »Hodrick! Hört auf!« keuchte sie, aber ihre Worte gingen in den Falten seiner Robe unter.

Völlig verblüfft wehrte sich Padia, doch der alte Schutzzauber, mit dem die Kompositform belegt war, hinderte sie daran, ihn anzugreifen. Padia spürte, wie dieser Zauber durch die Jahrhunderte nach ihr griff und sie gegen seine unnachgiebige Gestalt preßte, gegen dieses Werk von Zauberern, die alle entsetzt über die Möglichkeit einer Apokalypse gewesen waren und daher nichts auf eine einzelne Person gaben. Ihr Puls dröhnte laut in ihren Ohren, und sie konnte fast ihre hohlen Stimmen hören: *Was wiegt ein Leben im Vergleich zu unserer Stadt?* Obwohl die Plage längst vorbei war, hatte sich diese Einstellung weit über ihre Zeit hinaus erhalten.

Hodrick zog sie an sich, drückte, erstickte. Ihr wurde schwarz vor Augen. Sie erschlaffte in seinen Armen.

Kriast machte die Schärpe bereit. Die Hornisse umkreiste ihn und würde sich in wenigen Augenblicken auf ihn stürzen. Bei seinem letzten Dutzend Versuchen hatte er sie verfehlt. Die Hornisse war zu schnell. Diesmal würde er sie erwischen.

Die Hornisse stieß auf ihn herab. Kriasts Hand zuckte vor, und die Schärpe schlug gegen die Mauer. Die Hornisse schwirrte zu ihrem Nest in der Traufe. Kriast seufzte.

»Probleme, Kriast?«

»Hallo, Städterin Destrovan.« Er verbeugte sich vor der Geisterbeschwörerin. Die Adeptin besuchte gelegentlich das Ratsgebäude, und sie kannten sich flüchtig. »Ein Insekt, mehr nicht. In dieser Beziehung bin ich sehr empfindlich. Ein Stich, und ich liege einen Mond lang im Bett.« Als Wache hatte Kriast den Wert spontaner Improvisationen längst schätzen gelernt.

»Ich habe hier etwas, das Euch helfen wird.« Sie hielt einen Krug mit einem gebrochenen Wachssiegel hoch. »Seht mich an. Haltet ganz still.« Unsicher tat Kriast, wie ihm geheißen.

Rote Flüssigkeit bedeckte ihren Finger, so zäh wie Sirup. Sie berührte seine Stirn damit. Schwindel und Verwirrung überkamen ihn. Er machte Anstalten, die Flüssigkeit abzuwischen, doch sie schlug seine Hand weg. »Nicht anfassen«, zischte sie.

Kriast ließ die Hand sinken, da sein Arm sich plötzlich so schwer wie Eisen anfühlte. Er seufzte und entspannte sich. Er fühlte sich, als stehe er bis zum Hals in warmem Wasser. Er gähnte. Die Schärpe entglitt seinen Fingern.

Die Geisterbeschwörerin bückte sich, um die Schärpe aufzuheben. Sie wandte sich von der Tür ab und ging rasch zur Straße. Kriast starrte an ihr vorbei, an der Straße vorbei, an den Häusern vorbei.

Die Hornisse landete auf Kriasts Wange. Sie versenkte ihren Stachel in das weiche Fleisch seiner Nase. Er spürte nicht das geringste.

Padia kannte Menschenfeld. Sie hatte dort einmal eine Versteigerung für wohltätige Zwecke organisiert, und zwar zugunsten von Witwen und Kindern der armen Leute, die hier anonym begraben lagen. Sie erinnerte sich, wie selbst an diesem Frühlingsnachmittag ein Gitter aus Erlenzweigen das Sonnenlicht abgehalten und lange Schatten über einen Dschungel aus Unkraut geworfen hatte. Sie erinnerte sich auch an den Obelisken aus Sandstein mit seinen flehend ausgestreckten Skelettarmen. An den Geruch nach toter Erde. An das Stechen des Windes. Irgendein altes, fremdartiges Dasein hatte diesem Ort sein Zeichen aufgedrückt. Sie hatte damals eine unbestimmte Furcht empfunden und diese Furcht seitdem mit sich herumgeschleppt.

Jetzt, im schwächer werdenden Licht der Dämmerung, lag sie auf Menschenfeld am Rande einer riesigen Grube. Ein Gestank nach Meerwasser und Verwesung stieg daraus empor. Ihre Hände waren auf dem Rücken gefesselt, die Füße mit dicken Seilen gebunden, und so reckte sie den Hals, um über den Rand zu blicken.

Sie sah sieben Geisterbeschwörer. Sie erkannte Ghantrem und ein paar andere – und Thanyx Destrovan. Die alte Frau bewegte sich ruckartig, wie eine Marionette. *Gesteuert*, dachte Padia. Thanyx und die übrigen trugen eine sirupartige schwarze Farbe auf Strichmännchen auf, die in die Sandsteinwände der Grube gekratzt waren. Die Strichmännchen, Dutzende, sahen größer aus als die Geisterbeschwörer. *Das ist Oneiros, die Gilde*, wurde ihr klar. *O nein. Hodrick hilft bei einem Beschwörungsritual. Wieder die Heimsuchung.*

Hodrick stand wie eine Statue über ihr, den Blick starr auf die Geisterbeschwörer in der Grube gerichtet. Die Silberschnur glänzte in seiner Hand. Zu seinen

Füßen sah sie ein zusammengerolltes Blatt Pergament, einen gesprungenen Tonkrug, eine Armschiene aus Bronze mit einem einzelnen Amethysten und einen Kampfstab aus Mahagoni – Sternschläger.

Es hatte keinen Sinn, Bewußtlosigkeit vorzutäuschen. Er hatte sie bereits bemerkt. Sie zitierte seine Worte. »Ich würde alles tun, um Vilph daran zu hindern, die Struktur einer unschuldigen Person zu zerstören.« Verbittert fügte sie hinzu: »Mir war nicht klar, daß Ihr Euch selbst meintet.«

»Ich bitte Euch, es zu verstehen.« Hodrick redete in demselben beschwichtigenden Tonfall, den sie einmal sehr anziehend gefunden hatte. Jetzt wurde ihr dabei übel vor Abscheu. »Ich hatte keine andere Wahl als die, Vilph treu zu sein. Er kann mir das Bewußtsein ebenso leicht wieder nehmen, wie er es mir gegeben hat. Vilph ist nicht so böse, wie es scheint. Er hat einen Plan, um der Stadt zu nützen. Ihr werdet schon sehen.«

Padia konnte keine Lügen mehr ertragen. Sie war sicher, daß er ihren Tod plante. Erschöpft, wie sie war, wurde sie nicht schlau aus alledem. »Was wollt Ihr mit Sternschläger und den anderen Dingen? Braucht Ihr sie für das Ritual in der Grube?«

»Nein. Ich fürchte, Vilph hat andere Pläne für sie.«

»Und werden diese Pläne Alban nützen?« begann sie, als sie plötzlich das Brechen von Zweigen hinter sich hörte. Sie drehte den Kopf und sah menschliche Füße in schwarzen Ledersandalen – sowie den Saum einer weißen Robe. Padia reckte den Kopf nach oben.

»Thanyx!« rief sie. Dann blickte sie wieder in die Grube, wo Thanyx Destrovan noch immer Strichmännchen nachzeichnete. »Vilph«, sagte sie tonlos. Angst krampfte ihre Brust zusammen.

Die alte Frau grinste Padia an. Sie hielt eine gelbe Schärpe wie eine wertvolle Beute vor ihr Gesicht – *eine Magistratsschärpe,* dachte Padia – und warf sie Hodrick vor die Füße. Thanyx zupfte am Ärmel ihrer Robe. »Billige Baumwolle«, sagte sie. »Man sollte meinen, eine Person in Thanyx' Stellung würde mehr Wert auf ihr Äußeres legen.«

Das Gesicht der Geisterbeschwörerin schmolz wie eine Kerze. Ihre Robe blähte sich auf und fiel dann in sich zusammen. Anstelle der alten Frau stand jetzt der graue Ork in seiner aschfarbenen Robe vor ihr. Er kratzte sich mit einem langen Fingernagel unter dem Kinn. »Viel besser. Ich war heute in der ganzen Stadt unterwegs, und ich bin diese Gestalt langsam leid.«

Padia wälzte sich auf den Rücken und starrte auf das dunkle Geflecht der Äste hoch über ihr. Gefesselt oder nicht, sie mußte es mit einem Zauber versuchen. Flug? Konnte sie einen derart schweren Zauber wirken? Sie bemühte sich.

»Zweifellos erwartet Ihr, einen Zauber wirken zu können«, sagte Vilph in samtweichem Tonfall. Er gestikulierte. »Bitte, tut mir den Gefallen und denkt nicht an so etwas.« Sein Zauber traf ihren Verstand, und seine Worte bekamen eine unwiderstehliche Macht. Enttäuscht brach sie ihren Versuch ab.

»Also setzt Ihr diese Heimsuchung fort«, sagte sie verächtlich. »Beim letztenmal Geokosmos, jetzt Oneiros. Habt Ihr die Absicht, Merron so lange anzugreifen, bis sich alle drei Gilden gegen Euch wenden?«

Vilph durchstöberte den Haufen mit Albans Habseligkeiten, wobei er jede genau untersuchte. Er redete in einem beiläufigen Tonfall mit ihr, dem seine sonstige aufgesetzte Überzeugung fehlte. Weil er nicht daran interessiert zu sein schien, sie zu überzeugen, fand sie ihn dieses eine Mal vollkommen glaubwürdig.

»Padia, ich bin nicht dumm. Nun, da die Gilden über meine Beziehung zu Hodrick in Kenntnis gesetzt sind, kann ich nicht mehr darauf hoffen, eine weitere Katastrophe wie die Überschwemmung zu inszenieren. Ich konnte die Unterstützung der Geisterbeschwörer nur gewinnen, indem ich ihnen anbot, ihnen bei der Beschwörung gütiger Geister zu helfen – in diesem Fall der Freundlichen Hüter.«

»Ich kenne Euch besser. Ihr habt die Absicht, diese ›gütigen‹ Geister zu verderben.«

»Wie enttäuschend. Padia, ich hege uneingeschränkte Bewunderung für Euer Gedächtnis, aber Ihr seid nicht sehr scharfsinnig. Ihr vergeßt nichts und lernt nichts dazu. Ihr haltet mich für denselben oberflächlichen Schwindler, der vor zehn Jahren Intrantivere gedient hat. Der die Stadt erobern will! Der einen Dämon beschwören will! Der *Böses* tun will!«

Er stapelte die Gegenstände ordentlich aufeinander. »Soviel davon. Was Ihr und die Gesellschaft der Grauen Eule tatet, rankte sich um die Vorstellung, ›das Böse‹ zu bekämpfen. Eine nebelhafte Vorstellung, und eine unsichere Grundlage für eine Karriere. Die Freundlichen Hüter sind nicht böse. Oneiros glaubt, die Hüter können die verwüsteten Stadtteile wieder aufbauen. Zufällig haben sie recht.«

»Also schön, Vilph, klärt mich auf. Wenn Ihr nicht die Absicht habt, Merron Schaden zuzufügen, was ist dann der Zweck Eures Tuns?«

Vilph schnaubte. »Das könntet Ihr nicht einmal ansatzweise verstehen.« Lächelnd stellte er sich auf die Zehenspitzen und sah in die Grube. »Wir sollten wirklich etwas wegen Eures Arms unternehmen, Hodrick. Wir brauchen Euch bei besten Kräften. Stimmt Ihr mir zu?«

Hodrick schwieg.

»Gut«, sagte Vilph ernsthaft. Er zeigte auf Padia. »Fangt an.«

Hodrick hob mit zitternder Hand seine Silberschnur, dann zögerte er. Er sah Vilph flehentlich an.

»Ihr überrascht mich«, sagte Vilph. Er hob den

Kampfstab auf und wog ihn in den Händen. »Ihr hattet keine Gewissensbisse, all die anderen Gliedmaßen zu amputieren. Wie viele waren es im Laufe der Jahrhunderte? Hunderte? Tausende? Waren jene Namensgeber nicht ebenso tugendhaft wie dieser?«

Hodrick sah Padia an, sein Gesicht glich einer Maske. Er antwortete im Flüsterton. »Das nehme ich an.«

Padia schloß die Augen und holte tief Luft. Hodricks Knie sank auf ihre Brust und preßte ihr die Luft aus den Lungen. Er packte ihr Handgelenk, nagelte ihren rechten Arm mit Hilfe seines anderen Knies am Boden fest und streifte die Schnur über ihre Schulter. Er zog die Schnur fest, und sie schnitt in ihre Haut.

Voller Schmerzen, in ihrer Konzentration gestört, konnte sie nur denken: *Ich werde nicht schreien.*

Dann war das Gewicht auf ihrer Brust verschwunden. Die Schnur glitt von ihrem Arm, der immer noch zu fühlen war. Padia schnappte nach Luft.

»Ich kann das nicht tun.« Hodrick zitterte und wandte sich von Vilph ab. »Es gab eine Zeit, da mußte ich es tun. Diese Zeit ist vorbei. Ich werde Euren Befehlen folgen und bei der Ausführung des Rituals helfen. Was den Rest betrifft, laßt mich in Ruhe.«

»Also gut, wie Ihr wollt«, sagte Vilph angewidert. Er grinste Padia höhnisch an. »Ihr habt ihn ganz in Eurer Gewalt, nicht wahr? Weiß Alban davon?« Er warf den Stab auf den Haufen mit Albans Besitztümern. »Schleift sie zur Grube.«

Mit bestürzender Schnelligkeit packte Hodrick Padia an einem Arm und zog sie grob über den Boden. Der Saum ihrer Robe verfing sich an einem Dorn, und das Gewand riß bis zur Hüfte auf. Am Rande der Grube schwang er sie herum und hielt ihr Gesicht über die Öffnung. Sie würgte ob des Gestanks nach verfaultem Fisch.

Vilph setzte sich auf den Rand und ließ die Beine in

die Grube baumeln. »Seht genau hin, Padia. Ihr könnt ein Teil davon sein.«

Die Geisterbeschwörer von Oneiros saßen mit überkreuzten Beinen in einer Reihe, einen Schritt von der Sandsteinwand entfernt. Sie sangen beständig mit leiser Stimme eintönig vor sich hin. Jeder hielt eine lange gekrümmte Klinge in einer Hand. Ghantrem, der der Wand am nächsten saß, rollte seinen linken Ärmel hoch. Mit präzisen Bewegungen brachte er in rascher Folge fünf parallele Schnitte in den Unterarm an.

Dünne Rinnsale von Blut traten aus den Wunden aus, erhoben sich dann aus seiner Haut, neigten sich der Wand zu und trieben in dünnen Fäden zum nächsten Strichmännchen. Das Blut versickerte in den dunklen Linien der Figur, als werde es von einem Strohhalm aufgesogen, und die Figur wuchs.

Die anderen Geisterbeschwörer wiederholten die Prozedur einer nach dem anderen. Als Hendon sich die Schnitte zufügte, war das erste Strichmännchen zur doppelten Größe eines erwachsenen Mannes angewachsen.

Vilph sagte: »Die Zauberer haben reichlich Blut für die Soldaten. Es müßte auch für die Antiphone reichen. Aber der Autrefekt ...« Er schüttelte traurig den Kopf. »Der Autrefekt erfordert mehr Blut, als Oneiros spenden kann. Üblicherweise würde ich mich mehr als bereitwillig zur Verfügung stellen. Doch ich muß mein Blut sparen.« Er deutete auf den Haufen mit Albans Besitzungen. »Seht Euch nur all das an! Ich hatte ja keine Ahnung, daß die Karte so groß ist. Ich werde jeden Tropfen brauchen, den ich aus diesem alten Körper herausquetschen kann.« Er deutete auf seine Brust.

»Also habt Ihr die Wahl, Padia«, fuhr er fort. »Ihr könnt mir bereitwillig Euer Blut geben. Wenn Ihr das tut, werde ich Alban verschonen. Solltet Ihr Euch weigern, nehme ich mir Euer Blut trotzdem, und Alban wird sterben.«

Mehr Lügen. Padia wandte sich verächtlich ab.

»Nein? Ihr weigert Euch? Wie unhöflich. Nun, wenn Ihr Vilph nicht helfen wollt, seid Ihr gewiß bereit – *mir* zu helfen.« Die Stimme des Orks nahm eine tiefere Klangfarbe an. Seine Hauer verschwanden, und seine graue Haut wurde bleich. Padia gaffte. Der Bauch des Orks schwoll an, und seine graue Robe verwandelte sich in einen schwarzen Immerreinen Umhang mit Goldbrokatbesatz.

»Padia«, sagte das Bild Albans. »Hilf mir.«

Die bernsteinfarbenen Augen, die hohe Stirn, und diese Stimme … *Goldbrokat. Ich wollte immer etwas weniger Prunkvolles.* Er lächelte sie an. Sie dachte: *In all diesen Jahren hat er immer etwas von mir gewollt, und gestern hat er damit aufgehört. Er wollte nicht einmal mehr mich. Und jetzt ist er schon wieder da und will etwas.*

Das Bildnis runzelte die Stirn. »Sie scheint sich zu sträuben. Hmm.« Dann öffnete sich sein Mund wie bei einem überraschenden Einfall. »Oha. Ich habe eine wahrhaft wunderbare Idee.«

Albans Gestalt veränderte sich, wurde dünner, wuchs. Jetzt sah Padia einen hochgewachsenen jungen Mann. Er hatte kurzgeschnittene schwarze Locken, warme braune Augen und ein gut proportioniertes Gesicht mit hohen Wangenknochen und einem kräftigen Kinn. Er trug eine breitschultrige orangefarbene Robe mit weiten Ärmeln. *Hodrick,* dachte Padia. *Welch ein gutaussehender Bursche.*

»Padia«, sagte Hodricks Bildnis. »Wenn Ihr mir einen Tropfen Eures Blutes leiht, kann ich zur Gänze ein Mensch werden – und zwar so hübsch, wie Ihr mich jetzt seht. Dann können wir unsere wunderbare Freundschaft erneuern.«

Padia lächelte lüstern. Mit friedlichem Geist und liebendem Herzen bot sie ihm ihr Handgelenk dar. Während Hodricks Bildnis raubtierhaft grinste und seinen Dolch hob, hörte sie hinter sich das Kratzen von Metall auf Stein.

Zwei stockähnliche Arme ragten aus dem Strichmännchen, um sich dann an der Wand abzustützen. Etwas mühte sich, aus der Grube zu klettern.

5

Vilph gewinnt die Oberhand

Dichte Wolken ballten sich zusammen und verdeckten die Sonne. Himmel und Erde verschmolzen zu einem Dunst, der nur durch die unregelmäßigen Umrisse der Häuser von Zweipfennig durchbrochen wurde. Alban starrte erschöpft aus dem Zweispänner. Sie waren jetzt in der Nähe der Docks. Der Byrose führte immer noch Hochwasser. Wenn der Wind noch stärker auffrischte, würde das Wasser die Straßen überschwemmen. Wenn noch mehr Regen fiel ...

Soll er fallen. Es kümmerte ihn nicht mehr.

Licht flammte am Horizont auf. *Ein Brand?* Die Häuser in Zweipfennig, die aus billigen Holzbohlen errichtet waren und unter der Vernachlässigung litten, hätten ebensogut aus Zunder bestehen können. Ein Funke von einer brennenden Kohle oder einem unbeaufsichtigten Ofen, das reichte schon. *Wie der Brand letztes Jahr in Altstadt, im Norden von Hanfseil – oder war es im Norden von Schulenburg gewesen? Ein Blitz, dann eine Flammenwand, schreiende Familien, geschwärzte Leichen.* Er sah genauer hin. Das Feuer hatte einen grünlichen Schein. Irgend etwas schmolz – vielleicht Mineralien? Bestanden die Fundamente nicht aus Sandstein, der mit Grünerde durchsetzt war – oder war das in Nachtschatten so? Oder handelte es sich um eine neue Katastrophe – wieder die Heimsuchung? Er zuckte die Achseln, überrascht von seiner Gleichgültigkeit.

Er schloß die Augen und preßte die Daumen gegen die Schläfen. Er hatte gräßliche Kopfschmerzen. Jeder

Herzschlag verursachte einen Krampf in seinem Schädel. Er sehnte sich nach seinem Bett, nach seinen mit Gänsefedern gefüllten Kissen.

Doch sein Heim mußte noch warten. Er konnte sich erst dann ausruhen, wenn er das Ergebnis des Geschäfts mit der Möwenmarsch kannte, wenn er wußte, daß er den betrügerischen Banston Meriwell besiegt hatte. Dann konnte er schlafen.

Die Kutsche hielt vor dem Kontor. Die meisten Fenster waren dunkel. Wie angewiesen, hatte Norgan das Personal frühzeitig nach Hause geschickt.

Drinnen hing noch immer der Geruch nach Kirschblüten in der Luft. Alban ging an Amyquas Schreibtisch vorbei und bemerkte einen Strauß weißer Rosen in einer Vase. *Woher hat sie die Blumen?* Er betrat sein Büro.

Er blieb wie angewurzelt stehen. Sein Schreibtisch sah so aus, wie er ihn verlassen hatte, die Öllampe brannte und hüllte alles in ein weiches Licht. Er erblickte seinen Stuhl: fleckige Armlehnen, geflicktes Sitzpolster. Die Pinienregale, der Eichenschrank, der Kachelboden – alles wirkte wie immer.

Aber die Karte an der Wand war verschwunden. An ihrer Stelle hing eine riesige Korktafel. Handflächengroße Dokumente waren in gleichmäßigen Reihen mit Nadeln an die Korkwand geheftet. Als Alban nähertrat, erkannte er in ihnen Frachtbriefe: Fischernetze nach Landis, Strümpfe aus Iopos nach Jerris, Blutkieselrüstungen nach Kratas, alles sehr ordentlich, alles vom letzten Mond datiert. Alles unterzeichnet – unterzeichnet von Niss Reeves.

Wie vor den Kopf geschlagen lief Alban durch die Gänge zwischen den Kistenstapeln, am Empfangspult vorbei und durch die Vordertür hinaus. Er suchte nach dem Türschild aus Messing, das sein Geschäft anzeigte. Darauf stand: REEVES EXPORTE.

Erschüttert ging er wieder hinein und stützte sich auf

Amyquas Schreibtisch. Er fühlte sich schwach. »Norgan!« brüllte er. »Norgan! Kommt sofort her!«

Der Zwerg kam aus dem Hinterzimmer geeilt. Als er Alban sah, fuhr er sich mit einer Hand an den Mund. »O je. Wer seid Ihr?«

Alban sah einen dunklen, knopfgroßen Fleck auf Norgans Stirn. Dann verschwamm alles vor seinen Augen, und er schüttelte den Kopf, um sein Blickfeld zu klären. Nein, er sah keinen Fleck. Sogar die Erinnerung daran verschwand.

»Was habt Ihr hier zu suchen, Freund?« fragte Norgan zurückhaltend.

»Erkennt Ihr mich nicht, Norgan?«

Der Zwerg wich einen Schritt zurück. »Sollte ich?«

Eine Illusion, dachte Alban. *Das ist alles eine Illusion. Die Korktafel, das Türschild, Norgan.* Er konnte sie vertreiben, wenn er die Willenskraft fand, sich zu konzentrieren.

Alban schloß die Augen. Seine Gedanken flackerten und wogten, farbige Bänder, die von einem Orkan umhergewirbelt wurden. Verzweifelt versuchte er, sie zu beruhigen – aber sie entglitten ihm. Gedanken, Bänder, Lichtfunken – das Band schrumpfte, wurde schwarz, verschwand …

Seine Gedanken waren verrückt geworden. Er öffnete die Augen. »Wo ist Reeves?« fragte er, indem er sich zu einem Lächeln zwang, von dem er hoffte, daß es den ängstlichen Zwerg beruhigen würde. Einstweilen mußte er die Illusion zulassen.

»Nicht da«, sagte Norgan kurzangebunden. Er wich einen weiteren Schritt zurück. »Sie führt eine Karawane nach Märkteburg. Sie müßte morgen früh zurück sein.«

Unmöglich, dachte Alban. *Ich habe Reeves noch vor weniger als einer Stunde auf dem Hohen Hügel gesehen. Das ist Vilphs Werk!*

»Also, Freund, wenn Ihr keine Nachricht für Landfrau Reeves hinterlassen wollt, fürchte ich, daß ich …«

Alban erwog sein weiteres Vorgehen. Mit Norgan zu streiten, war sinnlos. Er entschloß sich zu einer ›Erklärung‹. »Ich bin Alban Peyl.« Er beobachtete den Zwerg ganz genau. Keine Reaktion auf seinen Namen. Er fuhr fort: »Ich arbeite in der Finanzverwaltung der Magistrate. Reeves hat einen Steuernachlaß hinsichtlich der Karawane nach Märkteburg beantragt.«

»Wird es eine Veränderung geben?« Norgan sah verwirrt aus. »Ich war der Ansicht, wir fielen unter die übliche Abgabe von sieben Prozent des Wertes. Richtig, Herr?«

Plötzlich wurden die Schmerzen in Albans Schädel sehr viel stärker. »J-ja«, stammelte er. »Sieben Prozent.«

»Dann – ist das der Kern Eurer Botschaft, Herr?«

Welche Botschaft? Alban hatte vergessen, worüber sie geredet haben. Was war dies für ein Ort. »Was sagtet Ihr?«

»Der Steuernachlaß. Es bleibt also bei sieben Prozent.«

Alban hatte noch nie von einem ›Steuernachlaß‹ gehört. Er konnte sich die Bedeutung von ›sieben Prozent‹ nicht im entferntesten vorstellen. Er sah sich verwirrt um. Er stand in irgendeinem – Geschäft. Schreibtische und Schränke – wofür waren die? Benommen tastete Alban nach der Türklinke.

»Pardon?« sagte die Person vor ihm. Irgendein Zwerg. Wer? »Geht es Euch nicht gut, Freund?« Er klang geängstigt.

Zitternd lief Alban auf die Straße. Die kühle Luft traf ihn wie ein Keulenschlag. Er stolperte zur Kutsche. »Zum Hohen Hügel«, sagte er zu Winn. *Carush ist noch dort. Er kann mir helfen.*

In der Kutsche sank er auf dem Sitz zusammen und versuchte zu ruhen. Sein Schädel dröhnte, und hinter seinen Augen explodierten Lichtblitze. Er konzentrierte sich auf seinen Atem und lauschte auf das Klappern der Hufe.

»Wißt Ihr, wo wir gerade waren, Winn?«

»Nein, Herr«, sagte der Fahrer. »Ich kann mich nicht erinnern, jemals dort gewesen zu sein.«

Als die Kutsche am Hohen Hügel ankam, hatte Alban sich ein wenig erholt. Seine Kopfschmerzen hatten sich wie ein Eisenklumpen in seinem Schädel niedergelassen, lästig, aber erträglich. Sein Blickfeld und sein Verstand waren wieder klar. Er roch das Wasser des Byrose, spürte den weichen Samt des Sitzpolsters, hörte die Krähen am Himmel – alles wie üblich.

Vilph hat das getan. Er hatte zwar keinen Beweis dafür, aber er spürte es in seinen Knochen. *Doch wie? Wie ist ihm eine Illusion von derartiger Kraft gelungen?*

Zum zweitenmal an diesem Tag erklomm Alban die Granitstufen. Als er sich dem Troll auf Wache näherte, fiel ihm ein, daß Vilph ihm hier zuvorgekommen sein mochte. Er ging langsamer.

Kriast stand mit verschränkten Armen Wache und beäugte Alban mit stählernem Blick. Der Troll trat einen Schritt zur Seite und stellte sich zwischen Alban und die Tür.

Auf Kriasts Stirn war ein dunkler Fleck zu sehen. Alban blinzelte, als der Anblick in seinem Kopf Verwirrung hervorrief. Nein, er sah keinen Fleck.

»Geschäfte oder Besucher?« grunzte Kriast.

»Geschäfte«, sagte Alban glatt. »Mit dem ehemaligen Magistrat Alban Peyl.« Er beobachtete den Troll ganz genau, um sich dessen Regung nicht entgehen zu lassen.

Kriasts Miene umwölkte sich mit Argwohn. »Nie von ihm gehört.«

»Geschäfte«, sagte Alban. »Mit Brant Carush.«

Kriasts Augen verengten sich zu schmalen Schlitzen. »Ich dachte, Ihr hättet gesagt, Ihr wolltet zu Alban Peyl.«

»Ich habe mich versprochen. *Mein* Name ist Peyl. Ich bin ein Kaufmann aus Travar.«

»Erwartet Carush Euch?«

»Ja.«

Kriast dachte darüber nach. Er deutete auf die Tür. »Ihr könnt hinein.«

Drinnen ging Alban einen langen Marmorflur entlang zu Carushs Büro. Hatte sich dieser Ort so verändert wie der andere ...? Nein, Alban konnte sich an den anderen Ort nicht mehr erinnern. Seine ungeordneten Gedanken trieben in alle Richtungen.

Carushs Name an der Tür – bis jetzt sah alles gut aus. Die olivfarbene Tür öffnete sich in einen Raum, der groß genug war, um ein Bankett darin abzuhalten. Walnußregale an der linken Wand und Glasvitrinen im ganzen Raum stellten Carushs umfangreiche Sammlung elfischen Porzellans zur Schau. In einer Ecke sah Alban ein goldenes Teeservice auf einem dreifüßigen Teetischchen. Ein langer Tisch aus Rosenholz beherrschte den Raum, und an einem Ende des Tisches stand ein dazu passender Schreibtisch mit einer Öffnung für die Knie. Hier saß ein gertenschlanker Mann mit dünnem braunem Bart, der eifrig ein Pergament bekritzelte. Carush.

Carushs Kopf ruckte hoch, als Alban eintrat. »Kann ich Euch helfen?« fragte er verblüfft. Er betrachtete Alban von oben bis unten, doch ohne ein Zeichen des Erkennens.

Alban seufzte. Höflich sagte er: »Ich suche Landmann Carush, den Magistrat.«

»Ihr habt ihn gefunden. Nehmt Platz.«

Alban ging über mehrere Webteppiche in gedämpften Farben und setzte sich auf den Polstersessel, der vor Carushs Schreibtisch stand. »Ich muß mich für mein Eindringen entschuldigen. Ich heiße Alban Peyl und bin ein Kriegeradept aus – aus Travar.«

Wachsam schüttelte Carush ihm die Hand und legte das Pergament dann in eine Lade seines Schreibtisches.

Er nahm das Geschäftsgebaren eines Bürokraten an. »Wie kann ich Euch helfen?«

»Unsere – Eure Gemeinde befindet sich in großer Gefahr. Die kürzliche Überschwemmung …?«

Carush nickte neugierig.

»Sie war kein Akt der Natur und auch kein Werk der Passionen. Wie alle anderen Katastrophen der Heimsuchung ist sie von dem Illusionisten Vilph Axtgriff herbeigeführt worden.«

Carush tippte mit seiner Feder auf den Schreibtisch und betrachtete dabei Albans massigen Bauch. »Ihr seid ein Adept, sagt Ihr?« fragte er skeptisch.

»Ja«, sagte Alban. Ein Gefühl hilfloser Vergeblichkeit breitete sich in ihm aus.

Carush tippte weiter in stetem Takt seine Feder auf den Schreibtisch.

Alban mühte sich, seinen Ärger zu bezähmen. »Ist das wichtig?«

»Die Wahrheit ist immer wichtig.«

Alban biß die Zähne zusammen, schloß die Augen und erhob sich dann in die Luft – zunächst einen Fingerbreit, dann eine Handspanne, und schließlich stieß sein Kopf an die Decke. Er schwebte wie ein Raubvogel über dem verblüfften Carush.

Mit weit aufgerissenen Augen schob Carush seinen Stuhl ein Stück von seinem Schreibtisch weg. »Ihr habt Eure Behauptung eindrucksvoll bewiesen, Städter Peyl«, stammelte er. »Jetzt …«

Irgend etwas gab in Albans Verstand nach. Der Raum drehte sich plötzlich. Carush verwandelte sich in einen undeutlichen Nebel. Alban drehte sich der Magen um. Er mühte sich, seine Konzentration aufrechtzuerhalten, aber die Gedanken sprangen umher wie Sand in einem Schüttelsieb. Wild um sich schlagend, fiel er wie ein Stein und krachte auf den Tisch. Schmerzen durchzuckten seinen Rücken.

Carush kauerte in der Ecke, die Hände über dem Kopf. Er schrie etwas, aber die Worte ergaben keinen Sinn. Benommen stützte Alban sich auf seine zitternden Arme und richtete sich auf. Er verließ den kauernden Mann und stolperte auf irgendeinen Flur.

Zwanzig Schritte voraus versperrte ihm ein Troll mit einem funkelnden Schwert in der Hand den Weg. Der Troll schrie Worte, die keinen Sinn ergaben.

Der Troll. Er versuchte sich zu erinnern, klammerte sich an ein Bild am Rande seines Gedächtnisses. *Ich habe ihn woanders schon einmal gesehen. Er hat sein Schwert gezückt. Ein Feind.* Alban spannte sich. *Ich werde ihm als Krieger begegnen.*

Alban senkte den Kopf und stürmte los.

Der Troll blieb geduckt stehen, das Schwert in einem eisernen Griff gepackt. Alban sprang in der Absicht, über die Schultern des Trolls hinwegzufliegen und ihn dann von hinten anzugreifen – doch Albans Körper wollte ihm nicht gehorchen. Sein Sprung ließ ihn gezielt auf die Brust des Trolls zufliegen. Alban versuchte sich wegzudrehen, doch zu spät. Er hatte das Gefühl, gegen eine Ziegelmauer zu prallen. Benommen fiel er zu Boden, und sein Gesicht klatschte auf den kühlen Marmor.

Der Troll schob sein Schwert in die Scheide. Er hob Alban wie einen Sack Lumpen auf und warf ihn sich über eine Schulter.

Alban sah Lichtspiralen. Er sah die glatte Tunika des Trolls vor sich, und der Geruch nach Leder stach ihm in die Nase. Er schloß die Augen und wurde schlaff.

Dann roch er brennendes Laub und feuchte Erde. Eine Brise zerzauste seine Haare. Der Troll warf Alban auf den granitenen Gehsteig und stieß ihn dann mit dem Fuß die Treppe des Hohen Hügels hinunter. Alban überschlug sich, prellte sich die Rippen, schlug sich die Knie auf und schrammte sich den Kopf.

Er blieb vor den Hinterrädern seiner Kutsche liegen. Er leckte sich die Lippen und schmeckte Staub und Blut. Er versuchte den Kopf zu heben, brach jedoch erschöpft zusammen.

»Laßt uns fahren, Herr.« Eine vertraute Stimme, aber weit entfernt. Er öffnete die Augen. Winn hob ihn auf und schleifte ihn zur Kutsche. »Wir fahren nach Hause.«

»Ihr kennt mich noch, Winn?« fragte Alban, dessen Stimme brach. »Ihr kennt mich noch?«

»Gewiß kenne ich Euch, Herr. Aber ich weiß nicht, warum ich Euch herfahren sollte, Herr.« Der Kutscher schob Alban durch die Tür und schloß sie dann hinter ihm.

Alban schlief.

Die Kutsche fuhr durch ein Schlagloch und rüttelte Alban wach. Er lag flach auf dem Rücken und starrte auf die Decke aus schwarzem Stoff. Sein Umhang und seine Hose waren schmutzig, und sein Körper schmerzte überall. *Ein Kampf? Ein Unfall?* Er konnte sich nicht erinnern. *Ich habe in einem Raum gestanden, Kirschblüten gerochen und mit einem verängstigten Mann gesprochen. Oder einem Zwerg. Oder war es ein Troll?* Alles war eine Illusion – Vilphs Illusion. *Ist Vilph auch dafür verantwortlich?* Er versuchte sich an Einzelheiten zu erinnern, doch ihm wollten keine einfallen.

Die Zweige einer Reihe von Apfelbäumen kratzten an der Seite der Kutsche entlang. Alban kannte diese Bäume. Er wußte, wo er war: Jessis. Zu Hause.

Die Kutsche hielt an, und Alban trat vorsichtig auf den Rasen. Winn blieb auf dem Kutschbock und redete leise mit den Pferden, die mit den Hufen im Kies scharrten. Es roch nach Butterblumen und Nelken, die an der Ziegelmauer rund um das Anwesen wuchsen.

Vorsichtig näherte Alban sich dem Tor. Auf einer von einer Öllampe beleuchteten Kupferplatte stand: PADIA

VILLANDRY. Albans Mut sank, und er ließ sich zu Boden sinken, wo er gerade stand.

Er berührte die Platte, und seine Finger kribbelten. »Willkommen auf Jessis, dem Heim von Padia Villandry«, verkündete das Torsiegel mit weiblich eisiger Stimme. »Bitte nennt Euren Namen und Euer Anliegen.«

Die Botschaft war noch dieselbe – abgesehen davon, daß Albans Name fehlte. Auch hier war Vilph ihm zuvorgekommen. Niemand auf Jessis würde ihn kennen.

Alban dachte nach. Er konnte die Mauer erklimmen, aber Winn und diejenigen innerhalb des Anwesens würden ihn sehen. Er konnte um das Anwesen herumgehen und über die Nordmauer klettern. Aber dann würde er sich hereinstehlen müssen wie ein Dieb.

Alban räusperte sich und sprach zu der Kupferplatte. »Ich bin Alban Peyl, ein alter Kamerad Padias aus ihrer Zeit bei der Gesellschaft der Grauen Eule.« Er wartete.

Zwei Minuten später kam Dander, der in seinem Überrock wie immer wie aus dem Ei gepellt aussah, aus dem Anwesen. Zwar konnte er in der Dunkelheit nicht ganz sicher sein, aber Alban glaubte, einen Fleck *(Blut?)* auf der Stirn des Hausdieners zu sehen. Dander blieb einen Schritt vor Alban stehen und starrte ihn von der anderen Seite des Tors fragend an. Das Licht der Öllampe am Tor flackerte über das haarlose Gesicht des Hausdieners. Nein, Alban sah keinen Fleck.

»Es tut mir leid, Herr«, sagte Dander. »Ich fürchte, Landfrau Villandry ist nicht im Hause.«

»Ich habe einen langen Weg hinter mir.« Alban versuchte enttäuscht auszusehen. »Wird sie bald zurückkehren?«

»Das weiß ich – Pardon, Herr.« Dander warf einen Blick auf die Kutsche und runzelte die Stirn. »Das ist die Kutsche der gnädigen Frau«, sagte er verwirrt.

Alban fluchte im stillen. Er konnte sich die Kutsche nicht erklären.

»Winn«, rief Dander dem Kutscher zu. »Wer ist dieser Mann?«

Winn machte einen verblüfften Eindruck. Er kratzte sich am Kopf. »Ich, äh, kann mich nicht erinnern.«

»Ihr könnt Euch nicht erinnern?« Dander plusterte sich voller Empörung auf. »Wollt Ihr damit sagen, daß Ihr die Angewohnheit habt, Fremde in der Kutsche der gnädigen Frau mitzunehmen?«

»Natürlich nicht, Herr.« Alban hörte Angst in Winns Stimme. »Das heißt, das habe ich nicht… Herr, ich glaube, die gnädige Frau kennt diesen Mann.«

Er lügt, dachte Alban. *Gut.*

»Hat sie Euch angewiesen, ihn herzubringen?«

Der Kutscher sah Alban flehentlich an. »Ja. So war es. Ich folge nur den Anweisungen der gnädigen Frau.«

»Das stimmt«, sagte Alban.

Dander starrte Winn an. »Darüber wird später noch zu reden sein. Ihr spannt jetzt besser die Pferde aus.« Winn nickte und fuhr zu den Stallungen.

Dander wandte sich an Alban. »Ich bitte um Vergebung, Herr, aber ich kann Euch nicht einlassen. Die gnädige Frau hat Eure Ankunft mit keinem Wort erwähnt, und Ihr werdet gewiß verstehen, daß ich einen Fremden nicht auf sein Wort hin einlassen kann.«

»Aber ich kenne Euch«, sagte Alban. Es mißfiel ihm, lügen zu müssen, denn das war nicht der Weg des Kriegers, aber – »Dander Ensmore, das einzige Kind eines Handelsmatrosen, ausgebildet in Iopos, Hausdiener und Vorsteher des Personals auf Jessis seit, wie lange schon, acht Jahren. Ihr sollt einen ausgezeichneten Pfefferminztee kochen, auf den ich mich bereits sehr gefreut habe. Padia hat öfter von Euch gesprochen, als ich zählen kann.«

Dander blinzelte verwirrt. Dann öffnete er das Tor.

»Bis zur Rückkehr der gnädigen Frau könnt Ihr im Wohnzimmer warten.«

Alban folgte dem Hausdiener über den kurzgeschorenen Rasen, durch eine massive Rotholztür mit einem goldenen ›V‹ darin und in einen gemütlich eingerichteten Raum. Alban fand einen plumpen Diwan, weich gepolsterte, mit rotem Satin bezogene *(waren die Bezüge nicht aus Samt?)* Sessel und hohe Fenster vor.

»Einen Tee, Herr?« fragte der Hausdiener.

»Unbedingt«, erwiderte Alban. »Außerdem frage ich mich, ob ich vielleicht einen Blick auf Padias Waffensammlung werfen dürfte. Sie hat in der Gesellschaft immer in den höchsten Tönen davon geredet.«

Dander sah ihn bestürzt an. »Meint Ihr ihre Zauberstäbe, Herr? In diesem Fall fürchte ich ...«

»Nein, nein. Nicht ihre Zauberstäbe. Ich dachte an ihre alten Waffen. Schwerter, Wurfklingen. Stäbe.«

»Seid Ihr ein Krieger, Herr?«

Alban zwang sich zu einem Lachen. »Nur in meinen Träumen.« Er schlug sich auf den Bauch.

»Sehr wohl, Herr.« Jetzt ganz der Hausdiener, schien Dander darauf bedacht zu sein, seinen Gast zufriedenzustellen. Er führte Alban durch einen langen Flur und an Bücherschränken aus Pinienholz vorbei, die mit Büchern vollgestopft waren. Sie betraten einen Raum, der von einem vertrauten Zedernschrank beherrscht wurde. Alban ging an Dander vorbei und öffnete die Schranktüren. Fünf Stäbe – Eiche, schwarze Esche, Eisenholz, Birke, Delarispinie – saßen wie angegossen in den Vertiefungen in der Rückwand des Schranks. Eine sechste Vertiefung, größer als die anderen, war leer.

Alban biß die Zähne zusammen. »Der sechste Stab«, sagte er. »Was ist mit ihm geschehen?«

Dander blickte verwirrt in den Schrank. »Ein sechster Stab? Es gibt keinen sechsten Stab.«

Albans Kopf fing wieder an zu pochen. Seine Lieblingswaffe, verschwunden! Er schlug die Schranktür zu, und Dander erschrak. »Sagt mir«, fuhr Alban Dander an, »was mit dem sechsten Stab passiert ist.«

Dander wich zurück und gab sich alle Mühe, die Fassung zu bewahren. »Ich versichere Euch, Herr, ich wische in diesem Raum dreimal die Woche Staub, und ich müßte wissen …«

Schmerzen zuckten in Albans Kopf auf. Er schrie und fiel auf die Knie, schlug die Hände vors Gesicht. Eine Welle der Übelkeit erfaßte ihn und er schaukelte hin und her, die Arme um die Hüften geschlagen. Er richtete sich mühsam wieder auf, hob den Kopf und funkelte die dunkel gekleidete Gestalt vor sich an. Die Gestalt wich zurück, floh. *Ein Feind.*

»Ergebt Euch!« rief Alban. Die Gestalt floh durch die Tür.

Wo bin ich hier? Alban sah sich um und nahm merkwürdige längliche Holzstücke und glänzende Metallgegenstände wahr. Er taumelte in den Flur. Gesichter funkelten ihn von den Wänden an. *Noch mehr Feinde, die mich beobachten?* Er stolperte steifbeinig den Flur entlang. Wogen der Übelkeit wechselten sich mit Wellen eisiger Kälte ab. Am Ende des Flurs stand eine weitere Gestalt, ebenfalls schwarz gekleidet, die ein Silbertablett trug – *ein Schild* – auf dem Eßbesteck gestapelt war – *Dolche.* Die Gestalt blieb wie angewurzelt stehen und starrte ihn an. Ein Bild aus der Vergangenheit stieg in Albans Verstand auf, ein in Leder gekleideter Troll mit erhobenem Schwert, der bereit war, ihn zu erschlagen, und ihm den Weg versperrte. *Wie dieser.*

Alban griff in das Pinienregal zu seiner Rechten und zog ein schweres Buch heraus. Mit lautem Gebrüll stürmte er los. Der Feind schrie und hob das Tablett, um sich zu schützen, so daß das Besteck klirrend auf den Boden fiel. Alban schlug dem Feind das Buch vor den Kopf. Die Gestalt prallte krachend gegen die Wand, stolperte dann vorwärts und landete mit dem Gesicht in einem Durcheinander aus Löffeln und Gabeln. Alban stand über sie gebeugt, das Buch hoch erhoben, bereit, noch einmal zuzuschlagen. Doch der Feind lag besiegt danieder.

Aus einem anderen Teil des Hauses hörte er laute Rufe. Alban ließ das Buch fallen und floh.

Keuchend erreichte er die Eingangstür. Er versuchte den Riegel zurückzuschieben, doch das schien unmöglich. Verzweifelt sah er sich in dem Raum um, und sein Blick blieb auf den hohen Fenstern haften. *Hier bin ich schon gewesen.*

Mit gesenktem Kopf warf Alban sich durch das Fenster. Er erinnerte sich nicht daran, am vorigen Tag dasselbe Fenster zerschmettert zu haben. Er schlug in einem Hagel aus Glassplittern auf dem Boden auf, raffte sich auf und stolperte über den Rasen. Glasscherben schnitten in sein Gesicht. Er prallte gegen einen Baumstamm, versuchte aufzustehen, doch sein rechtes Bein verkrampfte. Eine gezackte Glasscherbe, so breit wie seine Hand, steckte in seiner rechten Wade. Mit einem lauten Grunzen zog er die Scherbe heraus und warf sie ins Gras. Blut lief aus der Wunde.

Er riß ein Stück Baumwolle aus dem Futter seiner Jacke und band es um die blutende Wade. In der Ferne hörte er Schreie und Rufe. Er versuchte aufzustehen. In seinem rechten Bein klopfte es schmerzhaft. Der einfache Verband war bereits von Blut durchtränkt. Er sah sich um. Im ganzen Anwesen waren die Fenster erleuchtet. *Was ist das für ein Ort? Was hat mich hergeführt?*

Die Schreie wurden lauter und kamen näher. *Feinde.*

Er hinkte zum Tor. Mit einer gewaltigen Anstrengung hievte er sich hinüber und landete so schwer im Gras dahinter, daß stechende Schmerzen durch sein verletztes Bein schossen. Nicht weit entfernt standen ein paar Bäume. Er humpelte darauf zu, das rechte Bein taub.

Alban begrüßte die kühle Brise. Der Nachthimmel, der ihm zunächst bedrückend und unheilvoll erschienen war, weckte jetzt ein ebenso tröstliches Gefühl in ihm wie eine Winterdecke. Nun mußte er sich verstecken.

Wasser umtoste Fischerboote und die Pfeiler eines verrotteten Docks. Ein paar Schritte entfernt pickten zwei Krähen an einem toten Lungenfisch. Mondlicht lag auf der Wasseroberfläche. Abgesehen vom Rauschen der Strömung war alles still.

Alban schmiegte sich enger an das Bootshaus, kauerte sich noch tiefer in die Schatten. Er hatte keine Ahnung, wie lange er hier geschlafen hatte, wo er zuvor gewesen war und wie er sich sein Bein verletzt hatte. Als er erwachte, nahm er wegen seiner Erschöpfung und der Schmerzen in seinen Muskeln zunächst an, er sei ein alter Mann, ein Heimatloser, der zu den Docks gekommen war, um zu sterben. Dann hatte er in einer Pfütze sein Spiegelbild gesehen, und aus ihr hatte ihn ein viel jüngerer Mann angestarrt, aus dessen Gesicht Verzweiflung sprach und dessen eingefallene Augen Kummer und Bedauern verrieten. Dann erinnerte er sich wenigstens an seinen Namen und an diese Stadt und seine Frau. Padia. An das ergrauende Schwarz ihrer Haare und die Weichheit ihrer Haut.

Er erinnerte sich an diesen Kai: Schwarzwind, ein trübseliger Bootshafen in Hanfseil. Hier wetteiferten fette Ratten und tollwütige Hunde mit Süchtigen und Mördern um Zuflucht. Trübe erinnerte er sich, einen Mann mit einem schweren Gegenstand geschlagen zu haben – *mit einem Ziegel? Einem Buch?* –, aber er wußte nicht mehr, warum. Etwas hatte ganze Stücke seines Verstandes mit einer Axt abgehackt.

Vilph, dachte er plötzlich. *Vilph hat mir das angetan.*

Müde erhob er sich, wobei er das verletzte Bein steif

hielt. Er blickte über den Fluß. Grünliche Flammen flackerten am Horizont und griffen wie Skelettfinger in den kohlschwarzen Himmel. Er wußte, wo sie brannten: in Zweipfennig, dem Elendsviertel. Zu seiner Linken, nicht weit entfernt, überquerte eine Art Brücke den Fluß. Er konnte sich im Elendsviertel verstecken. Dort würde er sicher vor seinen Feinden sein.

Er machte zwei Schritte und verspürte einen stechenden Schmerz zwischen den Schulterblättern. Eine Jungenstimme, dünn und näselnd, sagte: »Stehenbleiben, Fettsack.«

Alban hob die Hände und drehte sich langsam um. Der Junge war vielleicht sechzehn Jahre alt und hatte fettige blonde Haare, die er sich aus der schmutzigen Stirn strich. Mit seiner flachen Nase und den winzigen Knopfaugen sah er wie ein Schwein aus. Er trug eine zerlumpte schwarze Tunika, die ihm viel zu groß war, und eine teerverschmierte Hose. Ein schiefes Lächeln enthüllte eine Reihe gelber Zähne. Ein Schneidezahn war zur Hälfte abgebrochen. Er wiegte sich hin und her und wedelte mit einem Messer vor Albans Gesicht herum.

»Was tust du hier draußen, Fettsack?« Seine Zunge fuhr über die Lippen. »Was hast du in deinen Taschen?«

Albans Blick fiel auf das Messer. Die Klinge war eine Handspanne lang, sorgfältig geschliffen und so blank, daß das grünliche Feuer in Zweipfennig darauf glitzerte.

»Suchst du irgendwas hier draußen? Suchst du Ruhe und Frieden, Fettsack?« Er stieß Alban in den Magen und hüpfte dann leichtfüßig zurück, wobei er beständig mit dem Messer herumwedelte.

Alban kämpfte gegen die in ihm aufsteigende Panik an. Er konnte mit seinem verletzten Bein nicht fliehen. Der Feind würde ihn einholen. Doch wenn er blieb und kämpfte, würde der Feind ihn töten. Alban trat einen Schritt näher, doch der Junge winkte ihn zurück.

»Versuch's gar nicht erst, Fettsack. Ich kann dich abstechen. Soll ich dich abstechen?« Er atmete jetzt schwer und stand geduckt und mit gebeugten Knien da wie eine sprungbereite Katze. Unerwartet sprang er vor und schwang das Messer in flachem Bogen. Es traf Alban am rechten Ellbogen, schnitt durch seine Jacke und piekste seinen Unterarm.

»Etwa so, Fettsack?« Der Feind kicherte und wischte sich mit dem schmutzigen Ärmel einen Speichelfaden vom Kinn. »Willst du noch mehr?«

Alban warf sich auf den Jungen und schmetterte ihn gegen die Bootshauswand. Der Junge keuchte, und das Messer fiel zu Boden. In einer einzigen fließenden Bewegung hob Alban es mit der linken Hand auf und zwängte gleichzeitig den rechten Unterarm unter das Kinn des Jungen und drückte ihn gegen seine Kehle. Der Junge ruderte wild mit den Armen und versuchte sich ihm nach Luft schnappend zu entwinden. Seine schlaffe Gesichtshaut lief rot an.

»Du hast recht«, zischte Alban. »Ich will Ruhe und Frieden.«

Entsetzt warf der Junge den Kopf von einer Seite auf die andere, wobei er grunzte und schnaubte. Er stank nach schalem Bier und Rauchkraut.

»Du weißt, wo ich Ruhe und Frieden finden kann?« sagte Alban. »Du hast es gesagt.«

Der Junge wimmerte, ein kehliges Stöhnen, das Alban an das des Hundes erinnerte, der vor seinen Augen von einem Karren überfahren worden war, ein hübscher Collie mit glattem Fell und goldenen Augen. Er erinnerte sich daran, wie der Hund auf der Straße gezuckt hatte, das Hinterbein verdreht und gekrümmt, an sein gequältes Japsen. Er hatte sanft sein Fell gestreichelt und um Hilfe gerufen, die aber nicht gekommen war. Der Hund war in seinen Armen gestorben. Er hatte die Leiche in den Rinnstein gelegt und war nach Hause gegangen.

Als er die Schwalbenschwanzbrücke erreichte, hatte Alban jegliche Erinnerung an den Jungen verloren. Er starrte dumpf auf das Blut an seinen Händen. Aber die Hände bluteten nicht. Vielleicht hatte sich die Wunde an seinem Bein wieder geöffnet. Er konnte sich nicht erinnern, bei welcher Gelegenheit er verwundet worden war. Aus seiner Magengrube stiegen Schmerzen auf und hämmerten in seinem Kopf. Wie ein Klöppel auf einem Gong.

Durch einen Nebelschleier sah er eine Stadt jenseits der Brücke, dichte Häuserreihen, die im Nebel von einem grünlichen Schein umgeben waren. Der grünliche Schein – *Feuer*. Grünes Feuer. Das Licht zog ihn an. Er ging mit zaghaften Schritten über die Brücke, behutsam, als würden die Holzbohlen splittern, wenn er zu fest auftrat. Das Rauschen des Flusses unter ihm hallte in seinen Ohren.

Auf halbem Weg über die Brücke hörte Alban eine rasche Folge lauter Klatscher, als schlage jemand mit einer Holzplanke auf das Wasser. Er blinzelte in die Dunkelheit, sah jedoch nichts.

Das Klatschen hielt an und kam näher. Hundert Schritte entfernt traten zwei schwarze, spindeldürre Beine aus einer Nebelschwade. Die Beine, die viermal so groß wie Alban waren, glitten über die Wasseroberfläche wie ein Insekt und eilten den grünen Flammen entgegen. Das Ding verschwand in einer anderen Nebelschwade. Das Klatschen verhallte in der Ferne.

Entsetzen packte Alban. Er wußte nicht, was das für ein Ding gewesen war. Noch konnte er sich an die Namen der Brücke, des Flusses, des brennenden Stadtteils, der Stadt, in der er wohnte oder an einen Grund erinnern, warum er hier war. Er drehte sich wieder um.

Ein Vorhang aus rotem Feuer fiel über die Brücke.

Instinktiv warf Alban die Hände in die Luft und stolperte rückwärts. Die Flammen flackerten kalt und geräuschlos. *Eine Illusion,* dachte Alban. *Eine einfache Illusion, ein Zauber.* Alban zwang sich, in die Flammen zu starren. *Konzentrier dich. Mach, daß es verschwindet.* Seine Hände zitterten, und das Licht blendete ihn. Die Flammen leckten näher und flackerten auf. Noch einen Augenblick, dann würden sie ihn einhüllen.

Alban verlor seine Konzentration. Er fiel auf die Knie und wartete auf das Ende.

Er hörte Worte von jenseits des Feuervorhangs, eine tiefe Stimme, seidenweich und zwingend:

»Säulen aus Stein, Planken aus Holz, Wasser darunter, Luft darüber, und das Feuer – die Durchführung des Rituals stärkt sich tatsächlich an elementaren Einflüssen.«

Der Vorhang verschwand. Fünf Schritt von Alban entfernt stand ein verkrüppelter Ork mit einer Haut so grau wie Granit und einem über die Schulter geworfenen Jutesack. Die Erkenntnis traf Albans verwirrten Geist wie ein Keulenschlag: Vilph Axtgriff. *Vilph hat mir das angetan.*

Der Ork stützte sich auf einen Kampfstab aus Mahagoni, der glänzte, als sei er naß. Hinter Vilph tauchte Hodrick auf, der eine bewußtlose Frau in den Armen hielt, deren schwarze Locken vor ihrem bleichen Gesicht baumelten.

»Padia«, flüsterte Alban. Mit zitternden Fingern griff er nach ihr. Ihm fehlte die Kraft, um den Arm gerade zu halten, und er fiel schlaff herunter.

»Kein Gruß für mich?« sagte Vilph. Er schlenderte an Alban vorbei und klopfte dabei mit dem Stab auf die Brückenbohlen. Er blieb mit dem Rücken zu Alban stehen und betrachtete die brennenden Häuser am anderen Ufer.

»Wenn Ihr ihr etwas zuleide getan habt …«

»Ihr habt jetzt größere Sorgen, Alban«, schnauzte Vilph. »Hodrick, setzt sie ab.«

Die Form zögerte, dann ließ sie die Magierin zu Boden gleiten.

»Ich habe Geschenke«, sagte Vilph. Er wandte sich an Alban und hielt den Jutesack hoch. »Nicht Geschenke von mir, sondern von Euch.«

Vilph zog vier Gegenstände aus dem Beutel und legte sie eine Armeslänge von Alban entfernt in einer ordentlichen Reihe auf die Brücke. Der Tonkrug mit dem Bild einer fliegenden Eule. Die Karte, die zusammengerollt und mit einem Zwirnsfaden zusammengebunden war. Die zerknitterte Schärpe. Die Armschiene mit Roniros Amulett. Jeder Gegenstand war mit einem feinen roten Schimmer überzogen. Alban zuckte zusammen, als er den kupferartigen Essiggeruch wahrnahm: Blut.

Alban griff nach dem Amulett. Der Ork hieb ihm mit dem Stab auf die Finger. »Die gehören jetzt mir«, sagte Vilph. »Eure Gegenstände mit magischer Struktur, Alban. Seht genau hin.«

Blut tropfte von der Schärpe. Alban betrachtete das getrocknete Blut an seinen Händen und erinnerte sich an den Jungen mit dem Messer. Bilder: Glassplitter auf einem Rasen; ein schwarzgekleideter Mann, den er mit einem Buch schlug; ein Troll mit einem Schwert; eine Korktafel. Farbflecken auf Stirnen, zuerst vorhanden, dann verschwunden.

»Gegenstände mit magischer Struktur«, wiederholte Vilph, »jeder von ihnen ein Spiegelbild von einem jeden und ein Einblick in einen Teil Eurer Wahren magischen Struktur. Fünf Gegenstände, und zwei weitere stehen noch aus.« Er schob den Kampfstab durch den Henkel des Krugs. Er hob den Stab, und der Krug glitt den Stab hinunter in seine Hand. »Mit jedem einzelnen Gegenstand hätte ich Macht über Euch, Alban. Mit allen sieben kann ich Euch alles antun, was ich will.«

Alban versuchte sich aufzurichten, fiel jedoch nach vorn und schlug auf die Holzbohlen. Während er darum kämpfte, bei Bewußtsein zu bleiben, fragte er: »War das alles eine Illusion?«

»Gute Frage.« Vilph hustete trocken. Er hielt sich den Krug vor den Mund und spie hinein. »Wenn alles eine Illusion war, warum habt Ihr sie dann nicht mit Eurem – wie habt Ihr es genannt – ›Untrüglichen Blick‹ durchschaut?« Die Verachtung in seiner Stimme, als er diese Worte sprach! »Könnte es sein, daß manche Illusionen lebendiger sind als die Wirklichkeit? Du meine Güte, das würde bedeuten, daß Lügen mächtiger seien als die Wahrheit.« Er hustete noch einmal.

»Habe ich diesen Jungen getötet?«

Vilph sah in den Krug. »Daraus habt Ihr getrunken?« Er hob die Schärpe mit dem Stab auf, stopfte das blutige Kleidungsstück hinein, rührte es zweimal mit dem Stab herum und zog es wieder heraus. »Im Grunde fragt Ihr mich, ob das Universum gütig oder böswillig ist. In einem gütigen Universum würde ein heldenhafter Krieger niemals einen Unschuldigen töten. Der Mord würde sich als Illusion erweisen, oder der Schurke hätte den Tod ohnehin verdient gehabt, oder aber Ihr würdet von Schuld freigesprochen, da Ihr« – Vilph suchte nach dem richtigen Wort – »irregeführt wart. Im Gegensatz dazu würde Euch ein böswilliges Universum trotzdem verdammen.«

Vilph ließ den Krug fallen, der auf die Holzbohlen fiel, über den Boden rollte und ein paar Fingerbreit vor Alban liegenblieb. Er warf die Schärpe daneben. »Alban, ich beantworte Eure Frage, indem ich eine andere stelle: Welchen Unterschied macht es?«

Vilph hob die Armschiene mit dem Stab auf. »Ich habe zehn Jahre lang auf diesen Augenblick gewartet. Den Zauber habe ich nach jahrelangen Forschungen erst vor ein paar Monden vollendet. Doch ohne Hodrick hätte ich die Gegenstände mit magischer Struktur niemals gefunden, die mein Zauber erfordert.« Die Armschiene glitt am Stab herunter. »Es war nicht leicht, das kann ich Euch versichern.« Er strich mit dem Daumen über die Kante des eingearbeiteten Amuletts.

»Der Zauber tötet nicht«, fuhr Vilph fort. »Er zerstört Eure Struktur – Euren Platz in der Welt, Euer Selbstgefühl. In Wirklichkeit ersetzt er eine Illusion durch eine andere. Die Struktur eines Namensgebers ist eine Ausgeburt reiner Phantasie.« Er hielt den Stab über Alban. Die Armschiene fiel herunter und traf Alban am Kopf.

»Der Zauber zerstört die Erinnerungen und den Willen. Das Opfer lebt nur noch in einer losgelösten Gegenwart. Offenbar ist dieser Zustand tödlich. Ihr erinnert Euch doch noch an den Troubadour, nicht wahr, Hodrick?«

Hodrick stand mit gesenktem Kopf da, die Arme an den Seiten. Er antwortete nicht.

Vilph zuckte die Achseln. »Nun, Ihr könnt mir glauben, daß es so ist.«

»Warum tut Ihr das alles?« sagte Alban. »Nicht nur diese – Heimsuchung, die Grausamkeit. Was wollt Ihr? Die Herrschaft über die Gilden, über die Stadt?«

Vilph kicherte. »Nichts so Gewöhnliches, das versichere ich Euch.«

»Was dann?«

»Sollten wir uns noch einmal wiedersehen, werde ich es Euch sagen.« Er nickte Hodrick zu. »Bringt die Magierin.«

Hodrick packte Padia am Kragen ihrer schmutzigen Robe. Langsam schleifte er sie zu Vilph. Padia stöhnte, wehrte sich jedoch nicht.

»Sieben Gegenstände, Alban«, sagte Vilph. »Sieben Gegenstände, die für Eure Verbindungen zu Merron stehen. Ich habe fünf dieser Verbindungen zerstört: Euer Geschäft, Eure politische Karriere, Euer Leben zu Hause, Eure Kriegerdisziplin und als letztes ...« Vilph brach ab. Er hob die Armschiene mit dem Roniro-Amulett auf. »Dieses Amulett«, sagte er kopfschüttelnd, »hat mir sehr viel Kopfzerbrechen bereitet. Es steht für Euer starkes Verlangen nach Erleuchtung.« Er legte die Armschiene neben Schärpe, Krug, Karte und Stab.

»Jetzt die letzten beiden.« Vilph spreizte die Finger. »Wenn wir fertig sind, wird sich niemand mehr an Euch erinnern, nur ich selbst, Hodrick und – aus Höflichkeit und als Mahnung – Eure Frau.«

Auf dem Bauch liegend, die Wange flach gegen die Brückenbohlen gepreßt, sah Alban zu Padia. Sie war erwacht und starrte ihn jetzt mit rotgeränderten Augen an. Sie bewegte die Lippen, äußerte jedoch kein einziges Wort.

»Ich will nicht, daß sie sich erinnert«, flüsterte Alban.

»Aber ich schon«, sagte Vilph. Er zog ein Messer aus dem Jutesack, eine gekrümmte Stahlklinge – so lang wie sein Unterarm. »Gegenstand Nummer sechs, der für die wahre Liebe Eures Lebens steht. Padia selbst.«

Die Ork öffnete seine Robe und entblößte eine magere Brust, auf der Büschel borstiger weißer Haare wuchsen. Die Rippen traten unter der schlaffen Haut hervor.

Alban zuckte zusammen. Vilphs Brust bot eine furchtbare Masse von Narbengewebe. Narbenwülste überlagerten einander wie Krater auf einem Mond. Jede Narbe bildete eine theranische Rune: das verräterischste Zeichen für Blutmagie – für große Mengen von Blutmagie.

Fünf frische Schnitte bildeten Runen. Fünf theranische Symbole:

›Bankrott.‹

›Entrechtet.‹

›Heimatlos.‹

›Ziellos.‹

›Beraubt.‹

Vilph hob die Klinge und schnitt sich über die Brust, als nehme er einen Fisch aus. Tiefe Schnitte öffneten sich neben den verschorften Narben. Aus den Schnitten quoll Blut, das über seinen runden Bauch floß und seine Leggings durchtränkte.

Hodrick rief: »Das ist zuviel!« Er machte Anstalten, Vilph zu helfen, doch der Ork trat zurück. »Es kann gar nicht genug sein!« fauchte Vilph. Er schwankte, und das Messer entfiel seinen Fingern.

Mit zusammengebissenen Zähnen stimmte Vilph einen Singsang an, eine Reihe gemurmelter Silben. Zitternd zog er die Robe um seine blutende Brust zusammen und machte einen schwankenden Schritt auf Padia zu. Er streckte die rechte Hand aus, die rot glänzte, und zeichnete einen roten Fleck auf die Mitte ihrer Stirn. Sie zuckte zurück, und dann versteifte sie sich.

Schwer atmend fiel Vilph vor Alban auf die Knie. »Ich habe Padia unter Vorspiegelung falscher Tatsachen überredet, Euch zu betrügen, Alban. Sie wird darauf bestehen, daß Ihr das glaubt, und tatsächlich solltet Ihr es auch tun. Aber sie hat Euch bereitwillig betrogen. Sie hat Blut für mein Beschwörungsritual gespendet, und zwar in dem Glauben, es ihrem liebsten Freund zu geben – Hodrick.

Man kann nicht gerade behaupten, daß Padia Euch mag, Alban. Sie hat Euch verachtet, bevor Ihr Euren Arm wiederbekamt, und jetzt findet sie Euch etwas zu – wie lautet das Wort? ›Erleuchtet‹? Eine leidenschaftslose Haltung mag Euch im Orden des Inneren Lichts weiterbringen, aber sie ist offensichtlich nicht von Vorteil für die Ehe. Sie hat Euch betrogen, und wißt Ihr was? Es war ganz *leicht*.«

Alban starrte seine Frau an. »Ist das wahr?«

Padia weinte lautlos.

»Antworte mir!«

Sie weinte noch immer. »Ihre Tränen sind Antwort genug«, sagte Vilph heiser. »Ich habe Euch in ein Netz der Illusion gehüllt, Alban, und alle Eure Freunde und

Gefährten halten es. Um es loszuschneiden, um die Fäden Eurer Struktur zu entwirren, benötige ich eine Klinge aus Wahrheit. Seht, Alban, weder Hodrick noch ich schauen Padia an. Sie redet oder schweigt aus freiem Willen. Sagt ihm, Padia, ob ich gelogen habe.«

Er hatte zur Abwechslung einmal nicht gelogen, aber die Wahrheit blieb ihr im Halse stecken. Sie war schmerzlicher als alle seine Betrügereien der Vergangenheit. Alban sah es und wußte Bescheid. Wiederum zuckte ein Schmerz wie von einem Hammerschlag in seinem Kopf auf. Diesmal wehrte er sich nicht dagegen. Er weinte mit dem Schmerz.

Padia wandte sich ab. »Laßt mich gehen. Ich muß gehen«, sagte sie. Sie runzelte die Stirn und kniff die Augen fest zusammen. Hodrick trat zwischen sie und Alban. Ob Zufall oder Absicht, seine zerlumpte Robe strich über das blutige Zeichen auf ihrer Stirn. Sie schüttelte den Kopf, als wolle sie ihn klären. »Ich muß gehen«, wiederholte sie flüsternd. »Ich kenne den Zauber. Ich kenne den Zauber.« Sie flüsterte weiter, als versuche sie sich selbst zu überzeugen.

Vilph war so beschäftigt, daß er es nicht zur Kenntnis nahm. »Und jetzt«, sagte er zu Alban, »der siebente.« Mit ausgestrecktem Arm und zitternder Hand torkelte Vilph zu Alban und schmierte ihm mit einem blutigen Finger über die Stirn. Alban zuckte zusammen, als ihn nochmals Schmerzen durchzuckten.

Vilph krächzte ein paar Silben seines gutturalen Singsangs, dann hielt er inne, da die Anstrengung zu groß wurde. Er brach neben Alban zusammen. Sie lagen Gesicht an Gesicht wie zwei Liebende. »Sieben«, flüsterte Vilph, »ist Euer Ichgefühl. Ihr selbst.«

Weißglühende Schmerzen zuckten durch Albans Kopf. Irgend etwas kratzte über die Innenseite seines Kopfes. Er hörte Glas splittern, einen Schrei und das Brechen trockenen Schilfs. Erinnerung und Willenskraft verließen ihn wie Wasser, das aus einem Schwamm gepreßt wird.

»Hört zu, Alban«, sagte Vilph bedächtig. »Ihr werdet Euch an diesen nächsten Satz für den Rest Eures nur noch kurzen Lebens erinnern. Wiederholt ihn jetzt: *Vilph hat mir das angetan.*«

»Bockiger Ochse«, sagte Alban.

»Was?« Vilph runzelte die Stirn. »Was habt Ihr gesagt?«

Albans Aussprache war undeutlich, aber er wiederholte die Worte mit sturer Inbrunst. »Bockiger Ochse!«

»Nein!« Vilph versetzte Alban einen Fausthieb gegen die Brust. »*Vilph hat mir das angetan.* Wiederholt es!«

Alban besaß keinen Verstand mehr, der antworten konnte. Hinter seinen Augen senkte sich ein roter Schleier herab und verbarg alles, was er je gewesen war und gedacht hatte.

Wütend über diesen Makel an seiner Rache und zudem unerklärlicherweise beunruhigt, trat Vilph Alban. Der Mann bewegte sich jedoch nicht und schrie auch nicht auf, sondern wiederholte stumpfsinnig die Worte: »Bockiger Ochse.«

Hodrick versuchte Vilph aufzuhelfen, doch der Ork stieß ihn zurück. »Geht weg!« Vilph erhob sich mühsam und funkelte Alban an. »Was in aller Welt …? ›Bockiger Ochse.‹ Verflucht seien seine Augen!« Taubheit breitete sich in seinen Gliedmaßen aus. Ihm wurde schwindlig.

Plötzlich drehte er sich um. »Wo ist die Magierin?« Er suchte die Brücke ab, dann blickte er nach oben. Über Hodricks Schulter raste eine menschliche Gestalt durch die Luft, wie von einer Schleuder abgeschossen. Vor dem Hintergrund der Wolken waren Padia Villandrys Umrisse deutlich zu erkennen, da sie mit ausgebreiteten Armen nach Norden in Richtung Altstadt flog.

Vilph trat gegen Hodricks muskulöses Bein. »Ihr habt sie entkommen lassen!«

Hodrick funkelte ihn an, sagte jedoch nichts. Er sah auf den wogenden Fluß.

»Mögen die Dämonen diese Nacht verschlingen!« Vilph rang nach Atem. »Helft mir«, keuchte er. Hodrick zögerte, dann half er Vilph dabei, Alban zum Rand der Brücke zu schleifen. Alban wehrte sich nicht. Vilph stieß ihn über den Rand. Lebendig und bei Bewußtsein, doch schwach und seines Gedächtnisses und seiner Willenskraft beraubt, fiel Alban wie ein Stein in den rauschenden Byrose. Der Fluß riß ihn fort – ob er darin ertrank oder irgendwo flußabwärts an Land gespült wurde, war Vilph gleich.

Zwischen dem Ork und der Vollendung seiner Rache stand noch ein letztes Hindernis: die flüchtige Magierin Padia Villandry. Gegen sie richtete Vilph nun seinen ganzen Willen und all seine Kraft.

6

Angemessene Vergeltung

Die Nachtluft stach Padias Haut wie ein Nadelschauer. Ein böiger Wind trug sie höher und rauschte in ihren Ohren. Seit Jahren hatte sie die Fesseln nicht mehr zerrissen, die sie an die Erde banden – und war geflogen. Der Zauber summte in ihrem Verstand und knisterte in ihren Knochen. Sie hatte diesen Zauber nicht vergessen. Es hatte nur einige Zeit gedauert, bis sie ihn unter einem Jahrzehnt des Durcheinanders wieder gefunden hatte.

Allein hätte sie Alban nicht gegen Vilph beistehen können. Jetzt war ihr Mann – was? Vilphs Gefangener? Tot? Sie unterdrückte den Gedanken. Sie brauchte Zeit, um ihre Gedanken zu ordnen, ihre Zauber zu begutachten und Verbündete zu finden. Zuerst mußte sie sich in der Sicherheit von Jessis erholen.

Im Westen flackerte grünes Licht am Horizont. Zweipfennig stand in Flammen.

Sie wurde langsamer und beäugte das Ufer, wo eine Reihe von Häusern stand, die von der Überschwemmung ruiniert worden waren. Die Häuser sahen nur wenig schlimmer aus als die anderen baufälligen Gebäude in dem Elendsviertel, die von Flüchtlingen aus hundert winzigen Dörfern des Landes stammten. Landarbeiter und Hilfsarbeiter in den Arbeitshäusern, Lehrlinge in den Handwerksgeschäften Schlußsteins, Bedienstete – ein Dutzend Kulturen und Hunderte von Akzenten lebten nebeneinander in schäbigen Hütten und wurden von den Altstädter Landbesitzern ausgebeutet. Jeder Bewohner Zweipfennigs hatte Sorgen genug für acht Namensgeber, und jetzt brannten auch noch ihre Heime.

Sie nahm an, daß es das Werk der Geister war, die Oneiros beschworen hatte. Wie hatte Vilph sie genannt? »Freundliche Hüter«. Sie hatte noch nie von derartigen Wesen gehört. Sie hatte wenig Erfahrung mit Geistern, kaum Magie, um sich gegen sie zu verteidigen, und nach der Tortur auf der Brücke auch keine Kraft mehr.

Padia seufzte. Sie ging tiefer, wandte sich nach rechts und raste dann pfeilgerade dem brennenden Elendsviertel entgegen. Ihr Anwesen befand sich in Altstadt, aber sie war ein Adept, und ganz Merron war ihr Zuhause.

Augenblicke später landete Padia mitten auf einer Straße, dreißig Schritt vom Ufer des Byrose entfernt. Knöcheltiefer Schlamm schloß sich um ihre Stiefel. Die grünen Flammen brannten in der Ferne. Sie würde ihnen erst dann auf den Grund gehen, wenn sie eine bessere Vorstellung davon hatte, was sie erwartete.

Sie sah sich auf der Straße um. Im fernen grünen Licht sah sie armselige verwitterte Häuser aus Lehmziegeln, vier oder fünf Stockwerke hoch. Pergamentfetzen und Lumpen waren vor leere Fenster genagelt. Ein knurrender Hund, dem ein Ohr fehlte, bewachte einen zerlumpt aussehenden Betrunkenen, der auf einer Veranda liegend das Bewußtsein verloren hatte. Drei schmutzige Kinder, keines älter als sechs Jahre, suchten in einer Abfalltonne nach zerbrochenen Flaschen. Als Padia sich ihnen näherte, flohen sie in eine Seitengasse. Es roch nach Zwiebeln, verbranntem Fett, Schweiß und vor allem nach Schlamm. Zweipfennig hatte sich noch nicht von der Flutkatastrophe erholt, die vor zwei Nächten zu Ende gegangen war.

Am Ende der Straße blieb Padia vor einem hölzernen Lagerhaus mit vernagelten Fenstern stehen. In der

Ferne hörte sie eine Menschenmenge, eine Kakophonie von Schreien. Einen Augenblick später bog die Menge um die Ecke und eilte in ihre Richtung, etwa hundert Personen, ein kunterbunter Haufen hagergesichtiger Frauen, die verwaschene Kittel trugen, dickbäuchiger Männer mit ausgefransten Hosenträgern und schmuddeliger Kinder in Nachthemden. Alle winkten mit den Armen und riefen durcheinander. Padia schmiegte sich an die Wand des Lagerhauses, als sie an ihr vorbeiliefen. Am hinteren Ende der Menge glitt ein alter Mann in einem fleckigen Unterhemd aus und fiel. Die Menge teilte sich um ihn.

Padia eilte zu ihm. Seine fülligen Wangen waren mit grauen Bartstoppeln gesprenkelt, und in der Mitte seines kahlen Kopfes kräuselte sich ein Büschel weißer Haare. »Wie geht es Euch, Städter?« fragte sie, als sie ihm aufhalf.

»Gut, danke, vielen Dank.« Der alte Mann atmete zwar schwer, klang aber erfreut, sogar fröhlich. Er erhob sich schwankend und bürstete sich dann kleine Kiesel aus den Falten seines Hemds. »Kommt Ihr mit uns?«

»Wohin? Was geht hier vor?«

»Geister! Die Geister sind los in Zweipfennig!«

Sie nickte in Richtung des entfernten Scheins. »Haben die Geister diese Brände verursacht?«

»Darauf könnt Ihr wetten!« Er fuhr sich mit der Zunge über seine wenigen verbliebenen Zähne und stopfte sich das schmutzige Unterhemd in seine Stoffhose.

»Kommt, ich bringe Euch in Sicherheit.« Sie roch billigen Wein in seinem heißen Atem. »Bei dem Zustand, in dem diese Häuser sich befinden, wird es nicht lange dauern, bis Zweipfennig bis auf die Grundmauern abgebrannt ist. Und Ihr seid nicht in der Verfassung, vor dem Feuer davonzulaufen.«

Der Mann schnaubte wie ein Maultier. »Das Feuer

wird gar nichts abbrennen. Erstens ist es kein richtiges Feuer. Und zweitens laufe ich nicht davor weg. Ich laufe zu ihm hin.«

Hinter ihr meldete sich aufgeregt ein Kind zu Wort. »Er hat recht, es ist kein Feuer! Ich hab's gesehen!« Vor Aufregung zitternd, strich sich der rundgesichtige Junge eine widerspenstige Strähne roter Haare aus der Stirn. »Laßt den Betrunkenen hier, dann zeig ich's Euch!«

Der alte Mann hob eine Hand. »He, du kleine Wanze, ich weiß, wo du wohnst. Hast du einen Riegel an deiner Schlafzimmertür?«

Padia unterbrach die beiden. »Hast du das Feuer gesehen? Aus der Nähe?« fragte sie den Jungen.

Er zuckte die Achseln. »Nun, nicht aus der Nähe. Aber ich habe davon gehört«, sagte er, wobei sich seine Miene aufhellte. »Es tut nicht weh. Ist nicht heiß.« Er bedachte den alten Mann mit einem höhnischen Grinsen. »In dieser Beziehung hat er recht.«

»Hast du die Geister gesehen?«

»Nein«, räumte der Junge ein. »Aber ich habe von ihnen gehört. Es sind riesige Ungeheuer.« Er krümmte die Hände wie Klauen und stellte sich auf die Zehen. »Groß genug, um einen aufzufressen. Aber es sind nette Ungeheuer, habe ich gehört. Höflich, das sind sie. Wollt Ihr sie Euch ansehen?«

»Vielleicht«, sagte Padia. *Höfliche Ungeheuer,* dachte sie. *Freundliche Hüter.*

Die Menge war hinter einer Reihe dunkler Häuser verschwunden. Sie konnte immer noch ihr Gebrüll hören, das jedoch immer leiser wurde. »Geh nach Hause«, sagte sie zu dem Jungen, dann erhob sie sich in den Nachthimmel und flog den Flammen entgegen.

Padia landete, als sie einen Strahl grünen Feuers aus der Mitte eines leeren Platzes zwischen zwei gesichtslosen Ziegelhäusern aufsteigen sah. Sie stand dreißig

Schritte entfernt im Schatten eines abgestorbenen Baumes und sah zu. Die gewiß sechs Schritt hohen Flammen knisterten nicht. Vielmehr waberten sie lautlos hin und her wie Schals im Wind. Die Flammen umgaben eine klobige Holzbaracke. Zwei Gestalten standen davor, in einen lebhaften Streit vertieft, von dem Padia nichts verstand. Eine der beiden Gestalten, eine plumpe Frau mittleren Alters mit einem abgehärmten Gesicht, die ein weites Jutekleid trug, wedelte mit dem Finger vor dem Gesicht der anderen Gestalt herum, bei der es sich um einen knurrenden Troll mit einem Umhang aus Ziegenhaar handelte. Die Frau schien nicht im geringsten durch den Troll eingeschüchtert zu sein, der sie um mindestens zwei Köpfe überragte.

Auf der linken Seite des Platzes drückten sich vier Kinder gegen eine Hauswand. Das jüngste, ein Kleinkind, hatte den Kopf an die Brust des größten gelehnt, das Padias Schätzung nach kaum älter als zwölf sein konnte. Wie die Frau trugen sie Kleidung aus Sackleinen, die schlecht saß und schmutzig war. Die Frau kreischte jetzt und deutete hektisch auf die Flammen. Sie nannte den Troll »einen Dieb. Und das ist Euer Herr auch.« Der Troll verschränkte die Arme vor der Brust und wartete, bis die Frau sich ein wenig beruhigt hatte.

Padia trat aus dem Schatten und schlich sich näher, bis sie noch fünf Schritt von den Flammen entfernt war. Die Frau und der Troll standen zwischen ihr und der Baracke und bedachten sie mit einem gleichgültigen Blick, um dann ihren Streit fortzusetzen.

Die Baracke brannte nicht. Statt dessen veränderte das dunkle Holz die Farbe, bis es strahlend weiß war. Die Eingangstür löste sich aus den Angeln und senkte sich dann in den Boden, als werde sie verschlungen. Der Eingang leuchtete golden. Dann hob sich die ganze Baracke drei Schritt in die Höhe, wo sie in der Luft hängenblieb. Die Baracke dehnte sich aus. Der untere Teil wuchs, bis er den Boden erreichte. Die Wände zogen sich wie ein Hefeteig. Nach einer Minute war die Baracke doppelt so groß wie zuvor. Sie dehnte sich weiter aus, bis sie den größten Teil des Platzes ausfüllte. Während dieser Zeit stritten die Frau und der Troll weiter und schienen die Verwandlung überhaupt nicht zur Kenntnis zu nehmen.

»Sagt Eurem Herrn, es gehört mir!« kreischte die Frau. »Und ich zahle nicht ein Kupferstück mehr!«

»Wenn sich der Wohnkomfort des Hauses verbessert, steigt auch die Miete«, sagte der Troll. »Das sind die Regeln. Und Ihr werdet auf jeden Fall mehr bezahlen.«

Padia schob sich zwischen die Frau und den Troll. »Genug!« schrie sie. »Euer Stadtteil wird belagert, und ihr steht hier und streitet!«

Die Frau beäugte Padia verächtlich von oben bis unten. »Und wer seid Ihr, wenn man fragen darf?«

»Ich bin die Magierin Padia Villandry.« Die Frau und der Troll wichen plötzlich voller Respekt einen Schritt zurück. »Wem gehört dieses Grundstück?« fragte Padia.

Der Troll sagte: »Insquiss Nurnholz. Aus Schlußstein. Ihm gehört die gesamte Häuserzeile. Ich kassiere die Mieten ein.« Als die Frau den Namen hörte, spie sie neben die Lederstiefel des Trolls auf die Straße.

Der Name traf Padia wie ein Schlag. Insquiss Nurnholz war Earlenes Mann. Die schlichten und liebenswürdigen Insquiss und Earlene, die so oft ihre Gäste gewesen waren – Hausbesitzer im Elendsviertel! Der Gedanke stieß sie ab.

Padia starrte die Baracke an, der jetzt zwei glänzende silberne Giebel gewachsen waren. Türkisfarbene Säulen rahmten die goldene Tür ein. Überall wogten grüne Flammen. »Wie ist das geschehen?«

»Einer von diesen Geistern hat es getan!« sagte die Frau hämisch.

Das riesige Fenster in dem Gebäude füllte sich mit

dem Bild zweier Schwäne, deren Hälse miteinander verschlungen waren. Das Bild schien aus Azurit, Onyx und Smaragden gemacht zu sein. Die Frau sah zu und kratzte sich dabei am Ellbogen. »Er hat niemandem was getan. Er war ziemlich höflich, um die Wahrheit zu sagen. Bei seinem Anblick wurde mir und allen anderen etwas komisch, wißt Ihr, aber er war ganz nett. Ich und die Kinder waren ...«

Die Flammen schossen in die Höhe und hüllten das Gebäude in eine Kugel aus Licht, die so hell wie die Sommersonne war. Padia zuckte zurück und hielt sich die Hände vor die Augen. Sie spürte keine Hitze. Tatsächlich kühlte sich die Luft ringsumher merklich ab.

Einen Augenblick später verschwand das Licht und auch die Kühle. Padia senkte die Hände.

Die Flammen waren verschwunden. Anstelle der Baracke stand ein Palast aus Elfenbein vor ihr. Säulen aus Türkis spannten sich jetzt unter einem Kuppeldach aus schimmerndem Kristall. Grauer Rauch schraubte sich aus den silbernen Giebeln. Rosenbüsche standen auf einem üppigen grünen Rasen. Padia war sprachlos.

Die Kinder jubelten. Strahlend winkte die Frau sie zu sich. »Los, Kinder! Nehmt die Beine in die Hand und laßt uns einen Blick hineinwerfen!«

Der Troll versperrte ihr den Weg. »Nicht so eilig. Da wäre immer noch die Frage der Miete.«

»Nurnholz hat in all den Jahren, die wir hier wohnen, nie einen Finger gerührt.« Ihr eigener Finger wedelte dicht unter dem Kinn des Trolls. Er verzog keine Miene. »Als das Dach undicht war, hat er nichts getan. Als das Glas aus den Fenstern fiel, nichts. Ich habe ihn angefleht – angefleht! –, etwas wegen der Ratten zu unternehmen, die Löcher in die Wände gefressen hatten. Nichts! Und kaum hat die Hütte sich in etwas Anständiges verwandelt, steht sein Laufbursche vor mir, hält die Hand auf und verlangt mehr Miete!«

»Das Gesetz ist auf unserer Seite.« Der Tonfall des Trolls war ohne jedes Gefühl. »Ihr lebt in einem besseren Haus, also müßt Ihr dafür bezahlen. Wenn Ihr nicht zahlt, holen wir die Stadtwache.«

Die Frau lachte schallend. »Nur zu. Schickt Eure Hüter. Wir schicken unsere. Mal sehen, wer gewinnt.«

Das Geräusch brechender Zweige. Der Troll und die Frau erstarrten. Padia neigte den Kopf und lauschte. Sie empfand einen Anflug von Furcht.

Stille. Dann ertönten Worte, kalt wie Stahl, klirrend und knirschend – die Stimme einer Maschine. »Vielleicht kann ich zu Diensten sein.«

Padia drehte sich um und sah ihren ersten Freundlichen Hüter.

Vor ihr stand ein nachtschwarzes Strichmännchen, eine groteske Gestalt, beinahe doppelt so groß wie sie selber. Es ging auf zwei Beinen, die in den Gelenken spitze Winkel bildeten und sich an den Knien in beide Richtungen beugten, was Padia an eine Gottesanbeterin erinnerte. Die Arme, dünne Schnüre, die sich wie Schlangen wanden, endeten in drei dünnen Fingern. In der linken Faust hielt der Hüter eine langstielige Axt aus leuchtend grünem Licht.

Der große Kopf, der so flach wie Pergament und mattschwarz war, tanzte wie ein Korken auf dem Wasser von einer Seite auf die andere. Er bildete ein mit der Spitze nach unten gerichtetes gleichschenkliges Dreieck, dessen Seiten ein wenig nach innen gebogen waren, und sah aus wie eine Axtklinge von oben betrachtet. Zwei weiße, pfannkuchengroße Kugeln – Augen – schwebten in der Schwärze zwischen den Schenkeln des Dreiecks.

Die Frau sammelte ihre Kinder um sich, rührte sich jedoch nicht vom Fleck. Der Troll machte zwar einen angespannten Eindruck, blieb jedoch ebenfalls, wo er war. Trotz seiner fremdartigen Gestalt schien das Ding wohlmeinend zu sein. Es schwang die Lichtaxt träge an seiner Seite, trommelte mit den Fingern gegen seinen strohhalmdünnen Rumpf und wackelte mit dem Kopf.

Als die Kreatur sprach, teilte sich der untere Abschnitt seines Kopfes (die Spitze der Axtklinge). Er bildete ein zweites, kleineres Dreieck, das unter dem Rest seines Kopfes schwebte und bei jeder Silbe auf und nieder ruckte. »Bitte nehmt es mir nicht übel«, sagte sie, »aber ich glaube, ich kann diese Angelegenheit klären, wenn ihr mir freundlicherweise einen Augenblick Gehör schenken würdet.«

Das Ding zeigte auf das Elfenbeinhaus. »In den alten Zeiten, den wahren Zeiten, gehörte dieses Haus den Vorfahren dieser reizenden Dame.« Es deutete auf die Frau. »Dieser galante Herr«, fuhr es fort, indem es auf den Troll zeigte, »stammt von den Dienstboten der Dame ab. Daraus folgt, daß der reizenden Dame das Haus gehört und der galante Herr für sie arbeiten muß. Solcherart ist die wahre Ordnung. So spricht der Autrefekt.« Er neigte den Kopf in Richtung des Trolls. »Setzt bitte Euren neuen Arbeitgeber von dieser Veränderung in Kenntnis, und sprecht ihm meinen herzlichsten Dank für seine bereitwillige Zusammenarbeit aus.«

Dem Troll traten die Augen aus dem Kopf. Er stammelte etwas, dann verstummte er und schlich sich davon. Die Frau zeigte auf ihn und kicherte, während er über die dunkle Straße eilte.

»Kommt, Kinder!« Die Frau war außer sich vor Freude. »Seht Euch die glänzenden Ziegel an!« Sie öffnete die goldene Tür, sah hinein und jubelte. »Seht euch nur die Teppiche an!« Die Kinder eilten zu ihr. »Was sagt Ihr jetzt, Magierin?« rief die Frau und schlug dann die Tür hinter sich zu.

Padia wußte nicht, was sie sagen wollte. Die Verwandlung des Hauses schien wirklich geschehen zu sein. Zauber der Geisterbeschwörer – sie war sicher, daß es sich um so einen Zauber handelte – waren üblicherweise von Dauer. Und doch wollte sie zu der Frau laufen und ihr sagen, sie solle das Haus verlassen und sich dem Wandel widersetzen – dem Wandel wozu? Sollte sie die Umstände ihres armseligen Lebens anerkennen? Sollte sie eingestehen, daß es ihr an der Kinderstube – Padia zuckte bei dem Wort zusammen – fehlte, um in einem Palast zu leben?

Das ist alles Vilphs Werk, machte sie sich klar. *Es muß böse sein, aber wie?* Diese Frage konnte sie nicht beantworten.

»Magierin?« wiederholte der Freundliche Hüter, und Padia lief ein kalter Schauer über den Rücken. Das Ding neigte den Kopf wie ein Vogel, und seine Augen bewegten sich. »Menschliche Frau. Schwarze Haare. Braune Robe. Habe ich die Ehre, mit Padia Villandry zu reden?«

Instinktiv wappnete Padia sich gegen einen Angriff, aber der Hüter wahrte eine höfliche Distanz.

Sie schluckte schwer. Sie konnte wegfliegen, denn der Zauber kribbelte immer noch in ihren Knochen. Konnte sie das Ding verfolgen? Sie konnte es angreifen, aber es würde sich gewiß wehren. Sie wußte nicht, über welche Macht es verfügte. Sie brauchte Kenntnisse.

In dem Bemühen, ruhig zu bleiben, sagte sie: »Ja, ich bin Padia Villandry. Sag mir bitte ...«

Das Ding richtete sich auf. »Dies ist ein äußerst glückliches Zusammentreffen. Ich bin geehrt. Es tut mir außerordentlich leid, Euch unterbrechen zu müssen, aber ich habe Befehl, Euch zu finden.«

»Mich zu finden. Warum?«

»Eine ausgezeichnete Frage. Ich würde natürlich Eure Neugier mit Freuden befriedigen, aber mein Antiphon ist bereits eingetroffen, und meine Arbeit in diesem Abschnitt der Stadt ist noch nicht beendet. Ich bin nur ein Soldat, der geschworen hat zu dienen. Wenn Ihr mich freundlicherweise entschuldigen würdet.« Das Ding drehte sich um und stakte davon.

Hinter ihm waren zwei weitere Hüter aufgetaucht, die genauso aussahen wie der erste, aber doppelt so groß waren. Sie betrachteten die Häuser auf der anderen Straßenseite, wobei sie sich ruckartig bückten, um durch die leeren Fenster zu starren, und die Hälse reckten, um Mauern und Dächer zu begutachten. Links von Padia hatte sich eine kleine Menschenmenge am Ende der Straße versammelt, zwanzig schlechtgekleidete Arbeiter, die Fackeln und Bretter trugen, auf die Dinger zeigten – *Antiphone,* dachte Padia – und vor sich hin murmelten.

Die Menge schien nicht ängstlich oder aufgeregt zu sein. Wenn überhaupt, schienen die Leute ungeduldig darauf zu warten, daß die Antiphone ihre Inspektion beendeten. Ein öliger Mann im hinteren Teil der Menge rief: »Ihr da, Spinnenbeine! Macht voran! Meine Frau und ich, wir werden nicht jünger!« Die Menge lachte.

Die Antiphone drehten sich um, nickten höflich und wandten sich dann zwei Häusern zu, dreistöckigen Gebäuden aus gesprungenen Ziegeln und bröckeligem Mörtel, die durch eine schmale Gasse getrennt waren. Ein Antiphon hob seine Lichtaxt und hieb damit auf das Schieferdach des linken Hauses. Die Axt schnitt durch das Dach wie ein Messer durch einen Kuchen. Sie machte kein Geräusch und verursachte keinen Schaden. Vorsichtig zog der Antiphon die Axt wieder heraus. Eine grüne Flamme hüllte das Haus ein, umloderte das Fundament und züngelte dann an den Seiten empor. Die Menge brüllte ihren Beifall heraus. Dann flackerten die Flammen und erloschen, als seien sie von einer Wasserflut gelöscht worden. Die Menge stöhnte vor Enttäuschung.

Die Antiphone gingen auf ihren Heuschreckenbeinen mit klickenden Gelenken zum zweiten Haus. Einer hob seine Waffe und ließ sie niedersausen. Wiederum durchschnitt die leuchtende Klinge mühelos das Dach, ohne Schaden anzurichten, und wiederum flackerten die grünen Flammen auf und hüllten das Haus ein. Die Menge wurde still. Die Flammen schwollen an und leuchteten heller. Die Menge brach in Beifall aus, und die Antiphone verbeugten sich voreinander.

Fünfzehn Schritt entfernt betrachtete das Soldaten-Ding auf derselben Straßenseite wie Padia einen Haufen Granitbrocken, die nahe am Rinnstein aufgestapelt waren. Aus der Form der Brocken schloß Padia, daß sie einmal Teil einer Granitbank gewesen waren. Sie stellte sich vor, daß sich in früheren Zeiten, bevor Zweipfennig sich in Ruinen verwandelt hatte, Fremdenführer auf der Bank ausgeruht und ihre Einnahmen gezählt hatten, während sie auf die nächste Ladung schaulustiger Besucher warteten. Ältere Paare mochten sich dort ausgeruht und im Sonnenschein gewärmt haben.

Geräuschlos schlug der Soldat mit seiner Axt auf den Granithaufen. Grüne Flammen leckten vom Boden hoch und tanzten über die rauhe Oberfläche der Steine. Der Soldat trat zurück und bewunderte sein Werk.

Zaghaft näherte Padia sich dem Soldaten. Eine Aura grünen Lichts flackerte am Horizont und beleuchtete die entfernten Häuser. *Noch mehr Feuer,* dachte sie. *Noch mehr Antiphone.*

Das linke Auge des Soldaten drehte sich in ihre Richtung. Padia blieb dicht vor den grünen Flammen stehen. Sie befand sich in Reichweite der Axt des Soldaten.

Hier war es kälter. Padia rieb sich die Hände. »Merron ist ziemlich groß«, sagte sie beiläufig. »Ihr habt eine gewaltige Aufgabe vor euch.«

»Wie nett von Euch, das zur Kenntnis zu nehmen«, sagte der Geist höflich.

Die Flammen loderten höher und reichten Padia jetzt

bis zur Brust. »Du kennst meinen Namen. Weißt du, woher ich stamme?«

»Aus der Gegend, die Ihr Altstadt nennt«, sagte er. »In der wahren Zeit nannten wir sie Tranidisix, Waldhöhe.«

Der Name sagte Padia nichts. »Dann hast du mir gegenüber einen Vorteil.«

Der Kopf schwankte hin und her, und die Augen bewegten sich wie Bälle an Bändern. »Ihr habt recht. Verzeiht meine Unhöflichkeit. Ich bin Dismas, Soldat in der Ersten Wasserstädter Kompanie von Edros Neunter Legion. Ich diene dem Autrefekt Tenthonis Erwecker-Befrieder, dem Ältesten aus dem Zeitalter von Isedris des Autarchen, Imperator des Bluttheogents vom Emblem Teltrenix.«

Von allem, was der Soldat sagte, blieb bei Padia nur *Wasserstadt* haften, der alte Name für Merron – und *Edro,* erster Oberherr des Theranischen Reichs. Trübe erinnerte sie sich auch an *Isedris,* eine legendäre Gestalt, die angeblich Jahrhunderte vor der Plage gelebt hatte.

Auf der anderen Straßenseite war die Menge zahlreicher und lauter geworden. Jedesmal, wenn die Flammen sich erhellten, schrie die Menge ihre Begeisterung heraus. Abgesehen von ihren zitternden Augen standen die Antiphone reglos da, so gleichmütig wie Statuen aus Draht. Sie und die Menge nahmen Padia und den Soldaten nicht zur Kenntnis.

Die Flammen, die den Granithaufen umgaben, flackerten noch einmal auf und erloschen dann. Anstelle des Granits stand jetzt ein silbernes Becken da, das mit sprudelndem Wasser gefüllt war und auf einem Podest aus poliertem Messing stand. Padia blickte vorsichtig hinein. Ein Schwarm brauner Fische, keiner größer als ein Fingerbreit, schwamm dicht über dem Boden des Beckens. Sie sah genauer hin. Es waren überhaupt keine

Fische, sondern winzige Pferde, die zufrieden auf einem Bett durchscheinenden Moses grasten.

»Wenn ich fragen darf«, sagte Padia, »was geschieht eigentlich mit den Gebäuden, wenn sie brennen?«

»Wir stellen die wahre Stadt wieder her«, sagte der Soldat, indem er sich straffte. »Den einzig wahren Ort in der einzig wahren Zeit. Dies ist eine merkwürdige, gräßliche Stadt geworden. Wir werden sie wiederherstellen, und Ihr und alle anderen werdet so leben, wie wir gelebt haben, in der wahren Ordnung. Bitte entschuldigt mich.« Der Soldat bedeutete Padia, beiseite zu treten, aber sie bewegte sich zu langsam. Als der Soldat an ihr vorbeiging, streifte sein Bein ihre Hand. Sie verspürte einen schmerzhaften Stich wie von kochendem Wasser und schrie auf.

»Verzeiht mir«, sagte der Soldat höflich.

Padia schüttelte den Kopf. »Ich bin nicht verletzt. Es war nichts.« Die Schmerzen aber waren furchtbar. Sie sammelte sich und schob sie beiseite. »Auf der anderen Straßenseite«, fuhr sie fort. »Der Antiphon hat ein Haus in Brand gesetzt, aber die Flammen sind erloschen. Das Haus wurde nicht verändert.«

»In unserer Zeit hat dort nichts gestanden. Die Antiphone können nicht weiter zurückreichen, also haben sie den Ältesten gerufen.« Er hob seine Axt und deutete auf das angrenzende Gebäude, das jetzt in Flammen gehüllt war. »Dort. Er ist eingetroffen. Jetzt werdet Ihr eine Veränderung sehen.«

Der Soldat hatte kaum ausgeredet, als Padia ein metallisches Kreischen von jenseits des Hauses hörte. Sie nahm einen Geruch wahr, den Geruch von Menschenfeld: frisch aufgeworfene Erde, Geißblatt und verfaulte Blätter. Mehr als der Geruch, fiel ihr eine merkwürdige Schärfe ihrer eigenen Gedanken auf. Als sie das Kreischen hörte, fühlte sie sich plötzlich, als habe sie sich eine flüchtige Erinnerung vergegenwärtigt, und zwar eine Erinnerung aus einem Leben vor ihrem eigenen. Ihr war plötzlich unerklärlich kalt.

Sie sah eine eckige Gestalt hinter dem Dach des Hauses und gleichzeitig eine schwankende Hand an der linken und eine zweite an der rechten Mauer. *Ihr Passionen, ist das Ding größer als das Haus?*

Die Flammen, die das Haus umgaben, verschmolzen zu einem blendenden Lichtblitz. Padia schirmte ihr Gesicht ab. Schon verschwand das Licht. Das metallische Kreischen über Zweipfennig verhallte.

Das Haus war verschwunden. An seiner Stelle stand ein Bauwerk von monströsen Proportionen und alptraumhafter Konstruktion, ein Turm, der sich zehnmal so hoch erhob wie das fünfstöckige Wohnhaus daneben. Er schien aus orangefarbenem Ton zu bestehen, aus Klumpen und Brocken wahlloser Größe, die mit einem wäßrig schwarzen Leim zusammengeklebt waren, der durch die Fugen sickerte und an den Seiten herunterlief. Es gab keine offensichtliche Tür. Der untere Teil des Turms war von tentakelähnlichen Ausbuchtungen und Vorsprüngen umgeben, die so dunkel wie Baumwurzeln waren und in Stahlspitzen endeten, welche zuckten und ruckten. Laufstege aus Ziegeln umringten den Turm ebenso wie wehende Schleifen aus schwarzem Tuch. Aus der Mitte des Turms ragte eine Eisenbrücke, die mitten in der Luft endete. Ein faltiges Ventil auf dem Marmordach des Turms entließ Schwaden eines dünnen Nebels in der Farbe von Blut.

Über die Zuschauermenge senkte sich eine tödliche Stille. Jemand fing an zu buhen, wurde jedoch niedergeschrien. Schwacher Applaus folgte.

Padia war wie vom Donner gerührt. »Was ist das?« Sie konnte sich nicht vorstellen, solch einem Bauwerk nahezukommen, geschweige denn, darin zu leben.

»Das Werk des Autrefekten, des Ältesten«, sagte der

Soldat stolz. »Dieses Gebäude hat hier vor sehr, sehr langer Zeit gestanden.«

Da sie ihre Arbeit beendet hatten, gingen die Antiphone weiter zu einem hölzernen Lagerhaus, das zwei Gebäude von dem grotesken orangefarbenen Turm entfernt stand. Ein Mitglied der Stadtwache traf ein, ein Ork mit einer Ledertunika, der mit einem Schlagstock aus Messing herumwedelte. Vorsichtig näherte er sich dem nächsten Antiphon. »Du da!« rief er. »Was soll das?«

Die Kugelaugen des Antiphons hoben sich noch zwei Handspannen über seinen Kopf. »In alten Zeiten haben Eure Vorfahren jene beschützt, die hier wohnten. Tut Ihr es ihnen jetzt nach.« Als der Antiphon sich abwandte, jubelte die Menge.

Der Wachmann ging auf sie zu. »Das reicht jetzt! Wenn wir eure Vorfahren beschützt haben, dann vor solchem Pöbel wie euch.«

»Geh nach Hause!« rief jemand. »Das gehört uns!«

»Es gehört nicht euch!« sagte der Wachmann. »Es gehört dem Besitzer!«

Die Menge wogte vorwärts und warf den Wachmann zu Boden. Sofort erhob Padia sich in die Luft und flog auf den Wachmann zu. Mit wehender Robe landete sie und rief: »Aufhören!«

Nicht viele Bewohner Zweipfennigs hatten jemals einen Adepten gesehen, aber jeder wußte, was er von einer fliegenden Frau in der Robe einer Magierin zu halten hatte. Die Menge wich voller Panik zurück und floh.

Der Wachmann stand unverletzt neben ihr. »Danke Euch«, sagte er fast widerwillig. »Ich muß einen Wachtrupp holen. Hier wird es heute noch Ärger geben.« Er trat einen Schritt zurück und verbeugte sich leicht vor Padia, dann drehte er sich um und rannte die Straße entlang in Richtung Altstadt.

Der Soldat stand nah bei Padia. »Ich kann hier nichts

mehr tun«, sagte er. »Die Antiphone werden den Rest vollenden. Ich bin sehr glücklich, daß ich Euch gefunden habe.« Er richtete seinen kugeläugigen Blick auf Padia.

Sie wich einen Schritt zurück. »Warum?«

Der Soldat streckte seine freie Hand aus. »Es tut mir außerordentlich leid, mich in Eure Pläne einzumischen, aber ich habe Befehl, Euch gefangenzunehmen.« Die Spinnenfinger gruben sich in ihre Schulter. »Meine aufrichtige Entschuldigung. Ich muß Euch darauf aufmerksam machen, daß ich gezwungen bin, Euch zu töten, falls Ihr einen Fluchtversuch unternehmen solltet.«

Schmerzen flammten in Padias Nacken und Brust auf. Sie stolperte rückwärts und entwand sich dem Griff des Soldaten. Der Soldat neigte den Kopf, seine Kugelaugen zuckten, und dann hob er die Axt.

Die Schmerzen störten Padias Konzentration. Die Wirkung ihres Flugzaubers war erloschen. Sie sah nach links, dann nach rechts. Beide Straßen waren eng bebaut. Die Gebäude schienen durch schmale Sackgassen getrennt. Hinter ihr setzten die Antiphone ihre Arbeit fort. Sie hörte das stählerne Krächzen ihrer Stimmen, als sie beratschlagten, welches Gebäude sie als nächstes wiederherstellen sollten.

Keine Flucht zu Fuß. Sie mußte fliegen. Wärme breitete sich in ihrer Brust aus und durchfuhr ihre Glieder – das Glühen des Zaubers. Teile seiner Struktur trieben durch ihren Verstand wie Blätter auf einem Teich. Sie konzentrierte sich und sammelte die Teile ein, und die Wärme nahm zu. Sie duckte sich. Mit angespannten Muskeln bereitete sie sich darauf vor, sich in den Himmel zu erheben.

Der Zauber schlug fehl.

Ihr Mut sank. Einen Augenblick später waren die weißglühenden Wellen so kalt wie erloschene Funken geworden. Sie konnte sich nicht konzentrieren, konnte die Struktur nicht von ihren Gedanken an die Soldaten, die Flammen und die verwandelten Gebäude lösen. Sie benötigte Zeit – Sekunden, eine Minute – um ihre Gedanken zu klären.

Der Soldat bewegte sich. Sein Kinn knirschte, dann hob er den rechten Fuß. Das Knie berührte fast seine Augen. Zwei Schritte, und er würde sie erreicht haben.

Padia fuhr herum und rannte, wobei sie verzweifelt einen Plan zu fassen versuchte, während ihre Füße über die mit Geröll übersäte Straße stapften. Der Soldat folgte ihr mühelos. »Ich rate dringend von diesem Verhalten ab«, sagte er. »Wenn Ihr darauf beharrt, muß ich Euch ausschalten.« Er streckte die Axt aus.

Fünfzig Schritt voraus warteten die Antiphone. Einer von ihnen zeigte auf sie. Der andere drehte seinen dünnen Hals und blickte in ihre Richtung. »Soldat«, rief er. »Verfolgung einstellen. Wir haben den Ältesten zurückgerufen.«

Augenblicklich blieb der Soldat hinter Padia stehen. Sie lief noch weiter, während der zweite Antiphon sagte: »Padia Villandry, bleibt bitte, wo Ihr seid. Der Autrefekt bittet um Eure Mitarbeit.«

Padia hörte ein entferntes metallisches Kreischen, dann roch sie Geißblatt. Sie sah sich hektisch um. Links von ihr stand ein einstöckiges Lagerhaus aus schmutzigen Ziegeln, zwanzig Schritt breit. Es hatte eine einzige Eichentür und keine Fenster, wenigstens keine auf der Vorderseite. Ohne nachzudenken, warf Padia sich gegen die Tür, die sich mit einem dumpfen Krach öffnete. Padia lief hindurch und schlug die Tür hinter sich zu.

Außer Atem preßte sie sich gegen die harte Wand. Alles war dunkel und still. Es roch modrig und feucht. Das Gebäude machte einen einigermaßen stabilen Eindruck. Alle Wände schienen massiv zu sein. Die Decke, vielleicht sechs Schritt hoch, bestand aus schweren Balken, und das Fenster – es gab nur eines, ein glasloses

Rechteck in der rechten Wand, eineinhalb Schritt über dem Boden und vielleicht einen halben Schritt breit – war zu schmal für die Dinger, um sich hindurchquetschen zu können. Aber das Gebäude hatte keinen Ausgang. Angenommen, die Antiphone entflammten es? Sie mußte an den tentakelbewehrten orangefarbenen Turm denken. Wenn sich darin Leute befunden hatten, was war mit ihnen geschehen?

»Bitte überlegt Euch noch einmal, was Ihr tut, Padia Villandry«, ertönte eine heisere Stimme jenseits der Tür. »Der Autrefekt ist eingetroffen und würde Eure Mitarbeit entschieden vorziehen.«

Sie wich von der Tür zurück und tastete sich in die Düsternis des Gebäudes vor. Neben der Tür stand ein Steintisch. Sie strich mit der Hand über die rauhe, staubige Oberfläche – höchstwahrscheinlich Granit. Unter Einsatz all ihrer Kräfte schob sie den Tisch vor die Tür. Wahrscheinlich eine sinnlose Geste – sie hatte keine Ahnung, wie stark die Dinger waren –, aber es schien besser als nichts: Die Tür besaß weder Schloß noch Riegel.

Während ihre Augen sich an die Dunkelheit gewöhnten, ging sie an Lumpenbündeln, Stapeln von Holzbrettern und zerbrochenen Flaschen vorbei. Sie stocherte mit dem Fuß in den Trümmern herum. Nichts, was auch nur im entferntesten nützlich gewesen wäre. An der linken Wand, gegenüber der Fensterwand, stand ein weiterer Steintisch, der demjenigen glich, welcher jetzt die Tür blockierte. Sie erwog, den zweiten Tisch ebenfalls vor die Tür zu schieben, war jedoch nicht sicher, ob sie die Kraft aufbringen würde.

Sie hörte ein Kratzgeräusch und erschrak.

Ein gewaltiges Kugelauge füllte das offene Fenster aus. Dahinter schwankte ein dreieckiger Kopf, der doppelt so groß war wie sie selbst. Das Auge des Autrefekten hing in der Luft und drehte sich langsam.

Padia erstarrte. Der Autrefekt, der Älteste der Freundlichen Hüter, kratzte mit den Spitzen seiner schwarzen Finger am Fensterbrett, während das Auge hin- und herwogte wie ein Wassersack. Plötzlich schob er beide Kugelaugen vorwärts – in dem Versuch, sie durch die Fensteröffnung zu zwängen. Doch die Augen waren zu groß. Sie zogen sich zurück und verschwanden. Das Fenster war wieder leer.

Padia atmete in kurzen, abgehackten Stößen. Zitternd wich sie rückwärts bis zur linken Wand zurück und tastete sich zum Steintisch vor, dem am weitesten vom Fenster entfernten Punkt. *Er hat mich nicht gesehen. Kann mich nicht gesehen haben.*

Ein Arm schob sich durch das Fenster. Padia duckte sich unter den Tisch und schlug einen Vorhang aus Spinnweben beiseite.

Der Arm des Autrefekten ruderte hin und her, beschrieb hektische Schaufelbewegungen über dem Boden, fegte Bretter und Lumpen wie Strohpuppen beiseite. Finger klickten über den Boden und stießen Holzstücke und Glassplitter weg. Die eckige Schulter des Autrefekten war in das Fenster geklemmt. Die Finger tasteten in der Mitte des Raumes umher, zehn Schritt vom Fenster entfernt.

Padia wischte sich eine Spinnwebe von den Lippen. Ihre Hand zitterte.

Der Hüter zog den Arm zurück. Er manövrierte eine Augenkugel in das Fenster. Das Auge schwebte in der Luft, drehte sich, erforschte den Raum.

Von draußen kam ein ohrenbetäubender unmenschlicher Schrei, als werde eine Metallfolie zerrissen. Der Autrefekt wurde daraufhin wütend.

Durch den Schrei erschreckt, zuckte ihr Kopf zurück und stieß gegen die Wand hinter ihr. Sie schmeckte Blut. Das Herz schlug ihr im Halse.

Wieder der Schrei. Padias Herzschlag setzte für einen

Augenblick aus. Der Schrei durchfuhr sie wie eine Messerklinge.

Sie saß mit angezogenen Knien da, den Rücken gegen die Wand gepreßt, die Tischplatte nur ein paar Fingerbreit über ihrem Kopf. Aus dieser Haltung konnte sie nicht nach draußen schauen. Der Tisch versperrte ihr die Sicht. Quälend langsam beugte sie sich vor und lugte dann durch die Dunkelheit zur gegenüberliegenden Wand.

Das Fenster war leer. Der Autrefekt schien verschwunden.

Mit einem erleichterten Stöhnen lehnte Padia sich wieder zurück. Sie tastete über ihren Hinterkopf und zuckte zusammen. Das Tischbein hatte eine blutige Schramme hinterlassen.

Sie spürte, wie etwas auf sie herabregnete. Kleine Mörtel- und Ziegelbrocken bedeckten ihre Haare und Schultern. Sie schaute auf und durch die zwei Fingerbreit, die den Tisch von der Wand trennten. Über sich sah sie einen Spalt, einen halben Schritt breit und vielleicht dreimal so lang, und zwar dort, wo die Decke mit der Wand zusammentraf. Der Spalt war leer und zeigte nur schwarzen Himmel. Padia wischte sich Mörtelstaub von der Schulter und schüttelte sich kleine Ziegelbrocken aus den Haaren. Ein weiterer Brocken fiel durch den Spalt und prallte gegen ihre Stirn.

Der Raum war plötzlich von einem lauten Summen erfüllt, dem Lärm von tausend zornigen Bienen. Drei Schritt von Padia entfernt tauchte eine Insel aus grünem Licht von der Größe des Tisches im Boden auf. Padia unterdrückte einen Schrei.

Ein Kugelauge erhob sich aus dem Teich und drehte sich langsam, bis es sie sah. Dann versank das Auge und verschwand. Der Teich blieb.

Ein Dimensionstor. Padia versuchte sich zu beruhigen. *Keine Panik. Konzentrier dich.*

Zwei Kugeln ragten aus dem Teich, dann folgten der Kopf des Autrefekten und sein knirschender Kiefer.

Konzentrier dich.

Ein Arm tauchte aus dem Teich auf, verhielt kurz in der Luft und schlängelte sich dann auf Padia zu.

Konzentrier dich.

Die Finger wanden sich wie Würmer, als sie sich Padias Bein näherten.

Ein Strahl violetter Energie zuckte aus Padias Handfläche und durchdrang das nächste Kugelauge. Das Kreischen des Autrefekten klang wieder wie reißendes Metall. Sein Arm vibrierte so stark, daß Padia glaubte, die Finger würden wegfliegen. Das Auge sank in sich zusammen wie eine Traube, die in der Sonne verschrumpelte. Lichtfunken, Energierückstände des Strahls, tanzten über dem spindeldürren Leib des Soldaten und verschwanden dann. Das zweite Auge sank in sich zusammen, und der Soldat fiel. Leblos hing er halb aus dem grünen Teich, die zusammengesunkenen Augen flach gegen den Boden gepreßt.

Padia wartete voller Entsetzen. Sie hielt den Atem an.

Das rechte Kugelauge zuckte und schwoll an. Dann das linke.

Padia schüttelte ungläubig den Kopf. *Nein. Bitte nicht.*

Der Stiel des Halses richtete sich auf. Die Augen, die jetzt wieder zu voller Größe angeschwollen waren, schwankten hektisch. Das Ding hob den Arm, zunächst zaghaft, dann streckte er sich zu voller Länge aus. Die Finger krümmten sich wie Klauen und kratzten wenige Fingerbreit vor Padias Füßen über den Boden.

Padia zuckte zurück, aber sie konnte nirgendwohin fliehen.

Der Finger strich über die Spitze ihres rechten Stiefels.

Über sich hörte sie das Knistern von Energie. Padias Kopf ruckte hoch, und sie starrte durch den Spalt zwischen Tisch und Wand. Zwei violette Lichtstrahlen zuckten durch den Spalt in der Decke und sprengten die Decke über dem grünen Teich. Die Decke ächzte und stürzte dann in einer Lawine aus Stein und Holz ein. Padia schrie auf, begrub den Kopf in ihrem Schoß und schlug die Hände über den Kopf. Ziegel krachten auf den Tisch, und rings um sie wallten Staubwolken auf.

Dann war es vorbei. Hustend wedelte sie die Staubwolken beiseite. Vor ihr, wo sich zuvor der grüne Teich befunden hatte, lag jetzt ein Berg zerschmetterter Ziegel und gesplitterter Holzträger, der in einen Dunst aus weißem Staub gehüllt war. Sie sah keine Spur mehr vom Teich und vom Autrefekten.

Einen Augenblick lang war alles still. Dann ertönte ein Kichern von oben, weich und weiblich. Padia sah auf. Zwei Gestalten – türkisfarbene Roben, kahle Schädel – lugten lachend auf sie herab. Padia wollte etwas sagen, doch es war zu spät. Die Gestalten waren verschwunden. An ihrer Stelle sah sie zwei türkisfarbene Nebelwolken, die sich in den Himmel schraubten.

Unter Schmerzen kroch Padia unter dem Tisch hervor und wischte sich mit dem zerrissenen Ärmel ihrer Robe über das verschrammte Gesicht. Sie war verwirrt und wütend. Der Hochmut von Karisha und Pluonus erzürnte sie. Sie hatten sie gerettet, aber für sie war alles nur ein Spaß gewesen. Sie hatte ein für allemal genug von den Illusionisten – genug von Illusionen.

Sie suchte einen festen Stand und schloß die Augen. Zu ihrer Überraschung bereitete es ihr keine Mühe, sich zu sammeln. Der Zauber entstand ganz simpel und natürlich in ihrem Bewußtsein.

Padia stieß sich ab und flog in Richtung Altstadt.

Sie war halb über den Byrose, hoch über dem rauschenden Wasser. Hinter ihr brannte Zweipfennig weiterhin in grünem Feuer. Vor ihr erhob sich die dunkle Silhouette der Schwalbenschwanzbrücke. Sie war unterwegs nach Altstadt, um sich in Jessis auszuruhen, um ihre Zauber aufzufrischen und um Hilfe zu suchen. Um Alban zu betrauern.

Sie war kaum ein paar Sekunden in der Luft, als sie einen Kopf bemerkte, der neben ihr schwebte.

Ich selbst hatte Mühe, den Kopf zu erkennen. In dieser Höhe war mein Bewußtsein nicht sehr stark ausgeprägt, und ich fand es schwierig zu beobachten. Trotzdem konnte ich den Kopf golden vor dem schwarzen Himmel leuchten sehen. Er war ein genaues Duplikat von Thanyx Destrovan, von der schwarzen Kapuze, die ihr runzliges Gesicht verdeckte, bis zu der Smaragdbrosche an ihrer Kehle.

Padia schloß die Augen. Wenn sie den Botengeist noch etwas länger ignorierte, würde er verschwinden. Der Zauber der Geisterbeschwörerin konnte nicht lange Bestand haben. *Geh weg. Bitte geh weg*, flehte sie im stillen.

Der Zauber wurde bereits schwächer. Strähnen grauer Haare fielen von dem Schädel ab. Die Augen umwölkten sich. »Wenn Ihr Schuld empfindet«, sagte er, »so sei sie Euch vergeben.« Thanyx' Stimme hallte wie vom Grund eines Brunnens.

Padia hielt inne. Der Wind zerrte an ihren Haaren und ließ ihre Robe flattern. Sie drehte sich um und sah den Kopf fragend an, der jetzt einen Schritt entfernt vor ihrem Gesicht schwebte.

»Schiebt Euren Ärmel hoch«, sagte der Geist.

Das werde ich nicht tun. Padia zog die Robe tiefer über ihre Hände, um die Narben in Runengestalt zu verbergen.

»Zeigt es mir.«

»Nein«, sagte Padia laut. Ihre Stimme zitterte.

»Es war Vilphs Werk.« Die Brosche löste sich vom Hals und verschwand. »Euch trifft keine Schuld.«

Was wollt Ihr von mir?

»Kommt nach Quietus. Es gibt viel zu besprechen.« Das Haar des Botengeistes war jetzt gänzlich verschwunden. Fleckige Haut spannte sich straff über die Schädeldecke. »Die Freundlichen Hüter, die Kreaturen in Zweipfennig, sind fanatische Namensgeber aus tiefster Vergangenheit.« Die Haut wurde gelb und verblaßte, um ein Netz dünner Adern zu enthüllen. »Sie sind für ihre Lehren gestorben, haben aber alles für ihre Wiederauferstehung vorbereitet.« Die Stimme verlor sich.

Der Kopf würgte und spie dann blutige Zähne aus. »Viele Formen.« Die Stimme wurde undeutlich. »Oneiros hat die wohlmeinende Form beschworen, aber das Werk der Hüter hat Gewalt und Chaos hervorgerufen.« Das Gesicht fiel von dem Schädel ab und schwebte davon wie eine Maske. Darunter glänzte nackter Knochen.

Mit Verbitterung dachte Padia: *Vilph hat es gewußt. Er muß es gewußt haben.*

Der Kopf war jetzt ein zahnloser Schädel mit feuchten Augäpfeln, die in ihren Höhlen tanzten. »Die Hüter verschwinden im Morgengrauen, kehren aber bei Einbruch der Nacht zurück. Bis der Autrefekt vernichtet wird.« Die Augäpfel schmolzen. Eine milchige Flüssigkeit lief aus den Höhlen und floß in dünnen Rinnsalen in die hohlen Wangenknochen.

»Das kann ich nicht tun«, sagte Padia. Sie fing an zu weinen. »Ich glaube, mein Mann ist tot.«

»Quietus«, flüsterte der Schädel. Dann brach der Unterkiefer ab und hing nur noch an einer Sehne. Die Wangenknochen splitterten und brachen, und einen Augenblick später zerfiel der Botengeist zu Staub.

Während ihr die Tränen über das Gesicht liefen, bog Padia nach rechts ab und flog den Lichtern Schulenburgs entgegen. Zu Quietus.

Die ersten Strahlen der Morgendämmerung trafen den Byrose. Vilph ging eine schmale Straße aus gestampftem

Lehm zur Spitze eines kahlen Hügels in Nachtschatten empor, hundert Schritte von der Antimer-Anstalt entfernt. Mit Sand gefüllte Jutesäcke, die zu beiden Seiten der Straße verstreut lagen, gemahnten noch an die Überschwemmung. Im Süden traten die Elfenbeintürme und silbernen Zinnen des neuen Zweipfennigs kraß und fremdartig vor dem orangefarbenen Horizont hervor.

Vilph atmete die saubere Morgenluft tief ein, stützte sich auf Sternschläger und genoß das Gefühl der glatten Oberfläche des Stabs. Jetzt, da das Blut getrocknet war, gab er einen noch besseren Gehstock ab.

»Beeilt Euch«, rief Vilph. »Die Aussicht von hier ist wunderbar.« Hodrick schloß sich dem Ork auf dem Hügel an. Er hatte kaum etwas gesagt, seit sie Zweipfennig verlassen hatten. Er sah müde aus, seine Augen wirkten leer und weit weg, seine Schritte mühsam. Sie waren die ganze Nacht auf den Beinen gewesen und hatten die Veränderungen in Zweipfennig bestaunt. Tatsächlich hatte meistens nur Vilph gestaunt. Hodrick war schweigend und unsichtbar an seiner Seite gewesen. Eigentlich war es Vilph, der hätte müde sein müssen. Doch er fühlte sich wach und lebendig. Er fühlte sich unsterblich.

»Seht.« Vilph zeigte auf die zweihundert Schritt entfernte Schwalbenschwanzbrücke. »Wir werden Zeugen einer Entwicklung von geschichtlichem Ausmaß.«

Zwei Armeen sammelten sich an den beiden Enden der Brücke. Am Westende, dem Abschnitt, welchem Vilph und Hodrick am nächsten waren, schwenkte ein Haufen Anwohner aus Zweipfennig Besenstiele, Knüppel und Küchenmesser, während ihre zornigen Schreie über den Fluß hallten wie Donnergrollen. Der Pöbelhaufen war in der letzten halben Stunde von ein paar Dutzend auf dreihundert Mann angewachsen. Jetzt brachten die Leute sich in Rage und bereiteten sich darauf vor, die andere Seite zu stürmen.

Am Ostende warteten stumm mehrere Abteilungen der Altstädter Stadtwache. Die Wachmänner zählten viel weniger Personen als der Pöbelhaufen – Vilph schätzte, daß es nicht mehr als dreißig Mann waren –, aber mit ihren funkelnden Langschwertern und Lanzen waren sie viel besser bewaffnet. Prächtig anzusehen in ihren lederfarbenen Brustpanzern aus Kupfer und den kniehohen Lederstiefeln, standen die Männer der Stadtwache mit den Waffen an ihrer Seite gleichmütig und zuversichtlich da. *Zu zuversichtlich*, dachte Vilph. *Wie können sie sich gegen einen Pöbelhaufen dieser Größe behaupten?* Vilph zitterte vor Aufregung. *Das wird eine Schlacht!*

»Ich sage Euch, Hodrick«, sagte Vilph, indem er seinem Begleiter auf den Rücken schlug, »ich kann mich nicht erinnern, wann ich das letzte Mal ein derartiges Gefühl der Erfüllung verspürt habe.« Er warf die Arme in die Luft. »Mein Volk!«

»Das ist nicht Euer Volk«, sagte Hodrick müde. »Aber Ihr habt jetzt die Verantwortung für diese Leute übernommen.«

Vilph blinzelte. Was meinte er damit? *Natürlich sind sie mein Volk.* Letzte Nacht hatten er und Hodrick mitangesehen, wie die Stadtwache einen Bewohner Zweipfennigs nach dem anderen aus seinem neuen Heim vertrieben hatte, wobei die Wachen um so kühner wurden, je mehr Freundliche Hüter bei Tagesanbruch verschwunden waren. Erzürnt hatte Vilph die Anwohner dazu angestachelt, sich gegen die Altstädter zu erheben.

»Sie haben kein Recht, euch hinauszuwerfen!« hatte Vilph verkündet. Voller Stolz erinnerte er sich, wie ihn die Leute angesehen hatten – voller Verehrung, in seiner Erinnerung. »Solange ihr weiter wie arme Wichte denkt, werdet ihr auch wie arme Wichte *leben!*« Von der Leidenschaft seiner Rhetorik angezogen, wuchs die Menge, und ihr Gemurmel steigerte sich zu Rufen der Zustimmung. »Auch wenn ihr in einem Palast lebt, für sie seid ihr immer noch Abschaum. Die Altstädter wollen euch aus euren Häusern werfen? Dann dreht den Spieß um und werft sie aus ihren!« Vom Fieber des Aufstands gepackt, war die Menge zur Schwalbenschwanzbrücke gestürmt.

»Sie nehmen ihr Schicksal selbst in die Hand«, sagte Vilph. Geistesabwesend strich er sich mit der Hand über die Brust. Aus seinen Wunden floß kein Blut mehr. Er verspürte kaum Schmerzen. »Die Gier der Altstädter wird nicht länger hingenommen.«

»Euer Mitgefühl für die Unterprivilegierten ist rührend.«

»Ich habe die Altstädter schon immer verachtet. Ihr müßt doch zustimmen. Ihr habt Jahrhunderte damit verbracht, die – wie habt Ihr sie genannt? – die Unterprivilegierten zu beschützen.«

Hodrick betrachtete den Pöbel. Manche hatten Axtklingen an das Ende von Stöcken gebunden. Andere entzündeten schlichte Fackeln. »Ich kannte sie nicht. Nur ihre magischen Strukturen.« Er klang verächtlich und ein wenig beschämt. »Ihr habt mir Bewußtsein verliehen. Jetzt weiß ich, was sie sind: engstirnig, rachsüchtig und häßlich.« Bei diesen Worten sah er Vilph offen an.

Vilph stampfte mit dem Fuß auf. »Warum besteht Ihr darauf, diesen wunderbaren Morgen zu verderben? Wenn Ihr uns so enttäuschend findet, kann ich Euch im Nu wieder in den Zustand eines glücklichen Tieres zurückversetzen. Ich brauche nur die Kräfte zu neutralisieren, die hier in einer Reihe von Narben gebunden sind.« Er deutete auf eine Linie auf seiner Brust. »Wollt Ihr wieder zum Spielball des Egregore werden? Ich glaube nicht. Wenn überhaupt, würde sich der Egregore ein Bewußtsein wünschen, so wie Ihr eines habt.«

»Ihr habt einen Zauber gewirkt, um dieser Form Bewußtsein zu verleihen«, sagte Hodrick. »Ich frage mich, wie Ihr das gemacht habt.«

Vilphs Tonfall war geringschätzig. »Im Grunde handelt es sich um die Umkehrung des Vorgangs, den ich auf Peyl und den Troubadour angewandt habe – um die Übertragung eines Ich-Bewußtseins auf Eure existierende magische Struktur.«

»Diese Form muß ihre Struktur mit dem Egregore geteilt haben, weil der Egregore sie als Instrument benutzt hat. Euer Zauber hat diese Verbindung durchtrennt. Er hat sozusagen die Struktur entzweigeschnitten. Könnte der Zauber, der mir das Bewußtsein verliehen hat, der anderen Hälfte der Struktur ein eigenständiges Bewußtsein verliehen haben – dem Egregore?«

Die Vorstellung beunruhigte Vilph. »Unsinn«, sagte er nach einem Augenblick. »Aber selbst wenn das zuträfe, was würde das ausmachen? Bewußtsein oder nicht, der Egregore, was er auch war, kann nur durch Euch handeln und sich verständigen. Er würde niemandem etwas nützen. Augenblick, es geschieht gerade etwas.«

Auf der Brücke teilten sich die Reihen der Zuschauer und gestatteten einem grüngekleideten Offizier den Durchmarsch. Der Offizier, der ein silbernes Stirnband und einen flatternden goldenen Umhang trug, trat vor die Altstädter Armee und hob die Hände.

Ein Zauberer, dachte Vilph, obwohl er ihn auf diese Entfernung nicht erkennen konnte. *Stirnband und Umhang. Wie anmaßend.*

Der Pöbelhaufen aus Zweipfennig tobte beim Anblick des Zauberers und setzte sich zu ihm in Bewegung, zaghaft zunächst, doch dann immer schneller, wobei die plumpen Waffen über den Köpfen geschwungen wurden.

Der Zauberer stand still. Hinter ihm zog sich die Stadtgarde geordnet ans Ufer zurück. Der Pöbelhaufen lief weiter. Jemand schleuderte eine Fackel, die durch die Luft flog, von der Seite der Brücke abprallte und ins Wasser fiel. In der Mitte der Brücke angekommen, warfen die Leute mit Steinen nach dem Zauberer, doch sie waren noch zu weit entfernt, um ihn treffen zu können.

Der Zauberer klatschte einmal in die Hände.

Die Brücke explodierte. Ein Regen aus Granitbrocken, gesplitterten Holzbohlen und verstümmelten Leichen flog in die Luft. Der Mittelpfeiler schwankte und stürzte dann in den Fluß, wobei er Dutzende von Leuten mitriß. Ein Mann klammerte sich wild strampelnd an die Seite der Brücke, dann fiel er ebenfalls schreiend ins Wasser. Ein Granitbrocken fiel vom Himmel und zerschmetterte den Kopf eines fliehenden Jungen. Ein blutverschmierter Mann taumelte wie betrunken im Kreis herum, die Hände vor das Gesicht geschlagen, fiel dann durch einen Spalt und verschwand. Jene, die von der Explosion verschont worden waren, vielleicht fünfzig von den dreihundert, wandten sich zur Flucht und trampelten dabei jeden nieder, der ihnen im Weg stand. Stechender Rauch wallte auf. Leiber wehrten sich gegen die Strömung, um schließlich von ihr unter Wasser gezogen zu werden. Das Wasser färbte sich rot.

Der Zauberer gesellte sich gelassen zu seinen Kameraden am Altstädter Ufer. Niemand auf jener Seite des Flusses gab einen Laut von sich.

Das Blut war aus Vilphs Gesicht gewichen. »Wer war dieser Zauberer?« stammelte er. »Welche Art von Magie war das?«

Hodrick sah weg. »Spielt das eine Rolle?«

Vilph leckte sich hastig über die Hauer. »Das ist empörend. Die Wache hat keinen Anstand. Sogar im Krieg gibt es Regeln.«

Die Hälfte der Brücke war verschwunden. Ein paar rauchende Bohlen trieben auf dem Wasser. Ein Mann kämpfte mit der Strömung, um ans Ufer zu gelangen, doch die Anstrengung war zu groß. Das Wasser verschluckte ihn.

Hodrick fragte höflich: »Was haltet Ihr von Eurem Werk?«

Vilph fauchte beinahe. »Macht Euch nicht lächerlich. Ich hatte nichts damit zu tun.«

»Ihr habt sie aufgehetzt!«

Vilph hieb mit dem Stab gegen den Felshang. »Ich habe sie nicht aufgehetzt! Ich habe sie inspiriert! Wie könnt Ihr es wagen, mir die Schuld an den Handlungen der Altstädter zu geben? Kommt, wir müssen gehen.«

Hodrick ging den Hügel hinunter.

Vilph kratzte sich die Brust, dann starrte er auf seine Hand. Seine Fingernägel waren mit getrocknetem Blut verklebt. »Diese Robe ist ruiniert«, murmelte er. Er folgte Hodrick. »Ich gebe zu, daß diese Leute einfältige Bauern sind.« Er zwang sich zu einem Lachen. »Mit Besenstielen und Flaschen auf eine Armee loszugehen. Was haben sie erwartet?«

Hodrick setzte sich auf einen flachen Felsen und senkte den Kopf.

Vilph stellte sich neben Hodrick. »Dieser Pöbelhaufen aus Zweipfennig – eine Herde Tiere. Brutal. Unwissend. Wenn ich Altstädter wäre, hätte ich dasselbe getan. Aber genug davon. Die Hüter haben gute Arbeit geleistet, findet Ihr nicht?«

Hodrick strich sich mit der Hand über das Flickwerk seines Kopfes.

»Haben sie Padia gefaßt?« fragte Vilph.

Hodrick starrte in den Himmel. Aus der Ferne ertönte der Schrei einer Krähe, traurig und drängend. »Nein, das haben sie nicht.«

»Die Plage auf sie!« Vilph warf den Stab in den Staub. Dann verschränkte er die Finger über dem Bauch und dachte nach. »Die Festivität. Die Abendgesellschaft«, sagte er plötzlich. Er hob den Stab auf und ging weiter hügelabwärts. »Kommt schon. Wir haben viel zu tun.« Im Gehen warf Vilph noch einen Blick auf die zerstörte Brücke und zuckte dabei zusammen, als höre er ohrenbetäubendes Glockengeläut.

Am Nordrand von Nachtschatten, wo der Byrose um die Landzunge des Hohen Hügels einen Bogen nach Osten beschrieb, wurde eine durchnäßte Gestalt ans Westufer gespült. Plünderer stürzten sich wie Krähen auf den Mann und rissen ihm die vornehme Kleidung vom Leib. Dann lag er unbeachtet in der Morgensonne. Nach zwei Stunden marschierte eine Streife der Stadtwache am Ufer entlang, da sie Befehl bekommen hatte, sich über den Fluß nach Schulenburg zurückzuziehen.

Am Ufer angekommen, blieben die Wachen auf der Hut, während sie auf das Patrouillenboot warteten. »Wollen die diese Hälfte der Stadt einfach den Wölfen zum Fraß vorwerfen?« sagte einer der Wachmänner zu seinem Kameraden. »Das ist keine gute Idee.«

»Nee, die Hohen Tiere wollen nur abwarten, bis sich die Dinge etwas abgekühlt haben«, murmelte sein Freund mit der Überzeugung eines Mannes, der mit den Magistraten des Hohen Hügels auf du und du stand. »Der Pöbel hungert eine Weile und kühlt sich dadurch etwas ab, und dann kommen wir mit unseren Schlagstöcken zurück und sorgen für Ordnung. Hier, wer ist das denn?«

Sie gingen zu dem Mann, der am Ufer lag. Das schlammige Flußwasser schwappte im Rhythmus der Wellen über seine Beine. Seine blasse Haut hatte einen Sonnenbrand, und Krähen hatten angefangen, an seinem schwammigen Körper zu picken.

»Toter als ein Kadavermensch.«

»Nee, hör doch.« Als sie sich vorbeugten, konnten sie seine geflüsterten Worte hören, obwohl sie im Rauschen der Strömung fast untergingen: »Bockiger Ochse.«

»Ach, lassen wir ihn hier liegen. Die Passionen wissen, wie viele von diesen Leuten hier in den nächsten Tagen sterben werden.«

»Auf keinen Fall! Von diesen Leuten werden ohnehin genug sterben, und da sollen wir diesen auch sterben lassen? Hast du dich bei der Wache verpflichtet, um dich hinzustellen und irgendeinen armen Niemand sterben zu sehen?«

»Ich habe mich bei der Wache verpflichtet, um aus Zweipfennig rauszukommen, genau wie du.« Er sah den Mann an und seufzte. »Ja, ja, schon gut. Der Garlen-Schrein ist nicht weit. Ich sage dem Sergeanten Bescheid. Aber ich sage auch, wir beeilen uns besser, damit wir wieder zurück sind, bevor das Boot kommt.«

Die Wachmänner trugen den Mann zum Garlen-Schrein. Die überarbeiteten Questoren konnten nichts für ihn tun. Laienarbeiter lieferten den Mann, der offenbar den Verstand verloren hatte, in einem trostlosen Gebäude am Ufer nördlich von der zerstörten Brücke ab. Unvermeidlich, als ziehe ihn die Schwerkraft dorthin, traf Alban Peyl gegen Mittag in der Antimer-Anstalt ein.

Teil Drei

WILLENSAKT

Das Wesen des Menschseins ist, daß man nicht nach Perfektion strebt [...], daß man darauf vorbereitet ist, am Ende vom Leben besiegt und gebrochen zu werden, was der unvermeidliche Preis dafür ist, seine Liebe an andere menschliche Wesen zu hängen.

Es wird zu bereitwillig angenommen, daß ›Nicht-Bindung‹ nicht nur besser als die vollständige Anerkennung des irdischen Lebens ist, sondern daß der gewöhnliche Mensch sie nur ablehnt, weil sie zu schwierig ist: mit anderen Worten, daß das durchschnittliche menschliche Wesen ein verhinderter Heiliger ist. Es ist sehr fraglich, ob das stimmt. Viele Leute wollen gar kein Heiliger sein, und es ist sehr wahrscheinlich, daß einige von denjenigen, die Heiligkeit erreichen oder danach streben, niemals eine starke Verlockung verspürt haben, menschliche Wesen zu sein. Wenn man der ›Nicht-Bindung‹ zu ihren psychologischen Wurzeln folgen könnte, würde man, wie ich glaube, herausfinden, daß ihr Hauptmotiv das Verlangen ist, dem Schmerz des Lebens zu entkommen, vor allem aber der Liebe, die, sexuell oder asexuell, harte Arbeit ist.

– George Orwell, ›Betrachtungen über Ghandi‹ (1949)

7

Gewalttaten

Später an diesem Tag besuchte Vilph Alban in Antimer.

In der Anstalt waren die Insassen ebenso unruhig geworden wie die Bewohner des übrigen Merron. In dem fensterlosen Gebäude konnten sie die Freundlichen Hüter nicht durch die dunklen Straßen staksen sehen noch die neuen Feuer in Zweipfennig und Nachtschatten – und auch nicht die Überfälle auf Streifen der Stadtwache. Dennoch hörten die Insassen des Irrenhauses den Lärm der Tumulte in der Ferne. Manche spürten eine Hitze, ein Fieber in der Luft. Aus welchem Grund auch immer, sie bekämpften einander, schrien, um Aufmerksamkeit zu erregen, oder traten gegen die Wandungen ihrer Pferche.

»Es sind die Explosionen und Tumulte draußen, die den Aufruhr hier verursachen«, sagte Ennis Roodville verbittert. Die Krise erforderte so viele helfende Hände, daß sogar er, der Aufseher, Verbände zurechtschneiden und Wasser pumpen mußte. »Ja, daran liegt es. Die Insassen hören die Leute draußen wie Verrückte herumlaufen und sagen: ›Offensichtlich wird die Meßlatte für Verrückte jetzt höher angelegt, also müssen wir uns etwas Neues einfallen lassen.‹ Wäre nicht dieser Konkurrenzsinn, könnten wir die Tumulte hier in Antimer, unserer kleinen Insel der Ruhe, einfach aussitzen.«

Filantha Decrevi, die zwölf Stunden lang unablässig gearbeitet hatte, hielt schließlich inne, um wieder zu Atem zu kommen. »Das ist Lochosts Werk, Herr, das Werk der Passion der Freiheit.«

»Freiheit? Wie gut, daß Lochost diese hoffnungslosen Irren auf die Straßen loslassen will! Was ist mit der Frau, die Kinder stiehlt, oder dem Burschen, der Ohren sammelt? Was ist mit dem unterdrückten Herrn im dritten Pferch, der sich für Lochost hält, sollen wir ihn freilassen, damit er sein Werk begutachten kann?«

»Es gibt mehr Arten von Freiheit als die, aus einem Pferch gelassen zu werden, Herr.« Filantha warf einen Blick auf Roodvilles Stachelrute, die nicht weit von seiner Hand entfernt war.

Roodville folgte ihrem Blick und verzog das Gesicht. »Wenn Euch meine Art nicht gefällt, steht es zumindest Euch frei zu gehen.«

So müde und angespannt, wie Filantha war, hätte sie seinem Vorschlag beinahe augenblicklich Folge geleistet. Bevor sie etwas sagen konnte, trat eine Gestalt in den von einer Fackel erleuchteten Vordereingang. Zuerst sah Filantha einen kleinen, buckligen Ork, doch die Gestalt verschwamm vor ihren Augen und wurde zu einem hochgewachsenen Menschen. Er trug eine graue Seidentunika und eine schwarze Hose, die Kleidung eines Herrn, und er hatte ein schmales Gesicht von der Art, wie sie sie bei einem Herrn erwartete. Filanthas Gedanken an eine Kündigung waren augenblicklich vergessen. Sie wollte nur noch diesem Mann helfen.

Er ging anmutigen Schrittes zu Roodville und Filantha. »Habt ihr heute oder gestern einen neuen Patienten bekommen, jemanden, der nur ›bockiger Ochse‹ sagt? Wenn ja, würde ich ihn gern sehen.«

Der Herr hatte Roodville ebenfalls beeindruckt. »Ah, ja, in der Tat, Herr! Seid Ihr vielleicht ein Verwandter? Könnt Ihr ihn identifizieren?«

»Ihr braucht keine Identifikation«, sagte der Herr.

»Keine Identifikation«, wiederholte Roodville verträumt. »Filantha, führt den Mann zu dem neuen Insassen.«

In einen wohligen Nebel gehüllt, führte Filantha den Herrn durch die Anstalt. Hinter den Zäunen der Pferche sprangen Männer und Frauen wie Affen herum, schlugen sich die Stirn auf dem Boden blutig, urinierten aufeinander, rissen einander Schorf von Kratzern und aßen ihn, malten mit ihrem eigenen Kot Bilder auf die Ziegelwände und schnatterten, als versuchten sie jegliche Schranke zwischen Namensgeber und niedrigstem Tier einzureißen.

Filantha und der Herr kamen zu einem Pferch voller schreiender, kämpfender Insassen.

Der Herr sprach ein paar Worte, und alle wurden still. Filantha führte ihn hinein und um Kothaufen herum zur Wand. Der Herr lächelte, als er einen Insassen erkannte, der dort auf einem Durcheinander losen Gesteins lag. Reglos und mit stoßweisem Atem starrte Alban blicklos in die Dunkelheit über sich. Wie die anderen Insassen trug auch er nur ein schmutziges weißes Hemd. Immer wieder murmelte er die Worte ›bockiger Ochse‹.

Der Blutfleck klebte immer noch auf seiner Stirn, aber niemand in dem Irrenhaus konnte ihn sehen – ausgenommen Vilph.

»Wie lange wird er noch leben, was meint Ihr?« fragte Vilph Filantha.

»Keinen Tag mehr, Herr, muß ich zu meinem Bedauern sagen. Vor gar nicht langer Zeit hatten wir noch einen anderen armen Fremden, der keine Freunde hatte und aus dessen Augen das Licht verschwunden war. Er hat nur noch ein paar Stunden gelebt. Das war in der letzten Nacht der Überschwemmung. Wir hatten einen Adepten hier, eine Magierin namens Padia Villandry, und nicht einmal sie konnte ihm helfen.«

Vilph sah sie scharf an. »Villandry? Ich glaube, ich habe schon von ihr gehört. Ist sie nicht mit diesem Magistraten verheiratet – wie heißt er noch gleich …?«

Filantha sah ihn verständnislos an. »Meines Wissens ist sie unverheiratet, Herr.«

»Nichts für ungut. Habt Ihr eine Ahnung, was dieses ›bockiger Ochse‹ zu bedeuten haben könnte?« Er stellte die Frage in beiläufigem Tonfall, als spiele die Antwort kaum eine Rolle. »Nicht? Nun gut. Laßt uns allein. Nachdem ich diesen Ort verlassen habe, vergeßt mich.«

Filanthas Augen wurden glasig, und sie entfernte sich schweigend. Vilph sah die Insassen der Reihe nach an, und sie verloren ebenfalls das Interesse an ihm. Er setzte sich mit überkreuzten Beinen neben Alban.

Er sagte: »Alban, dreimal habt Ihr mich nach meinen wahren Gründen für die Herbeiführung der Heimsuchung gefragt. Damals wollte ich es Euch nicht sagen, aber jetzt seid Ihr keine Gefahr mehr. Ich nahm an, daß Ihr hier enden würdet, und konnte eine Stunde erübrigen, weshalb ich dachte, ich sollte es Euch erklären, obwohl Ihr Euch solche Mühe gegeben habt, mir zu schaden.

Nachdem ich Euch und Padia vor zehn Jahren über dem Luftschiffhafen besiegt hatte, trug mich das Luftschiff davon. Ihr hattet die gesamte Besatzung getötet. Alleine konnte ich das Schiff nicht fliegen. Segel und Takelage gaben mir ebenso Rätsel auf, wie ein Grimoire mit Illusionen einem Luftmatrosen Rätsel aufgeben würden. Das Schiff trieb mit dem Wind.

Damals verfügte ich weder über einen fliegenden Teppich, noch über den Zauber, mir einen zu verschaffen. Ich hatte keine andere Wahl, als an Bord zu bleiben und mich von den Vorräten zu ernähren. Ich hoffte, Piraten würden das Schiff übernehmen, weil ich dann die Piraten würde übernehmen können.

Nichts von alledem geschah. Wenn man die Erzählungen hört, die überall kursieren, sollte man meinen, irgendein beliebiges Schiff kämpft drei- bis sechsmal pro Tag gegen Piraten und Ungeheuer, aber meine Reise verlief furchtbar friedlich. Ich schlief kaum und hielt ständig in der Hoffnung Ausschau, ein Dorf zu finden. Unglücklicherweise hatte mich ein Westwind über die Donnergipfel getrieben. Dort gab es nichts außer Pinienwäldern und ein merkwürdiges nächtliches Grollen. Ich sah eine Bande Oger, die Silber abbauten, und einen Höhlentroll auf der Jagd, aber nicht einen Namensgeber im gesamten Gebirge.

Eines Nachts schlief ich auf Deck ein, während das Schiff über den höchsten Gipfeln schwebte. Es schien kaum ein Augenblick vergangen zu sein, als mich ein Krachen aus dem Schlaf riß und das Schiff erbebte und sich auf die Seite legte. Irgend etwas, ich weiß nicht, was, hatte es Höhe verlieren und abstürzen lassen. Ein Zauber, der sich verbraucht hatte, eine Luftströmung, die es nach unten zwang, oder vielleicht gab es auch keine Erklärung. Meiner Erfahrung nach gibt es nicht sehr oft Begründungen. Abstürze, Katastrophen, Kriege, Krankheiten, das Vergehen von Liebe und Freundschaft, Tod – all diese Dinge scheinen sich so zufällig und wahllos zu ereignen wie ein Wolkenbruch.

Ich fiel durch die Dunkelheit. An mehr kann ich mich nicht erinnern. Als ich erwachte, graute der Morgen. Ich lag in einer Lache meines eigenen Blutes. Ein Rudel Kojoten hatte sich versammelt, und glaubt mir, Alban, kein Dämon kann es mit der schieren Boshaftigkeit im Blick eines Kojoten aufnehmen. Ich schaffte nur einen Lichtzauber und ein paar kleinere Effekte, das Werk eines Novizen. Es reichte kaum aus, um sie zu vertreiben.

Es dauerte fast fünf Tage, bis meine Wunden verheilt waren. Ich war weit entfernt von jedem zivilisierten Ort. Ich wanderte tagelang umher. Ein Zauber schützte mich vor dem Wetter. Ich jagte, indem ich Nager hypnotisierte und ihnen dann, wenn sie wie Schoßtiere dastanden, mit einem Stein den Schädel zerschmetterte. Das war eine Arbeit, die einen verrohen ließ, das könnt Ihr mir glauben.

Ich war verzweifelt und wirr im Kopf. Ich schalt die Sonne und feilschte mit dem Mond. Schließlich gab ich die Hoffnung auf. Den größten Teil eines Tages verbrachte ich damit, mit einem scharfkantigen Stein mein Testament in einen Felsen zu ritzen. Wahrscheinlich steht es noch immer dort. In dem Wissen, daß der Tod mich erwartete, nahm ich zu jener äußerst gefährlichen Übung Zuflucht, die in meiner Disziplin verpönt ist: vorsätzliche Selbsttäuschung.

Ich schuf die Illusion eines regelmäßig benutzten Pfades, tat so, als hätte ich ihn zufällig entdeckt, und dachte: ›Sieh doch, ich bin gerettet!‹ Ich folgte meinem Pfad nach Süden durch die Berge, wobei ich ihn unterwegs erschuf und je nach Lust und Laune Biegungen und Windungen einbaute. Bei Nacht ließ ich ihn leuchten und ging weiter. Ich beschloß, dem Pfad zu folgen, ohne zu essen und zu schlafen, bis ich umfallen und sterben würde.

Im Morgengrauen des nächsten Tages begann es zu schneien. Die Kälte war stärker als der Schutz meines Zaubers, und ich fror. Ihr könnt Euch gewiß vorstellen, daß mir vor Hunger und Schlafmangel schwindelte. In diesem Zustand beschloß ich, die größte Illusion zu wirken, die ich je versucht hatte, und zwar mit mir selbst als Ziel. Nach ein paar Minuten steter Konzentration glaubte ich zu bemerken, daß der Schneesturm nachließ. Die Wolkendecke brach auf, und im Osten bot sich mir das prächtige Schauspiel eines wunderbaren Sonnenaufgangs. Ich wußte, daß ich immer noch fror, aber da mich die eingebildete Wärme durchströmte, überkam mich ein Gefühl des Trotzes. Ich würde in meiner eigenen Wirklichkeit sterben.

Eine Stunde später konnte ich nicht mehr richtig sehen und auch nicht mehr klar denken. Ich ließ meinen Pfad einen steilen Hang emporkriechen, da ich glaubte, er würde vor einem Abgrund enden. Ich würde mich herabstürzen. Ich schleppte mich empor, blickte auf einen sanft abfallenden, schneebedeckten Hang und sah ein Dorf. Es bestand aus zwei Dutzend Holzhütten mit Strohdächern, deren Pinienwände mit Lehm verfugt waren. Ich konnte Feuerschein in ihren Fenstern erkennen.

Ich dachte: ›Hm, ich habe hier kein Dorf geplant. Mein Geist hat sich selbständig gemacht.‹ Ich beschloß, die Illusion bis zum Ende zu verfolgen, und ging den Hang hinunter.

In all diesen kleinen Dörfern sind die Bewohner mißtrauisch und feindselig, aber ich beschloß, daß diese Leute meiner Einbildung mich mit offenen Armen aufnehmen sollten. Als ich eintraf, hatten sie sich tatsächlich alle auf der Allmende versammelt und redeten wild durcheinander, weil sie so verblüfft über den plötzlichen Wetterumschwung waren. Nachdem sie meine Robe gesehen und einen Zauberkundigen in mir erkannt hatten, empfingen sie mich als Retter. Der Dorfälteste erzählte mir, der Schneesturm habe mehrere entlegen wohnende Familien bedroht, die ich dadurch gerettet habe, daß ich den Schneesturm vertrieben hätte. Ich war verblüfft über meine mir bisher unbekannte Erfindungsgabe, denn bewußt hatte ich nichts von alledem herbeigeführt.

Die Dorfbewohner fütterten mich und gewährten mir Unterkunft. Ich aß ihren Hammel und ihre Kartoffeln, und ich wußte, daß das Essen eine Illusion war. Ich erkannte in jeder Sekunde einen Trick meines Geistes, das letzte Delirium vor dem Tod. Doch einen ganzen Tag lang lebten diese Leute ihr Leben in mehr Einzelheiten, als ich mir vorzustellen mir jemals die Mühe gemacht hätte. Allmählich wurde mir klar, daß dieser Ort wirklich war – oder wenigstens nichts mit meinen früheren Illusionen gemein hatte.

Hundert Fragen stürmten auf mich ein. Hatte ich gelernt, die Welt *wirklich* zu beeinflussen? Oder entsprachen meine Illusionen durch einen wunderbaren Zufall einfach nur der Wirklichkeit, so daß ich mir nur zufällig selbst das Leben gerettet hatte? Konnte all das, das Dorf, das Wetter und meine Rettung, tatsächlich eine Vision in den letzten Augenblicken vor meinem Tod sein?

Dann gelang mir in einem Augenblick des gänzlichen Begreifens der Durchbruch. Mir wurde klar, daß Erklärungen vollkommen unerheblich waren.

Ich hatte das Gefühl, aus einem Traum oder vielleicht in einen Traum erwacht zu sein. Jahrelang hatte ich die Wahrnehmungen und Gefühle von Namensgebern verändert, Schwarz in Weiß verwandelt, Freude in Schmerz, und das immer in dem Glauben, ich hätte ein ›wahres‹ Original verändert. In diesem Augenblick erkannte ich, daß es keine wahre Wahrnehmung gibt, keine wahren Gefühle. Was natürlich in unserem Verstand aufsteigt, ist nicht weniger willkürlich, nicht weniger Phantasie als jedes Werk der Magie. Wenn wir jetzt traurig sind, na und? Wir waren zuvor glücklich, wir werden es wieder sein. Was eine Person weinen läßt, läßt eine andere lachen. Jede Vorstellung ist schlicht und einfach eine Strömung im Fluß des Geistes. Wenn ich diese Strömung auf bestimmte Weise lenke, wer kann dann behaupten, daß dieser neue Weg künstlicher ist als der alte? Beide vergehen nach einem Augenblick wie Schneeflocken in der Sonne.

Das war vor zehn Jahren. Seitdem hat meine Erkenntnis mich verwandelt und meine Macht erheblich erweitert. Wenn man einmal alle Gedanken und Gefühle als Illusion erkannt hat, kann man sie in viel größerem Maßstab verändern, als meiner Disziplin dies gewöhnlich bewußt ist. Zum Beispiel habe ich Hodricks Bewußtsein auf dieselbe Weise geschaffen, wie ich Euch

Eures genommen habe, Alban. Ich betrachte die Heimsuchung als ein weiteres großes Illusionsexperiment.

Und nun bin ich auf meine umständliche Art endlich zu der Erklärung gelangt, die Ihr verlangt habt. Warum habe ich die Heimsuchung verursacht? Was hattet Ihr Euch vorgestellt – daß ich nach Macht strebe? Nach Rache? Daß ich irgendeiner Sache diene? Hm. Noch mehr Illusionen.

Ich bin überrascht, daß Euch folgender Gedanke gar nicht gekommen ist, Alban, als Ihr noch denken konntet: Ich habe keinen Grund. Ich habe die Heimsuchung einfach aus dem Grund verursacht, weil ich es tun konnte. Ich habe schon vor langer Zeit beschlossen, in meiner eigenen Wirklichkeit zu sterben, und jetzt erforsche ich lediglich, wie ich sie gestalten kann, bevor ich abtrete. Warum nicht?

Ihr und Eure Kumpane wart gegen die Heimsuchung, weil sie so viel Leiden verursacht hat. Jetzt seht Ihr – oder Ihr würdet es sehen, wenn Ihr über diesen Augenblick hinausschauen könntet –, daß solche Einwände albern sind. Schmerz, Kummer, Freude, Ehre, ›Wirklichkeit‹ … all das ist vollkommen bedeutungslos.«

Nachdem Vilph gegangen war, standen Roodville und Filantha vor Alban. Keiner der beiden erinnerte sich an Vilphs Besuch. Sie sprachen Möglichkeiten durch.

Roodville sagte: »So überfüllt, wie wir sind, und angesichts des Aufruhrs und allem würde ich ihn nur ungern behalten, Witwe. Wenn er so ist wie dieser andere Fremde zuvor – wir mögen ihn zur Kategorie Ameisenköder zählen –, wird er nichts essen, aber wir haben zusätzliche Arbeit, weil wir hinter ihm säubern müssen. Ein zweifelhaftes Vergnügen.« Er sah sich um und betrachtete die anderen Insassen, die nicht so aussahen, als seien sie auch nur im entferntesten ein Vergnügen, wie zweifelhaft auch immer.

»Sollen wir ihn in dieser unruhigen Nacht auf die Straße setzen, Herr? Ich bezweifle, daß er noch länger als einen Tag zu leben hat. Wir können ihm seine letzten Stunden erleichtern. Und, Herr, denkt an Euren zunehmenden Verkehr mit dem Leichenbestatter.«

Roodville musterte Filantha unheilvoll. »Genug von Eurem vorlauten Geschwätz! Trotz Eurer Verachtung für meine Art, diese Anstalt zu leiten, Witwe Decrevi, sie könnte nicht überleben, wenn wir Euren Vorstellungen folgten, nein, das könnte sie wahrhaftig nicht.«

»Wenn wir meinen Vorstellungen folgten, Herr, würden wir diese Anstalt nicht brauchen.«

»Ihr würdet die Insassen einfach bei gewöhnlichen Leuten einquartieren, nicht wahr? Ha! Verkauft diese Idee den Magistraten, von den gewöhnlichen Leuten ganz zu schweigen.« Er hielt inne und betrachtete Alban wie eine Zahlenkolonne in einem Rechnungsbuch. »Nun gut, wir behalten ihn einstweilen hier.« Sie entfernten sich.

Weder sie noch Vilph noch sonst jemand hatte bemerkt, daß Alban sich in der letzten Stunde verändert hatte. Sein Atem ging ruhiger. Das Zittern in seinen Gliedern hatte nachgelassen.

Vilph hatte seinen ersten – den Geist zerstörenden – Zauber gegen einen Troubadour gewirkt, einen Adepten, dessen Magie auf der Kommunikation beruhte. Ohne jeden Verstand hatte Boffin seine Magie verloren und war rasch verwelkt und gestorben. Alban folgte einer anderen Disziplin.

Ein Kriegeradept braucht nicht zu kommunizieren. Ein Krieger aus dem Orden des Inneren Lichts braucht nicht einmal einen Verstand.

In Quietus verspürte Padia einen ständigen Juckreiz. Manchmal juckte ihre Nase, dann ihr Halsansatz oder ihr Handgelenk oder ein Knie. Sie hatte das Gefühl, als berühre jemand – oder etwas – sie ständig. An die schwarze Einrichtung, das ständige Wispern aus dem Nichts und die häufigen Temperaturwechsel hatte sie sich rasch gewöhnt, aber der Juckreiz wollte nicht nachlassen.

Die Wände der Hauptbibliothek in Quietus waren in einem glänzenden, reflektierenden Schwarz gehalten. Als sie für einen kurzen Augenblick ihr Spiegelbild darin sah, dachte sie: *Kann das wirklich ich sein?* Sie sah verbundene Wunden, ein ausgemergeltes Gesicht, strähnige Haare – sie hatte irgendwo ihre Kappe verloren – und Augen, die sie mutlos und verzagt anstarrten. *Das bin ich nicht. Das ist irgendein Verzerrungszauber in der Wand.* Sie streckte die Hand aus, um die schwarze Oberfläche zu berühren, und ihre Finger versanken darin wie in einem Nebel. Sie zog ihre Hand eiligst zurück. Ihre Finger fühlten sich taub an, und an den Fingerspitzen klebten Eiskristalle.

»Das ist keine Wand«, sagte Thanyx, die sie in die Bibliothek geführt hatte, »sondern eine Schutzmauer gegen Geister.«

Padia folgte der Geisterbeschwörerin an den Reihen der Regale vorbei. »Versuchen Geister, hier einzubrechen?«

»Nicht einzubrechen. Auszubrechen.«

Die Schule hatte Hunderte von Grimoire, Schriftrollen, Fibeln, Monographien und Kompendien gesammelt, wahrscheinlich Barsaives größte Sammlung von geisterbeschwörerischen Texten außerhalb von Throal. Manche Bücher murmelten oder kicherten leise vor sich hin. Padia und Thanyx gingen an den vollgestopften Regalen vorbei, bis sie die große Sammlung von Geisterlisten fanden.

Es schien so, als sammelten Geisterbeschwörer diese Listen auf dieselbe besessene Art, wie Magier gelehrte Abhandlungen über magische Techniken schrieben.

Padia fragte sich, ob Elementaristen und Illusionisten entsprechende Besessenheiten entwickelt hatten. Die Zauberkundigen in Merron wußten wenig über die Disziplinen der anderen Zauberer. Sie hatte diese Unwissenheit immer für selbstverständlich gehalten, aber jetzt fand sie sie ärgerlich, engstirnig und – angesichts der Heimsuchung – gefährlich.

Padia kratzte sich den rechten Arm. Der linke Ärmel glitt zurück, und zum hundertsten Mal sah sie die Narben in der Gestalt von Runen auf ihrem Handgelenk. Die theranischen Runen ergaben das Wort ›Tenthonis‹.

Ich diene dem Autrefekt Tenthonis Erwecker-Befrieder …

»Ah«, sagte Thanyx. »Hier.« Sie schob einen großen in Kupfer gebundenen Folianten beiseite, der protestierend knurrte, und zog einen neu aussehenden, in braune Schlangenhaut eingebundenen Wälzer im Quartformat heraus.

Thanyx schlug das Buch auf. Es sah jungfräulich aus, und seine Seiten waren blütenweiß, aber ein Aasgeruch stieg von ihnen auf. »Ein sehr altes Buch, das durch Blutmagie konserviert wird. Die Geister darin wurden seit der Plage nicht mehr gesehen, und manche sind nur Legenden.«

»Wird Isedris erwähnt?«

… Ältester des Zeitalters von Isedris des Autarchen, Imperator des Bluttheogents vom Emblem Teltrenix.

Die alte Frau sah das Buch mit einer Mischung aus Behutsamkeit und Stolz durch. »Wollt Ihr wirklich versuchen, den Autrefekt zu vertreiben? Das ist eher eine Aufgabe für Geisterbeschwörer.«

Padia empfand Verärgerung, aber sie wußte, daß sie Kummer und Schlafmangel entsprang. Sie beherrschte sich. »Magie zu neutralisieren ist eine Aufgabe für Magier. Wenn ich alles über die Geister und ihre Absichten erfahre, kann ich meine Zauber auf sie abstimmen.«

»Wenn Ihr nicht wollt, muß das nicht Euer Kampf sein. Wenn Oneiros den Fehler eingesteht …«

»Das wird Tage dauern.«

»Und? Es wird auch Tage dauern, bis Ihr wieder gesund seid.«

»Es ist mein Kampf. Die Freundlichen Hüter sind Vilphs Kreaturen, und Vilph hat meinen Mann ausgelöscht.«

Thanyx sah sie schockiert an. »Ich wußte gar nicht, daß Ihr verheiratet wart! Furchtbar. Wie lange ist das schon her?«

Mit sichtbarer Mühe unterdrückte Padia ihre Wut. »Nicht jetzt. Was steht in der Liste?«

»Dieses Buch spricht nicht.« Thanyx blätterte es durch, dann lächelte sie. »Ah. Isedris.«

»Was geht hier vor?« Der Bibliothekar klang panisch, wütend und beleidigt zugleich. Als er zu ihnen eilte, umflatterte seine schwarze und silberne Robe seine mageren Beine. »Was *soll* das? Städterin Destrovan, habt Ihr unsere Bibliothek einfach dieser, dieser …«

»Besucherin«, half Padia aus. »Kennen wir uns schon?«

Thanyx stellte den kahlköpfigen, klinischen Bibliothekar in einem frostigen Tonfall vor, der dem kühlen schwarzen Raum angemessen war. »Städter Dragoslav, das ist Padia Villandry, eine bekannte und vollendete Magierin. Meine Freundin kam auf meine Bitte hin hierher.«

Dragoslav schnaufte. »Freundin oder nicht, Zauberkundige anderer Disziplinen sind in dieser Bibliothek nicht gestattet. Es tut mir leid, aber sie wird gehen müssen.«

»Dragoslav ist ein sehr vergeßlicher Mensch«, sagte Thanyx zu Padia. »Er vergißt den Respekt, den er den Ältesten der Schule schuldet. Er vergißt auch, wie die Ältesten einem das Leben schwermachen können.«

Ob dieser Appell an die Rangordnung Dragoslav davon überzeugt hätte, sie in Ruhe zu lassen, fand Padia nicht heraus. Sie wußte, daß die von Thanyx eingeschlagene Taktik, ob erfolgreich oder nicht, nur den Groll des Bibliothekars auf Padia und alle anderen Magier herausfordern würde. Die Katastrophen, die Merron heimsuchten, waren zum Teil auch die Folge eines derartigen Grolls, und das frustrierte sie. Nach all diesen Rivalitäten und politischen Machenschaften, konnte da nicht jemand die Hand ausstrecken und etwas aufbauen?

»Städter Dragoslav«, sagte Padia mit lieblicher Stimme. »Ich verstehe Eure Besorgnis, daß ein unachtsamer Magier durch die achtlose Benutzung der mächtigen Zauber in dieser Bibliothek großen Schaden anrichten könnte. Glaubt mir, ich werde mich ganz den überlegenen Fertigkeiten und der Weisheit von Städterin Destrovan beugen.« Padia lächelte gewinnend. »Ihr müßt diese Regale besser kennen als jeder andere. Wollt Ihr uns helfen? Diese Biblio ... *Eure* Bibliothek könnte dabei helfen, die in Zweipfennig eingedrungenen Geister aufzuhalten. Wir und jeder andere in Merron würden Eure Hilfe wirklich sehr zu schätzen wissen.«

Padia wob keinen Faden und wirkte keinen Zauber, aber sie wirkte die Magie einer hintergründigeren Art. Der Bibliothekar zögerte und sagte: »Äh, nun, ich nehme an, das ist etwas anderes.« Kurz darauf hatte Dragoslav sich ihnen angeschlossen und eifrig damit begonnen, Bücher aus den Regalen zu ziehen.

Die ganze Zeit dachte Padia über die Enttäuschungen der interdisziplinären Rivalität nach. Als Adept verspürte sie einen natürlichen Drang, etwas dagegen zu unternehmen. Sie glaubte, einen Weg zu sehen.

Albans zweiter Tag in Antimer.

Die Freundlichen Hüter waren in der Nacht zurückgekommen und im Morgengrauen wieder verschwunden und hatten neue Häuser und randalierende Leute zurückgelassen. Wenn aus fünfstöckigen Mietshäusern Einfamilienhäuser wurden, stritten sich die Bewohner, wer darin wohnen sollte. Die neuen Gebäude hielten sich nicht an bestehende Grundstücksgrenzen, und die Eigentümer der Grundstücke kämpften um den Besitz der Häuser. Namensgeber, deren Baracken unverändert geblieben waren, drangen in die Luxushäuser ein.

»Was spielt es für eine Rolle, wenn diese Strichmännchen-Geister ihnen neue Häuser geben?« sagte Roodville, als er und Filantha auf einer ihrer täglichen Runden den Männerpferch betraten. »Diese armen Teufel in Zweipfennig sind arm geboren worden und denken auch so. Gebt ihnen den ganzen Reichtum Theras, und in einem Jahr werden alle wieder …« Er brach ab und glotzte, dann deutete er mit seiner Stachelrute nach vorn. »Ich will verflucht sein, wenn dieser bockige Ochse nicht kräftiger aussieht.«

»Tatsächlich, Herr?« Filantha warf einen Blick auf Alban. »Seht Euch seinen Bauch an, er ist dünner als in der letzten Nacht. Er siecht dahin.«

»Ich kenne hundert übergewichtige Herren auf dem Hohen Hügel, die auch so ›dahinsiechen‹ sollten. Seht Euch seine Muskeln an! Decrevi, was habt Ihr dem Burschen zu essen gegeben?«

»Er hat weder einen Bissen gegessen noch einen Tropfen getrunken«, sagte Filantha. »Und auch kein Wort gesagt, außer …«

»Ja, ich weiß. Nun, entweder er siecht dahin oder er wird gesund wie ein junger Ochse, und so oder so wird er bald hier heraus sein.«

»Oh, er wird nicht gesund, Herr. Ihr braucht nur in seine Augen zu schauen, dann wißt Ihr es. Hinter diesen Augen lebt niemand mehr.«

Alban hörte nichts davon. Was früher Alban gewesen

war, die fließende Struktur seiner Persönlichkeit, blieb im Augenblick gefangen. Er konnte keinen Gedanken außer ›bockiger Ochse‹ fassen. Ohne Vergangenheit und Zukunft, ohne den Willen zu reagieren, verschwindet das Individuum. In einem sehr wirklichen Sinn existierte Alban nicht mehr.

Doch – wie sein Mentor Roniro lehrte – ›Alban‹ hatte niemals wirklich existiert.

Die Krieger im Orden des Inneren Lichts gewinnen ihre Magie durch Einsicht. In der Meditation erkennt der Krieger, wie der Geist sich die Illusion von einem unveränderlichen Ich aus Gedanken, Empfindungen und Erinnerungen zusammenzimmert. Wenn er sieht, wie diese vergänglichen Strömungen den Verstand umwölken, gibt der Krieger die Illusion eines Ichs auf und wird gelassen. Im gelassenen Geist entsteht Magie.

Nun, da die Bahnen seines Verstandes leer waren, wuchs eine Art Bewußtsein in Alban heran, ein Wachzustand, der völlig von Persönlichkeit und allem Menschlichen getrennt war. Unbelastet von Gefühlen und Zweifeln wurde die Kriegermagie in Alban stärker. Sie war nicht zweckgerichteter als ein Fluß. Die Magie durchströmte ihn nur und formte seinen Körper neu, wie ein Fluß Hindernisse aus Sand wegspült.

Der über die Ufer tretende Byrose hatte die Schwalbenschwanzbrücke nicht zerstören können. Eine Proklamation der Magistrate auf dem Hohen Hügel hatte das in zehn Minuten erledigt. Jetzt, kurz vor Sonnenuntergang des nächsten Tages, tauchten weitere Proklamationen in Zweipfennig und Nachtschatten auf: Sperrstunden, Beschlagnahmen, Todesurteile.

Ein Sergeant der Stadtwache nagelte ein Pergament an die Wand neben Denderbores Obststand, ein Geschäft, das in Nachtschatten sehr beliebt war. Vier weitere Angehörige der Wache beobachteten eine große

Menschenmenge mit bereitgehaltenen Hellebarden. In den drei Tagen seit dem Einsturz der Brücke waren nicht viele Streifen am Westufer des Flusses geblieben. Aufgebrachte Pöbelhaufen hatten ein paar Streifen aufgerieben. Die Zuschauer hier, abgebrühte Männer, verzweifelte Mütter und wilde Kinder, klangen bereits mürrisch, als die Männer der Stadtwache sie daran hinderten, Denderbores Obst zu kaufen. Als sie die Proklamation vernahmen, wurde ihr Tonfall wütender.

»Ab Mittag des heutigen Tages, dem sechzehnten Rua«, las der Sergeant der Wache laut vor, »gilt für die Wiederherstellung des öffentlichen Friedens in gewissen sich in Aufruhr befindlichen Stadtteilen und für die Sicherheit und das Wohlergehen der Stadtwache und anderer rechtmäßig ernannter Vertreter der Magistrate ...«

»Räuber!« rief jemand aus der Menge.

»... daß sämtliches Privateigentum von Leuten, welche den Stadtfrieden stören, Gegenstand sofortiger Beschlagnahme ohne weitere Anhörung ...«

Ein Protestschrei. Die Männer der Stadtwache hoben beunruhigt ihre Hellebarden. Eine alte Frau in der vordersten Reihe kreischte: »Was ist mit denen, die die Brücke zerstörten, haben die nicht den Frieden gestört?« Jemand anders sagte: »Für mich hört sich das nach derselben alten Beutelschneiderei an!« Viele andere Rufe übertönten den Rest der Proklamation.

Der Sergeant wohnte wie alle anderen Angehörigen der Stadtwache in städtischen Wohnungen in Schulenburg und Hanfseil. Wie die meisten Wachmänner war er jedoch im Elendsviertel aufgewachsen. Er kannte sich mit diesen Leuten aus. Aus dem nächsten Obstkorb nahm er sich einen Armvoll Äpfel und hielt einen hoch. Er rief eine seiner abgedroschenen Phrasen: »Bei der Autorität dieser Proklamation!« Als er sie wiederholte, beruhigte sich die Menge und wartete.

Der Sergeant fuhr mit einer weiteren erprobten Wendung fort. »Hiermit verfüge und entscheide ich …« Er hielt um der Wirkung willen kurz inne. »… daß die kostenlose Verteilung dieser Früchte hier der Erhaltung des Stadtfriedens dient!« Er fing an, Äpfel in die Menge zu werfen. Die anderen Wachmänner folgten seinem Beispiel, Leute reckten sich nach den Früchten, und in wenigen Augenblicken schlug die Stimmung von wütendem Zorn in eifrige Begierde um.

Ein Troll namens Morinnan sah aus einer nahegelegenen Gasse zu. Für einen Troll war er klein, kaum acht Ellen groß, und von breiter Statur. Er hatte ein hübsches unvernarbtes Gesicht und eindrucksvolle Hörner. Seitdem er vor einem Jahr seine Bande gegründet hatte, flocht Morinnan seine Mähne rostroter Haare zu vielen langen Zöpfen, die er mit den Fingerknochen seiner Feinde schmückte. An der Hüfte trug er eine Lederpeitsche.

Er kratzte sich seinen schwarzen Bart und sagte leise zu denjenigen hinter ihm: »Diese aufgeblasenen Wichtigtuer. Sie haben das nicht schlecht gemacht. Die Leute kriegen ein paar Dutzend Äpfel, und die Wichtigtuer behalten den Rest. Zum Henker mit ihnen! Ich hätte Lust auf ein paar von Denderbores Orangen.«

Seit dem Beginn der Tumulte hatte Morinnan auf viele Dinge Lust gehabt. Er und seine neunzehn Gefolgsleute bekamen Lust auf den gesamten Waffenvorrat von Guzmanns Schmiede in der Zehnergasse – sechsundzwanzig Breitschwerter, neun Speere, vier Hellebarden, vier Morgensterne und Dreschflegel, ungezählte Dolche und einen wunderbaren theranischen Streithammer – sowie auf dessen Frau und seine beiden Töchter. Ihre Gelüste hatten sich danach auf vornehme Kleidung, Juwelen, Zaubertränke, Blutamulette, ein Faß Rotwein und (nach dem Genuß eines Großteil des Weins) eine Skulptur der Passion Astendar, einem Teil des Springbrunnens im Hof von Winitas Haus Ekstatischer Freuden ausgeweitet. Und jetzt auf Orangen.

Nach drei Tagen anstrengender Gelüste waren die meisten Mitglieder der Bande gesättigt, wenn nicht sogar erschöpft. Nur Morinnan wollte immer noch mehr. Aber – »Jetzt werden wir keine Orangen kriegen. Dieser aufgeblasene Sergeant hat das Blatt gewendet.«

»Nun, es gibt noch viele andere Obstverkäufer in Nachtschatten«, sagte die T'skrang hinter ihm, »und zweifellos können wir uns bei denen mühelos bedienen.« Die T'skrang, eine Schwertmeisterin namens Phrynos, hatte blaue Schuppen und einen blauen Kamm und trug eine geblümte Weste und weite rote Hosen. Ihr langer Schwanz zuckte ungeduldig. Der Kamm des Schwanzes war mit dünnen Stahldornen besetzt.

Phrynos diente Morinnan als Unterführer und Leibwächter. Sie folgte dem Troll, weil er gut bezahlte, schwer zechte und mit Macht umging, als sei er zum Herrscher geboren. Morinnan schätzte die Schwertmeisterin nicht nur wegen ihrer Geschicklichkeit im Kampf und ihrer unverwüstlichen Konstitution, sondern auch, weil sie am Tag nach einem Gelage niemals verkatert war. In dieser Hinsicht übertraf sie die sechs menschlichen Bandenmitglieder in der Gasse. Sonst zäh und rücksichtslos – jedenfalls Menschen gegenüber –, hatten sie an diesem Nachmittag keinen Appetit auf Orangen, Kämpfe oder sonst irgend etwas.

»Sag mal, Morinnan«, sagte einer verschlafen, »was hältst du davon, wenn wir noch mal zurückkommen, wenn die Wachen weg sind?«

»Halt's Maul«, sagte Morinnan, und die anderen verstummten. Sie kannten diesen Tonfall. Der Troll brütete irgend etwas aus.

Morinnan machte sich Gedanken über die Menge, während er aus Gewohnheit seine Peitsche befingerte. Die Wache hatte mühelos für einen Stimmungsumschwung gesorgt, und für Morinnan bedeutete das, daß er diesen Stimmungsumschwung ebenso leicht wieder rückgängig machen konnte. Der Troll war zwar kein Adept, aber er konnte eine Menge ebensogut lesen wie Magier eine Schriftrolle. Er wußte, daß es mehr als ein paar Äpfel bedurfte, um die Bewohner Nachtschattens dazu zu bringen, die Stadtwache zu lieben.

»Ich habe eine Idee«, sagte er zu seinem Unterführer. »Phrynos, geh da raus und kämpfe gegen den Sergeanten der Wache. Tu ihm nicht allzu weh, aber sorg dafür, daß er seine Rüstung verliert.«

Eine schuppige Braue hob sich, und eine bernsteinfarbene Katzenpupille verengte sich. »Seine Rüstung verliert«, wiederholte die T'skrang.

»Was ist los? Schaffst du das nicht?«

Ihr Kopf ruckte auf ihrem mit Bartfäden versehenen Hals herum. »Mein Herr, ich bin ein Adept. Ich könnte ihm die Einzelteile seiner Rüstung in alphabetischer Reihenfolge vom Leib trennen.«

»Was ist das?«

»Schon gut. Was ist mit den anderen Wachen?«

»Diese aufgeblasenen Wichte hier werden ihren Kater vergessen und die anderen Wachen beschäftigen. Nicht wahr, Leute?«

Wie aufgeblasen die übrigen Bandenmitglieder auch ausgesehen haben mochten, diese Nachricht stutzte sie zurecht. »Wir sollen gegen die Stadtwache kämpfen? Uns den Zorn des Gesetzes zuziehen?«

»Es gibt kein Gesetz mehr.« Morinnan zeigte auf die Menge. »Die sind das Gesetz, und dadurch wird sich die Wache ihren Zorn zuziehen. Tötet sie nicht, wenn ihr nicht unbedingt müßt. Und jetzt los.« Er zog die Peitsche aus seinem Gürtel.

Ergeben machten die anderen Schwerter und Streitkolben bereit. Phrynos ging voran, indem sie gelassen auf den Obststand zu stolzierte. Als sie vor dem Sergeanten der Stadtwache stand, zog sie blitzartig einen Dolch. Die Klinge flog so schnell, daß sie praktisch unsichtbar war. Plötzlich trug der Sergeant keinen Helm mehr. Während Phrynos einfach weiterging, fiel dem Sergeant der Helm vor die Füße, da der Kinnriemen durchtrennt worden war. Blut sickerte aus einem Riß in seiner Wange, der nicht tiefer als ein Schnitt von einem frischen Blatt Pergament war.

Der Sergeant starrte benommen auf seinen Helm, betastete seine Wange und griff dann verspätet nach seinem Schwert. »Angriff!« rief er, doch Morinnans Leute waren längst da. Klingen prallten klirrend aufeinander, Obstkörbe kippten um und rollten über den Boden, und die Menge zog sich ein wenig zurück, begeistert, aber mit einem Gefühl des Unbehagens.

Phrynos wich der Klinge des Sergeanten so geschmeidig aus, als umrunde sie eine Statue. Sie rammte ihren Dolch unter seinen Schultergurt und schnitt. Während sie sich beiläufig unter seinem Rückhandschlag hinwegduckte, zuckte der Dolch der T'skrang erneut vor und durchschnitt seinen Hüftgurt. Sie sprang zurück, und als der Sergeant ihr zu folgen versuchte, fiel sein Brustpanzer zu Boden.

Phrynos sagte: »Ihr verliert Euren Gurt, mein Herr!« Sie spielte mit ihrem Dolch und lächelte, wobei sie eine lange Reihe spitzer Zähne entblößte. »Wollt Ihr Euch nicht lieber zurückziehen und Eure Uniform richten?«

Ergrimmt stürzte der Sergeant sich auf sie. Phrynos trat beiseite, packte seine freie Hand und schleuderte ihn herum. Der Sergeant flog in die Menge – doch Phrynos hatte ihm dabei seinen Panzerhandschuh abgestreift. Die Menge lachte schallend und schob den Sergeanten wieder zurück zu Phrynos.

Die T'skrang seufzte. »Noch ein Handschuh, die beiden Armschienen, ein Lendenschutz, Knieschützer und Beinschienen. Das wird langsam langweilig.« Als der

Sergeant erneut auf sie einstürmte, wich sie seitlich aus und schlug mit ihrem Schwanz zu. Er traf den Sergeanten im Gesicht – er schwankte benommen. Der Schwanz schlug erneut zu, rechts, links, rechts. Nach dem vierten Schlag fiel der Sergeant bewußtlos zu Boden.

Während die Menge lautstark applaudierte, sagte Phrynos: »Gleich kümmere ich mich um die anderen.« Dann drehte sie sich um und begutachtete die Lage in Denderbores Obststand.

Ihre Gefährten hatten die Wachen gegen die Innenwand gedrängt. Die Wachen, die in der Unterzahl waren, sahen beunruhigt, aber entschlossen aus und schienen bereit zu sein, kämpfend zu sterben. Die Zuschauer in der Menge wirkten sehr angespannt.

Phrynos blickte zu der Leinwandmarkise auf, die über den Stand gespannt war. Sie rief ihren Gefährten zu: »Es reicht! Zu mir, meine Freunde!« Sie zogen sich zu ihr zurück. Phrynos zog ihre beiden Säbel und hieb nach den hölzernen Stützpfosten der Markise. Die Leinwand fiel auf die hilflosen Wachen, und die Menge lachte schallend.

An dieser dramatischen Stelle hatte Morinnan seinen Auftritt. »Gute Arbeit, ihr Raufbolde!« rief er laut. Er legte seinen kräftigen Arm um die Schulter der T'skrang. »Leute, meine Bande mag diesen Haufen nicht mehr als ihr. Jetzt paßt auf, wir werden sie zurück zum Hohen Hügel schicken, damit sie diesen aufgeblasenen Wichtigtuern sagen können, was wir von ihnen halten!«

Seine Leute entwaffneten die Wachen und jagten sie dann davon. Morinnan trieb den Sergeanten mit ein paar Peitschenhieben zusätzlich an, so daß dieser den anderen voran floh – nur mit seinen eigenen Proklamationen bekleidet.

Morinnan rief der begeisterten Menge zu: »Vergeßt nicht, wer euch wirklich hilft. Zu glauben, daß diese

Wichtigtuer so sind wie wir, ist wie – wie Äpfel und Orangen!«

Gelächter, lauter als das Rauschen des Byrose. Er warf ihnen ein paar Orangen zu, obschon nicht von der besten Qualität. Gleich würde er die Menge wegschicken und mit seinen Leuten den Stand plündern.

Denderbore, ein stämmiger, kahl werdender Mann mit einem schmalen Schnurrbart, lachte am lautesten von allen. »Gute, Arbeit, Troll! Ich würde Euch diesem Haufen jeden Tag vorziehen. Sagt Euren Männern, daß sie sich mit meinem Obst bedienen können!«

Mit einem dankbaren Lächeln legte er eine reife Orange in Morinnans Hand.

Überrascht starrte Morinnan die Orange an. Er dachte: *Ich muß diesen Laden gar nicht plündern.* Dann dachte er: *So müssen es die Wichtigtuer auf dem Hohen Hügel machen.* Diese Idee führte sogleich zu einer weiteren und noch einer weiteren. Gemeinsam stellten sie eine Gelegenheit dar, die so gewaltig war, daß er sie zunächst gar nicht fassen konnte. Seine Stirn runzelte sich, und er atmete schneller.

Ohne den Lärm der Menge zur Kenntnis zu nehmen, starrte Morinnan die Straße entlang, an deren Ende er durch eine Lücke zwischen zwei Häusern die Kuppeln des Hohen Hügels sehen konnte. Im Licht des Sonnenuntergangs sahen sie wie reife Orangen aus.

Auch in der dritten Nacht kehrten die Freundlichen Hüter nach Zweipfennig und Nachtschatten zurück. Sie staksten über die Straßen, immer höflich und ohne jemandem Schaden zuzufügen. Sie hinterließen wunderbare Häuser, fremdartige Gebäude und Tumulte. Zuvor hatte der Byrose Zweipfennigs Besitz weggeschwemmt. Jetzt zerstörten die Hüter auf dieselbe unpersönliche Weise seine Gesellschaftsstruktur.

Weder der Fluß noch die Geister konnten die unerschütterlichen Alten Familien aus Altstadt vertreiben. Sie betrachteten die Tumulte auf der anderen Seite des Flusses mit mildem Widerwillen. »Frivol. Rücksichtslos«, verkündete Landfrau Bulrutha Barghill-Bhurn. »Anständige Leute wünschen die letzten Verbesserungen ihrer Besitzungen in Zweipfennig zu begutachten, aber können sie das? Nein! Ich sage Euch, das können sie nicht! Die unteren Klassen müssen zuerst gegen alle Vernunft und gegen allen Anstand ihre Possen treiben. Nichts beweist deutlicher, warum sie niemals aus Zweipfennig herauskommen.« Ihre Nüstern blähten sich, als sie ihr abschließendes Urteil verkündete: »Wasser! Wasser, das seinen Pegelstand sucht!«

Dreißig vornehme Patriarchen und Matriarchen der Alten Familien in dreißig opulenten Anwesen führten dreißig gleichlautende Gespräche. Barghill-Bhurn, die Nurnholz', die Styche-Mudds, die Haselmeuse und Llugards und Parrsytes: alle sprachen mit einer geschätzten Angehörigen der Oberschicht, Padia Villandry – oder vielmehr mit der Person, die sie für Padia hielten.

Vilph Axtgriff, der Padia drei Tage lang verkörperte, besuchte jede Alte Familie zum Mittag, Tee, Abendessen oder einem abendlichen Spiel Quartillo. Mit Padias Stimme sagte er: »Ich bewundere Eure klare Sicht, was das Zweipfennig-Problem betrifft, Landmann Parrsyte« – »O Landmann Moache, Ihr müßt Eure Ansichten übermorgen auf meiner großen Abendgesellschaft verkünden« – »Natürlich hoffe ich von ganzem Herzen, daß Ihr kommt, Landfrau Frey-Lowden, und Eure Familie und Freunde mitbringt.«

Jede der dreißig Familien fragte: »Habt Ihr noch immer die Absicht, Eure Gesellschaft stattfinden zu lassen, im Lichte der – äh …?«

Dreißigmal antwortete Vilph glatt: »Kann es einen besseren Zeitpunkt geben? Wir müssen dem Pack zeigen, daß das Leben in den oberen Klassen ungestört weitergeht.« Dreißigmal beugte er sich vor, blickte tief in die Augen seines Gegenübers und wob seinen Zauber. »Stimmt Ihr mir da nicht zu, Landmann Leyche? – Landfrau Truckler? – Landmann Spohnge-Dobbit?«

Dreißigmal nickten sie mit glasigen Augen.

In jedem Haus stolperte Vilph ›zufällig‹ über irgendeinen unschuldigen Gegenstand, der der dort wohnenden Gründerfamilie gehörte. Jedesmal quittierte er den Anblick mit freudigen Ausrufen. »Was für eine wunderbare Kamee!« (Kelch, Statue, Kerzenleuchter.) »Ihr müßt sie mir für die Feuerwurm-Zeremonie leihen.«

»Feuerwerk, sagt Ihr?« fragten dreißig Gründer.

»Nein, *Feuerwurm*. Ein nettes kleines Ritual, bei dem wir eine kleine Kerze vor Gegenständen von sentimentalem Wert anzünden. Das verkörpert unsere lange Tradition und Einigkeit.«

»Fabelhaft! Warum nennt Ihr es ›Feuerwurm‹, Padia?«

»Zweifellos gibt es dafür irgendeinen sonderbaren historischen Grund, aber das kümmert Euch im Grunde gar nicht.« Er starrte, und dreißig Familien kamen zu dem Schluß, daß es sie nicht kümmerte. Auf diese Weise gaben Merrons große Familien Vilph ihre ganz persönlichen Gegenstände mit magischer Struktur.

»Wir werden gewiß kommen, Padia«, sagte ihm jede Familie beim Abschied. »Eure Gesellschaft wird ein Triumph.«

»Genau«, sagte Vilph. »Ich glaube, alle werden noch sehr lange davon reden.«

»Ich habe euch alle heute Abend hergebeten, um über eine Evakuierung zu beraten.«

Padia – die wirkliche Padia – betrachtete vom Podium aus das Dutzend Zauberer von Oneiros und Geokosmos. Sie hatte die Magier von Noesis ebenfalls eingeladen, aber sie waren nicht erschienen. Die Mitglieder

der beiden Gilden saßen sorgfältig durch viele Reihen von Holzstühlen voneinander getrennt in zwei Gruppen. Sie waren nur widerwillig in diesen Hörsaal von Quietus gekommen und machten einen verdrossenen Eindruck. Als sie das Wort ›Evakuierung‹ hörten, schienen sie wie vom Donner gerührt zu sein.

»Die Geister haben bürgerkriegsähnliche Zustände geschaffen«, fuhr Padia fort. »Mittlerweile haben sie sich auf halb Merron ausgeweitet. Die Tumulte werden sich sehr wahrscheinlich noch weiter ausbreiten, und es ist nicht ausgeschlossen, daß der Hohe Hügel fällt. Ich schlage vor, daß die Gilden der Zauberkundigen in eine ruhigere Stadt wie zum Beispiel Travar umsiedeln. Wenn wir uns vereinen, besitzen wir genug Macht, um tun zu können, was wir wollen.«

»Das kann ich nicht glauben!« Taundis Boyhan, Anführer von Geokosmos, sprang auf. Das Feuer seiner roten Haare entsprach dem feurigen Zorn in seinen Augen. »Die Stadt verlassen? Ich halte es für besser, zu bleiben und die Ursache der Probleme zu beseitigen!«

»In der Tat«, sagte Ramiel mit einem unverschämten Seitenblick auf die Geisterbeschwörer von Oneiros. »Ich frage mich, wer diese Geister wohl beschworen hat?«

Ghantrem, der Älteste von Oneiros, sprang wütend auf, doch Taundis brachte Ramiel mit einer Geste zum verstummen. »Ich meinte Vilph Axtgriff!«

Simon Weald, dessen Blick selten demjenigen anderer offen begegnete, starrte nachdenklich in die wogenden Farben seines Onyxrings. »Vilph hat die Kontrolle über die Kompositform verloren. Wir haben es selbst in der Feste gesehen, als die Form mit Villandry ging.«

»Und meinem Mann«, fügte Padia ohne nachzudenken hinzu.

Weald verzog das Gesicht. »Mit Eurem Mann? Ich erinnere mich noch ganz genau, daß Ihr allein wart. Wann habt Ihr geheiratet?«

Padia sah alle der Reihe nach an und verzweifelte. Nicht einmal die mächtigsten Zauberer in Merron konnten Vilphs Illusion durchschauen.

»Ob die Form mit ihr oder mit anderen gegangen ist, Städter Weald, Ihr seid nicht mehr auf dem laufenden«, sagte Daimon Angelicon Dimitrio, dessen magnetischer Blick denen der anderen für deren Geschmack viel zu oft begegnete. »Vilph hat die Form dazu veranlaßt, uns bei der Beschwörung der Hüter zu helfen – wenngleich ich anders als einige andere« – und an dieser Stelle sah Dimitrio den selbstgefälligen Hendon von Hemiptera an – »noch nicht davon überzeugt bin, daß die Beschwörung der Hüter ein Fehler war. Immerhin haben sie weite Teile der Stadt wiederhergestellt.«

Viele widersprechende Stimmen stritten darüber, bis Padia in die Hände klatschte und sie beruhigte. »Wir können Vilph nicht besiegen«, sagte sie. Sie setzte sich über ein Dutzend Proteste hinweg, die vom Gemurmel Logros des Häuters bis zu Boyhans wütendem Heulen reichten, und fuhr fort: »Wie können wir Vilph bekämpfen, wenn Vilph uns ganz leicht gegeneinander ausspielen kann? Immer wieder lockt er uns zu diesen katastrophalen Ritualen, weil wir uns lieber vor den anderen Gilden hervortun, als der Stadt helfen zu wollen. Wenn blinde Rivalität uns davon abhält, Merron zu helfen, sollten wir die Stadt einfach aufgeben und woanders neu anfangen.«

Die Zauberer antworteten darauf mit Zorn. »Ich würde für Merron sterben!« – »Oneiros fördert diese Rivalität nicht!« – »Geokosmos erst recht nicht!«

Plötzlich rief Taundis Boyhan: »Aufhören!« Er sah Padia an, und dabei senkten sich seine buschigen roten Augenbrauen. »Ihr vertretet diese Auffassung nicht wirklich, nicht wahr, Padia? Ihr behandelt uns ebenso wie Vilph, indem Ihr Euch auf einen albernen Standpunkt stellt und uns zur gegenteiligen Position reizt.«

»Ihr seid zu scharfsinnig, Taundis«, sagte Padia mit einem entwaffnenden Lächeln. »Es stimmt, ich will Merron nicht verlassen. Doch ist mein ›alberner Standpunkt‹ irgend etwas anderes als eine Beschreibung der gegenwärtigen Lage?«

Wiederum wirkten die Zauberer verdrossen. Boyhan, der Älteste von Geokosmos, bedachte Ghantrem, den Ältesten von Oneiros, mit einem Seitenblick, und der Geisterbeschwörer erwiderte ihn widerwillig. Das Schweigen hielt an.

»Ich verspreche folgendes«, sagte Boyhan schließlich. »Vilph ist Schuld am Tod meines Sohnes. Ich verspreche, daß Geokosmos in Zukunft weder ihm noch der Kompositform helfen wird, nicht, solange ich lebe.« Jeder Zauberer nahm diese Ankündigung sehr ernst, denn Taundis hatte im Grunde so gut wie beschworen, den Bluteid zu brechen, der Britham Boyhan getötet hatte.

Ghantrem schien sich sofort zu entscheiden, vielleicht um zu vermeiden, neben Boyhan unentschlossen zu wirken. »Zwar ist der angebliche von den Freundlichen Hütern angerichtete Schaden noch nicht bewiesen, aber die anderen Katastrophen der Heimsuchung zeigen ganz eindeutig, daß Vilph mehr Ärger verursacht als beseitigt. Wir von Oneiros werden ebenfalls aufhören, der Form zu helfen, solange Vilph sie beherrscht.«

»Ihr seid der einzige Magier hier, Landfrau Villandry«, sagte Gideon Lant von Geokosmos. »Wo steht Noesis in dieser Angelegenheit?«

Die Frage beunruhigte Padia. »Ich hatte gehofft, Haerlam der Seher würde die Magier herbringen, aber ich habe nichts von ihm gehört.«

Gideon spitzte die Lippen und sagte dann: »Wie reizvoll. Kennen wir Vilphs Aufenthaltsort oder seine gegenwärtigen Pläne?«

Die Frage hing mit ihren Bedeutungen in der Luft.

Albans dritter Tag in Antimer.

Filantha und Roodville standen vor ihm. »Das ist nicht natürlich«, sagte Roodville beunruhigt. »Hat weder gegessen noch getrunken noch verdaut, seit er hier ist. Das ist Dämonenwerk. Wir holen am besten einen Questor. Oder« – er sammelte all seinen Mut – »wir könnten ihm hier und jetzt den Schädel einschlagen.« Er hob seine Stachelrute.

»Herr, bitte!« Filantha stellte sich zwischen Alban und den Aufseher. »Er scheint keine Gefahr zu sein, oder? Er sieht besser aus, nicht schlechter – Magie muß es sein, aber keine Dämonenmagie.«

Die Insassen versammelten sich in einem weiten Halbkreis um den bewußtlosen Fremden. Sie hatten ihn den ganzen letzten Tag beobachtet und waren ruhig und nachdenklich geworden. Als sie jetzt Filanthas Worte hörten, betrachteten sie Alban mit neuerlichem Staunen.

Er hatte sich verwandelt. Seine Haut hatte grellrot geleuchtet, als habe er einen starken Sonnenbrand. Mitten im Schmutz und Unrat des Pferchs erschien er vollkommen sauber. Jede Spur von Fett war an seinem Körper verschwunden, und er hatte einen flachen Bauch und muskulöse Gliedmaßen. Jedes Haar seines Körpers war ausgefallen, so daß seine Kopfhaut glänzte und seine fiebrige rote Haut jugendlich aussah. Zu einem Ball zusammengekrümmt, atmete er kaum. Nur ein gelegentliches Zucken verriet, daß er noch lebte.

Filantha kniete sich mit einem Becher Wasser neben ihn. Als sie versuchte, Alban etwas von dem Wasser einzuflößen, verschüttete sie ein paar Tropfen auf seine Haut. Sie zischten und verdampften.

Roodville sah das, und sein Mut verließ ihn. »Haltet Euch fern von ihm, Decrevi! Laßt ihn … laßt ihn einfach in Ruhe. Vielleicht ist er bis morgen verbrannt. Wenn nicht, bringe ich ihn zur Stadtwache, ja, das tue ich, wenn es sie diesseits des Flusses überhaupt noch gibt. Ich wette, sie werden ihn so behandeln wie die Brücke.«

Alban verstand das Gespräch nicht, aber irgendwo hinter seinen Augen maß die Kriegermagie sie beide, Sekunde für Sekunde. Sie stufte Filantha als *ungefährlich* und in gewissen Augenblicken als *Verbündete* ein, Roodville dagegen als *möglicherweise gefährlich*. Keine dieser Einschätzungen hatte länger als einen Augenblick Bestand. Nichts wies auf eine unmittelbare Bedrohung hin, und so ergriff die Magie keine Maßnahmen. Sie begnügte sich damit, von Stunde zu Stunde stärker durch ihr Gefäß zu strömen.

In dieser Nacht kamen die Freundlichen Hüter zum vierten Mal nach Zweipfennig und Nachtschatten. Mittlerweile hatten sie fast die gesamte Westhälfte der Stadt wiederhergestellt, und so wurden jene am Ostufer des Byrose in jeder Nacht unruhiger. Würden die Hüter den Fluß überqueren und auch Hanfseil oder Schulenburg verwandeln? Fehlte ihnen der Anstand in so einem Ausmaß, daß sie sich vorstellen konnten, Schlußstein zu verändern? Sogar ein Freundlicher Hüter mußte doch die Unvergänglichkeit von Altstadt anerkennen. Die Geister würden es nicht wagen, an Dingen herumzupfuschen, von denen die Gründerfamilien wußten, daß sie bereits vollkommen waren.

Dennoch, in ihren stillen Augenblicken warfen die Gründer mit ihren Sprößlingen, Bediensteten und Gefolgsleuten besorgte Blicke auf die geheiligten Hallen, die ihnen Schutz boten. Welche absonderlichen Bauwerke mochten in der Vergangenheit auf diesen Hängen gestanden haben? Hatten die geheiligten Hallen auch schon in dem, was die Hüter ›die wahre Zeit‹ nannten, Bestand gehabt? Im Elendsviertel Zweipfennig hatten einst prachtvolle Anwesen gestanden und waren zu schlammbedeckten Pfeilern in unaussprechlichen Mietshäusern geworden. Konnten eben jene Hallen von Altstadt, diese geheiligten Hallen – konnten sie …?

Nein. Welch ein Unsinn! Die Gedanken der Gründerfamilien kehrten zu ihrer gewöhnlichen Glückseligkeit zurück, und dann machten sie sich daran, ihre Kleidung für die Gesellschaft am morgigen Abend in Jessis auszuwählen.

In jener Nacht flogen Vilph und Hodrick auf ihrem Teppich über Schulenburg hinweg zur Schule der Überlegenen Schutzmittel, um sich mit den Magiern der Noesis-Gilde zu treffen. Hodrick sagte: »Ich kann nicht glauben, daß Ihr die Absicht habt, mit dieser Heimsuchung fortzufahren. Mittlerweile müssen doch alle Zauberkundigen von Merron wissen, daß Ihr nichts Gutes für die Stadt im Schilde führt. Bluteid oder nicht, sie werden sich weigern, mit Euch zusammenzuarbeiten.«

Vilph hielt es nicht mehr für der Mühe wert, Hodrick zu belügen. Der Ork fragte: »Wenn Ihr glaubt, daß ich nichts Gutes für Merron im Schilde führe, Hodrick, warum arbeitet *Ihr* dann immer noch mit mir zusammen?«

Wie Vilph erwartet hatte, wurde Hodrick von dieser peinlich genau treffenden Frage überrumpelt. »Das – das tue ich, weil Ihr mich vernichten könnt, wie Ihr mich geschaffen habt.«

Vilph genoß es, mit Hodrick zu spielen. »Ich habe Euren Leib nicht geschaffen, und ich kann ihn auch nicht vernichten. Das Ich-Bewußtsein, dessen Ihr Euch erfreut, ist eine Illusion. Eure Form würde auch dann noch die Stadt beschützen, wenn ich die Illusion aufheben würde. Warum klammert Ihr Euch also so daran fest?«

Hodricks Augen ähnelten nur in ihrem Ausdruck der Verzweiflung. »Der Leib mag überleben, aber *ich* würde sterben. Ich fürchte den Tod.«

»Genau. Und jetzt begreift Ihr auch, warum diese Magier von Noesis mit mir zusammenarbeiten werden. Ihr Ich-Bewußtsein ist nicht weniger eine Illusion als Eures, wenn man davon absieht, daß ich sie nicht aufheben kann. Aber sie werden sich ebenso daran klammern wie Ihr.«

Hodrick seufzte. »Wegen dieser Angst habe ich Freunde und mehr verraten. In der Liebe fand ich ein gebrochenes Herz, wie es bei jedem Namensgeber in dieser Stadt der Fall ist. Sie altern, sehen ihre Körper verfallen, werden krank und bemerken, wie alles, was sie liebgewonnen haben, ihnen entgleitet oder entstellt wird. Und bei alledem sehen sie und ich keinen anderen Ausweg als den Tod, eine alptraumhafte Angst.«

»Außerdem müssen wir uns langweilige und pompöse Reden anhören«, sagte Vilph. Hodricks zunehmende Widerspenstigkeit erzürnte ihn, aber er täuschte Langeweile vor, und wie immer wurde aus dem Vorgetäuschten äußerliche Wirklichkeit.

Vilph landete den Teppich auf dem Dach der Schule, und die beiden drangen durch die offene Falltür in das Gebäude ein. Sie sahen niemanden in dem niedrigen Flur. Einer Laune folgend, wirkte Vilph eine Illusion, um seine Anwesenheit zu verbergen, dieselbe, die er benutzt hatte, um Alban und Padia in deren Eßzimmer auf Jessis auszuspionieren. Sie strich ihn für einen Gang von zehn Schritten aus dem Bewußtsein jedes Beobachters. Vilph erneuerte sie im Gehen mit beiläufiger Geschicklichkeit, und Hodrick bewegte sich unsichtbar.

Sie kamen zu einem kleinen Besprechungsraum. Durch ihre Magie geschützt, drangen Vilph und Hodrick unbemerkt in die Kammer ein und belauschten die sechs Mitglieder von Noesis.

An einem runden Teakholztisch, dessen Durchmesser peinlich genau von uralten Auspizien vorgeschrieben war, führte Haerlam der Seher die Diskussion.

Rings um den Tisch saßen seine fünf Magierkollegen, jeder eine graue Eminenz und ein etwas angestaubter Gelehrter:

Eustachia Munt, eine Zwergenfrau mit beachtlichen Fähigkeiten sowohl auf dem Gebiet der Magie als auch auf dem der Musik, klein und breitschultrig und in eine hellblaue Robe mit einem grünen Stoffband um den Arm gehüllt. Sie spielte lustlos auf einer winzigen Laute.

Ludvic der Rote, hager in seiner blutroten Robe, unbeherrscht und manchmal gewalttätig – aber, wie er immer betonte, »nur nach außerordentlichen Provokationen«.

Jorzz, der Meister der Geminiden, ein blasser, eitler Mensch in violetter Robe mit einer weißen Dalmatik-Tunika. Manche behaupteten, er habe sich sein jugendliches Aussehen durch eine Reihe ungestümer Affären mit Elfen seit fünf Jahrzehnten bewahrt. Ob sie ihn jung hielten oder nicht, diese zum Scheitern verurteilten Romanzen hielten jedenfalls seine Neugier wach.

Norria Langzahn, Orkfrau, Überlebende eines ausgerotteten Orkbrennerstamms im Norden und jetzt eine bekannte Tuchhändlerin in Schlußstein. Heute trug sie ihr schwarzes Chorgewand mit golden gestickten Kometen auf den Ärmeln.

Und schließlich Meister Wohlnoth, dessen Identität Vilph bei seinem Besuch auf Jessis angenommen hatte. Vilph hatte den bärtigen alten Mann gut getroffen, die zerknitterte indigoblaue Robe eingeschlossen. Doch der echte Wohlnoth hatte eine ruppigere und weniger charmante Art.

»Offen gesagt, bin ich sehr skeptisch, was das Ansinnen der Kompositform angeht«, sagte Wohlnoth brummig. »Wir sollen ihr dabei helfen, eine Feuerwurm-Plage zu wirken? Wie kann das die Stadt schützen? Mir ist klar, daß eine Verweigerung der Zusammenarbeit gleichbedeutend mit einem Bruch des Bluteids ist, aber wir haben gesehen, wie ihre letzten Ansinnen zur Katastrophe geführt haben.«

»Ah. Wenn ich dazu etwas anmerken dürfte«, sagte Haerlam ehrerbietig. »Die Plage könnte ursprünglich Vilphs Idee gewesen sein. Er hat die Kompositform eine Zeitlang beherrscht, bis sie ihn vor einigen Tagen verlassen hat. Die Form könnte aus, äh, sagen wir, reiner Gewohnheit von uns verlangen, den Plan in die Tat umzusetzen.«

Eustachia Munt hob eine schwarze Augenbraue. »Einen Tag nach dem angeblichen Überlaufen der Form sind Legionen von Geistern über uns hereingebrochen. Hat die Form da auch aus reiner Gewohnheit gehandelt? Vilph könnte das Ding immer noch beherrschen.«

Jorzz hob eine schlanke Hand und tat die Frage mit einem verächtlichen Winken ab. »Woher wissen wir, daß die Kompositform diese – was sind sie – Freundlichen Hüter beschworen hat? Oneiros könnte das auch allein bewerkstelligt haben. Diese Geisterbeschwörer sind verantwortungslos und – frei heraus – ohne Bildung.«

Norria fügte hinzu. »Und auch ohne Kontrolle. Wir können eine Feuerwurmplage kontrollieren.«

»Völliger Unsinn!« Ludvic hob im Gefühl völliger Ohnmacht die Arme. »Zieht die Berichte über Feuerwürmer in Galadrias Fünftem Diskurs zu Rate, ganz zu schweigen von Corolomirs *Dynamemnicon*. Ihr scheint beklagenswerterweise unbelesen zu sein, was die einschlägigen Überlieferungen angeht, Norria.«

Norria erhob die Stimme. »Wie traurig, Ludvic, daß Euer alterndes Gedächtnis es unterlassen hat, sich an Sannon Zwölfbaums Widerlegung von Corolomirs apokrypher Anekdote zu erinnern, wie sie …«

»Wenn ich bitten darf«, sagte Haerlam. »Bitte! Wollen wir unsere Diskussion nicht auf das unmittelbare

Thema beschränken? Arbeiten wir mit der Kompositform zusammen? Oder brechen wir den Bluteid und sterben, wie Britham Boyhan gestorben ist?«

Ein angespanntes Schweigen. Wohlnoth räusperte sich und sagte dann: »In meinen Augen kann die Plage wenig dauerhaften Schaden anrichten, wenn sie auf die Gesellschaft beschränkt bleibt, wie die Form es verfügt hat. Diese Trottel aus Altstadt könnten den einen oder anderen Feuerwurm gut vertragen, und sei es auch nur, um ihren Eigendünkel ein wenig zu dämpfen. Aber es scheint mir wichtig zu sein zu erfahren, ob Vilph Axtgriff die Form immer noch beherrscht.«

»Nein, nein, wie ich schon sagte«, wandte Haerlam ein, »sah ich, wie sie sich von Vilph abgewandt hat, um mit Padia Villandry zu gehen und ...« Er hielt mit gerunzelter Stirn inne. »Und – ach, ich dachte, da wäre noch jemand gewesen – nun, das ist unwichtig.«

Jorzz ergriff ungehalten das Wort. »Was spielt es eigentlich für eine Rolle, ob Vilph der Form die Idee vorgeschlagen hat? Vilph hat es in seiner Disziplin zu unerreichtem Geschick gebracht. Gewiß verfügt jeder mit derartigen Fähigkeiten über gewisse Reste von Vernunft.«

Ein Teil Vilphs sonnte sich in dem Kompliment, doch gleichzeitig verlachte ein anderer Jorzzs offensichtlichen Trugschluß. *Wie viele wahnsinnige Zauberer haben schon ganz Barsaive in Gefahr gebracht?* dachte er. Dann wurde ihm klar, daß die Frage Schlußfolgerungen für seine eigene Handlungsweise zuließ, und er verbarg den Gedanken rasch hinter einem neuen Vorhang der Rechtschaffenheit.

»Respektieren wir Macht um ihrer selbst willen?« fragte Eustachia rhetorisch.

»Wir sollten zumindest *diese* Macht respektieren«, sagte Jorzz, »und zwar insofern, als sie uns mit der Kraft unserer eigenen Eide in blutige Fetzen reißen kann. Wenn Vilph die Form tatsächlich beherrscht, sollten wir die Frage nach seinen Gründen stellen. Wenn er eine plausible Erklärung anzubieten hat, sollten wir im Zweifelsfalle zu seinen Gunsten entscheiden.«

Jorzz leckte sich die Lippen. Vilph spürte, daß Jorzz sich bereits zur Zusammenarbeit entschlossen hatte und jetzt nur noch eine vernünftige Begründung brauchte, um sich seinen Stolz zu bewahren. Als er die Anwesenden der Reihe nach betrachtete, sah er zu seinem Vergnügen bei allen dasselbe Verlangen, dieselbe Sehnsucht nach einer plausiblen Ausflucht. Er lächelte. Er konnte sogar den schwächsten Hauch von Verlangen ausnutzen. Leute, sogar Magier, wollten glauben.

Mit einem Gedanken beendete er den Zauber, der ihn unsichtbar machte. »Ich gratuliere Euch zu Eurer Toleranz, Jorzz«, sagte er. Die Magier sprangen von ihren Stühlen auf und wichen zurück. Sie starrten ihn mit hervorquellenden Augen an, und in diesen Augen sah Vilph einen fast unterwürfigen Respekt.

»Ihr wolltet meine Gründe wissen. Ein sehr vernünftiges Ansinnen. Laßt mich zunächst in völliger Offenheit erklären ...«

Vilph fuhr fort, als rezitiere er eine meisterliche Rede in einem Melodram, das er geschrieben hatte.

»187. In dieser Zeitspanne unternahmen die Deouri, unbelastet von den Meinungsverschiedenheiten in der Heimat und ermutigt durch den Tod von Autarch Isedris, Einfälle in das Untere Bautra, und zwar unter dem Befehl von Gannascus. Dieser Mann hatte bei den Hilfstruppen von Teltrenix gedient, war dann desertiert und unternahm jetzt Piratenüberfälle auf die friedliebenden Leute. Der Autrefekt Tenthonis Erwecker drang nach sorgfältigen Vorbereitungen in die Provinz ein, ließ seine Triremen den Großen Gewundenen Fluß hinauffahren und versenkte die Flotte des Feindes, nachdem er sich bereits Ruhm verdient hatte, der den Titel Befrie-

der rechtfertigte. Nachdem er Gannascus vertrieben und die Ordnung wiederhergestellt hatte, befahl Tenthonis seinen Zauberkundigen, dafür zu sorgen, daß das Blut-Theogent bis in alle Ewigkeit überleben würde. Er sagte: Dies ist der letzte Abschnitt der guten Zeit. Vor uns liegen Jahrhunderte der Barbarei.«

Padia erwachte plötzlich, spät in der Nacht. Sie war an ihrem Pult in der Bibliothek von Quietus eingeschlafen. Nach drei Tagen hatte sie ihre Wunden endlich geheilt, dabei aber wenig Schlaf bekommen. Das Zitat beherrschte ihre Gedanken und ihre Träume. Es stammte aus dem Buch, das Thanyx entdeckt hatte, die unentwirrbare Geschichte eines vergessenen Zeitalters.

In diesem Zeitalter war der Älteste der Freundlichen Hüter, der Autrefekt, ein menschlicher General von Isedris gewesen. Die Hüter: Menschen aus einem vergangenen Zeitalter, beschworen, um die Gegenwart zu verdrängen. *Für sie muß Merron wie eine völlig fremdartige Niederwelt aussehen,* dachte Padia. Sie hatte die Sitten und Gebräuche ihrer eigenen Gesellschaft unbewußt als unverletzliche Naturgesetze betrachtet. Die Hüter hatten gezeigt, daß viele dieser Bräuche willkürlich waren, und das strapazierte ihr Begriffsvermögen. Solange Padia die Hüter nicht verstand, konnte sie ihre Magie gegen sie nicht verstärken.

Zumindest hatten Geokosmos und Oneiros sich bereiterklärt, ihr beim Kampf gegen den Autrefekten zu helfen. Theoretisch konnte Oneiros die Wesen, die man vermittels eines Rituals beschworen hatte, auch wieder verschwinden lassen, aber in der Praxis brauchten sie Hodrick dazu, da er es war, der den Geisterbeschwörern bei dem Ritual geholfen hatte. Und ihre eigene Magie aufzulösen, würde den Bluteid verletzen. Ghantrem hatte zu ihr gesagt: »Wir stehen zu Euch, aber wir werden uns nicht selbst vernichten.«

Padia gähnte und kehrte zu ihrer Lektüre zurück.

»188. Die Zauberer des Autrefekten riefen einen Mysterienkult ins Leben, der sich durch die Zeitalter fortsetzte, wobei von Zeit zu Zeit geeignete Subjekte als Hüter der wahren Werte verpflichtet wurden …«

»Die Schilderung ist in mancherlei Hinsicht ungenau«, sagte eine Stimme hinter ihr.

Padia sprang auf. Eine Armeslänge von ihr entfernt stand Hodrick hier mitten in der Bibliothek von Quietus.

Sofort wob sie einen Angriffszauber, aber kaum hatte ihr Verstand mit der Ausformung der Idee begonnen, als die alten Schutzzauber der Kompositform die Magie auflösten. In ohnmächtiger Wut streckte sie die Hände aus, als wolle sie ihn erwürgen. »Ich wünschte, ich könnte Euch verbrennen«, sagte sie leidenschaftlich. »Ich wünschte, ich könnte all diese häßlichen Nähte aufreißen!«

Zu dieser späten Stunde befanden sich außer ihr nur noch zwei Schüler der Geisterbeschwörerei in der Bibliothek. Sie sahen Hodrick, hielten ihn für eine beschworene Kreatur und flohen, um Hilfe zu holen, so daß Padia gleich darauf allein mit der Kompositform war.

Hodrick sah traurig aus. »Ich bringe Euch eine Warnung. Vilph hat die Magier von Noesis dazu angestiftet, einen gefährlichen Zauber zu wirken, ein Feuerwurm-Ritual.«

»Ein was?«

»Sie nennen es ein Feuerwurm-Ritual. Ich kenne die Einzelheiten nicht und weiß nur, daß der Zauber Gegenstände mit der magischen Struktur der Gründerfamilien beinhaltet.«

Padia hatte noch nie von diesem Ritual gehört, aber schließlich ersonnen Magier ständig neue Rituale. »Wann?«

»Morgen abend, bei Eurer Abendgesellschaft.«

»Die Gesellschaft! Mich hat seit Tagen niemand aus Altstadt gesehen. Sie müssen doch wissen, daß die Gesellschaft nicht stattfindet.«

»Vilph hat dafür gesorgt, daß sie kommen werden. Ich habe die erforderlichen Gegenstände erkannt, und Noesis bereitet sie jetzt vor. Ich muß ihnen dabei helfen, das Ritual bei der Gesellschaft zu vollenden.«

Er will mich dorthin locken, dachte Padia. »Warum seid Ihr nicht in die Vorbereitungen eingebunden?«

»Ich diene lediglich als eine Art Linse, so daß sich die Magie der Magier vermittels der Kraft des Bluteids verbinden kann.«

»Niemand sollte über eine Macht verfügen, wie sie der Bluteid gewährt. Als Ihr noch eine Marionette des Egregore wart, diente der Eid einem Zweck, aber jetzt, als denkendes Wesen, seid Ihr« – Padia stieß das Wort mit äußerster Verachtung hervor – *»schwach.«* Weinend fuhr sie fort, wobei sie sich für ihre Tränen haßte: »Ich werde Euch nicht fragen, warum Ihr mich warnt. Wahrscheinlich seid Ihr noch immer Vilphs Handlanger. Aber wisset dies: Von nun an sind wir Feinde, Hodrick. Wenn ich Euch vernichten kann, werde ich es tun.«

Trotz seiner monströsen Erscheinung und des Flickenteppichs von einem Gesicht sah er aus wie ein gekränktes Kind. »Fast könnte ich Euch dafür dankbar sein«, sagte er matt. »Ich habe erst seit kurzer Zeit ein Ich-Bewußtsein, und doch verstehe ich bereits, warum Alban Erleuchtung suchte, die Erlösung von allem Kummer.«

Padia rang um die Beherrschung ihrer Tränen. »Geht!«

Hodrick wandte sich verlegen ab. Nach einigen zaghaften Schritten hielt er noch einmal inne. »Vilphs Zauber, der mir Bewußtsein verlieh, könnte dem Egregore ebenfalls ein Ich-Bewußtsein verliehen haben. Wenn Ihr mich vernichtet, gibt es möglicherweise noch eine unbekannte Intelligenz mit denselben Kräften.«

Eben diese Kräfte bewirkten, daß Padia sich abwandte und Hodrick unbeobachtet verschwinden konnte. Der aufgelöste Bibliothekar Dragoslav traf kurz darauf ein wie ein beschworener Geist der Besorgnis. Padia beruhigte ihn und erzählte ihm alles, was vorgefallen war. Dragoslav bat Padia höflich zu gehen und schloß dann die Bibliothek.

Padia zog sich widerspruchslos in ihr Gästequartier zurück. Die gesamte Geschichte war in ihrem Gedächtnis verankert, und jetzt brauchte sie sie nur noch abzurufen. Doch zuerst suchte sie Thanyx Destrovan auf und erzählte ihr von Hodricks Warnung. »Wir müssen die Freundlichen Hüter vor dem morgigen Abend loswerden«, sagte Padia trübsinnig. »Wir können nicht zulassen, daß Vilph oder Hodrick sie zu Hilfe holen.«

»Es sind noch viele Vorbereitungen nötig«, sagte Thanyx. »Und wir können nicht vor Sonnenuntergang nach Menschenfeld gehen.«

Padia nickte und zog sich in ihr Quartier zurück. Ein Gefühl drohenden Verhängnisses setzte ihr zu.

Später, als sie sich etwas beruhigt und gesammelt hatte, dachte Padia über Hodricks Worte in bezug auf den Egregore nach. Nach allem, was sie darüber gelesen hatte – und von Hodrick selbst hatte sie das auch gehört – wußte sie, daß diese Wesenheit die Struktur jedes Namensgebers in Merron spürte. Das erforderte ein über die ganze Stadt verstreutes Netzwerk von Spürvorrichtungen, unsichtbar und doch überall. Ein Zauber hätte seine Wirkung nicht jahrhundertelang erhalten können. Die Aufgabe machte ein oder mehrere Lebewesen erforderlich. Welcher Art? Was verbarg es oder sie vor der Wahrnehmung der Leute? Irgendeine mächtige Illusion?

Von allen Bewohnern Merrons kamen allein ihre Gedanken in die Nähe der Wahrheit. Zum erstenmal empfand ich, der so wenig über die Gefühle der Namensgeber weiß, Erregung. Ich verspürte eine Sehnsucht danach, jemanden zu finden, der mich hören konnte. Hätte Padia diesen Gedanken doch nur weiterverfolgt, doch nur die Illusion zu durchschauen versucht, hätte sie mich vielleicht vor sich auf dem Tisch sitzen sehen.

Unglücklicherweise wandte Padia sich wieder ihrem Studium des Autrefekten zu. Kurz darauf schlief sie körperlich, geistig und seelisch erschöpft wieder ein. An diesem Tag dachte sie nicht mehr an mich.

Am folgenden Nachmittag stand Morinnan der Troll mit seiner gesamten Bande am Ufer des Byrose, nicht weit vom Lagerhaus von Tormathis-Exporte in Nachtschatten entfernt, auf einem langen, flach abfallenden Stück Strand.

Der Troll und seine neunzehn Gefolgsleute blieben im Schatten der zerstörten Brücke und versteckten sich hinter einem Sandwall am Ufer. Morinnan blickte auf die Antimer-Anstalt und das Lagerhaus aus roten Ziegeln dahinter.

Morinnan hatte sein Aussehen verändert. Er hatte die Fingerknochen aus seinen Zöpfen entfernt und diese ausgekämmt. Jetzt trug er eine ordentliche Tunika, eine modische weite Hose und hohe, mit Espagraschuppen besetzte Stiefel. Er sah sauber und ordentlich aus, zumindest nach Troll-Maßstäben.

»Alle mal herhören. Seht euch das Lagerhaus dort drüben genau an. Das werden wir übernehmen. Das ist der erste Schritt zu, wie sagt man noch gleich, wesentlich größeren Unternehmungen.«

Die Bandenmitglieder lachten. »Ja, zu einer *groooßen* Feier!« sagte einer. Ein anderer mit mehr Phantasie sagte: »Wir werden Schmuggler!«

Morinnan seufzte theatralisch. »Nee. Mit den Sachen werden wir die Stadtwache bestechen und auf unsere Seite ziehen.«

Beeindruckt vom Unternehmungsgeist ihres Anführers, wurden die anderen Bandenmitglieder immer erregter. »Ja!« – »Dann können wir alles plündern!« – »Uns die Banken vornehmen!«

Phrynos die Schwertmeisterin zeigte den größten Einfallsreichtum. »Wir könnten einen Anteil von jedem Diebstahl diesseits des Flusses verlangen!« Die anderen fingen an zu lachen und zu jubeln.

Morinnan hob eine Hand, und kurz darauf herrschte wieder Ruhe. »Nee«, wiederholte er. »Wenn die Stadtwache auf unserer Seite ist, werden wir den Fluß überqueren, zum Hohen Hügel gehen und alle dort *davon überzeugen,* daß wir die Geschäfte besser führen können als sie. Dann übernehmen wir die ganze Stadt.«

Totenstille. Phrynos und die anderen wirkten wie erstarrt.

Morinnan ließ sie darüber nachdenken. Allmählich bekamen die Augen einiger weniger einen ganz neuen seltsamen Glanz, und sie wechselten eine Reihe vielsagender Blicke. Einer oder zwei fingen an zu kichern. »Davon *überzeugen*«, sagte einer, indem er sich die Worte förmlich auf der Zunge zergehen ließ. Die Bande betrachtete Morinnan mit offenem Staunen.

»Von nun an werdet ihr Gauner mich ›Morinnan den Ersten‹ nennen. Oder ›Eure Lordschaft‹ zu mir sagen, wenn ihr wollt. Begriffen?« Sie nickten unsicher. »Gut. Und jetzt holen wir uns das Lagerhaus. Es ist mit Trollen, Obsidianern, wer-weiß-was-für-Siegeln und anderem Kram gesichert.«

Ein Bandenmitglied schüttelte den Kopf. »Das ist eine ziemlich harte Nuß, Morinnan.«

Der Troll musterte ihn kalt.

»Äh, ich meine, Eure Lordschaft«, sagte der Mann schluckend.

»Ich stelle mir die Sache so vor. Wir werden für eine Ablenkung sorgen – das Irrenhaus dort drüben. Wir werden die Schwachsinnigen daraus befreien und sie dann zum Vordereingang des Lagerhauses scheuchen. Die Wachen werden alle nach vorne kommen, um sie zurückzuschlagen, und dann brechen wir von hinten ein.

Phrynos hilft uns von innen. Phrynos, du gehst da rein und tust so, als wolltest du irgendwas kaufen oder abholen, irgendwas. Wenn die Schwachsinnigen kommen und die Wachen ablenken, bring jeden um, der uns gefährlich werden könnte.«

»Eure Lordschaft.« Die T'skrang verbeugte sich. »Ich bin schon so gut wie dort«, sagte sie und lief los.

»Ihr anderen, mal sehen – Jok, Lang, Reg und Dorn. Schleicht euch hier an dieser Wand lang und brecht in das Irrenhaus ein. Treibt die Irren zusammen und schickt sie zum Lagerhaus. Ihr anderen bleibt hier bei mir, bis es spannend wird.

Los jetzt!«

Albans vierter Tag in Antimer.

Jeder Insasse des Pferchs sah schweigend zu, wie Filantha Decrevi Alban die Stirn wusch. Die fiebrige Hitze, die jeden Tropfen Fett seines Körpers verbrannt hatte, war verschwunden. Alban hatte sich tagelang nicht bewegt, und doch waren seine Gliedmaßen muskulös geworden – nicht stämmig, sondern schlank wie die Glieder eines Läufers. Unter seinem Kittel aus Sackleinen waren Rippen und Schultern mit Muskeln bedeckt. Er atmete langsam und tief, und sein flacher Bauch kräuselte sich bei jedem Atemzug.

Jedes Haar war ihm ausgefallen, so daß er sonderbar jung aussah. Seine Haut hatte einen vollen goldbraunen Farbton angenommen, obgleich kein Sonnenstrahl in die Anstalt gelangte. In merkwürdigen Augenblicken glaubte Filantha zu sehen, wie sich Strukturen unter seiner Haut bildeten: Baumrinde, geäderter Marmor.

Die Verwandlung ängstigte und fesselte Filantha zugleich. So unpersönlich wie ein Sternenhimmel, konnte Magie Wunder oder Dämonen beschwören. Für sie war das ein Hinweis auf die Mysterien des Lebens. »Ihr seid ein wunderbares Werk, das seid Ihr«, flüsterte Filantha Alban ernst zu. »Ich hoffe es jedenfalls. Fremder, könnt Ihr mich überhaupt hören? Städter Roodville will nicht einmal in Eure Nähe kommen. Ich glaube, er will die Wache holen und Euch zum Fluß schleifen lassen.«

Alban sagte noch immer nichts, abgesehen von einem gelegentlich geflüsterten »bockiger Ochse«. Aber die Kriegermagie untersuchte jedes Wort auf Gefahren und Drohungen hin. Roodville und die Wache schätzte sie als *mögliche Gefahr* ein. Filanthas übrige Worte hinterließen keinerlei Eindruck.

Doch noch ein anderer hörte Filanthas Worte. »Ich habe tatsächlich die Wache gesucht, Witwe Decrevi«, sagte Roodville zu ihrem Erschrecken. »Sie ist nicht aufzufinden. Hier in Nachtschatten könnte man ebenso nach Goldbarren Ausschau halten wie nach dem Gesetz. Aber ich werde dieser dämonischen Szene jetzt ein Ende bereiten. Ich bringe ihn selbst zum Fluß. Ich werde Euch nicht einmal fragen, ob Ihr mir helfen wollt.« Roodville packte Alban unter den Armen und überging alle Proteste Filanthas.

Die Magie spürte das und beurteilte augenblicklich die Lage neu. *Gefahr! Unmittelbare Gefahr für das Gefäß!*

Zum erstenmal seit vier Tagen öffneten sich Albans Augen. Filantha und die anderen Insassen schrien auf, als die Magie Alban aufspringen ließ. Er stand locker und leicht geduckt da, und seine Blicke huschten hierhin und dorthin, kehrten aber immer wieder zu Roodville zurück.

Der verblüffte Roodville schlug unwillkürlich mit seiner Stachelrute zu. Alban wehrte den Hieb ab, packte die Stachelrute und schob den Aufseher mit einem scheinbar beiläufigen Druck der Handfläche gegen die Ziegelmauer.

Wie jedem Tyrann mangelte es auch Roodville an Courage, aber wie grausam und eitel er auch sein mochte, er besaß die Auffassungsgabe eines Aufsehers. Seine Augen weiteten sich, und der Schweiß brach ihm aus, aber es gelang ihm, nicht zu stottern. »Jetzt hör mir mal zu, du. Deine Art wollen wir hier nicht haben, nein, gewiß nicht. Geh einfach zur Tür hinaus und komm nie wieder.«

Die Magie beurteilte die Stachelrute als unangemessene Waffe. Sie veranlaßte ihr Gefäß, die Stachelrute fallen zu lassen und mit der Ferse zu zertreten. Dann maß sie Roodville.

Roodvilles Mund wurde trocken. »Niemand will irgendwelchen Ärger«, sagte er.

Der Magie fehlte die Erinnerung an Roodvilles vorherige Feindseligkeit, und seine Grausamkeit den anderen Insassen gegenüber kümmerte sie nicht. Sie sah in dem Aufseher im Augenblick keine Gefahr. Alban wich zurück und ging zur Vordertür. Die Magie nahm an, daß sich überall Feinde verbargen. Jetzt würde sie sie suchen.

Sie brauchte nicht lange zu suchen. Zur Tür herein stürzten vier von Morinnans Gaunern, stämmige Männer in beschlagener Lederrüstung. Sie schrien und brüllten und winkten mit ihren Schwertern. Zwei rissen den Zaun des Frauenpferchs ein und scheuchten die Insassen auf. Schreie, als werde grünes Holz gespalten, hallten durch die Anstalt. Die anderen beiden Gauner liefen zum Männerpferch und, als sie Roodville und Filantha sahen, gezielt zu den beiden hin.

»He, was soll das?« rief Roodville. »Ihr seid nicht die Wache!«

»Schlauer Bursche«, sagte einer der Gauner. Er versetzte dem mageren Aufseher einen Schlag in den Magen und schlug ihn dann mit seinem Schwertknauf nieder. Roodville fiel zu Boden und lag still. Der Gauner wandte sich an Filantha. »Los, Pflegerin! Scheuch diese Irren auf und setz sie in Bewegung!«

Verängstigt wich Filantha einen Schritt zurück. Ein Gauner, ein hochgewachsener Mann mit einem roten Bart und einer kreisförmigen Tätowierung auf einer Wange, packte die Pflegerin bei den Haaren. »Hast du nicht gehört? Beeil dich!«

Filantha schrie auf. Alban Peyl wäre ihr zu Hilfe geeilt, hätte er existiert, aber die Kriegermagie tat nichts dergleichen. Sie erinnerte sich nicht an Filanthas Fürsorge, und die Gauner stellten keine unmittelbare Gefahr für ihr Gefäß dar. Die Magie sah ungerührt zu und beurteilte Filanthas Eignung als Verbündete. Wenn sie nicht kämpfen konnte, würde sie sie als Belastung betrachten und abschreiben.

Der zweite Gauner, klein und breitschultrig, trat den Pferch ein und fuchtelte mit seinem Schwert vor den männlichen Insassen herum. Sie schraken vor ihm zurück und stolperten über die Zaunlatten. Im Gegensatz dazu wich Alban leichtfüßig zur Ziegelwand zurück. Als der zweite Gauner das sah, sagte er: »He, du da, Kleiner, du auch. Mach schon!«

Mit erhobenem Schwert ging er einen Schritt auf Alban zu. Die Magie durchströmte Alban, und dessen Bein schoß hoch und traf den Mann unter dem Handgelenk. Das Schwert flog in die Luft. Während der verblüffte Gauner verkrampft sein gebrochenes rechtes Handgelenk umklammerte, schmetterte Albans Faust die linke Hand des Mannes gegen dessen gepanzerte Brust und brach sie ebenfalls. Einen Augenblick später stießen die gestreckten Finger von Albans anderer Hand zunächst in die Augen des Mannes und dann in dessen Kehle. Alban trat dem Mann die Beine unter dem Körper weg, und der geblendete, verkrüppelte Gauner schlug genau in dem Augenblick auf den Boden, als das Schwert in Albans wartende Hand fiel. Dem Gauner blieb nicht einmal die Zeit für einen Schrei.

Alban war kampfbereit, als sich der rotbärtige Mann überrascht umdrehte. Er hatte die letzten drei Sekunden nicht hingeschaut und so den Kampf überhaupt nicht bemerkt. Der Mann hatte Mut, aber er war auch nicht dumm. Als er diesen drahtigen Insassen mit dem Schwert über seinem gefallenen Freund stehen sah, wich der Gauner rasch ein paar Schritte zurück und rief: »Reg, Dorn! Es gibt Ärger!«

Die anderen beiden Gauner liefen zu ihm und bauten sich neben ihm auf. Die verwirrten Insassen verstummten, und eine merkwürdige Stille senkte sich über den Pferch.

»Was hat er gemacht, Lang? Wie hat er Jok umgehauen?« fragte Reg.

»Hab ich nicht gesehen«, sagte der rotbärtige Mann, Lang.

Dorn, ein langhaariger dunkelhäutiger Mann mit einem silbernen Stirnband, musterte Alban mit zusammengekniffenen Augen. »Seht euch an, wie er das Schwert hält. He, du Irrer, wo hast du das gelernt?«

»Bockiger Ochse«, sagte Alban.

Reg schnaubte. »Was hat er gesagt? Der Bursche ist ja völlig verrückt. Los, stechen wir ihn ab.«

Lang rührte sich nicht. »Vielleicht ist er völlig verrückt, aber er ist auch ein Adept, ja, das ist er.«

»Ein Adept? Hier?« Reg trat vor und hob sein Schwert. Die anderen beiden folgten ihm widerwillig und näherten sich Alban von der Seite. Jeder machte einen Schritt. Bevor der Schritt vollendet war, schoß Alban vorwärts und durchtrennte Regs Schwertarm nahe über dem Handgelenk, während er gleichzeitig einen harten Tritt vor das rechte Knie des Gauners landete. Es brach nach hinten. Noch während Reg fiel, sprang Alban wieder zur Ziegelwand zurück und wandte sich den beiden anderen zu.

Regs Schwert, dessen Knauf noch von der abgetrennten Hand umklammert wurde, fiel klirrend zu Boden.

Dorn und Lang liefen rückwärts und wären dabei fast über die Zaunlatten gestolpert. »Phrynos!« rief Lang. »Morinnan!« Während Regs gequälte Schreie sich mit denjenigen der Insassen vermischten, trennten sich die beiden Gauner und flohen, Lang in Richtung Hintertür, Dorn zur Vordertür.

Die Magie sah darin einen *Rückzug, um mehr Feinde zu holen.* Sie handelte automatisch, indem sie ihr Gefäß hinter dem näheren der beiden Gauner her sandte. Ein gewaltiger Sprung ließ Alban über Dorns Kopf hinweg und ihm in den Weg fliegen. Dorn hieb hektisch nach Albans Hüfte. Alban sah die Klinge kommen und duckte sich darunter hinweg. Während die Klinge über ihn hinwegpfiff, vollführte er einen Überschlag auf den Händen und umschloß Dorns Kopf nah unter dem Stirnband mit den Füßen. Mit einem geschmeidigen Ruck riß Alban Dorns Kopf herunter, so daß er gegen den Boden prallte. Das Stirnband riß, als Dorns Schädel brach. Alban rollte sich ab und sprang auf, während Dorn leblos zusammenbrach.

Lang hatte all das gesehen. Er lief noch schneller zur Hintertür, während er Phrynos rief. Die Kriegermagie maß seine Geschwindigkeit und Entfernung und warf dann das Schwert ihres Gefäßes. Es schoß durch den Raum und durchbohrte Langs Brust. Der große Mann fiel auf die Knie, blieb aber irgendwie in Bewegung. Blut hustend, kroch Lang durch den Perlenvorhang und stürzte über die Schwelle der Hintertür der Anstalt.

Filantha wußte nicht, ob sie Beifall klatschen oder schreien sollte. Der Fremde lief ihr entgegen, und sie begann: »Oh, vielen Dank, Herr, vielen Dank für ...«

Er lief an ihr vorbei, ohne einen Blick auf sie zu werfen. Die Magie bemerkte derweil, daß Reg sich aufgerappelt hatte und seinen blutenden Armstumpf umklammert hielt. Alban sprang und hämmerte einen soliden Tritt gegen Regs Halsansatz, so daß dessen Genick brach, landete leichtfüßig und lief weiter.

Die Insassen hatten ein gräßliches Geschrei angestimmt, eine Mischung aus ängstlichem Gekreisch und Jubel. Manche tanzten auf den gefallenen Zaunlatten herum, während andere sich beeilten, jene in dem anderen Pferch zu umarmen oder anzugreifen. Viele Insassen irrten ziellos und unruhig herum, da sie sich fragten, was sie tun sollten, zu einer Entscheidung aber nicht fähig waren.

Alban eilte durch die Hintertür. Die Kriegermagie wußte, daß von dort Feinde gekommen waren. Draußen mochten noch mehr Feinde warten.

Ein paar andere Insassen, die ihn laufen sahen, schlossen daraus, daß er vor irgendeiner Gefahr floh. Sie schlugen Alarm. »Da stimmt was nicht!« rief eine Frau mit einer panischen Angst vor Dämonen, und ein Brandstifter brüllte hämisch: »Feuer!« Trotz Filanthas Bemühungen, die Insassen zu beruhigen, breitete sich rasch eine Panik aus. Wie Wasser, das durch ein offenes Tor sprudelt, folgte Alban eine Woge kreischender Menschen durch die Hintertür.

Am Ufer hinter Antimer sah Morinnan den durchbohrten Mann über die Schwelle fallen. »He! Irgendwer hat Lang abgestochen. Derry, Wick, lauft hin und seht euch das mal an.«

Zwei Gauner liefen mit gezogenen Waffen los. Lang winkte sie weg und versuchte zu schreien, doch sein eigenes Blut erstickte seine Worte. In diesem Augenblick stürmte Alban aus der Anstalt, sah die beiden gerüsteten Gauner und lief genau auf sie zu – wobei Lang ihm den Weg versperrte. Alban sprang leichtfüßig auf den Schwertknauf, der aus Langs Rücken ragte. Er trieb ihn damit durch Langs Körper und in den Sand.

Blut schoß aus dem Rücken des Mannes und bespritzte Albans Kittel. Wo das Blut seine Beine traf, perlte es von ihnen ab wie Regen von einem Immerreinen Umhang.

Derry und Wick schrien wortlos und rannten ihm entgegen. Alban sprang hoch in die Luft, trat Derry auf dem Weg nach oben das Schwert aus der Hand und fing es dann am Scheitelpunkt seines Sprungs auf. Derry glotzte mit offenem Mund. Auf dem Weg nach unten stach Alban Derry das Schwert bis zum Heft durch den Hals und in seinen Leib, um dann wieder mit einem Fuß auf Langs Schwertknauf zu landen. Derry starb und sank zu Boden.

Wick schwang seinen Morgenstern. Die stachelige Metallkugel an der armlangen Kette flog geradewegs auf Albans Bein zu. Alban sprang über die Kette hinweg und trat nach Wicks Kinn. Der Tritt setzte Wick außer Gefecht. Alban landete wiederum auf dem Schwertknauf. Unter ihm gurgelte Lang noch einmal und starb, aufgespießt wie ein Insekt von einer Nadel.

Alban balancierte auf dem Schwertknauf wie vor fünf Tagen in Jessis auf seinem Bettpfosten – und sah sich um. Der Kampf hatte keine fünf Sekunden gedauert. Insassen des Irrenhauses rannten durch die Hintertür, sahen Alban und die Leichen, kreischten und liefen zum Ufer oder um das Gebäude herum.

Unten am Fluß wichen die noch lebenden Gauner unwillkürlich zurück. »Ich will verdammt sein!« – »Was für ein Sprung!« – »Muß ein Krieger sein!«

Morinnan sagte: »Beruhigt euch und reißt euch zusammen. Hagger, du und Reese, ihr umrundet ihn …«

»Mann, das ist ein Adept!« – »Soll Phrynos gegen ihn kämpfen!« – »Wir müssen hier weg, schnell!« Die Gauner versuchten Morinnan wegzuzerren. Der Troll schüttelte sie ab und starrte sie verächtlich an.

»Was soll das? Seid ihr Feiglinge? Ihr seid ein Dutzend, und er ist allein!«

Die Blicke der Gauner irrten zwischen Troll und Krieger hin und her.

Gewöhnliche Emporkömmlinge an Morinnans Stelle hätten in diesem Augenblick ihre Ziele aufgegeben und wären geflohen. Der Troll, der bereits wie ein Herrscher dachte, folgte seinen Instinkten. Während seine Bande ihm zurief, er solle zurückkommen, trat er aus seinem Versteck und schritt Alban schlendernd entgegen, wobei er die Hände gut sichtbar und offen an den Seiten herabhängen ließ.

Der Troll blieb ein gutes Stück außer Reichweite des Kriegers stehen. Hinter Albans Augen war die Kriegermagie auf der Hut, spürte jedoch keine unmittelbare Gefahr.

»Ich heiße Morinnan. Morinnan der Erste. Ich bin das neue Gesetz in Merron. Du hast gerade sechs von meinen Männern erledigt – aber deswegen keine Feindschaft.«

»Bockiger Ochse.«

»Was? Ist das dein Name? ›Bockiger Ochse‹?«

»Bockiger Ochse.«

»Genau, Bockiger Ochse. Wie kommt es, daß ein Krieger wie du hier in Antimer hockt?«

»Bockiger Ochse.«

»Äh – aha. Jetzt verstehe ich. Tja, Bockiger Ochse, ich bin kein guter Redner, aber einen Kriegeradepten kann ich immer brauchen. Hast du schon mal als Leibwächter gearbeitet? Äh, du brauchst nur zu nicken oder den Kopf zu schütteln.«

Keine Antwort. Die Magie, die gegenwärtig keine Gefahr in der Wesenheit namens ›Morinnan‹ sah, regte sich nicht.

Morinnan seufzte. »Ich sag dir was. Meß dich mit meinem Unterführer, nur zum Spaß. Sie ist eine Schwertmeisterin. Kein Blut, niemand wird verletzt. Wenn du dich gegen sie behauptest, kannst du dich meiner Bande – meinen Leuten, meine ich, anschließen.«

Keine Antwort.

»Was brauchst du, Bockiger Ochse? Ich kann dir ein viel besseres Leben bieten als das hier in Antimer – gutes Essen, die Achtung anderer, viele aufregende Kämpfe. Ich wette, ein Krieger liebt die Aufregung, wie?«

Die Kriegermagie in Alban wußte mit Aufregung nichts anzufangen, aber sie verstand ›viele Kämpfe‹, denn in ihrem beschränkten Rahmen verfügte sie über Albans Intellekt. Die Magie setzte voraus, daß ihr Gefäß, das als ›Bockiger Ochse‹ identifiziert worden war, von Feinden umgeben sein mußte. In Morinnan sah sie eine Möglichkeit, die Feinde von Bockiger Ochse aufzuspüren. Daher mußte sie Morinnan zur Zusammenarbeit bewegen.

Sie brauchte Sprache. Alban, oder was von ihm noch übrig war, sagte nichts anderes als ›Bockiger Ochse‹. Die Magie gehorchte derartigen Einschränkungen nicht. Um ihrer einzigen Absicht zu dienen, konnte sie die Zunge ihres Gefäßes ebenso benutzen wie dessen Arme und Beine.

Sie sprach durch Albans Mund. »Ich werde gegen die Schwertmeisterin kämpfen. Dann wirst du mir die Feinde zeigen.«

Der Troll erschrak. »Du redest also doch. Genau, dann ist das unsere Abmachung. Und weißt du was, da kommt Phrynos schon.«

Morinnans fliehende Gauner hatten das Tormathis-Lagerhaus erreicht und die T'skrang-Adeptin alarmiert. Phrynos kam gerade angelaufen. Der Rest der Bande folgte wachsam und bemerkte auch den bewußtlosen Mann im Sand zu Albans Füßen.

Morinnan nahm Phrynos beiseite. »Dieser Bursche heißt Bockiger Ochse und hat sechs von uns erledigt. Sieht wie ein Krieger aus, aber ich glaube, er ist irgendwie wirr im Kopf. Stell ihn auf die Probe. Kein Blut, jedenfalls nicht viel.«

Phrynos sprang augenblicklich hoch, schlug einen Salto, landete auf einer Hand und umkreiste Alban mit einer Reihe blitzschneller Überschläge. Nach einer abschließenden Schraube landete Phrynos mit gezogenen Säbeln.

»Phrynos Thiskillion, zu Euren Diensten, Bockiger Ochse«, sagte sie. Sie ließ ihre beiden Säbel in einem komplizierten Muster herumwirbeln, so daß sie ein Gitter aus Licht bildeten. »Umherziehende Abenteurerin, Schwertmeisterin des Silbernen Bundes und Sieger über Bolcondo den Kadaverlord!« Sie überkreuzte die Arme und ließ beide Säbel in einer einzigen geschmeidigen Bewegung in den Scheiden verschwinden. »Was habt Ihr zu sagen, mein Herr?«

Die Kriegermagie hatte Albans Augen benutzt, um jeder Bewegung der beiden Klingen zu folgen, sah aber keinen Sinn darin zu antworten.

»Nun, mein redseliger Freund«, sagte die Schwertmeisterin, »wir wissen, daß Ihr *stark* wie ein Ochse seid, aber seid Ihr auch *schnell* genug? Eine Schnelligkeitsprobe – und ich warne Euch, gegen einen Schwertmeister des Sechsten Kreises müßt Ihr mit Schande rechnen. Kommt alle her und bildet einen Kreis!« Sie versammelte die restlichen Bandenmitglieder in einem Kreis um die beiden Adepten. Die Gauner gafften gespannt.

Eine schuppige Hand verschwand in ihrer Weste und zog eine Krähenfeder aus einer Tasche. »Also, Bockiger Ochse, wenn du mir diese Feder aus der Hand schnappen kannst, dann ...«

Phrynos sah eine verschwommene Bewegung und hielt inne. Sie hatte nicht einmal die Hand ausgestreckt, und doch war die Feder aus ihrem Griff verschwunden. Sie blickte sich verblüfft um und sah die Feder dann auf Albans Handfläche liegen. Gelächter erscholl in der Menge.

»Gebt sie mir zurück, ich war noch nicht bereit«, schnauzte Phrynos. Sie nahm die Feder zurück und begann noch einmal von vorn, während sie sie mit ihrer freien Hand abschirmte. »Also, mein Herr, wenn Ihr mir die Feder aus der Hand nehmen könnt, *nachdem ich das Zeichen gegeben habe,* seid Ihr vielleicht in der Lage, es mit einem Schwertmeister-Novizen aufzunehmen.« Sie hielt um der dramatischen Wirkung willen kurz inne. »J …«

Eine verschwommene Bewegung. Etwas schlug ihre freie Hand beiseite. Die Feder verschwand.

»… etzt!« Phrynos rieb sich die Hand. Als die Gauner die Feder auf Albans Handfläche sahen, lachten sie noch lauter.

Phrynos sah, daß Morinnan sie stirnrunzelnd ansah. »Ein unbedeutender Trick in einer unbedeutenden Probe«, sagte sie laut. »Soll Bockiger Ochse seine Schnelligkeit mit meiner in einem Wettstreit wahrhaftiger Geschicklichkeit messen. Ha-*hahhh*!«

Sie überkreuzte die Arme und zog beide Säbel. Dann warf sie Alban einen zu und nahm die Grundstellung ein. Die Spitze ihrer Waffe beschrieb kleine geschlossene Kreise. »Um das Interesse an diesem Wettstreit aufrechtzuerhalten, werde ich schnell einen Vierzeiler über unseren stummen Freund erfinden und bei jeder Berührung meiner Waffe eine Zeile aufsagen. Bei der vierten Zeile werde ich meine Initiale, P, in seine – *ohhh!*«

Als ihre Schwertspitze die Initiale in die Luft zeichnete, sah die Kriegermagie eine Blöße und sprang vor. Phrynos parierte Albans Klinge einen Fingerbreit vor ihrer Nase. Sie versuchte es mit einer Riposte, doch Alban verschwand geradewegs nach oben. Plötzlich landeten zwei Füße auf ihren Schultern und warfen sie zu Boden.

Sie rollte sich ab und schlug zu. Weit vorbei, denn Alban schwebte in der Luft. Völlig verblüfft sprang sie auf und wich seinem Hieb aus – oder vielmehr seiner Finte, denn sein linker Fuß traf sie unmittelbar an der Stirn. Der Tritt riß sie halb herum und ließ sie schmerzhaft auf ihre Zunge beißen. In dem Bemühen, ihren Kopf zu klären, schlug sie mit ihrem Schwanz zu. Sie spürte, wie ihr Gegner zupackte und zog, und sie fiel auf den Bauch.

Die Bandenmitglieder brüllten vor Lachen. Ein Mann rief: »Wir warten immer noch auf den Vierzeiler!« Sie stimmten einen Sprechchor an, »Wo bleibt der Vierzeiler«, und kurz darauf, »Bockiger Ochse! Bockiger Ochse!«

Phrynos kam nicht dazu, die erste Zeile ihres Gedichts vorzutragen. Nach neunzig Sekunden lag sie bewußtlos da – und arbeitslos. Alban wurde offizieller Leibwächter von Morinnan dem Ersten.

8

Adeptenfortschritte

In der Dämmerung breitete sich über Menschenfeld, das sogar schon mittags schattig war, eine Decke der Dunkelheit aus. Schachtelhalme, Wolfsmilch und Nesseln wurden von ihr verschluckt, und Erlenstämme verbargen wie Finger den rötlichen Sonnenuntergang. Eine kühle Brise brachte das Zirpen der Grillen, den Schrei einer Eule und das Schlagen von Fledermausflügeln mit sich.

Warum konnten wir nicht bis zum Morgengrauen warten? dachte Padia zum zehnten Mal. Die Abendgesellschaft in Jessis begann in zwei Stunden. Was, wenn sie die Schlacht gegen den Autrefekten der Freundlichen Hüter verloren? Wer würde überleben, um Vilph entgegenzutreten? Wenn die Zauberer Vilph doch nur früher gefunden hätten – doch es hatte sich als unmöglich erwiesen, den wachsamen Illusionisten aufzuspüren.

In einem kleinen Kreis von Fackellicht standen Padia und Thanyx vor der Ritualgrube. Sie schien das Licht zu verschlucken. Sie konnten weder den Obelisken noch die Wand mit den Strichmännchen sehen. Jeden Augenblick erwarteten sie, eine riesige dreifingrige Hand zu sehen, die aus der Grube nach ihnen griff …

Padia schauderte. »Ich kenne sie immer noch nicht, Thanyx. All diese Studientage, und ich kann das Verhalten der Hüter noch immer nicht damit in Einklang bringen, was ich über ihre Geschichte erfahren habe.«

»Geister sind manchmal schwer zu verstehen. Wie Menschen.« Die alte Frau bedachte Padia mit einem mütterlichen Lächeln. Dann spie Thanyx ernst auf ihren eigenen Zeigefinger. Sie bückte sich und fing an, einen Kreis um die Grube zu ziehen. Im Gehen redete sie mit Padia.

»Mein Lehrling Katri hat mich einmal gefragt: ›Wenn wir sterben, verwandeln wir uns dann wahllos und zufällig in irgendwelche seltsamen Geister, weil der Tod uns verändert? Oder entscheidet unser Wesen im Leben, was der Tod aus uns macht?‹ Ich habe zu ihr gesagt: ›Das ist wie die Frage, ob unser Wesen im Leben vom elterlichen Erbe oder davon bestimmt wird, was uns zustößt.‹ Daraufhin sagt sie: ›Etwas von beidem‹, und ich sage: ›Da hast du deine Antwort.‹ Ich kann mich noch genau erinnern, wie sie daraufhin lächelte.«

Thanyx beendete den Kreis, indem sie ihn in einem Bogen um Padia zog. »Fertig. Die Hüter haben große Schwierigkeiten, diese Linie zu überschreiten.« Sie stöhnte, als sie sich aufrichtete. »Ich bin zu alt für so etwas. Ich muß selbst bald eine Linie überschreiten, und zwar diejenige von diesem Leben zu einem größeren.«

Padia lächelte beunruhigt. »Ich hoffe, noch nicht heute.«

Die Geisterbeschwörerin beäugte sie. »Spart Euch die Hoffnung für wichtige Dinge. Helft mir bitte in die Grube hinunter.«

Sie stiegen mit der Fackel hinab. Ihr Licht wirkte blaß und trübe in der Grube und zeigte keine Einzelheiten der Wandung. Die Luft war viel kälter und roch abgestanden. Thanyx schnüffelte und sagte dann: »Wir brauchen besseres Licht.« Sie stimmte den Singsang an, der auch bei Katris Beerdigung zur Anwendung gekommen war. Augenblicke später versammelten sich über ihnen leuchtende Geisterfliegen zu einer Kugel und beschienen die Grube mit Gesegnetem Licht. Die Wandung war jetzt in allen Einzelheiten zu erkennen, und in der Luft lag eine neue Frische.

»Ich werde über Euch wachen, während Ihr arbeitet«, sagte Thanyx. »Ich hoffe nur, daß die Gilden bereit sind und nicht darüber streiten, wer die hübscheren Roben hat.«

Padia kniete nieder und betrachtete die Wand. Tief in den Furchen jedes Strichmännchens sah sie einen grauen Nebel. Es schmerzte in den Augen, ihn anzusehen, das sichere Anzeichen für das Vorhandensein eines Dimensionstors. Die Mauer selbst war das Portal der Hüter. Wenn sie die Magie der Mauer auflösen konnte, würde sie die Hüter dorthin zurückschicken können, woher sie gekommen waren.

Während am Horizont der letzte Sonnenstrahl verblaßte, berührte Padia zögernd eine der Furchen. In diesem Augenblick hörte sie eine Stimme vom Rand der Grube.

»Guten Abend. Wir müssen Euch bitten, von der Wand abzulassen. Wir würden Eure Mitarbeit sehr zu schätzen wissen.«

Sie hielt den Atem an und warf einen Blick über die Schulter. Drei Soldaten im niedrigsten Rang der Freundlichen Hüter standen am Grubenrand und betrachteten sie mit ihren weißen Laternenaugen. Ihre Äxte leuchteten hell, doch das Licht erfaßte weder ihre dreieckigen Köpfe noch die eckigen schwarzen Gliedmaßen.

Thanyx flüsterte: »Seid stark. Wir haben den Kreis, der uns schützt.«

Padia machte sich wieder an die Arbeit, wobei sie versuchte, ihren rasenden Herzschlag zu beruhigen. Ein Hüter hob seine Axt und trat über den Grubenrand.

Der Kreis flammte strahlend auf wie ein dauerhafter Blitz. Die Energie flackerte über die stockähnlichen Gliedmaßen des Hüters. Der Geist gab keinen Laut von sich, aber das untere Dreieck, das als Mund diente, klaffte plötzlich auseinander. Der Hüter schlug mit den Armen um sich und ließ seine Axt fallen. Sobald die Axt die Hand des Hüters verlassen hatte, verschwand sie. Der Hüter kippte hintenüber, fiel zu Boden, zitterte und lag dann still.

Die anderen Soldaten betrachteten ihren gefallenen Kameraden ausdruckslos. Dann traten sie vor und auf den Kreis zu.

»Zurück! Zieht euch zurück!« rief Thanyx. »Der Kreis bezieht seine Kraft aus hundert Welten jenseits eurer eigenen. Weder eure Äxte noch eure Berührung kann ihm schaden. Geister können ihn nicht übertreten.«

»Es tut uns aufrichtig leid, aber wir sind anderer Ansicht«, sagte ein Soldat. Nichtsdestoweniger zogen sie sich vom Grubenrand zurück. Thanyx stieß einen leisen Seufzer aus. »Wie gehen Eure Studien voran?«

Padia murmelte etwas Nichtssagendes. Sie hatte in der Mauer ein Tor erkannt, aber eines von welcher Art? Wodurch würde es sich öffnen lassen?

Die Verborgenheit der Wand störte sie. Die ganzen Jahrtausende über war sie begraben gewesen, vielleicht von Zeit zu Zeit einmal freigelegt worden, aber ansonsten ein dunkles Geheimnis. Sie konnte die selbstsichere Verehrung der Hüter für die ›wirkliche Zeit‹ mit dieser Notwendigkeit der Verborgenheit nicht in Einklang bringen.

Thanyx murmelte: »Mehr Ärger. Die Soldaten haben Hilfe geholt.«

Padia blickte sich um und sah jenseits des Grubenrands das größere Dreieck eines Vorgesetzten der einfachen Soldaten, einen Antiphon. Dann tauchte ein weiterer Kopf neben dem ersten auf. Die beiden riesigen Strichmännchen hoben gleichzeitig ihre Axt. »Bitte verlaßt umgehend die Grube!« rief einer. »Wir müssen Ungehorsam mit harten Maßnahmen begegnen.«

Als sich die beiden Zauberer darauf nicht regten, überschritt ein Antiphon den Kreis, die Axt nach vorn gerichtet. Wiederum flammte weißes Feuer auf, aber die

Axt nahm es in sich auf. Der Hüter strauchelte und machte dann einen langen Schritt in die Grube hinein. Er schwankte auf seinen klickenden Gelenken hin und her, um dann auf Thanyx loszugehen.

Die Geisterbeschwörerin sammelte sich, streckte den rechten Arm aus und ballte die Faust. Der Antiphon hielt mitten im Schritt inne. Sein dreieckiger Kiefer fiel nach unten und schien frei in der Luft zu hängen. Der Hüter brach zusammen, schlug jedoch im Fallen mit seiner Axt zu. Die Klinge fuhr unsichtbar durch den Rumpf der alten Frau, und sie schrie vor Schmerzen laut auf.

Der Hüter fiel und lag still, gestorben an einer Herzbeklemmung. Das Strichmännchen löste sich in einer kalten grünen Flamme auf. Thanyx stand keuchend da. »Ich habe mich gefragt, ob sie ein Herz haben«, sagte sie, dann brach sie bewußtlos zusammen.

Padia empfand einen Stich der Furcht. Sie rief: »Thanyx ist außer Gefecht!« Sie wagte nicht, sich ablenken zu lassen. *Welche Wesensart schafft einen geheimen Kult, der Zeitalter überdauert, nur um die alten Zeiten wiederherzustellen? Ein hochmütiger Geist. Jedenfalls keiner, der sich tief in die Ruinen von Menschenfeld eingräbt.*

Am Rande der Grube trat der zweite Antiphon einen Schritt vor und in den Kreis hinein. Ein weiterer Lichtblitz – aber diesmal wurde er durch einen neuen Glanz verstärkt, durch einen Käfig aus Feuer, der von oben genau auf den Antiphon fiel.

Der gefangene Hüter wandte sich überrascht nach rechts und links und schlug dann mit seiner Axt nach den brennenden Käfigstäben. Aus der Dunkelheit der Erlen hallte ein vielstimmiger Singsang herüber. Plötzlich explodierte das linke Bein des Antiphons, dann der rechte Arm, zwei aufflammende Blitze, als würde trockenes Holz in Flammen aufgehen. Ein Geruch nach Verwesung lag plötzlich in der Luft. Immer noch in dem

Feuerkäfig gefangen, sah der Antiphon sich verständnislos um. »Höchst bedauerlich«, sagte er, und dann explodierten gleichzeitig das rechte Bein, der linke Arm, der Rumpf und der Kopf. Was noch übrig war, löste sich in grüne Flammen auf.

Taundis Boyhan trat aus der Dunkelheit und ließ seinen Flammenkäfig erlöschen. Die anderen Elementaristen von Geokosmos folgten ihm: Gideon, Simon, Ramiel der Elf und Forleau die Sammlerin. »Gut gemacht, Geisterbeschwörer«, sagte Taundis zu den sechs sich nähernden Zauberern von Oneiros.

Sie trafen sich am Grubenrand. Morlin und Hendon kletterten vorsichtig herab, um sich um Thanyx zu kümmern, während Ghantrem, Xylona, Logro, Daimon und die anderen mit ernster Miene warteten. Sie untersuchten Thanyx und richteten sich dann auf. »Sehr schlimm«, sagte Morlin. »Sie muß so schnell wie möglich in die Obhut von Heilern gebracht werden.«

»Wir können hier niemanden entbehren«, sagte Ghantrem. »Wir müssen bis nach dem Kampf warten.« Er nickte den Zauberern von Geokosmos voller Anspannung zu. »Wir haben diesen konzertierten Zerschmetterungszauber schon früher angewandt, aber noch nie so geschickt wie heute. Euch ist gewiß aufgefallen, Boyhan, daß unsere Zauber das Ding tatsächlich zerstört haben.«

»Wir waren froh, Euch diese Ehre zu überlassen«, erwiderte Boyhan kühl, »obwohl uns die Verzögerung überrascht hat.«

Ramiel fügte hinzu: »Ich habe gehört, daß die Arbeit mit astralen Dämpfen dem Sehvermögen schadet. Wir haben alles getan, um Euer Ziel bewegungsunfähig zu machen.«

Die Temperatur schien um ein paar Grad zu sinken. Beide Gilden sahen zu, wie Morlin und Hendon Thanyx aus der Grube trugen. Sie sah blaß und krank aus.

In die Stille hinein sagte Ramiel: »Landfrau Villandry, wie geht Eure Arbeit voran?«

Padia winkte ab. *Warum eine Wand?* dachte sie. *Warum kein Amulett oder Siegel oder Schrein?* Sie war enttäuscht darüber, daß sie den eigentlichen Zweck der Wand nicht ermitteln konnte, die Empfindungen, die ihrer Schaffung zugrunde lagen. Ihren eigenen Empfindungen zu folgen, hatte in letzter Zeit zu katastrophalen Ergebnissen geführt. Jetzt hatte sie die Absicht, ihren Magierverstand zu nutzen, um ein Problem auf kluge Weise zu lösen.

Die Zauberer überließen sie ihrer Konzentration. Magie aufzulösen, war eine Aufgabe für Magier, nicht für sie. »Was wissen wir über diesen Autrefekten?« fragte Gideon Lant die Zauberer von Oneiros. »Ich hörte, daß er ziemlich groß sein soll.«

Xylona Xanthis, die entstellte alte Hexe, kratzte sich ihr warziges Gesicht mit einem beschädigten Finger. »Ja, das kann man sagen. Groß! Das würde ich auch sagen. Ha, ha.«

»Welch angenehmes Lachen«, sagte Gideon mit angestrengtem Lächeln. »Kann ich dann also davon ausgehen, daß wir ihn schon aus weiter Ferne kommen sehen und Zeit haben werden, entsprechende Abwehrmaßnahmen zu ergreifen?«

»So einfach ist es nicht«, begann Daimon Angelicon Dimitrio. Plötzlich hörten sie ein metallisches Kreischen, nicht aus dem umliegenden Feld, sondern aus der Grube. Lange begrabene Erinnerungen stiegen in den Zauberern auf, Schrecken aus ihrer Jugendzeit, Lehrlingsstreiche und frühe Abenteuer. Schockiert sahen sie nach unten.

Padia roch das süßliche Aroma von Hingabekeksen, und plötzlich gingen ihr sonderbare Erinnerungen an Alban durch den Kopf. Sie sah sich um. Drei Schritte hinter ihr wirbelte ein Fleck grünen Lichts in der Luft.

Sie kannte dieses Licht. Die riesige dreifingrige Hand des Autrefekten griff durch das Dimensionstor.

»Gewitterfesseln!« rief Ramiel Sandsturm, während er auf die Hand zeigte. Ein schimmernder himmelblauer Ring legte sich um jeden Strichfinger und das Handgelenk. Von den Fesseln gehalten, krümmten sich Finger, die so lang waren wie Padia groß, weniger als eine Elle hinter ihren Schultern.

Sie verbannte jeden Gedanken daran und arbeitete weiter. Im Gesegneten Licht von Thanyx' Zauber bemerkte Padia eine Inschrift in einem merkwürdig toten Alphabet einander überlappender Kreise und gepunkteter Schnörkel. Sie konzentrierte sich und versuchte ihre Bedeutung magisch zu erfassen.

Von hoch oben ertönte ein noch lauteres Kreischen reißenden Metalls. Drei weitere grüne Lichtkreise bildeten sich und damit die Ecken eines riesigen Dreiecks, das Oneiros und Geoskosmos einschloß.

»O nein«, sagte Simon Weald. Er schluckte schwer.

In einem Lichtkreis tauchte eine Hand auf, in den anderen beiden Heuschreckenbeine so groß wie die Erlen. Alle drei Gliedmaßen mühten sich, die Zauberer zu packen oder zu zerstampfen. Ihre verzweifelten Beschwörungsgesänge übertönten fast das Kreischen. Graziöse Nebelgeister bildeten sich, die nach Tau rochen. Erdwälle erhoben sich rumpelnd aus dem Boden, und Feuer erhellte die Szenerie. Die vereinten Kräfte der beiden Gilden konnten den riesigen Geist kaum zurückhalten. Jedem Zauberer stand kalter Schweiß auf der Stirn.

Der Autrefekt stellte seine Angriffe ein. Stille trat ein. Dann bildete sich unmittelbar über ihnen ein größerer Lichtkreis. Ein riesiger dreieckiger Kopf schälte sich verkehrt herum daraus hervor.

»Mögen uns die Passionen beistehen. Ich glaube, wir haben uns endlich seinen Respekt verdient«, sagte Ghantrem. Er klang bestürzt.

Logro der Häuter versuchte die Ruhe zu bewahren. »Ich würde mir nur wünschen, dieser Autrefekt würde unsere räumliche Orientierung respektieren. Diese Art, eine Hand hier, ein Bein da, ein Kopf dort, ist sehr anstrengend für den Nacken.«

Der Kopf – der viel größer war als die der Soldaten und Antiphone – war jetzt als ganzer zu sehen. Hornähnliche Stacheln ragten aus den beiden oberen Ecken des Dreiecks. Farbmuster wuschen über die riesigen weißen Augen. Der Kopf neigte sich und sah auf die verängstigten Zauberer herab.

Der dreieckige Kiefer fiel herunter und hob sich langsam. Der Autrefekt sprach mit einer hallenden, volltönenden Baßstimme.

»Pardonnn. Ich stelllle mmmich vor. Tennntho-o-onis, Diennner der Mennnschheiiit.«

Der Kopf und der dazugehörige Lichtkreis wanderten abwärts und drehten sich dabei richtig herum. Die Gliedmaßen, darunter auch die gefesselte Hand in der Grube, zogen sich aus ihren Lichtkreisen zurück und tauchten in neuen Kreisen auf, die sich unter dem Kopf bildeten. Gefesselt davon und beunruhigt zugleich blickten die Zauberer in den schwarzen Nachthimmel und sahen den Autrefekt in voller Größe: kein einheitlicher physikalischer Körper, sondern ein Gitterwerk aus Gliedmaßen, die zehnmal so groß waren wie ein Mensch. Die Arme und Beine bewegten sich auf eine absonderliche Weise hin und her. Völlig verblüfft dachten die Zauberer: *Dies war menschlich.*

»Das ist meinnn Heiiimatgefiiilde. Ich stelle die Wirklichkeit wieder her. Bitte versteht: Ihr habt nnnicht die Mmmacht, mmmich aufzuhaltennn.«

Taundis Boyhan faßte sich. »Das werden wir noch sehen. Geokosmos.«

Die Elementaristen versammelten sich um ihn, während er einen stählernen Fingerhut aus seiner Schärpe zog. Der schlichte Fingerhut enthielt ein wenig Erde, einen Tropfen Speichel und ein Stück von einem getrockneten Blatt. Taundis entzündete das Blatt mit der kleinstmöglichen Flamme und hauchte leicht über das Feuer. Die anderen taten es ihm nach.

Der Fingerhut erbebte, erhob sich langsam in die Luft und entfernte sich von den Zauberern. Die Elemente darin brodelten, verschmolzen und dehnten sich aus. Felsbrocken und grasige Erde wuchsen aus dem Boden, um eine Menschengestalt zu bilden, und Wind pfiff um die Baumwurzel-Gliedmaßen. Grüner Schimmel krönte den Kopf, und in den fünf Augen brannte grelles Feuer. Die Gestalt riß ihr klaffendes Maul auf und brüllte, dann stapfte sie schwerfällig dem Autrefekten entgegen.

In der Grube spürte Padia endlich ein magisches Klicken in ihrem Verstand, und die Bedeutung der Inschrift wurde ihr klar. »Laßt uns fest und entschlossen der Barbarei trotzen. Mögen die Kräfte, die uns leiten, unseren Mut vergrößern und unser Glück fördern.« *Ein Appell an die Tapferkeit. Ganz natürlich für menschliche Krieger, aber diese Hüter scheinen so etwas kaum zu brauchen.* Padia unterbrach ihren Gedankengang, als Felsbrocken, Wurzeln und fünf brennende Augen über einen weiten Bereich verstreut in die Grube fielen.

Fünf Elementaristen sahen gaffend mit an, wie die Hände des Autrefekten die letzten Überreste der elementaren Kreatur verstreuten. *»Das Gefilde der Nnnatur kannnn nnnicht vor der Mmmennnschheit bestehennn. Dies ist meinnn Gefilde der Mmmacht.«*

»Oneiros! Der Staub!« rief Ghantrem. Die sechs Geisterbeschwörer griffen in Beutel und Rauchfäßchen und schöpften daraus einen funkelnden grau-weißen Staub – Knochenstaub. Auf Ghantrems Zeichen warfen sie den Staub hoch in die Luft und stimmten einen hektischen Singsang an.

Der Staub flog gegen den Wind und umgab die Gliedmaßen des Autrefekten. In der Luft entstand aus jedem Staubkorn ein winziger Geist in allen Farben des Spektrums. Die Geisterhorde setzte sich auf die Gliedmaßen und den Kopf und fing an zu nagen wie Termiten.

Der Autrefekt schüttelte verächtlich seine Glieder. Finger und Beine fegten durch die prismatischen Wolken, und die Geister starben zu Hunderten. Niemand hörte ihre Schreie. Die Zauberer nahmen sie lediglich als Vibration in den Zähnen wahr. Augenblicke später waren alle Geister verschwunden.

»*Die Mmmacht annnderer Gefilde, verganntngennn oder zukünnnftig, kannn nnnicht vor Mmmennnschen innn ihremmm eigennnennn bestehennn*«, sagte der Autrefekt mit Nachdruck.

Als Padia das hörte, begriff sie endlich. Vor all den Jahren, als Tenthonis die Wand errichtete, hatte der Autrefekt Angst verspürt. Er hatte einen Wall gegen das Fortschreiten der Geschichte gebaut. Die Leute vor der Plage hatten sich vom unmittelbar bevorstehenden Chaos bedroht gefühlt – vom Wandel.

Padias Einsicht verband diese Zeit mit ihrer eigenen. Barsaive begegnete dem genau entgegengesetzten Problem. Das Erbe der Plage bedrohte Merron noch immer in Gestalt der Kompositform und des Egregore hinter ihr, obwohl deren Zeit längst vorbei war. Sie selbst fürchtete die Vergangenheit, die Rückkehr des alten Alban über einen Abgrund von zehn Jahren hinweg. Ihre sture Reaktion, die Errichtung von Mauern, hatte ebenso zur Katastrophe geführt wie bei dem Autrefekten.

Als sie die schwarze Steinmauer betrachtete, erkannte Padia, daß sie nicht darauf hoffen konnte, den Autrefekt zu besiegen, solange sie seine Angst vor anderen Zeiten teilte. Gespenster aus Vergangenheit und Zukunft – der Schlüssel dafür, die Angst zu besiegen, lag, wie sie wußte, in der Würdigung des Augenblicks. In dieser Welt des Wandels forderte jeder Versuch, an etwas festzuhalten, die Katastrophe heraus. Während sie den Autrefekten aus der Grube betrachtete und dabei Verachtung für das entwickelte, was er darstellte, versuchte Padia ihre Einsicht mit einem Wort auszudrücken.

Sie wandte sich der Mauer zu. Die Erde hatte sie jahrtausendelang umgeben, während nicht weit darüber Insekten, Menschen, Wälder und Reiche in einem nie endenden Strom entstanden und gestorben waren. Die Erbauer der Mauer hatten diese erstickende Dunkelheit, in der sich nichts veränderte, willkommen geheißen, und zwar von einem Entsetzen getrieben, das sie nicht benennen wollten. Sie kannte seinen Namen. Sie sah ihn klar vor sich.

Sie wirkte ihren Gegenzauber mit Mut und Zuversicht und flüsterte dabei: »Unbeständigkeit.«

Die Mauer implodierte. Ein scharfer Wind, in dem unzählige Stimmen zu heulen schienen, rauschte an ihr vorbei und in die zusammenfallende Mauer. Einen Augenblick lang sah Padia dahinter eine Reihe seltsam gekleideter Soldaten und entfernte Zitadellen vor einer untergehenden Sonne. Wie viele waren hinter die Mauer getreten und hatten sich in jener Zeit vergraben und diese veränderliche Welt aufgegeben? Einen Augenblick später war die Mauer verschwunden und nur noch der irdene Rand der Grube übrig.

Der Autrefekt war ebenso verschwunden und auch alle Freundlichen Hüter in jedem Stadtteil von Merron. Die Zauberer von Geokosmos und Oneiros hielten mitten im Wirken eines Zaubers inne und schrien dann vor Freude und Erleichterung auf.

»Gut gemacht, Villandry!« rief Daimon, und die anderen schlossen sich ihm an. Padia hörte sie kaum. Sie begann mit dem Wirken ihres Flugzaubers.

»Wie beruhigend, Ghantrem«, sagte Taundis erhaben,

»daß sich auch Geisterbeschwörer in der Nähe der Geister, die sie beschwören, unbehaglich fühlen.«

Ghantrem lächelte dünn. »In der Tat. Wir finden es auch sehr tröstlich, daß sogar die Ungebildeten die furchtbare Macht der Geisterwelt richtig einzuschätzen wissen.«

Forleau die Sammlerin, die sonst sehr ruhig war, meldete sich mit einem verbitterten Lächeln zu Wort. »Ganz zu schweigen vom furchtbaren Geschick ihrer Zauberer.«

»Euch Regenmachern ist es mit eurem übergaren Golem nicht besser ergangen!« – »Sollten diese Moskitos dem Autrefekten tatsächlich Schaden zufügen?« – »Welchen Nutzen hatten eure Zauber eigentlich?« – »Und eure? Ihr hättet ebensogut zu Hause bleiben können!«

Das Gezänk wurde lauter, bis Padia aus der Grube flog. »Genug! Will sich niemand um Thanyx kümmern?«

Die Zauberer schwiegen beschämt, während sie zu der bewußtlosen Geisterbeschwörerin eilten.

Ein Zauberer stand bereits bei ihr, der letzte, den irgend jemand dort erwartet hätte: Ramiel Sandsturm, elfischer Elementarist und Meister der herablassenden Kränkungen. Er hatte sich aus dem Streit herausgehalten und statt dessen eine Zauberformel gemurmelt. Jetzt breitete er die Arme aus, und mit einem hohen musikalischen Summton nahmen schillernde silberne Membranen an seinen Schultern Gestalt an. Sie waren zurückgebogen wie die Flügel eines Mauerseglers.

Er kniete nieder, um die verwundete Frau aufzuheben, dann erhob er sich und starrte die versammelten Gildenmitglieder kalt an. »Unter meinesgleichen streiten wir nicht nach einem Sieg und machen uns auch keine Vorwürfe, solange ein Kamerad der Hilfe bedarf. Ich werde die Geisterbeschwörerin zum Garlenschrein auf der Wegmeisterstraße in Hanfseil fliegen. Landfrau Villandry, wollt Ihr Euch mir anschließen?«

»Es wäre mir eine Ehre«, sagte Padia, indem sie Thanyx mit einer seltsamen Mischung aus Zuneigung und Abstand betrachtete. Die alte Frau wußte bereits, was Padia soeben gelernt hatte: *Spart Euch die Hoffnung für wichtige Dinge,* hatte sie gesagt. »Aber ich kann nicht«, fuhr Padia fort. »Ich kann nicht mehr für sie tun als Ihr, und ich muß die anderen nach Jessis führen. Ich wünsche Euch und Thanyx alles Gute.«

Die Flügel summten, als Ramiel sich in die Nacht erhob.

Padia wandte sich an die Gildenmitglieder. »Also, jetzt müssen wir den Fluß überqueren, um nach Altstadt zu gelangen. Jene, die fliegen können, sollten diejenigen mitnehmen, die es nicht können.«

Taundis Boyhan sagte mit Nachdruck: »Vilph Axtgriff gehört mir ganz allein. Ich werde ihn töten und niemand sonst.«

»Bevor wir über Mord reden, sollten wir zunächst hoffen, überhaupt gegen ihn bestehen zu können.«

Taundis, dem eine sarkastische Bemerkung auf der Zunge lag, beherrschte sich mühsam. »Ich, nun, ich wollte vorhin eigentlich sagen – Geokosmos dankt Euch, daß Ihr Euch mit uns gegen die Hüter gestellt habt.«

Ghantrem suchte nach einem spöttischen Unterton in seinen Worten, fand jedoch nichts dergleichen und sagte vorsichtig: »Wir von Oneiros danken Euch ebenfalls. Ich habe Euren Feuerkäfig bewundert.«

»Die, tja, Staubgeister waren ziemlich hübsch anzusehen«, sagte Simon Weald freundlich.

Während die beiden Gilden steife Freundschaftsbezeugungen abgaben, sah Padia zwei türkisfarbene Schemen am Himmel. Sie flog höher und fand die beiden Illusionistinnen, die Zwillinge Kharisha und Pluonus auf einem Teppich, so einem, wie Vilph ihn besaß. Padia konnte die beiden nicht auseinanderhalten. Ihre blassen, verschwommenen Züge waren nur um die Mundwinkel herum deutlich zu erkennen, die sich zu einem breiten Grinsen verzogen hatten.

»Dame ist zur Mauer gegangen«, sagte eine.

»Gewitter und Skelette tanzen zusammen«, sagte die zweite.

»Gut, daß Ihr diesem ganzen Wiederaufbau ein Ende bereitet habt«, sagte die erste.

»Warum habt ihr mir gegen den Autrefekten geholfen?« fragte Padia. »Genauer gefragt, warum habt ihr nicht mehr geholfen?«

Schrilles Kichern. Beide Münder spitzten die Lippen, als pfiffen sie. Türkisfarbene Schmetterlinge flogen auf Windböen aus ihren Mündern. Sie umschwirrten Padias Kopf, die sich zusammenreißen mußte, um sie nicht zu zerquetschen.

»Werdet ihr uns gegen Vilph Axtgriff helfen?«

»Magierinnen und graue Orks ...«, begann eine.

»... sehen in der Dunkelheit ganz gleich aus«, beendete die zweite den Satz. Die Zwillinge verschwanden.

Hanfseil war der einzige Stadtteil Merrons beiderseits des Byrose. Der westliche Teil enthielt verrottete Anlegestellen für Fähren nach Zweipfennig, verlassene Luftschiffpylone, billige Lagerhäuser, Zimmermanns- und Seilerwerkstätten und Rauchkrauthöhlen. Bei Nacht überließen die geistig gesunden Namensgeber ihn den Gaunern und ihren Opfern.

Morinnans Gauner – oder seine Armee, wie er sie bezeichnete – griffen den Bandobar-Pier eine Stunde nach Einbruch der Dämmerung an. Sie kämpften um die letzten seetüchtigen Boote am Westufer, die acht sechsrudrigen Skiffs der Stadtwache.

Morinnan hatte die Absicht gehabt, die Wachen mit

Waren aus Tormathis' Lagerhaus zu bestechen, doch mit Alban an seiner Seite beschloß er, den Pier einfach zu erobern. »Wir schlagen in Hanfseil zu«, hatte der Troll zu seinen Ministern gesagt, »und beschlagnahmen alle Boote für die neue Flotte. Das wird unsere Angriffsstreitmacht.«

Zu Beginn der Schlacht war er auf einen Stapel leerer Kisten geklettert und hatte von dort aus das Schlachtfeld betrachtet. Öllampen an hohen Pfosten tauchten die Szenerie in ein gelbliches Licht. Seine Bande – seine *Armee* – traf auf harten Widerstand seitens der Wachen, aber bis jetzt sah alles sehr gut aus. Sechs Tage nach dem Ende der Überschwemmung hatte sich der Wasserstand des Byrose wieder normalisiert, so daß Morinnan die Rufe und Schreie auf dem Pier hören konnte. Drei von seinen Männern hatten das Dockhaus eingenommen und das Holztor zum Pier geschlossen, so daß sieben Mitglieder der Stadtwache von ihren Kameraden am Ufer getrennt waren. Als die sieben das Tor zu erklimmen versuchten, schossen Morinnans Männer unbeholfen mit gestohlenen Pfeilen auf sie.

Auf dem Pier und dem angrenzenden Kai kämpften fünfzehn Männer der Stadtwache in Kettenpanzern gegen den Rest von Morinnans winziger Armee. Die Stadtwachen waren besser bewaffnet und gerüstet, aber Morinnan hatte Alban. Der Troll sah den Sieg binnen weniger Minuten voraus und danach die mühelose Eroberung des Hohen Hügels.

Der Troll dachte an die Bildung seines Kabinetts. Werrin konnte schreiben, also würde er offizieller Sekretär werden. Der einäugige Jurcki konnte addieren und subtrahieren: Finanzminister. Reg würde das Verteidigungsministerium übernehmen. Nein, Augenblick, Bockiger Ochse hatte Reg getötet. Schade. Reg hatte dieses massige, bedrohliche Aussehen, das Morinnan an einem Verteidigungsminister schätzte. Bockiger Ochse konnte die

Aufgabe übernehmen, aber wenn sich seine Gespräche ausschließlich auf die Nennung seines Namens beschränkten, konnte er keine Verträge aushandeln.

Morinnan beobachtete Alban mit Vergnügen. Die Bande hatte eine weite schwarze Hose für den Krieger gestohlen – *beschlagnahmt* –, ein Hemd trug er aber nicht. Im Augenblick stand Alban zwei Wachen gegenüber, einem stämmigen Ork auf der einen und einem menschlichen Speerträger auf der anderen Seite. Alban hieb dem Ork eine Faust gegen Gesicht, Hals, Brust und Schritt, vier Schläge, die so schnell aufeinanderfolgten, daß Morinnan sie gar nicht richtig sah. Der Ork, dem die Zunge ein Stück aus dem Mund hing, stand wie angewurzelt da.

Alban wich dem Speerstoß der zweiten Wache aus, sprang hoch und knallte dem Ork das Knie gegen den Kopf. Als der Ork fiel, versuchte die zweite Wache erneut, Alban von hinten zu durchbohren. Alban sprang einen Rückwärtssalto über die Speerspitze hinweg, trat der Wache mit einer Ferse ins Gesicht, packte den Speer, stieß den Schaft gegen den Hals der Wache und landete leichtfüßig auf dem Boden. Während er den Speer mit verblüffendem Geschick um seinen Körper kreisen ließ, hielt er nach neuen Gegnern Ausschau.

Die Kriegermagie in Alban wußte nichts von Morinnans Zielen oder Strategien. Sie nutzte lediglich seine Neigung aus, Feinde zu finden. Die Magie betrachtete jeden, der ihr Gefäß angriff, als Feind. Morinnan hatte sich dies zunutze gemacht, ohne es zu wissen.

Morinnan drehte sich zu dem Hafentor hinter ihm um. Das Schwertergeklirr hatte eine Menge Zuschauer angelockt, Hungerleider und Verbrecher aus Zweipfennig. Zuerst standen sie hinter dem Tor und jubelten unterschiedslos für beide Seiten. Allmählich konzentrierte sich ihre Aufmerksamkeit auf Alban, und eine Zeitlang sahen sie einfach nur staunend zu.

Die Menge hatte keine klare Vorstellung davon, wer in diesem Kampf die Helden und wer die Schurken waren. Hätte Alban mitten unter ihnen gekämpft oder gegen beliebtere Gegner als die Stadtwachen – oder vielleicht auch nur finster aussehende Kleidung getragen –, hätte ihn die Menge vielleicht gefürchtet und als Bedrohung betrachtet. Sie wären ebenso vor ihm geflohen, wie dies die Insassen von Antimer getan hatten. Das Flattern eines Sperlingsflügels, ein Kieselwurf, der eine Lawine ins Rollen bringt, der in eine Stromschnelle geworfene Stein, der die Strömung weit flußabwärts ändert …

Wie der Zufall es wollte, jubelte die Menge schließlich bei jedem Schlag und bei jedem Tritt, den Alban landete. Bei jedem Sieg schrien die Leute lauter.

Zwischen Wogen schallenden Gelächters rief ein alter graubärtiger Seemann Morinnan durch das Tor zu: »He, Troll! Wie wird der kleine Kahlköpfige genannt?«

»Er heißt Bockiger Ochse«, sagte Morinnan stolz. »Offzieller Leibwächter von Merrons neuem Höchsten Magistrat.«

»Höchster Magistrat? Wer soll das sein?«

»Er steht vor euch. Wir werden die Stadt für die Leute regieren, die die eigentliche Arbeit leisten! Die aufgeblasenen Wichtigtuer auf dem Hohen Hügel absetzen und dafür sorgen, daß sie wie alle ehrlichen Menschen für ihr Brot arbeiten müssen und damit anfangen, die Leute gerecht zu behandeln!«

Die Menge brach in ein verwirrtes Gemurmel aus. Morinnans spontane Wahlrede hatte sie überrumpelt. Morinnan, der die Stimmung der Menge ganz genau einschätzen konnte, rief: »Ich bin Magistrat Morinnan! Bockiger Ochse ist für mich! Ihr auch?«

In diesem Augenblick führte Alban einen wirbelnden Sprungtritt zwischen zwei Stadtwachen aus. Er fällte beide mit gleichzeitigen Treffern am Kinn. Die Menge stöhnte auf, und dann stimmte jemand einen Sprechchor an: »Bockiger Ochse! Bockiger Ochse!« Morinnan lächelte, als er den Sprechchor hörte. Wenn die Leute Sprechchöre anstimmten, dachten sie nicht, und das paßte ihm gut.

Die ganze Stadt lag jetzt in seiner Reichweite. Wenn er die Opposition auf dem Hohen Hügel getötet oder in seine Armee eingegliedert hatte, würde er rasch die Anwesen in Altstadt und Schlußstein plündern, die Beute an die Stadtwache und die Zauberer in Schulenburg verteilen und sie damit für sich gewinnen, und danach konnte ihm niemand in der Stadt mehr gefährlich werden. Er konnte jeden, der ihm mißfiel, töten oder versklaven, und genau das würde er auch tun. Das großartige Gefühl der Macht durchzuckte ihn wie eine Droge.

In Morinnans Ehrgeiz sah ich eine Gefahr für die Sicherheit Merrons, die ebenso groß wie die Heimsuchung war. Doch ohne die Kompositform konnte ich nichts tun, um die Gilden zu alarmieren. Aus meiner Verzweiflung wurde eine Idee geboren, die auf Padias Verdacht beruhte, eine Illusion schütze mich vor der Wahrnehmung durch die Sinne der Namensgeber. Ich wußte nicht, ob das stimmte oder nicht, aber ich mußte etwas versuchen. Hier auf dem Bandobar-Pier stand der einzige Namensgeber in Merron, der diese Illusion würde durchschauen können.

Während ich meine Truppen um mich sammelte, drehte Morinnan sich um und sah einen gerüsteten Troll mit erhobener Hellebarde auf ihn zu stürmen. Es war Kriast, der Posten vom Hohen Hügel. Morinnan sah, daß dieser Troll, der einzige auf dem Pier, eine echte Gefahr für ihn darstellte.

Kriast sagte: »Ich habe von dir gehört, Morinnan! Das ist dein Werk, oder?« Ohne auf eine Antwort zu warten, schwang Kriast seine Hellebarde. Morinnan sprang zurück und zog seine Peitsche.

»Wenn du dich jetzt ergibst, schenke ich dir das Leben!« sagte Morinnan verächtlich zu dem anderen Troll. Als Antwort sauste Kriasts Hellebarde nieder, und Morinnan konnte ihr gerade noch ausweichen.

»Also gut, du bist tot!« rief er. »Bockiger Ochse, töte diesen Wicht!« Morinnan zog sich mit zuversichtlichem Lächeln zurück.

Kriast griff weiter an, diesmal mit einem tief angesetzten Hieb. Verblüfft sprang Morinnan zurück, stolperte über ein zusammengerolltes Tau und fiel auf den Rücken. Er wälzte sich zur Seite, während Kriasts Klinge tief in die Holzplanken des Kais schnitt. Die Menge sah atemlos zu.

»Bockiger Ochse!« rief Morinnan. »Wo bleibst du?«

Alban hatte sich aus der Schlacht zurückgezogen und stand jetzt auf dem nördlichsten Kai. Die verbliebenen Mitglieder der Stadtwache sahen ihn dort stehen, ließen ihn aber in Ruhe, da sie es vorzogen, andere Mitglieder der Bande anzugreifen.

Mit dem Untrüglichen Blick ihres Gefäßes hatte die Kriegermagie einen Beobachter entdeckt. Bis sie diesen eindeutig als Freund oder Feind einordnen konnte, würde sie nicht gegen andere Gegner kämpfen. Unter dem Licht einer einzigen Fackel bückte Alban sich, und die Magie sah den Beobachter – mich.

In über vier Jahrhunderten hatte ich niemals versucht, meine Bewußtseinspunkte zu koordinieren, denn ich besaß kein Ich-Bewußtsein. Selbst jetzt, mit dem aus Vilphs Verzauberung der Kompositform geborenen Bewußtsein, fand ich es schwierig. Ich verließ mich dabei ausschließlich auf Albans Wahrnehmungen. Ich kann meine einzelnen Bewußtseinspunkte nicht spüren, ebensowenig wie ein Namensgeber einzelne Gehirnzellen spürt, wenn er denkt.

Durch Albans Augen sah ich mich selbst: ein wuselnder Kreis hunderter Ameisen. Ich sammelte meine Truppen, und immer mehr Ameisen strömten in den Kreis und bildeten Muster. Die Kriegermagie beobachtete mich wachsam.

»Bockiger Ochse!« Morinnans Rufe bekamen einen verzweifelten Unterton. »Irgend jemand! Kommt schon, helft mir!«

Kriast setzte ihm schwer zu, und ihm stand nur seine Peitsche gegen die Hellebarde des anderen Trolls zur Verfügung. Von den übrigen Mitgliedern der Bande standen noch sieben, dazu vier Stadtwachen. Ohne Alban auf der Seite der Gauner hatte sich das Blatt gewendet. Morinnan hörte gebrüllte Befehle und nicht weit entfernt das Trampeln vieler Füße. Eine weitere Streife der Wache war eingetroffen, um ihren Kameraden am Pier zu helfen. »Bockiger Ochse! Irgend jemand! Helft mir!«

Eine Trompete erscholl. Die Wachen, die noch standen, jubelten, und Morinnans Gauner wechselten panische Blicke. In diesem Augenblick schwang Kriast seine Hellebarde mit voller Wucht. Morinnan wich nicht schnell genug aus, und die Klinge trennte ein Stück seines Oberschenkels ab. Morinnan heulte vor Schmerzen auf. Bei dem Geräusch seines Schmerzensschreis wandten sich Morinnans Armee, seine zukünftigen Kabinettsminister, Botschafter und Sicherheitsoffiziere, zur Flucht und liefen zum Wasser. Unterwegs rissen sie sich ihre Kettenhemden vom Leib, dann sprangen sie in das schlammige Wasser und schwammen davon.

Mit tollkühner Kraft stürmte Morinnan auf Kriast ein. Die Hellebarde des Wachmanns streifte ihn an der Schulter, und für einen Augenblick verschwamm alles vor ihm in einem roten Nebel der Schmerzen. All seine Pläne in einem einzigen Augenblick durchkreuzt! Schmerzen und Wut durchzuckten ihn wie eine Droge.

In der Merroner Gesellschaft kamen nur wenige Anlässe einer Abendgesellschaft gleich, was Effekthascherei und protzige Vornehmheit betraf, und die zweihundert Gäste im Ballsaal von Jessis betonten ausnahmslos, Padia Villandrys Gesellschaft sei die schönste, an die man sich erinnern könne. Sie konnten auch kaum etwas anderes denken, da sie diese Idee unmittelbar von ihrer ›Gastgeberin‹, Vilph Axtgriff, empfingen.

Der Raum war von Illusionsmagie durchdrungen. »Ah, meine Freunde«, begrüßte Vilph seidenweich mit Padias Stimme jede Gruppe, »ich glaube, daß ihr euch heute abend amüsieren werdet wie noch nie.« Die Gründer und ihre Begleiter starrten dumpf vor sich hin, wenn die Magie wirkte, und erwiderten dann mit glasigen Augen: »Du meine Güte, ja, Padia, die schönste Gesellschaft, an die ich mich erinnern kann!«

Der Ballsaal bedurfte keiner Illusion, um seine Pracht zu betonen. Ein riesiger Bronzespiegel, in dessen Kristallglas Eulenmuster eingraviert waren, beherrschte das eine Ende des Saals. In ihm spiegelten sich ein riesiger Kamin in der Mitte der Ostwand – und darin das prasselnde Feuer. Außerdem sah man in dem Spiegel die bis zur Decke reichenden Fenster der gegenüberliegenden Wand und das im Dunkeln liegende Land dahinter. Vilph dachte mürrisch: *Nacht an einem Ende des Saals, Nacht am anderen und sinnlos strahlende Aktivität dazwischen. Wenn diese Drohnen das doch nur begreifen würden!* Als er selbst darüber nachdachte, lief ihm ein kalter Schauer über den Rücken, den er rasch hinter einem Vorhang aus müßiger Verachtung verbarg.

Zwischen dem Spiegel und den dunklen Fenstern erstreckten sich vier lange Tischreihen. Die Tische waren mit bestickten, spitzenbesetzten Leinentüchern gedeckt, und darauf standen riesige Immerbrennende Kerzenleuchter. Auf Geschirr aus Messing und Zinn waren dreißig Gänge angerichtet: Fleisch von Huhn über Alligator bis zu Knackschnabel, ein Dutzend und mehr erlesener Soßen, verschiedene Fischsorten, die in der vielgerühmten Gewürzbouillon der T'skrang gegart worden waren, fein gehackte und scharf gewürzte Lammnieren, pochierte Eier in Pilzsoße auf Nudeln, Avocadohälften, in Sesamöl gebratene Schalotten, goldene, zuckerummantelte Himbeeren mit Minzeblättern und Körbe mit dampfenden, zwei Minuten alten Brötchen.

Bedienstete gingen mit goldenen Schüsseln voller Pippinäpfel, gelber Pflaumen und Blutorangen, in deren Schalen Eulenmuster eingeritzt waren, in den Gängen zwischen den Tischen auf und ab. Was konnte diese unerschütterlichen Bediensteten aus der Ruhe bringen? Mit großer Gelassenheit boten sie den illustren Gründerfamilien Merrons angewärmte Servietten und sechs verschiedene Weinsorten an.

Nur das gelegentliche Auftauchen einer Ameise an einem Tischbein oder vielleicht auf dem illustren Nacken eines Gründers konnte diese Diener aus der Fassung bringen. Sie ließen die Gründer unangetastet, schickten jedoch mit einem kurzen Nicken Lakaien mit Bürsten, um die Ameisen diskret zu entfernen. Doch tausend Lakaien mit tausend Armen hätten nicht mein Millionenheer von Ameisen finden und wegwischen können. Die Ameisen waren in jeder Straße, an jeder Wand und auf jeder Decke in Merron. Jahrhundertelang hatten sie die Stadt schweigend befallen und mir die Gedanken und Strukturen jedes Namensgebers in Merron übermittelt. Die Gesamtmasse meiner Ameisen war vielleicht größer als die aller Merroner Bürger zusammen.

Die Ameisen bilden mein geistiges Wesen, und so sah ich die Gesellschaft, als säße ich bei ihren gefeierten Gästen. Neben mir saßen Earlene und Insquiss Nurnholz, sie dünn und klein mit Froschaugen, er dünn und klein mit einer Knollennase. An einem anderen Tisch saß ich neben Delia Styche-Mudd, der Erbin des Stycheschen Vermögens, das mit dem Auffinden von Wasseradern gemacht worden war. Sie trug eine auffällige Krinoline, die ihren Körper formlos vom Hals bis zu den Füßen verhüllte. An einem dritten Tisch saß ich neben den Magistraten Kittague und Carush und einem Dutzend ihrer Vorgänger, eine Galerie von Wämsern und gelben Schärpen, die mit Zlatko, einem Gesandten aus Throal, endlos über Politik redeten.

Auch anderswo belauschte ich Worte und Gedanken zum Beispiel der Parrsytes, Frey-Lowdens, Trucklers, Leyches, Moaches und anderer gesellschaftlicher Spitzen Merrons. Die Geschichte und der Zufall hatten ihre Vorfahren hochgespült, und diese Strömung trug auch ihre Nachkommen. Sie hatten sich mühelos erhoben wie ein Schiff auf einer stetig wachsenden Welle.

Der Matriarch der Merroner Gesellschaft, Landfrau Bulrutha Barghill-Bhurn, hielt an einem Tisch in der Nähe des Kamins Hof, wo sie jeden sehen und von jedem gesehen werden konnte. Die Zwergenfrau saß auf einem hochlehnigen Stuhl, und ihr grünes gerüschtes Kleid umgab sie wie ein Endivienbeet. Ihr Gesicht wurde von einem grünen Spitzenschleier verdeckt, Kopf, Wangen und Hals waren unter einem grünen Kopftuch verborgen.

»Reizend, ganz reizend«, nickte Landfrau Barghill-Bhurn in offiziellem Beifall für die Gesellschaft. Sie sprach zu einem respektvollen Publikum, darunter auch Earlene und Insquiss Nurnholz. »Padia hat sich selbst übertroffen«, sagte Bulrutha. »An keiner Gesellschaft, die ich bisher auf Jessis erleben durfte, habe ich ein so außergewöhnliches Vergnügen gehabt. Es ist ein Jammer, daß sie ganz allein hier in diesem reizenden riesigen Haus lebt. Wir müssen dafür sorgen, daß wir unsere Padia verheiraten. Ich kann mir nicht erklären, warum ich bisher noch nicht daran gedacht habe.«

»Vielleicht mit einem Würdenträger vom Hohen Hügel«, sagte Earlene. »Mit einem Botschafter oder einem der Magistrate.«

»Ich hoffe, ich sage jetzt nichts Dummes«, warf Insquiss mit einem affektierten Grinsen ein, »aber mir kommt es so vor, und bitte korrigiert mich, wenn ich mich irre, daß Padia eine halsstarrige Ader hat. Diese Adepten, Ihr wißt schon. Ist jemandem aufgefallen, daß sie heute abend nicht einen einzigen Adepten eingeladen hat? Auch nicht diejenigen, die sich in der Gesellschaft bewegen. Weder Lansu den Troubadour noch ...«

Bulrutha schnaubte verächtlich. »Adepten! Unruhestifter, sage ich. Man hat nur Ärger mit ihnen und sonst nichts. Adepten und die Gesellschaft, das ist wie Öl und Wasser, Wasser und Öl!«

Gewöhnlich legte Bulrutha mehr Toleranz an den Tag. Oberhalb eines gewissen unausgesprochenen Maßes von Reichtum und Anstand verdienten sich die meisten Zwerge den Beifall der Landfrau, und sie verkehrte gesellschaftlich mit wohlhabenden Obsidianern, Menschen und T'skrang. Bulrutha hatte bereits zivilisierte Gespräche mit Elfen und Orks und einmal sogar mit einem Troll geführt. Kein Umstand hatte sie bisher dazu gezwungen, mit Windlingen zu reden, und weder ihr noch ihnen lag etwas daran, das zu ändern. Von einigen wenigen Ausnahmen abgesehen, rangierten Adepten noch tiefer auf ihrer Skala.

Eine dieser Ausnahmen hielt sie Insquiss vor. »Wie jemand diese liebe Frau ›halsstarrig‹ nennen kann, ist mir ein tiefes und unergründliches Rätsel. Seht sie Euch an!« Sie zeigte auf Vilph, der sich sorgsam um den Kamin kümmerte. »Padia verhält sich einfach bezaubernd heute abend. Diese Gesellschaft wird uns allen noch lange viel Gesprächsstoff geben.«

Vilph achtete sehr sorgfältig auf das Feuer im Kamin. Der Noesis-Zauber würde bald beginnen, und er fühlte sich ein wenig ängstlich und schuldig. Eine glockenähnliche innere Stimme erinnerte ihn daran, daß er diese Gewissensbisse auch schon vor dem Beginn aller anderen Zauber im Rahmen der Heimsuchung empfunden hatte. Nein, nein, was für ein Unsinn! Damals war er sich seiner Pläne ebenso sicher gewesen wie jetzt.

Ein neuer Vorhang fiel. Wie langweilig, dieses Gesellschaftsgeschwätz! Vilph sann vergnügt über die Zauber nach, die er wirken konnte, sollte er den Wunsch verspüren, die Gesellschaft ein wenig in Schwung zu bringen. Vorgetäuschtes Feuer, um diese lächerlichen Kleider zu verbrennen. Geschmolzene Butter, die von der Decke tropfte, um die prächtigen Wämse und Hosen der feinen Herren zu beflecken. Tanzende Pferde auf den Tischen und Störche, die unter der hohen Decke Ball spielten.

Nun ja, die Dinge werden noch früh genug ins Rollen kommen.

Ein paar Gäste, die ihr Mahl frühzeitig beendet hatten, versammelten sich zu einem Schwätzchen vor dem Kamin. Das Gespräch begann mit den Tumulten in Zweipfennig. »Eine ganz üble Sache«, sagte Zlatko, der throalische Botschafter. »Und, wie ich wohl nicht einmal hinzufügen muß, ganz schlecht fürs Geschäft.«

»Zeitweilig«, sagte Hogen Spohnge-Dobbit, ein teigiger Mann in einer schlecht sitzenden schwarzen Jacke mit schnallenbesetzten Gamaschenleggings. Ein roter Kummerbund umgab seine üppige Taille, der so stramm saß, daß er eine beständige Quelle der Begeisterung für den Betrachter war. »Laßt den Pöbel eine Weile hungern und stellt dann die Ordnung wieder her, dann werden alle noch fleißiger arbeiten. Ich sage, wir haben es hier mit einer Gelegenheit für Leute mit Geschäftssinn zu tun.«

Alle vergaßen bequemerweise – oder verzichteten darauf, es zu erwähnen –, daß Padia diese Gesellschaft ursprünglich als Wohltätigkeitsveranstaltung für die Opfer der überfluteten Stadtteile geplant hatte. Niemandem war jetzt noch daran gelegen, Zweipfennig zu helfen.

»Ich bin jedoch der Ansicht«, fuhr Spohnge-Dobbit fort, »daß es ziemlich übel hätte werden können, wenn der Pöbel es über den Fluß geschafft hätte. Die Magistrate haben richtig gehandelt, als sie die Brücke sprengten.«

»Ach, hört auf, was für ein Unsinn«, sagte ein Kaufmann aus Schlußstein. »Jetzt muß ich meine Waren Boot für Boot über den Fluß schaffen. Auf dem ganzen Byrose gibt es nicht genug Boote für sämtliche Kaufleute in meinem Stadtteil, von Altstadt ganz zu schweigen.«

»Manchmal muß man eben ein Opfer bringen. Glaubt mir, dieser Abschaum aus Zweipfennig muß dazu gebracht werden, die Welt so zu sehen, wie sie ist. Ja, die Brücke ist ein Verlust. Aber wenn die Dinge sich wieder beruhigt haben, können wir sie nochmals aufbauen.«

Vilph kümmerte sich um das Feuer und lächelte heimlich.

Außerhalb des Ballsaals, aber nicht weit entfernt, schrie Haerlam der Seher und Ältester von Noesis auf und fiel auf die Knie. Der stämmige Magier griff sich an die Stirn, wo soeben eine blutige theranische Rune aufgebrochen war: ›Verrat‹. Haerlam hatte sich geweigert, am Ritual für das Wirken der Feuerwurm-Plage teilzunehmen, und Hodrick hatte den Eid beschworen.

»Aaah! Nein, nicht!« rief Haerlam unter Schmerzen. »Ich werde Euch helfen, hört auf, hört auf!«

Die anderen fünf Magier sahen erleichtert aus. Der alte Meister Wohlnoth keuchte, als sei er durch das gesamte Anwesen gerannt. Eustachia Munt und Norria Langzahn halfen Haerlam auf. Ludvic der Rote kochte vor Wut, da er Hodrick angreifen wollte, durch den

Schutzzauber der Form jedoch daran gehindert wurde. Sogar Jorzz, der sonst eine Haltung hochmütiger Distanz kultivierte, sah blasser aus als üblich.

Hodrick ließ ebenfalls Erleichterung erkennen, obwohl er die Wunde herbeigeführt hatte. »Sehr gut«, sagte er mit Unbehagen. »Da Ihr bereut, glaube ich, daß die Wunde verheilen wird. Nehmt bitte Euren Platz ein.«

Die Hitze in dem Raum war mittlerweile erdrückend. Die Flammen in der Feuergrube aus Ziegeln schlugen fast bis zum Abzugsschacht in der rußgeschwärzten Steindecke. Ascheflocken umschwirrten das Feuer. Hodrick und die Noesis-Magier standen im Kreis um die Grube, und jeder hielt einige der Gegenstände in den Händen, die Vilph den Alten Familien abgeschwatzt hatte.

Ludvic verlieh seiner Feindseligkeit mit einer verbitterten Bemerkung Ausdruck. »Hodrick, Ihr erzwingt unsere Mitarbeit, aber Ihr könnt uns nicht zwingen zu wünschen, daß dieser Zauber auch gelingen möge.«

»Er wird gelingen«, sagte Eustachia Munt nachdenklich. »Die alten Familien sind alle anfällig dafür. Es mangelt ihnen an Eigenbewußtsein. Durch diesen Zauber wird es vielleicht wieder hergestellt.«

Schockiert sagte Norria: »Ihr scheint diesen furchtbaren Zauber gern zu wirken!«

»Es gibt kein Eigenbewußtsein ohne Erinnerung«, erwiderte Eustachia gelassen. »Die Kultur des Wohlstands ist ein Angriff auf die Erinnerung. Um an dieser Kultur teilzuhaben, gaben die Vorfahren dieser Leute vor vielen Jahrhunderten nicht nur ihre Ideale, sondern ihre Erinnerungen auf. Sie vergaßen sich selbst. Diese Nachkommen haben sich überhaupt niemals kennengelernt. Das können sie gar nicht. Niemand hat es sie je gelehrt.«

»Nun, dies wird sie lehren, wenn das überhaupt irgend etwas kann«, sagte Haerlam, der sich noch immer seine blutige Stirn massierte. »Und möge die Geschichte uns verzeihen.«

Sie begannen ihren Singsang. Ein Magier nach dem anderen überantwortete seine Gegenstände den Flammen. Ein Malachit-Kamee mit dem eingravierten Profil eines ältlichen Frey-Lowden. Ein perlmuttbesetzter Kelch, aus dem Hogen Spohnge-Dobbit seit zwanzig Jahren jede Nacht trank. Eine Jaspree-Statue, die von Earlene Nurnholz ganz besonders geschätzt wurde. Ein mehrarmiger, juwelenbesetzter Kerzenleuchter, eine Onyx-Haarspange, das Porträt eines Vorfahrs in Öl und ein Dutzend weiterer Gegenstände wanderten ins Feuer. Ihre Asche, die immer noch brannte, schwebte nach oben.

»Feuerwürmer«, flüsterte Hodrick ängstlich.

Durch schlichte Manifestation hatte ich unabsichtlich Morinnans Plan durchkreuzt, Merron zu erobern. Jetzt drohte eine neue Gefahr, und ich sann auf eine Möglichkeit, Alban dazu zu bringen, sie zu bekämpfen. Als ich genügend Ameisen am Kai versammelt hatte, sah ich durch Albans Augen und formte das Bild. Hier marschierten geschlossen zwölf Reihen von Ameisen, dort sammelte sich ein Schwarm und bildete einen Hauer ...

Augenblicke später hatte ich es. Auf dem Boden lag ein waberndes, sich windendes Porträt von Vilph Axtgriff.

Alban konnte das Gesicht nicht sehen, aber es war das einzige Bild von Dauer in seinem augenblicksbezogenen Bewußtsein. Die Kriegermagie erkannte des Gesicht. »Bockiger Ochse«, sagte Alban kategorisch.

Die Erregung, die ich empfand! Ich dachte daran, JESSIS zu schreiben, aber die Kriegermagie wußte nichts von Jessis. Statt dessen schickte ich eine Kolonne Ameisen aus dem Bild nach Norden – das Ufer des Byrose entlang. Alban folgte ihr langsam in die Dunkelheit. Ermutigt begann ich damit, Ameisen in Hanfseil und Altstadt zu sammeln.

Die mittlerweile zahlenmäßig verstärkte Stadtwache auf dem Bandobar-Pier hatte ihre Taktik gewählt. Kriast der Troll führte den Trupp, eine Fackel in der einen und seine Hellebarde in der anderen Hand. Auf der Spitze seiner Hellebarde steckte Morinnans blutiger Kopf.

Vierzehn Wachen näherten sich Alban, fünf von links mit gezogenen Schwertern, fünf von rechts mit stoßbereiten Hellebarden und Kriast und drei andere von der Landseite. Hinter Alban rauschte der kalte Byrose.

Kriast rief: »Leg dich mit dem Gesicht auf den Boden und spreize Arme und Beine, sonst töten wir dich!«

Vor dem Tor zum Pier schrie die Menge wütend auf. »Jetzt rotten sie sich gegen ihn zusammen.« – »Warum kämpft ihr nicht anständig?« – »Laßt ihn doch einfach in Ruhe!«

Die Kriegermagie warf einen Blick auf die Stadtwachen, dann richtete sie ihre Aufmerksamkeit wieder auf die Reihe der Ameisen. Das Gefäß benötigte Licht, um der Ameisenspur zu folgen. Sofort täuschte Alban einen Ausfall in Richtung Wasser vor. Die zehn Wachen zu seiner Rechten und Linken lösten ihre Reihen auf und verfolgten ihn. Dicht vor dem Wasser bückte sich Alban, immer noch mit dem Rücken zu ihnen, und sprang rückwärts.

Die Wachen verrenkten sich die Hälse, als er über ihre Köpfe hinweg und Kriast entgegen segelte. Die Menge hinter dem Tor stöhnte auf. Alban drehte sich geschmeidig in der Luft und landete zehn Schritt vom Wasser entfernt vor Kriast. Der erschrockene Troll wich zurück, während seine drei Kameraden mit erhobenem Schwert vortraten.

Alban warf sich auf die Hände und trat nach rechts aus. Seine Füße stießen gegen die Knöchel des Wachmanns und stießen ihn um. Alban schwang die Beine herum und trat sie dem Mann auf der anderen Seite in den Bauch, so daß er ebenfalls zu Boden ging. Die dritte Wache, eine Orkfrau in einem Kettenpanzer, ließ ihr Schwert herabsausen. Alban rollte sich ihr entgegen, und ihre Klinge versank in der aufgeweichten Erde. Albans Arm schnellte hoch, packte ihre Schwerthand und brach sie am Gelenk. Dann stieß er die Orkfrau gegen Kriast. Die Frau prallte gegen den Troll und fiel schreiend zu Boden.

Kriast hielt sich auf den Beinen. Nach einem kurzen Blick auf Alban, der gelassen wirkte und nicht in Schweiß ausgebrochen war, knurrte der Troll: »Los, ihr Hundesöhne, er ist allein!« Er warf seine Fackel über die Schulter nach hinten und packte seine Hellebarde mit beiden Händen.

Während die anderen Wachen kehrtmachten und zu ihm eilten, sprang Alban auf, packte das Schwert der Orkfrau und sprang über Kriast hinweg. Alban fing die herumwirbelnde Fackel auf dem höchsten Punkt ihrer Flugbahn. Der Troll drehte sich um, um dem Sprung zu folgen, und wurde vom Schwertknauf am Ansatz seines linken Horns getroffen. Der Schlag ließ den Troll taumeln, doch er schwang dennoch seine Hellebarde.

Alban sprang über die Hellebarde hinweg und blieb in der Luft. Er trat einmal zu, zweimal, ein Wirbel beidfüßiger Tritte, die alle an Kriasts Kiefer landeten. Vor fünf Tagen hatte der Troll sich beiläufig einen fetten Magistraten über die Schulter gehängt und ihn aus dem Ratsgebäude geworfen. Jetzt schlug Alban den Troll, dessen Kiefer mittlerweile mehrfach gebrochen war, mit gleicher Beiläufigkeit zu Boden, wo er reglos liegenblieb.

Die Menge vor dem Tor jubelte. Wiederum wurde der Sprechchor angestimmt. »Bockiger Ochse!«

Der Krieger schwebte aufwärts, da griffen ihn die anderen Wachen an. Als er außerhalb ihrer Reichweite war, lief er mit anmutigen langen Schritten zum Wasser zurück, wobei er die Fackel tief hielt. Er nahm die Spur meiner Ameisen am Flußufer auf und folgte ihr nach Norden, wobei ihn die wütenden Wachen verfolgten. Einmal ließ Alban sich zurückfallen und setzte die beiden nächsten Wachen außer Gefecht. Danach folgten die übrigen in größerem Abstand.

Die Menge hatte sich mittlerweile heiser gerufen und gebrüllt. In ihrer Begeisterung drängten die Leute von hinten nach vorn, und diejenigen in den vordersten Reigen wurden gegen das Holztor gedrückt, wobei sich einige verletzten. Die Angeln des Tors ächzten und brachen, und die Menge lief Alban ebenso hinterher, wie die Insassen von Antimer ihm aus der Anstalt gefolgt waren.

Die Menge überrannte einfach die Alban verfolgenden Wachmänner, die von der Übermacht erdrückt wurden. Die Leute folgten ihrem neuen Helden, und ihre Sprechchöre hallten durch die dunklen Straßen von Hanfseil und Zweipfennig. »Bockiger Ochse! Bockiger Ochse!«

Andere in dunklen Seitenstraßen hörten die Sprechchöre, sahen das Fackellicht und starrten verwundert auf den dahinlaufenden Krieger. Sie hatten noch nie von Bockiger Ochse gehört, aber die Sprechchöre und die Menge zogen sie an wie ein Magnet. Während Alban den Reihen der Ameisen folgte, die nur er sehen konnte, wurde die Menge hinter ihm beständig größer.

In sichereren Zeiten hätte die Stadtwache eine ganze Kompanie auf die Beine gestellt, um Alban zu besiegen und einzusperren. Zuschauer hätten ihn weder bejubelt noch verfolgt, weil es keinen Sinn gehabt hätte. Er bot keine Aussicht auf einen Wandel. Wie Britham Boyhan Alban vor sieben Tagen gesagt hatte, in der Ebene fließt der Fluß stetig, und ein Stein kann die Strömung nicht ändern.

In diesen turbulenten Zeiten scharten sich die Leute

um mögliche Anführer. Ein Anführer, der wenig sagte, konnte zu einer leeren Schiefertafel werden, auf die Tausende ihre Wünsche schrieben: Verbesserungen, Ordnung, Rache. Bis zu seiner fatalen Begegnung mit einer Hellebarde hätte die Menge auch Morinnan gewählt. Jetzt hatte der Zufall Alban zum Anführer der Menge gemacht, wie ein Stein eine Stromschnelle ändern kann.

Der Mann mit der Fackel und die Menge hinter ihm liefen durch Hanfseil und weiter nach Norden über den Kupferweg. Diese Straße markierte das nördliche Ende von Zweipfennig, da dieser Stadtteil sowohl oberhalb als auch unterhalb von Hanfseil an den Byrose angrenzt.

Die Freundlichen Hüter hatten den Kupferweg prächtig aufgebaut, indem sie die schmale Straße verbreitert und gepflastert und links und rechts hohe, stattliche Gebäude errichtet hatten. Ihre schlichte Architektur, die roten Ziegelfronten und die mit Schindeln gedeckten Dächer hatten ihm ein angenehmes, wohnliches Aussehen verliehen, wenigstens für kurze Zeit. Randalierer und Plünderer hatten die meisten dieser Häuser niedergebrannt. Die eingeschlagenen Fenster klafften wie Mäuler.

Die Kriegermagie folgte meiner Ameisenspur die Straße entlang und um eine Biegung. Alban kam wieder zum Byrose. Jenseits des Flusses standen vor einem schwarzen Horizont die beleuchtete Anhöhe des Hohen Hügels und Altstadt. Die Insektenkolonne führte ihn eine Steigung empor, und dann hatte er das Ende der Reihe erreicht, das gezackte Ende der Schwalbenschwanzbrücke.

Als die Gäste ihr Mahl in Jessis beendet hatten, flammte der Kamin im Ballsaal plötzlich hell auf. Brennende Ascheflocken und Feuerwürmer trieben aus den Flammen und verteilten sich über den Saal. Die Gründerfamilien schauten auf und waren entzückt, da sie dies für eine erlesene Abendunterhaltung Padias hielten.

Vilph stand neben dem Kamin, seine Gedanken im Widerstreit mit sich selbst. Als er die Feuerwürmer beobachtete, die ihn umschwirrten, mußte der graue Ork hart arbeiten, um sich davon zu überzeugen, daß er triumphiert hatte.

Kein Auge außer meinem konnte die Feuerwürmer auseinanderhalten. Ich las ihre Strukturen und sah daher, wie die Asche der Malachitkamee gezielt zu ihrer Besitzerin, zu Astoria Frey-Lowden, schwebte, wohingegen die brennenden Überreste von Hogen Spohnge-Dobbits Kelch direkt auf ihn zu trieben. Earlene Nurnholz, die mit ihren Froschaugen glotzte, konnte nicht wissen, daß die Feuerwürmer, die ihr so anmutig entgegenschwebten, einmal ihre Jaspree-Statue gewesen waren.

Asche breitete sich in dem Ballsaal aus. Das Entzücken der Leute ging in Wachsamkeit und dann in Unruhe über, als die Feuerwürmer auf sie niederfielen. Sie schlugen um sich oder sprangen beiseite, doch vergeblich. Die Feuerwürmer entzündeten sich.

Die Gründer schrien. Wo die Feuerwürmer landeten, auf Arm, Hals oder Bauch, erblühten grellgelbe Flammen. Kleidung kräuselte sich und schälte sich ab, und dann schälte sich die Haut darunter ebenfalls ab. Auf Schultern, Schenkeln und Brüsten öffneten sich die geschwärzten Ränder der Wunden wie Lippen und enthüllten zwei Reihen spitzer Zähne. Hinter den Zähnen lauerte eine dunkle Röte in der Farbe geronnenen Blutes. Eine dünne glitschige Zunge zuckte aus jedem Mund.

Die Gäste der Gesellschaft wurden stocksteif vor Entsetzen, als die Münder einer nach dem anderen zu sprechen anfingen.

Ein Mund an der Seite von Earlene Nurnholz' Hals

schrie mit der tiefen kratzigen Stimme eines alten Wüstlings: »*Ich komme mir so stumpfsinnig und albern in Eurer Nähe vor. Ich hasse Euch für die Gefühle, die Ihr in mir weckt.*« Unzusammenhängend vor sich hin stammelnd, drehte Earlene sich im Kreise wie ein gefangenes Tier. Ihre Hände wedelten sinnlos herum.

Ihr Mann versuchte eine Serviette in die Mundwunde zu stopfen, ließ sie aber schockiert und angewidert fallen, als sich auf seinem rechten Handrücken ein neuer Mund öffnete. »*Ich habe dich dutzendmal betrogen, und zwar mit allen Frauen, die mich haben wollten*«, sagte der Mund mit triumphierender, grausamer Stimme. »*Ich bedaure zutiefst, dir je begegnet zu sein, und ich werde einen Seufzer der Erleichterung ausstoßen, wenn du endlich tot bist.*«

Sie blickten einander mit weit aufgerissenen Augen an, als sähen sie sich zum ersten Mal.

Ein neuer Mund erblühte auf Landmann Hogen Spohnge-Dobbits feister Wange. »*Meine Geschäfte gehen schlecht, weil ich mein Vermögen verpraßt habe. Ich würde meine Familie in die Sklaverei verkaufen, wenn ich dadurch geschäftlich wieder auf die Beine käme.*« Der Landmann schlug sich immer wieder hektisch auf die eigene Wange, aber der Mund biß ihn in die Hand. Jene in seiner Umgebung schüttelten den Kopf und versuchten ihn nicht anzugaffen.

Ein Plappern fremdartiger Stimmen erhob sich in dem Ballsaal. Die Plage hatte alle angesteckt, sogar jene, die Vilph keine Gegenstände gegeben hatten, ja sogar die Bediensteten. Magistrat Carush berichtete von vergangenen und gegenwärtigen Erpressungen, Kittague von seiner Gewalttätigkeit gegenüber seiner Frau und Zlatko von gelegentlichen Anwandlungen, sein Land zu verraten. Die Gäste konnten sich erst wieder bewegen, als ihre neuen Münder ihre Bekenntnisse abgelegt hatten. Diebstähle, Ehebrüche, Perversionen: Anscheinend hatte jeder schreckliche Geheimnisse zu enthüllen. Jeder außer Vilph, der seine Geheimnisse sogar vor sich selbst verbarg.

Der Ork mischte sich mitten unter seine gequälten Gäste und hörte zu. Seine Gefühle änderten sich bei jedem Schritt: Dankbarkeit, Schuldbewußtsein, Befriedigung, Verzagtheit, Rachsucht, Verblüffung und unter allem eine brodelnde Furcht. Er hatte dies alles einfach nur deshalb getan, weil er es konnte, denn er wußte, daß es nichts bedeutete. Nichts bedeutete irgend etwas. Warum dann aber diese Unruhe?

Er rechtfertigte sein Handeln immer und immer wieder, lehnte aber gleichzeitig jede vernunftmäßige Erklärung heftig ab. *Meine Rache gegen Villandry.* Diese Plage würde nicht nur dafür sorgen, daß die Familien sich von ihr abwandten, sie würde sie alle vernichten. *Diese Leute haben es verdient.* Warum, wenn Gerechtigkeit eine unsinnige Illusion war? *Meine Macht bekräftigt meine Überzeugungen.* Er verbarg diese Überzeugungen, wer konnte dann aber seine Lektion lernen?

Im Angesicht des vollständigen Triumphs seines Plans setzte sich Vilphs innerer Widerstreit zur steten Begleitung lauten Glockengeläuts fort. Nur in diesen Augenblicken des Erfolgs wurde ihm unbestimmt bewußt, daß ihn seine Pläne und Ideologien nicht zufrieden machten. Aber was dann? Er hatte keine Ahnung. Keine Münder bildeten sich auf Vilphs Körper, aber dennoch konnte er die Qualen der Alten Familien nachempfinden.

Er hielt vor dem Kamin inne. Landfrau Bulrutha Barghill-Bhurn lag zu seinen Füßen. Ihr Schleier war weggerissen, die Augen in einer Ekstase des Schreckens glasig geworden. Ihr ganzer Körper war mit zahnbewehrten Mündern übersät, die endlos Geheimnisse sogar aus ihrer Kindheit ausplauderten. Auf ihrer Stirn brach ein neuer großer Mund auf. *»Ich will euch alle be-*

sitzen!« sagte er. *»Ihr müßt euch benehmen und genau das tun, was ich sage!«*

Ein ungläubiges Lächeln stahl sich auf die Lippen des grauen Orks, und dann fing er an zu lachen, laut und aus vollem Herzen. Seine inneren Krämpfe lösten sich, da er hysterisch lachte, während sich die Zwergenfrau vor Furcht krümmte.

In diesem Augenblick spürte Vilph einen neuen Gedanken in seinen Verstand eindringen, der mit seiner eigenen Stimme sagte, *Eindringlinge am Nordende des Ostflügels.*

Eine Stunde vor der Ankunft der Gäste war Vilph die Grenzen von Jessis abgeschritten und hatte Alarmzauber gewirkt. Jetzt hatte jemand einen dieser Zauber ansprechen lassen. Kein Gast oder Bediensteter hatte einen Grund, diesen Teil des Hauses aufzusuchen. Vilph nahm selbstverständlich an, daß Feinde zu ihm unterwegs waren, und sofort begann er mit einem neuen Zauber.

Ein leiser Singsang ertönte aus dem Flur vor dem Ballsaal. Die Doppeltür in einer Ecke der Westwand – nicht weit von dem Spiegel entfernt – erbebte wie unter einem plötzlichen Sturmwind. Die Türen aus Zypressenholz flogen auf und gaben den Blick auf Padia Villandry frei. Die sechs Geisterbeschwörer von Oneiros und vier Elementaristen von Geokosmos waren bei ihr.

»Immer hereinspaziert«, sagte Vilph mit einem Lächeln. »Wie ich sehe, hat die Gesellschaft gerade erst begonnen.«

9

Beharrliche Vision

Alban stand auf den geborstenen Bohlen der Schwalbenschwanzbrücke. Meine Ameisenspur mußte an dieser Stelle enden. Zwar hatte ich am anderen Ufer Millionen versammelt, um Alban nach Jessis zu führen, aber die Kriegermagie spürte sie nicht. Sie folgerte nicht, wie ein Namensgeber dies getan hätte, daß sie den Fluß überqueren sollte. Wenn eine Spur zu einem Feind führte, würde sie dieser Spur folgen. Wenn es keine Spur gab, suchte die Magie nur nach den Feinden in Reichweite. Sie fand keine, und so wartete sie einfach.

Die Menge hinter Alban war mittlerweile auf mehrere hundert Personen angewachsen. Unter ihnen befand sich auch Filantha Decrevi, die aus der nicht weit entfernten Antimer-Anstalt gekommen war, um nachzusehen, was der Lärm zu bedeuten hatte. Als sie die Leute ›Bockiger Ochse‹ rufen hörte, begriff sie sofort und lief zur Brücke.

Der Fremde stand da, klein, stark und sauber. Er musterte die Menge mit wachsamem Blick, unternahm aber nichts. Filantha blieb neben einem bärtigen Mann in mittleren Jahren stehen. Er trug die Lederschürze eines Zimmermanns. »Herr, Herr, bitte, was macht er?« fragte Filantha.

»Ich bin nicht ganz sicher«, sagte der Mann mit kultivierter Stimme. »Offenbar will er den Fluß überqueren. Eine Schande, das mit dieser Brücke. So ein hübsches Stück Arbeit – und so nützlich.«

Die Sprechchöre der Menge verhallten. Je länger ihr

Held schweigend auf den Fluß starrte, desto unsicherer wurden die Leute. »Was will er, nach Altstadt?« – »Ich habe ein Boot, zwei Docks von hier, aber seit der Überschwemmung ist es leck.« – »Delwar hier könnte es vielleicht reparieren, das könntest du doch, Delwar, oder?«

Die Menge hatte zu denken angefangen, das Todesurteil für jede Meute. In ein paar Augenblicken würden sich die Leute über ganz Zweipfennig verstreuen.

Der Herr mit der Lederschürze, der neben Filantha stand, sagte zu ihr: »Merkwürdig, daß dieser Mann noch nichts gesagt hat.«

»Er ist stumm, Herr«, antwortete Filantha. »Ich habe ihn bis gestern in dem Irrenhaus dort vorn gepflegt.«

Er musterte sie mit Interesse. »Tatsächlich. Also ist er ein Verrückter? Der keine würdigen Absichten verfolgt.« Er klang enttäuscht.

»Ob sie würdig sind, weiß ich nicht, Herr, aber er verfolgt ganz gewiß seine eigenen Absichten. Ich weiß nicht, ob ein anderer daraus schlau werden kann. Jedenfalls hat er mich vor ein paar Männern gerettet, die die Anstalt angegriffen haben.«

»Tatsächlich«, wiederholte der Mann. »Hmm. Nun ja. Es ist vielleicht einen Versuch wert. Ich würde diese Brücke wirklich gern zurückholen.«

Filantha betrachtete den Mann genauer. Er hatte ein breites, hübsches Gesicht mit einem kastanienfarbenen Bart, der zu zwei Zöpfen geflochten war. Seine großen Augen waren von schwarzen Halbmonden umgeben, die auf die Wangen gemalt waren, und er trug ein dünnes Kupferband um die hohe Stirn. Unter der Lederschürze verbarg sich schmutzige Arbeitskleidung. In den Taschen befanden sich Werkzeuge und Hämmer, Pergamentrollen und der Zirkel eines Bauzeichners.

»Ein Questor«, hauchte Filantha.

Der Questor schritt durch die Menge. Filantha blieb in einem unerklärlichen Anfall von Eifer dicht hinter ihm.

Die Kriegermagie beobachtete den Questor ganz genau, als dieser die Überreste der zerstörten Schwalbenschwanzbrücke betrat. Er verbeugte sich vor Alban. »Man nennt mich Monselle den Macher. Ich diene der Passion Upandal.«

Monselle wandte sich an die Menge. »Bürger«, begann er mit lauter, aber ruhiger Stimme, »Namensgebern und ihren Bauten bleibt nur ein Tag, bevor sie wieder verschwinden. Es ist das alte Gesetz, traurig, aber nicht bitter. Doch wenn Namensgeber ihr eigenes Werk zerstören, um sich gegenseitig eins auszuwischen, ist das ein Frevel. Wie viele Tage und Nächte haben wir jetzt schon niedergerissen? Sollen wir nicht aufhören, bevor wir alles ringsumher zerstört haben wie irgendein Dämon?«

Die Leute rings um Filantha verstummten und hörten zu. Etwas zog ihren Blick zum Ende der Brücke, wo – sie konnte nicht sagen, woher sie das wußte – eine mächtige, unsichtbare Kraft die geborstenen Planken einhüllte.

Monselle fuhr in feierlichem Tonfall fort. »Über Generationen hinweg hat die Schwalbenschwanzbrücke die beiden Hälften dieser Stadt verbunden und Handel, Kontakt und Gemeinsamkeit ermöglicht. Denkt nach! Habt ihr einen Freund oder Geliebten am anderen Ufer?«

Leute rings um Filantha nickten und murmelten Namen. Sie dachte an langjährige Freundinnen in Schulenburg und eine Cousine, die als Hausmädchen in einem Anwesen in Schlußstein arbeitete. Draußen auf dem Fluß leuchtete ein dünner Lichtstrahl auf, der aus den verbrannten Steinkais auf beiden Ufern zu kommen schien.

»Freunde! Zu bauen heißt, unsere Hoffnung für diese Welt zu bestätigen. Baut mit eurem Herzen. Laßt den Zorn hinter euch und baut. Nehmt die Erfahrung als

Pfeiler, und baut stärker! Wenn ihr in diesem Geiste arbeitet, ist Upandal mit euch, in jedem Hammerschlag und in der Kraft, die einen Träger stemmt. Wollt ihr diesen Geist jetzt walten lassen? Wollt ihr diese Brücke heilen?«

Ein ohrenbetäubender Schrei. Auf Monselles Geste wurden die Lichtstrahlen, die sich von Ufer zu Ufer erstreckten, heller, dann blendend. Das Licht verblaßte.

Die Schwalbenschwanzbrücke stand wieder, stark und in ihrer alten Pracht.

Monselle lehnte sich überwältigt gegen das Geländer. Die Menge jubelte aus vollem Halse. Sie feierten jedoch nicht den Questor, sondern den Anführer, der sie zu dieser Tat angeregt hatte. »Bockiger Ochse! Bockiger Ochse!«

Ich schickte Ameisen über die Brücke. Alban folgte ihnen und ihrer Spur. Filantha mühte sich, auf den Beinen zu bleiben, als jubelnde Leute an ihr vorbei und über die Brücke strömten. Sie sah mit Bestürzung, daß die Menge Altstadt entgegenstrebte.

Der Kamin, dachte Padia. Immer noch lösten sich Feuerwürmer aus den Flammen und trieben durch den Raum. Sie hoffte, ihn zu durchqueren und das Feuer zu löschen. *Vielleicht bin ich wenigstens dazu fähig.* Verbittert und enttäuscht dachte sie: *Es scheint so, als könnten wir nicht viel gegen Vilph ausrichten!*

Von den zehn Zauberern, die ihr zu Beginn des Kampfes beigestanden hatten, waren nur noch Taundis Boyhan und Ghantrem übrig. Die anderen hatten Vilph auf seinem fliegenden Teppich durch das Fenster verschwinden sehen und sich dann an seine Verfolgung gemacht. Padia konnte die Illusion nicht durchschauen, aber sie kannte den Trick. Sie hatte die Ältesten festgehalten und den anderen zugerufen zu bleiben, aber ein Zwang hatte sie ergriffen. Von Flügeln oder Geistern getragen, hatten sie das Haus verlassen und jagten Vilphs Illusion nach. Nur die Passionen wußten, wie weit sie sie von Jessis wegführen würde.

Vilph schaffte es, die drei verbliebenen Zauberer mit seinen grünen Energiepfeilen in Schach zu halten, während sie ihn anscheinend nicht treffen konnten. Padia begann einen Zauber, um die Bewegungen des Orks zu verlangsamen, doch Vilph war vor ihr auf der Hut, seitdem sie ihn im Ausstellungsraum von Jessis zum Narren gehalten hatte. Mit einem Wort ließ er sie erstarren..

Ghantrem beschwor einen Geist aus gekräuseltem Nebel, dessen Gliedmaßen in flackernde Dunkelheit gehüllt waren. Der Geisterbeschwörer zeigte auf Vilph, und der Nebelgeist raste dem Ork entgegen. Während er einen eigenen Zauber vorbereitete, sagte Taundis Boyhan: »Ein beachtlicher Zauber, Ghantrem. Ich bewundere schon seit langem die Herrschaft des Geisterbeschwörers über die Geisterwelt.«

»Vielen Dank, Taundis.« Ghantrem klang ein wenig abwesend, da er damit beschäftigt war, seinen Geist zu kontrollieren. »Euer Lob ermutigt mich.«

Mit einem Lächeln hob Vilph eine Hand und sagte: »Freund Geist, hast du kein besseres Ziel?« Dann zeigte er auf Ghantrem, und der Nebelgeist machte augenblicklich kehrt, um Ghantrem anzugreifen. Dem überraschten Geisterbeschwörer blieb nichts anderes übrig, als den Geist zu bannen.

»Bei der Plage, er ist unverschämt!« Der wütende und auf seine Rache fixierte Taundis ließ Feuer an seinen Fingerspitzen entstehen. Als das Feuer immer greller wurde, sagte Ghantrem: »Eure Beherrschung der Elemente beeindruckt mich, Taundis.«

Bevor Taundis seinen Feuerball auf Vilph schleudern oder sich für das Kompliment bedanken konnte, kratzte Vilph sich nachdenklich an der Schläfe und zeigte auf

Taundis. Der Elementarist vergaß, was er mit dem Feuerball zu tun beabsichtigte, und er löste sich wieder auf.

Während ringsumher alle Namensgeber wie erstarrt waren und ihre tiefsten Geheimnisse aus neuen Mündern herausschrien, tollte der graue Ork ausgelassen zwischen ihnen herum und wirkte seine Zauber in einem unbeholfenen Tanz. Die erzürnte Padia brachte schließlich die Willenskraft auf, ihre Starre aufzuheben. Sie erhob sich in die Luft und flog dicht unterhalb der hohen Decke des Ballsaals zum Kamin.

Verärgert wandte Vilph sich an die gequälten Namensgeber ringsumher. »Freunde!« rief er mit einer Trompetenstimme wie ein General, der seine Truppen anspornte. »Die Schurken, die eure Qual verursacht haben, warten jetzt auf eure gerechte Vergeltung! Erhebt euch und übt Rache an ihnen!«

Die furchtbaren Münder verstummten, als sich die Wirkung seines Zaubers entfaltete, und in die Teilnehmer an der Abendgesellschaft kam Bewegung. Die unter der Decke schwebende Padia erstarrte vor Furcht, als sie sah, wie die führenden Mitglieder der Gesellschaft Merrons wie eine Viehherde auf Ghantrem und Taundis zustampften.

Offensichtlich stellten die Gäste keine Gefahr für die Adepten dar, aber sie dienten Vilph als Hindernisse und brachten sich in Gefahr. »Bleibt stehen! Er lügt!« rief Padia. Doch auf ihren Mienen sah sie einen Ausdruck grimmiger Befriedigung. Die Gäste schienen gewillt, sogar glücklich zu sein, Vilph zu glauben.

Padia erinnerte sich plötzlich an ihr fünf Tage zurückliegendes Frühstücksgespräch mit Alban. »Du kannst andere nicht dazu bringen, eine Illusion anzuzweifeln«, hatte er gesagt. Padia begriff in diesem Augenblick, daß sie einen Fehler gemacht hatte, als sie sich auf die Wahrheitsliebe der Leute verließ. Sofort fühlte sie sich dieser Gesellschaft entfremdet, der sie sich verschrieben hatte, und war enttäuscht darüber, daß diese feinen Leute trotz ihrer Bildung und Macht nicht besser zu sein schienen als die hungernden Menschen in Zweipfennig.

Unter ihr gestikulierte Ghantrem mit beiden Händen. Nebel entstand in den Bahnen, die seine Hände beschrieben, und der Nebel bildete eine Kuppel über ihm und Taundis. Aus der magischen Wolke ertönte das Quieken von Fledermäusen und ein absonderliches Johlen. Die Gäste hatten die Nebelwand kaum betreten, als sie gleich wieder kehrtmachten und mit vor Angst hervorquellenden Augen flohen.

Durch eine Illusion hingescheucht und durch Angst wieder vertrieben, dachte Padia angewidert. *Wir benehmen uns ebenso, wie Vilph es tut. Je mehr wir ihn bekämpfen, desto ähnlicher werden wir ihm.*

Vilph marschierte unverfroren durch die fliehende Menge und stellte sich direkt unter sie. Er sprach mit tragender Stimme. »Sie wollen mich, nicht Euch. Die große Masse der Leute wird immer die Illusion vorziehen, und dann gehören sie mir.«

Voller Wut sank Padia herab und trat nach ihm, doch er verschwand, als sie ihren Tritt landen wollte. Er hatte von der anderen Seite des Raumes ein Bild von sich gewirkt. Sie sah ihn kichernd am Kamin stehen.

Padia beherrschte ihren Zorn und dachte: *Leb durch Manipulation, stirb durch sie.* »Vilph!« rief sie. »Es scheint, als hättet Ihr gewonnen. Ihr habt jetzt die führenden Persönlichkeiten Merrons in Eurer Gewalt. Meinen Glückwunsch, und seht Euch an, was Ihr erreicht habt.« Sie betrachtete die Alptraumlandschaft aus verdrehten schreienden Leibern.

Vilphs breite Nüstern blähten sich, und er sah sich verstohlen um. »Ihr versteht nicht – laßt mich erklären ...« In einem ganz anderen, rechtschaffenen Tonfall sagte er: »Diese Leute haben Merron mit ihrer abgebrühten Verachtung für die unteren Schichten vergiftet. Ich führe ihnen lediglich die Wahrheit ihres leeren und herzlosen Lebens vor Augen.«

Er lächelte selbstgefällig – und fiel dann zu Boden, da er einem Eisspeer auswich, den Boyhan aus dem Nebel nach ihm schleuderte. Der Speer zersplitterte an der Wand in tausend Teile. Außer sich vor Wut stürmte Vilph auf den Nebel los, wobei er seine grünen Pfeile darauf abschoß. Padia ergriff die Gelegenheit, um neben dem Kamin zu landen.

Vilph fuhr herum und lief zu ihr. Sie sah, wie sich grünes Licht an seinen Fingern bildete, und wirkte rasch einen Schild aus Astralenergie, um seine Pfeile abzuwehren. Dann wandte Padia sich dem Kamin zu und bereitete ihren mächtigsten Zauber vor.

Sie hatte diesen Kamin selbst entworfen, als sie und Alban Jessis vor zehn Jahren gebaut hatten. Behauene Quadersteine stützten einen wunderschönen Abzug aus schwarzem Marmor. Das Feuer brannte unter einer gewölbten Innenplatte mit Messingsturz, Gitter und dazu passenden Böcken und Schürhaken. Sie dachte traurig: *Mein schöner Kamin,* und dann: *Unbeständigkeit.* Sie wirkte ihren Zauber.

Der Ballsaal erbebte vom Boden bis zur Decke. Ein starker Ozongeruch lag in der Luft. Im Kamin selbst verschwanden die Verbindungen zwischen den Herdsteinen und wichen einem die Augen versengenden Licht, dessen Leuchten aus weiter Ferne zu kommen schien.

»Bei allen Passionen, Padia«, rief Vilph über den immer lauter werdenden Donner hinweg, »was habt Ihr getan?«

Padia hatte das Geschoß des Grauens gewirkt, das die Barriere zwischen der Substanz ihres Ziels und den unzähligen Existenzebenen einreißt. In unendlich viele Richtungen zugleich gezogen, erzitterten die Ziegel, rissen sich von dem sie verbindenden Mörtel los und verschwanden mit einem letzten Grollen.

Der Donner verhallte. Als sich der Staub gelegt hatte, sah Padia ein klaffendes Loch anstelle des Kamins und darunter einen hell flackernden Schein. Von unten trieben immer noch Feuerwürmer durch das Loch. Sie waren nicht aus dem Kamin im Ballsaal gekommen, sondern mußten durch den Aschenkübel im Boden des Kamins aufgestiegen sein. *Die Feuergrube!* dachte Padia.

Abgesehen von der Hauptküche unter dem mittleren Wohnzimmer gab es in Jessis noch eine zweite Küche gleich unter dem Ballsaal, eine sehr große Küche, die nur bei Gesellschaften benutzt wurde. In dieser Küche gab es nicht nur eine Spülküche, eine Speisekammer und einen Weinkeller, sondern auch – wie Padia plötzlich einfiel – eine Feuergrube. In den Tagen vor der Gesellschaft hatten Vilph, Hodrick und die Magier von Noesis Zeit genug gehabt, dort alle nur denkbaren Vorbereitungen zu treffen. Als sie genauer darüber nachdachte, überkam sie plötzlich eine schreckliche Furcht.

»Taundis, Ghantrem!« rief Padia. »Hodrick und Noesis müssen in der Küche unter dem Ballsaal sein. Folgt mir!« Mit einer gewaltigen Anstrengung bezähmte sie ihre Furcht, erhob sich in die Luft und flog durch das Loch und durch die daraus aufsteigende Wolke der Feuerwürmer.

Vilph sah ernstlich verärgert aus. »Hodrick!« rief er durch das Loch. »Laßt Euch von ihr nicht zum Narren halten. Vergeßt nicht, ich halte Euer Leben in diesen Narben hier!« Er zeigte auf seine Brust.

Der Angstnebel löste sich auf. Ghantrem sagte: »Sie wird uns brauchen, Taundis. Schnell!« Der Geisterbeschwörer zog Taundis Boyhan zum Kamin.

Taundis wehrte sich. »Was ist mit diesen Leuten? Was ist mit dem Ork, der meinen Sohn getötet hat?«

»Diesen Leuten helfen wir, indem wir unten dafür

sorgen, daß die Feuerwurm-Plage aufhört. Vilph war uns von Anfang an überlegen. Kümmern wir uns einstweilen nicht um ihn.«

»Nein!« Taundis schob Ghantrem zum Kamin, blieb selbst aber stehen. »Ich werde mir seinen Kopf holen oder bei dem Versuch sterben!«

Auf der anderen Seite des Raums schnaubte Vilph verächtlich. »Ihr seid nicht einmal interessant, Boyhan, geschweige denn fähig. Was sagtet Ihr gerade? Ihr holt Euch meinen Kopf oder was?« Vilph kratzte sich an der Schläfe.

Taundis verzog das Gesicht. »Ich hole mir Euren Kopf oder ...« Er schwieg verwirrt.

Ghantrem verdrehte die Augen und fuhr sich mit den Händen über das Gesicht. Als er die Hände wegnahm, war sein Kopf ein grinsender Totenschädel geworden. Rotes Licht glühte in den Augenhöhlen. Die Gäste, die sich ihnen nach der Auflösung des Nebels wieder genähert hatten, flohen erneut schreiend in alle Richtungen.

Ghantrem lief auf Vilph zu. »Angst«, flüsterte er. Der Ork trat zur Seite, obwohl er nicht sonderlich ängstlich aussah. Ghantrem, der sich nichts dabei dachte, sprang mit dem Kopf voran in das Kaminloch.

Er prallte gegen eine solide Wand und fiel bewußtlos zu Boden. Vilph hob die Illusion, die das Kaminloch zwei Schritte weiter nach rechts verlegt hatte, langsam auf. »Und jetzt der letzte«, sagte er.

Plötzlich hörte Vilph einen vielstimmigen Sprechchor von draußen. Auf dem vorderen Rasen wurde ein Name gerufen, der unerklärlicherweise ein starkes Entsetzen in Vilph wachrief.

»Bockiger Ochse! Bockiger Ochse! Bockiger Ochse!«

Beunruhigt lief Vilph zu den hohen Fenstern. Im Schein der Laterne am vorderen Tor sah er eine Menschenmenge, die von einem kleinen, kahlköpfigen muskulösen Mann angeführt wurde. Trotz der Verwandlung, die der Krieger seit ihrer letzten Begegnung durchgemacht hatte, erkannte der Ork Alban Peyl sofort – den Alban, gegen den er vor zehn Jahren gekämpft hatte. »Bockiger Ochse«, flüsterte Vilph.

Verwirrt und über alle Maßen beunruhigt, schleuderte Vilph zwei, drei, fünf grüne Energiepfeile gegen die Fenster, die in tausend schillernde Scherben zersprangen. »Freunde!« rief er den Gästen mit seiner Trompetenstimme zu. »Hier ist die wahre Ursache für eure schreckliche Notlage! Geht hin und zeigt diesen Schurken eure rechtschaffene Wut. Indem ihr sie besiegt, werdet ihr euch heilen!«

Der Zauber wirkte, und die Gäste liefen zu den Fenstern, wobei alle aus einem Dutzend zahnbewehrter Münder heulten. Vilph wich der Horde aus, dann rannte er durch den Ballsaal.

Er blieb vor dem verblüfften Taundis Boyhan stehen. »Boyhan, gleich werden diese Gäste die Feuerwurm-Plage auf all die unschuldigen Menschen dort draußen übertragen. Ihr könnt mich um Eurer Rache willen verfolgen, oder Ihr könnt sie aufhalten. Denkt darüber nach.« Er lief aus dem Ballsaal und schlug die Richtung zu Albans Waffenkammer ein. Unterwegs nahm Vilph den Beutel von seinem Gürtel und flüsterte ihm zu: »Das Roniro-Amulett.«

Taundis, der wieder bei klarem Verstand war, stand reglos da, hin und her gerissen zwischen Schwur und Gefahr.

Alban trat das Eingangstor von Jessis ein. Die Schreie der Menge übertönten den Alarm des magischen Siegels, da sie auf das Anwesen wogte. In Albans Kielwasser eilte die Menge den Kiesweg entlang und bog dann nach rechts zum Ballsaal im Ostflügel ab. Flackernder Feuerschein fiel durch zerschmetterte Fenster auf den

Rasen und beleuchtete ein Dutzend dunkler Gestalten: Die Nurnholz', Hogen Frey-Lowden und andere Gäste, die der Menge entgegenrannten.

Meiner Spur folgend, ließ die Kriegermagie Alban mühelos über die Gründer hinwegspringen, doch die Menge traf sie wie eine Woge. Ohne Grund oder Anlaß, aufgestachelt durch den langen Marsch und die Wirkung der Masse, griff die Menge die Gäste an. Schläge landeten auf Brüsten und Armen, und die Münder dort bissen hart zu. Namensgeber schrien vor Schmerzen und Entsetzen auf, als in einer Flammenexplosion neue Münder auf ihnen erblühten.

Die Plage breitete sich auf die Menge aus. *»Vor zwölf Jahren habe ich meine Frau umgebracht, um eine andere Frau zu heiraten!« – »Ich habe alle Bewohner in meinem Haus an die Stadtwache verraten!«* Als einige von denjenigen, die sich noch nicht angesteckt hatten, diese Geständnisse hörten, griffen sie die Verbrecher an und brachten die Plage damit über sich selbst. Augenblicke später wandte sich die Menge gegen sich selbst.

Die Kriegermagie beobachtete die Vorgänge unvoreingenommen. Sie stufte die Plage als Gefahr ein und wich sowohl Überträgern als auch Opfern aus. Um ihr Gefäß zu schützen, würde sie sich aus allem heraushalten, auch wenn die Leute sich gegenseitig in Stücke rissen.

Glücklicherweise waren auch noch andere der Menge nach Altstadt gefolgt. Aus der Luft waren zwei gemurmelte Beschwörungen zu hören, und die Worte aus den Mündern der Feuerwürmer veränderten sich. Ihre Stimmen wurden melodiös, die Enthüllungen tröstlich. *»Ich bin stolz darauf, ein Bürger Merrons zu sein – Wenn wir alle an einem Strang ziehen, können wir unsere Probleme lösen. – Alles in allem bin ich zufrieden mit meinem Leben.«* Die glockenreinen Stimmen beruhigten die Menge ebenso wirkungsvoll wie die Rede eines Magistraten oder Monarchen.

Die Kriegermagie ließ ihr Gefäß aufwärts schweben. Dort sah sie, was kein anderer sehen konnte, die beiden Illusionistinnen Kharisha und Pluonus. Ein Namensgeber, der eine Illusion durchschaut, bannt den Zauber, doch die Kriegermagie hatte kein Ich-Bewußtsein, das mit der durch den Zauber erfolgten Manipulation der Namensgeber in Konflikt geraten konnte. Mit dem Untrüglichen Blick ihres Gefäßes durchschaute die Kriegermagie die Illusion, ohne sie aufzulösen.

Sie sah die Zwillinge ganz deutlich. Zwei einander gleichende stämmige Frauen in ärmellosen, formlosen türkisfarbenen Roben ohne Muster oder Verzierungen, die auf einem fadenscheinigen Teppich saßen. Sie betrachteten Alban mit ihren dunklen Augen. »Wir dachten, wir sollten helfen«, sagte die eine.

»Eigentlich wollten wir nur Vilph ärgern«, sagte die andere.

»Eigentlich wollten wir sie alle in den Fluß marschieren lassen, bis Ihr uns gesehen habt«, sagte die erste. Beide kicherten.

Die Kriegermagie machte sich nichts daraus. In der Sprache ihres Gefäßes stellte sie die einzig wichtige Frage. »Freunde oder Feinde?«

»Oh, Freunde!«

»Freunde, kein Zweifel.«

»Wir haben ausschließlich freundliche Absichten«, sagten sie im Chor und fingen wieder an zu kichern.

Sie flogen auf ihrem Teppich davon. Alban verfolgte sie nicht, sondern schwebte statt dessen herab, um den Ballsaal zu betreten. Er stellte fest, daß die Fenster durch hohe Gitterstäbe aus Stein versperrt wurden, ein Zauber, den Taundis Boyhan gewirkt hatte. Hunderte irregeleiteter Gäste rüttelten so stumpfsinnig an den Gittern, wie es die Insassen von Antimer getan hätten, da sie immer noch versuchten, auf den Rasen zu gelangen und die Plage zu verbreiten.

Taundis stand draußen, hielt seine Käfigzauber aufrecht und schaute mürrisch drein. Er sah Alban, erkannte ihn jedoch nicht. »Wer Ihr auch seid, ich muß darauf bestehen, daß Ihr Vilph Axtgriff mir überlaßt. Er hat mich zwar in diese Lage gebracht, aber er gehört trotzdem mir, und ich werde ihn töten! Er wird sterben!«

Alban sagte nichts. Er sah, daß ich eine neue Ameisenspur gebildet hatte, die neben dem Ballsaal an der Mauer emporführte. Während die Menge unten jubelte, glitt Alban am Ostflügel von Jessis empor und betrat das Haus durch ein Fenster im ersten Stock.

In der Küche unter Jessis fiel Padia durch eine aufsteigende Aschewolke und warf sich zur Seite, um nicht in die Feuergrube zu fallen. Die Hitze versengte ihr Haare und Robe. Sie landete neben dem Feuer inmitten eines Rings von Gestalten. Die sechs Magier von Noesis standen im Kreis um die flache runde Grube und übersahen Padia, da sie sich völlig auf ihren Singsang konzentrierten.

Die siebente Gestalt, Hodrick, hielt die Silberschnur in der Hand, die sich im Einklang mit dem Flackern des Feuers erhellte und trübte. Die Kompositform musterte Padia mit äußerster Bestürzung. »Ich hatte gehofft, Ihr würdet den Feuerwürmern entgehen«, sagte er.

»Entgehen …?« Padia erstarrte, als eine leuchtend orangefarbene Flamme an ihrem Hals explodierte. Der zahnbewehrte Mund sprach mit heiserer, müder Stimme. *»Ich habe niemanden, für den es sich zu leben lohnt, und nichts, was ich erreichen will«*, sagte er. *»All meine Überzeugungen haben sich als falsch erwiesen. Ich wollte Leuten helfen, die nichts als Verachtung verdient haben.«*

Entsetzt rief Padia aus ihrem eigenen Mund. »Nein! Das stimmt nicht!«

»Die Feuermünder sprechen die innersten Geheimnisse aus«, sagte Hodrick mitfühlend. »Ihr hört Eure Wahrheit.«

»*Nichts, nichts, nichts*«, sagte der zweite Mund voller Verzweiflung, während Padia sich die Ohren zuhielt. Als sie die Stimme in ihrer Brust widerhallen hörte, sammelte sie sich und brachte eine Willenskraft auf, wie sie sich die Gründerfamilien nicht einmal vorstellen konnten. *Ich bin ein Magieradept,* dachte sie immer wieder.

»*Nichts, nich … Ich bin ein Magieradept*«, sagte der zahnbewehrte Mund. *»Meisterin der Erinnerung, Studentin der Magie, Sucherin meiner selbst.«* In ihrer Verblüffung stockten die Noesis-Magier in ihrem Singsang, doch sie fingen sich rasch wieder und fuhren fort.

Mit einer letzten Willensanstrengung brachte Padia den zweiten Mund zum Schweigen. »Das ist meine Wahrheit, Hodrick«, sagte sie mit ihrer eigenen Stimme. »Und hier ist noch eine andere: Ich kann Euch kein Leid zufügen. Jetzt sagt mir, ob das stimmt: Ihr wollt mir kein Leid zufügen. Sollte mir der Tod drohen, würdet Ihr ihn verhindern. In diesem hoffnungslosen Chaos, das Ihr und Vilph aus Eurem Leben gemacht habt, habt Ihr außer Euren Gefühlen für mich nichts mehr, was Euch lieb und teuer ist.«

Hodrick sah aus, als leide er, sagte aber nichts. Die Noesis-Magier setzten ihren Singsang fort, und das Feuer knisterte.

»Hodrick«, sagte Padia. »Paßt gut auf, denn ich trete jetzt in dieses Feuer.«

»Nein!« sagte die Form schockiert.

»Ihr habt gerade gehört, daß ich nichts mehr besitze, für das es sich zu leben lohnt. Ich werde mich nicht davor schützen. Ich werde bei lebendigem Leib verbrennen.«

»Nein, ich flehe Euch an!«

»Seht her.« Mit eisernem Willen sprang Padia in die Flammen.

Sie hatte das Gefühl, in Wasser zu springen, kochendes Wasser. Sengende Schmerzen erfaßten Gesicht und Hände, dann ihre Füße und einen Augenblick später ihren ganzen Körper. In diesem Augenblick dachte sie: *Selbst wenn er nichts unternimmt, besser das, als so weiterzumachen.*

Dann schob sie eine Hand mit Fingern, die nicht zusammenpassten aus der Feuergrube. Der Mund an ihrem Hals biß in Hodricks Finger und hielt ihn fest. Padia, deren Robe und Haut starke Verbrennungen aufwiesen, fiel zu Boden und zog Hodrick in das Feuer.

In der Waffenkammer, umgeben von Stäben und Schwertern in Schaukästen, suchte Vilph nach einer Erklärung. Er wußte, daß die Wirkung seines Zaubers gegen Alban nicht erloschen war. Die Narben der Blutmagie auf seiner Brust banden immer noch einen Teil von Vilphs Lebenskraft, die den Zauber aufrechterhielt. Dennoch hatte Peyl sich verwandelt und war noch mächtiger als vor einem Jahrzehnt, falls das überhaupt möglich war. Wie hatte er seine magische Struktur wiederhergestellt?

Vilph schob sich die Armschiene über den Arm. »Roniro«, sagte er zu dem Amethyst darin, »ich suche Führung auf dem Weg.«

Funkelndes Licht in dem Juwel. »Die Lehren führen uns alle.«

»Wie kann …? Was hat ›Bockiger Ochse‹ …? Nein, nicht jetzt. Was würde Euren Lehrling Alban Peyl dazu bringen, einen Rachefeldzug zu beenden?«

In dem Edelstein blitzte und funkelte es. Die Verzögerung machte Vilph fast wahnsinnig. »Ich habe keinen Lehrling namens Alban Peyl.«

Vilph stöhnte unzusammenhängendes Zeug. Er war ein Opfer seines eigenen Zaubers! »Alban Peyl wird jeden Augenblick hier auftauchen! Alban Peyl wird mir den Schädel einschlagen!« Er mühte sich, ruhiger zu atmen. »Hört her, Roniro. Was beschwichtigt einen Krieger, der Rache sucht?«

Ein Blinken und Funkeln im Amulett. »Der erleuchtete Krieger sucht nicht nach Rache.«

In blinder Wut warf Vilph das nutzlose Juwel auf den Boden. Er durchsuchte die Schaukästen nach einer Waffe, aber er kannte sich mit Waffen nicht aus. Er hatte Albans Stab mit magischer Struktur, Sternschläger, hier verstaut, konnte den Stab aber nicht als Waffe, sondern nur als Gehstock benutzen.

Dann fiel Vilph der Kristallschild in Padias Ausstellungsraum am anderen Ende des Hauses ein. Der Schild konnte ihm gute Dienste leisten. Der Ork lief zur Tür – und dort stand Alban und versperrte ihm den Weg.

»Bockiger Ochse«, sagte Alban. Die Kriegermagie streckte die Hand aus, und der Schaukasten mit den Stäben flog auf. Sternschläger, Albans Waffe mit magischer Struktur, flog in seine rechte Hand. Er wirbelte den Stab schneller herum, als das Auge folgen konnte, fing ihn auf und stand breit zwischen Vilph und jedem Ort, an den Vilph fliehen wollte.

Hodrick krümmte sich in der Feuergrube. Das Feuer enthielt keinen von Hodricks Gegenständen mit magischer Struktur, aber die Magie des Zaubers, deren Brennpunkt Hodrick war, hatte großen Anteil an seiner Struktur. Durch seine starken Schmerzen verlor er die Kontrolle über den Zauber, und die Feuerwürmer stürzten sich auf ihn wie Eisenspäne auf einen Magneten. Die Noesis-Magier stellten ihren Singsang ein und sahen mit morbider Begeisterung zu.

Feuermünder öffneten sich überall am Körper der Kompositform, auf den Armen, auf der Brust, wie Leitersprossen und in jeder Gesichtsnaht. Doch Hodrick hatte bewußt zu kurz und zu einfältig gelebt, um Geheimnisse anzusammeln. Die Münder sprachen nur aus, was er bereits zugegeben hatte. *»Diese Art von Dasein quält mich«*, sagten hundert Stimmen im Chor. *»Mein Lebenszweck fehlt, und jetzt bringe ich nur noch die Stadt in Gefahr, die ich einst beschützte. Ich habe dabei geholfen, diese Welt hervorzubringen, und jetzt hat sie keinen Platz mehr für mich.«* Währenddessen schrie Hodrick mit seiner eigenen Stimme seine Schmerzen heraus.

Plötzlich verstummten alle Münder auf einmal. Der Feuerwurm-Zauber verlor seinen Brennpunkt, und die Funken verschwanden. Hodrick, der vor einem Mond unfreiwillig und voll ausgeformt in diese Welt gekommen war, verließ sie jetzt voller Trauer und Enttäuschung.

Ich hatte wenig Zeit. Hodricks Struktur, die durch Vilphs Zauber geschaffen worden war, löste sich im Todeskampf auf. Als die Struktur verschwand, ging die Kraft des Zaubers auf mich über. Zu diesem Zeitpunkt empfand ich angesichts Hodricks Dahinscheidens nicht mehr, als ich beim Tod einer meiner Ameisen empfunden haben würde. Statt dessen fühlte ich eine mir unvertraute Gier. Wenigstens konnte ich mir mein Instrument bewahren, mein Sprachrohr, das früher meine Warnungen an die Zauberer Merrons weitergeleitet hatte. Ich konnte es in meine Struktur eingliedern und meine alte Aufgabe wiederaufnehmen.

... Nur daß ich diese unnütze Arbeit nicht mehr ausführen wollte. Ich wollte ein besseres Instrument, kein verwesendes Ungeheuer, das neues Blut von unschuldigen Opfern benötigt. Nun, da die Plage vorbei war, wollte ich ein neues Instrument und ein neues Leben.

Ich ließ die immer noch brennende Kompositform aus der Feuergrube steigen. Ich konnte nicht lange nach einem neuen Instrument suchen, aber das brauchte ich auch nicht. Als ich die Form die Silberschnur um den verbrannten Hals legen ließ, versuchten die Magier von

Noesis etwas dagegen zu unternehmen. Doch die Zauber, die die Form schützten, hielten noch, und so konnten sie nichts tun. Einen Augenblick später zog sich die Schnur zu und durchtrennte glatt Padias Wirbelsäule.

Mein Blut, dachte Vilph. *Mein kostbares Blut.* Glassplitter hatten ihn an Dutzenden von Stellen geschnitten, als Alban ihn in einen Schaukasten geworfen hatte. Sternschläger hatte ihm ein Dutzend Blutergüsse beigebracht, und Albans Tritte hatten Vilph den Kiefer ausgerenkt.

Alban stürmte mit erhobenem Stab auf ihn ein. Auf dem Boden liegend, versuchte Vilph es mit einem weiteren Energiepfeil. Er hatte keinen Gedanken daran verschwendet, eine Illusion zu wirken. Alban wich dem Pfeil wie auch allen anderen zuvor mit übernatürlicher Geschwindigkeit aus.

Vilph wälzte sich herum, als Sternschläger den Schaukasten traf, aber er konnte sich nicht halb so schnell bewegen wie Alban. Der Stab streifte seine Rippen, und Schmerzen schossen durch sein Rückgrat. *Mehr kann ich nicht verkraften!*

»Also gut«, keuchte Vilph. »Ihr habt gewonnen. Ich ergebe mich.« Er hielt die Hände ruhig und offen vor sich, während er sich aufrappelte. *Der Wache kann ich immer entfliehen, wenn er mich ihr ausliefert.* »Ich muß sagen, Alban, Ihr ...«

Albans Tritt traf den Ork in den Bauch und schleuderte ihn gegen die Wand. Vilph schlug auf und fiel benommen zu Boden. Mühsam dachte er: *Er gibt kein Pardon. Keine Gnade.*

Die Kriegermagie beobachtete ihn wachsam. Pardon und Gnade waren für Namensgeber. Sie wußte nichts von diesen Dingen. »Bockiger Ochse«, sagte Alban.

Als er das hörte, dachte Vilph: *Er ist hohlköpfig. Irgend etwas stimmt nicht mit seinem Geist.* Und da wurde Vilph erst das Ausmaß der Klemme bewußt, in der er steckte. Von einem Verrückten konnte er keine Gnade erwarten. Er würde bald das Bewußtsein verlieren oder gar sterben. Er mußte wieder zu Kräften kommen, aber wie? Er sah nur eine einzige Hoffnung: die unzähligen Runen-Narben auf seiner mageren Brust. Sie enthielten die Lebenskraft, die er in seine mächtigsten Zauber eingebunden hatte. Wenn er sie auflöste, würde er die Energie zurückbekommen. Ein schreckliches Opfer, aber ...

Immer noch auf dem Boden liegend, wich Vilph kriechend vor Alban zurück, wobei er ihn sich mit grünen Energiepfeilen vom Leibe hielt. Dabei zog einer seiner Finger die Runen nach, denen er seinen fliegenden Teppich verdankte. Sie verschwanden bei seiner Berührung. Irgendwo – wo hatte er ihn gelassen? – fiel der Teppich zu Boden, jetzt nur noch ein gewöhnlicher Läufer. Da, er fühlte sich bereits wieder kräftiger. Jetzt der Zauber, den er gewirkt hatte, um die Erinnerung an den Troubadour auszulöschen. Ahh ...

In der Menge draußen fing plötzlich eine Frau, die sich nicht mit der Feuerwurm-Plage angesteckt hatte, an zu singen. *»Zu arm für saubere Kleider«*, sang sie überrascht, doch lächelnd. *»Ach, armer alter Vilph.«*

Ein Mann neben ihr, den der Gesang offenbar belustigte, fiel ein. *»Wenn Regen auf die Kleider fällt, versinken deine Füße im Dreck.«*

Taundis Boyhan hob die Augenbrauen. »Wo habe ich das schon einmal gehört?« fragte er sich.

Die Menge lachte, und alle entspannten sich ein wenig, da sie sich an einer gemeinsamen Erinnerung erfreuten. Viele, sogar jene, die noch vor wenigen Augenblicken unter der Feuerwurm-Plage gelitten hatten, stimmten den nächsten Vers von ›Der kleine Vilph bekleckert sich die Robe‹ von Boffin dem Troubadour an.

»Zu dumm für einen Anführer!
Ach, armer alter Vilph,
Intrantivere ist explodiert,
Und ließ dich zurück in seinem Dreck!«

Schallendes Gelächter. »Das ist von Boffin, nicht wahr?« – »Wie ist es ihm eigentlich ergangen?«

Zwei türkisfarbene Schemen erschienen am Himmel. Als die Menge den nächsten der vielen Verse anstimmte, stellten sie fest, daß ihre Worte zu Zeilen verdreht wurden, die Boffin nie geschrieben hatte:

»So stolz, die Stadt zu übernehmen!
Gute Arbeit, armer alter Vilph.
Hat seiner Opfer Münder geöffnet
Und sie aussprechen lassen ihren eigenen Dreck!«

Die Worte verhallten in der anschließenden Stille. Als der Menge klar wurde, was sie da gesungen hatte, wurde sie zornig. Jemand äußerte, Vilph befinde sich möglicherweise in diesem Anwesen. Ein anderer schlug vor, ihn zu suchen und totzuschlagen. Und Augenblicke später suchten sie einen Eingang – wieder als Meute.

Im Ballsaal erlosch die Wirkung von Vilphs Täuschungszauber, und hinterließ die Gäste verwirrt und verängstigt. Sie stellten weder für sich selbst noch für andere eine Gefahr dar. »Kaum ist eine Gefahr vorbei, nimmt eine andere ihren Platz ein!« murmelte Taundis. Er ließ die Wirkung seiner Käfigzauber erlöschen und folgte der Menge. Ihm kam der Gedanke, daß sich ihr Rachedurst kaum von seinem eigenen unterschied, aber er verdrängte ihn rasch.

Die Zeilen des ersten Verses erreichten die Waffenkammer. Vilph hörte: *»Ach, armer alter Vilph«*, und Haß und Furcht ergriffen Besitz von ihm. In diesem Augenblick schlug Alban wieder zu, Vilph wurde zurückgeschleudert und prallte gegen einen Schaukasten mit Andenken. *Ich habe dieses Lied immer gehaßt,* dachte er benommen. Ihm blieben nur noch zwei Blutzauber, aus denen er Kraft schöpfen konnte: derjenige, der Hodrick sein Bewußtsein verlieh, und derjenige, der Albans ausgelöscht hatte.

Vilphs Finger huschten über die Narben, die Hodricks Struktur schufen, und ich verspürte große Angst. Niemand, nicht einmal Vilph, wußte es, aber mein eigenes Bewußtsein hing von diesem Zauber ab. Ich hatte viele Ameisen in der Kammer, und ich schickte sie Vilph in der Hoffnung entgegen, ihn irgendwie zu beunruhigen oder abzulenken, damit er den Zauber nicht aufheben würde.

Nur die Kriegermagie bemerkte die Ameisen, und sie hielt in ihrem Angriff inne, um ihnen zuzusehen. Doch ich konnte nicht schnell genug ausreichende Mengen um Vilph versammeln. Wie es der Zufall wollte, kam Vilph jedoch plötzlich eine andere Idee. *Er ist nicht mehr der alte Alban, sondern jemand anderer. Wenn ich den Zauber rückgängig mache, der seine alte Struktur unterdrückt, kommt diese Struktur vielleicht zurück und verwirrt ihn.*

Mit diesem Gedanken löschte Vilph die Narben aus, die er Alban auf der Schwalbenschwanzbrücke gezeigt hatte. ›Bankrott‹ verschwand …

… Und in Schlußstein erschrak Norgan der Zwerg, als erwache er aus einem Traum, und fragte sich, warum er die Bücher für Niss Reeves führte und seit Tagen nicht mehr an seinen Arbeitgeber gedacht hatte …

›Entrechtet‹ löste sich auf …

… Und in Hanfseil wurde Kriast dem Troll plötzlich klar, daß er vor fünf Tagen den ehemaligen Magistraten Alban Peyl aus dem Rathaus geworfen hatte – und daß der kleine kahlköpfige Mensch, der ihn vor einer guten

Stunde besiegt hatte, Magistrat Peyl auf eine seltsame Weise ähnlich sah …

›Heimatlos‹, ›Ziellos‹ und ›Beraubt‹ verschwanden ebenfalls von Vilphs Brust. Im Ballsaal von Jessis und überall in Merron erinnerten sich Bedienstete, Adepten und Bürger plötzlich wieder an Alban Peyl.

Als die Kriegermagie schließlich auf Vilph losging, um ihn endgültig zu töten, bannte der Ork die Runen für ›Padia‹ und ›Alban‹. Der Ork sah mit bitterer Befriedigung, wie Alban blinzelte, keuchte und auf die Knie sank.

Durch die zurückkehrende Lebenskraft gestärkt, stolperte Vilph aus der Kammer und über den Flur. Er ging vorsichtig eine Treppe herunter, wobei er bei jedem Schritt vor Schmerzen stöhnte, und schlug die Richtung zum Vordereingang ein. Plötzlich hörte er eine vertraute Melodie mit neuem Text durch die Flure hallen:

»Erhebt euch, ihr Unterdrückte Merrons,
Und findet den armen alten Vilph!
Wir werfen ihn in die Gosse
Und ertränken ihn in seinem Dreck!«

»Nein«, sagte Vilph matt. »Nein, nein. Das ist bloß ein Alptraum.« Er wußte nichts von den beiden Illusionistinnen draußen. Er empfand Wut, Angst und Verwunderung zugleich.

Die Vordertür von Jessis flog mit lautem Krachen auf. Die Menge flutete herein, sah Vilph, stieß einen Schrei aus, der dem Ork das Blut in den Adern gefrieren ließ, und rannte auf ihn zu.

Verzweifelt wirkte Vilph seinen Niemand-Da-Zauber. Die Menge lief an ihm vorbei und um die nächste Biegung im Flur, da sie Vilph übersah.

»Der Hafen«, sagte Vilph laut. »Ein Boot. Ich muß die Stadt verlassen.« Er taumelte zur Tür. »Hört dieser verfluchte Gesang denn niemals auf? Wie komme ich nur zum Fluß?«

Durch die Tür fegte plötzlich eine Windbö, die unzählige Stimmen mit sich zu bringen schien – dieselbe Windbö, die vor mehreren Tagen Magistrat Peyl in Antimer gegen eine Wand geschleudert hatte. Die Bö erfaßte den kleinen Ork und wehte ihn um wie einen Schilfhalm. Er fiel grunzend auf den Boden. *Boyhan,* dachte er. *Den Passionen sei Dank!*

»Euer Ende ist nah, Mörder!« sagte Taundis Boyhan aus der Dunkelheit draußen. Das Glimmen eines Feuerscheins bildete sich um die Hände des alten Elementaristen. »Hier ist die Strafe, die Ihr verdient!«

Vilph hustete schwach. »Ihr wiederholt Euch, Boyhan, aber ich bin dennoch hocherfreut, Euch zu sehen. Vergeßt Euren Zauber und bringt mich nach Hanfseil. Beeilt Euch!«

Taundis wehrte sich gegen den Befehlszauber, doch er schien auch dann noch wie Wachs in Vilphs Händen, als dieser erschöpft und verwundet war. Mit glasigen Augen intonierte der Elementarist einen Transportzauber. Vilph lächelte. *Wenigstens geht nicht alles schief. Ist ein Unschuldiger schon jemals so verunglimpft worden wie ich?*

Die Musik schallte durch die Flure:

»*Adept Taundis Boyhan!*
Hütet Euch vor dem armen alten Vilph!
Zur Hilfe werdet Ihr angestiftet,
Auf daß er fortsetzen kann sein Werk aus Dreck!«

Ein schrilles hohes Kichern aus allen Richtungen. Während Boyhan blinzelte und Vilphs Kontrolle entglitt, sah der Ork sich hektisch um. »Nein! Wie unanständig!« Zu Boyhan sagte er: »Rührt Euch nicht!« Dann lief Vilph zu Fuß zum Eingangsportal von Jessis. Hinter ihm machten Singstimmen die Suchenden auf ihn aufmerksam. Als Vilph das Tor erreichte und über die Straße lief, hörte er die Menge nicht weit hinter sich schreien.

Zwar konnte jeder Adept schneller laufen als ein gewöhnlicher Namensgeber, aber Vilph war alt und schwer verwundet. Da er hinkte, kam er nicht sehr schnell voran, und die Menge schloß auf. An einer Kreuzung, die von leuchtenden Elfenbeinkugeln erhellt wurde, schuf er zwei Abbilder von sich und ließ sie in die beiden anderen Richtungen laufen. Die Menge hielt unsicher inne, dann teilte sie sich in drei Gruppen, um alle drei Vilphs zu verfolgen.

Zwei Dutzend wütende Leute folgten dem echten Vilph noch, als dieser sich dem Byrose näherte. Der Fluß bot Gelegenheit zur Flucht, Rettung, Erlösung. Er konnte Hanfseil nicht mehr erreichen, bevor sie ihn fassen würden, und so stolperte er über die Gandhuttenpromenade Altstadts felsigen Sandbänken entgegen. Bei einem Sprung über eine drei Schritt breite Wasserrinne zwischen zwei Sandbänken geriet er ins Stolpern und fiel in das kalte Wasser.

So kalt! Nein. Nicht kalt, vergiß es. Keine Boote, kein Bootsbesitzer, den er in seine Gewalt bringen konnte. Vilph riß sich zusammen und versuchte seinen Niemand-Da-Zauber zu wirken. Er blickte nach unten und sah, daß der feuchte Sand der Sandbänke seine Robe beschmutzt hatte. Der Anblick brachte verbitterten Zorn, Furcht und einen Mahlstrom anderer Gefühle mit sich. Er verlor seine Konzentration, der Zauber scheiterte, und die Menge fiel über ihn her.

Schläge und Tritte hagelten auf Vilph nieder, und dann drückte ihn die Menge unter Wasser. Vilph konnte sich nicht konzentrieren. *Wie unanständig,* dachte er in seiner Verwirrung. *Ich habe ihnen nichts getan!*

Um sein Leiden zu verlängern, zog die Menge ihn aus

dem Wasser, um ihn Atem holen zu lassen. Keuchend wurde ihm klar, daß die letzten furchtbaren Minuten seines Lebens angebrochen waren, und erschöpfte Verbitterung überwältigte ihn. »Bringt es zu Ende, ihr jämmerlichen Idioten«, rief er, »und zu den Dämonen mit euch allen!«

Die Menge heulte auf und drückte ihn wieder unter Wasser. Kurz bevor ihm schwarz vor Augen wurde, sah Vilph durch das aufgewühlte Wasser über sich eine blasse Gestalt auf ihn herabsinken. Zwei Beine landeten neben ihm, und die Menge wurde zurückgeschleudert. Zwei drahtige Arme zogen Vilph aus dem Wasser, und der Ork hustete hilflos.

Alban betrachtete den Ork mit aufrichtig freundlichem Blick. »Vielen Dank«, sagte er zu ihm.

Ich ging in den Ballsaal.

Die Empfindungen eines ich-bewußten Instruments reizten mich. Die Existenz vermittelte ein Gefühl von örtlicher Begrenztheit und Dichte. Ich verstand, warum Hodrick die vorüberziehende Landschaft so begierig aus Padias Karriole betrachtet hatte. Meine Welt hatte sich verändert.

Die Magier von Noesis folgten mir. Sie knieten neben jedem leidenden Gründer nieder und bannten die Feuermünder. Die Magier sahen nicht weniger leidend aus, als sie die Auswirkungen ihres Zaubers sahen. Haerlam, der mitten unter ihnen war, wiederholte immer wieder: »Du meine Güte, ach du meine Güte.« Die Wunde auf seiner Stirn fühlte sich für ihn wie ein Schandmal an.

Ich begutachtete die Strukturen der Gäste. Nun, da sie geheilt waren, lagen sie erschöpft da. Die Feuermünder waren verschwunden, ihre Kleider wieder unversehrt. Diese Leute hatten gelitten, aber nur durch die Begegnung mit der Wahrheit. In ein paar Tagen würden sie alle bestreiten, was geschehen war. In diesem Sinne würden sie sich davon erholen. Ob sie durch diese Erfahrung mehr über sich und einander erfahren würden, konnte ich noch nicht sagen. Padias Enttäuschung, was diese Leute betraf, hatte ihr Schicksal besiegelt, und doch hegte ich noch immer eine schwache Hoffnung.

Ich schritt durch ein eingeschlagenes Fenster und sprang auf den Rasen. Die Zauberer von Oneiros und Geokosmos waren von ihrer wilden Verfolgung von Vilphs Abbild zurückgekehrt. Ghantrem und Boyhan unterbrachen ihre Strafpredigten, als sie mich sahen.

»Padia?« fragte Ghantrem und musterte mich dann forschend.

»Ja«, sagte ich. »In gewisser Weise.« Es war ein seltsames Gefühl zu sprechen! Ich mußte mich mit Empfindungen auseinandersetzen, die ich bisher noch nicht kannte – Padias Empfindungen. Ihre Struktur war Teil der meinen geworden. »Vilph hat Hodrick dessen Rolle als Merrons Beschützer geraubt. Ich habe diese Rolle übernommen.«

Die Zauberer schluckten. »Der Egregore!« sagte Boyhan. »Was ist aus der Kompositform und der Schnur geworden? Und den Bluteiden?«

Ich befingerte die Schnur, die jetzt als silberne Kette an meinem Hals hing. »Die Form hat sich aufgelöst. Dieses Instrument wird eine übliche Zeitspanne leben und dann sterben, anstatt auf barbarische Weise Merrons Bürger zu überfallen. Was die Eide betrifft …« Ich besaß ihre vollkommene Aufmerksamkeit. »… so entbinde ich euch alle davon. Die Zeit für Bluteide ist für Merron vorbei. Seid Ihr nicht auch dieser Ansicht, Boyhan?«

Taundis schnitt eine finstere Miene. Zorn und Kummer brannten immer noch in ihm, aber die Verlegenheit dämpfte diese Empfindungen. Im stillen bezweifelte er, Vilph in einem ehrlichen Kampf je besiegen zu können. Er bedauerte bereits, seinen Eid geleistet zu haben, der ihm jetzt wie eine Jugendsünde vorkam, wie eine Tat zum Untergang verurteilter Helden und nicht vernünftiger Gildenältester. *Ehre ich meinen Britham, indem ich mich so verhalte?* fragte er sich.

Er sagte nichts. Ich beschloß, ihm später unter vier Augen mit meinem Rat zur Seite zu stehen, wenn er ihn wünschte. Zu den übrigen sagte ich: »Die Eide existieren nicht mehr, und ich kann nur hoffen, daß die Rivalität zwischen Euren Gilden mit ihnen verschwinden wird.«

Sie sahen einander an. In ihren Strukturen konnte ich eine Mischung aus tiefem Argwohn, Ablehnung, zaghafter Versöhnungsbereitschaft – und in einigen ein Aufflackern von Hoffnung lesen.

»Nun«, sagte Haerlam, »wir werden, hoffe ich, versuchen, einige Brücken zu bauen. Nicht wahr, Ghantrem?«

»Oneiros wird mit Freuden dem Beispiel unserer Thanyx Destrovan folgen.« Er sah sich nach Ramiel Sandsturm um. »Wie geht es Thanyx? Weiß jemand etwas über sie?«

»Thanyx befindet sich im Garlen-Schrein in Hanfseil«, sagte ich. »Ramiel ist bei ihr. Sie führen gerade ein lebhaftes Gespräch, in dem sie die unterschiedlichen Wesen von Ghantrem und Taundis miteinander vergleichen.«

Die beiden Ältesten sahen ein wenig verstimmt aus, während die anderen lachten. »Und was haben sie zu sagen?« fragte Taundis finster.

Ich wollte schon antworten und empfand dann ein jähes Bedürfnis nach Diskretion – Padias Einfluß. Ich lächelte und schüttelte den Kopf.

Simon Weald sah mich an und beschloß, seine Gedanken auszusprechen. »Eine ich-bewußte Wesenheit mit einem umfassenden Wissen über uns alle macht einen gefährlichen Eindruck.«

Ich hatte diese Überlegung auch schon in den anderen gespürt. »Hodrick hat an der Struktur eines Kriegers teilgehabt, an Alban Peyls«, sagte ich zu ihnen, »und vielleicht lebt er deshalb in einem beständigen Konflikt. Ich habe nicht die Absicht, seinem Beispiel zu folgen.«

»Alban«, sagte Haerlam plötzlich. »Aus irgendeinem Grund hatte ich ihn ganz vergessen! Wo ist er?«

Ich drehte mich um. Alban schwebte mit Vilph in den Armen durch das zerschmetterte Tor von Jessis, während ihm der größte Teil der Menge folgte. Filantha Decrevi war den Leuten gefolgt und betrachtete Alban jetzt mit einer Mischung aus Bewunderung und Unbehagen.

Natürlich war ich Albans Weg vom Fluß hierher gefolgt. In gewisser Weise hatte Padia ihn bis zum Schluß geliebt, und dieses Gefühl hatte sich auf mich übertragen. Doch tatsächlich interessierte Alban mich aus einem ganz anderen Grund. Seit Vilph seine Struktur wiederhergestellt hatte, wirkten seine Gedanken außerordentlich klar und gelassen.

Er sah mich und sank ein paar Schritt entfernt zur Erde, die Menge dicht hinter ihm. Alban legte den gefesselten Vilph neben sich ab. Den Ork schmerzten seine Wunden. Aller Kampfgeist schien aus ihm gewichen, und er war in ein mürrisches Schweigen versunken.

Alban lächelte mich an. »Ich bin froh, daß du es überlebt hast.«

Ich spürte die Überraschung Filanthas und der Menge. Sie hatten wenigstens mit einer tränenreichen Umarmung gerechnet. Alban sprach zu mir wie mit einer Freundin, wie er mit jedem sprechen würde.

»Ich habe schlechte Nachrichten, Alban«, sagte ich zu ihm.

Meine Stimme – eine neue Stimme – erschreckte ihn. »Und welche?«

Ich erzählte ihm von Padias Opfer, und er wich schockiert zurück. Einen Augenblick lang schwieg er, doch dann sprach er gefaßt. »Der Egregore. Ihr habt mich zu Vilph geführt. Ich danke Euch.« Er atmete tief und beruhigte gleich darauf den Aufruhr in seinen Gedanken. Indem er sich wie Padia auf die Unbeständigkeit stützte, wurde er Augenblicke später vollkommen ruhig. »Nun, ich muß sagen, Ihr seht gut aus.«

Die Nachricht von Padias Tod betrübte Filantha sehr, und sie hatte Padia nur flüchtig gekannt. Bestürzt über Albans Fassung meldete sie sich zu Wort. »Wenn Euch die Frage nichts ausmacht – habt Ihr sie nicht geliebt, Herr?«

»Aber ja.«

»Empfindet Ihr dann keine Trauer?«

Alban lächelte milde. »Ich habe eine Erlösung von der Trauer gefunden. Der Orden des Inneren Lichts hat mir den Weg gewiesen, doch Vilph hat mich viel weiter gebracht. Dafür muß ich ihm danken.«

Vilph behielt sein ehernes Schweigen bei. Die Gäste der Gesellschaft, die mächtigen Gründerfamilien Merrons, taten es nicht. »Ihm danken!« sagte Insquiss Nurnholz. »Ich bin anderer Ansicht! Vilph muß für das büßen, was er uns angetan hat! Uns und der Stadt.«

»Legt ihn in Ketten!« sagte Hogen Frey-Lowden.

Die Magistrate schienen bereit zu sein, den Ork auf der Stelle schuldig zu sprechen, und Landfrau Bulrutha Barghill-Bhurn sagte so laut, daß alle es hören konnten. »Ihr müßt mir, *mir,* gestatten, das Seil festzuziehen, an dem er hängen wird!«

Über den Lärm hinweg sagte Alban gelassen: »Ich übernehme die Verantwortung für Vilph.«

Die Menge war verblüfft, Vilph am meisten von allen.

»Ich werde für seine Bestrafung sorgen«, fuhr Alban in die Stille hinein fort, »und für seine Besserung.«

»Besserung!« riefen hundert Stimmen wütend. »An den Galgen mit ihm! – Richtet ihn! – Werft ihn einem Dämon vor!«

»Vilph ist ein Adept«, sagte Alban. »Jeder Adept hat das Potential, zu völligem Selbstverständnis zu gelangen. Stimmt das nicht?« fragte er die Zauberer.

Ein paar nickten widerstrebend.

»Trotzdem kann man andere nicht erleuchten, wenn sie dafür nicht empfänglich sind. Niemand kann sich von einer Illusion befreien, nur weil ein anderer es will. Jede Person muß allein dorthin gelangen, durch unablässiges Bemühen. Der Orden des Inneren Lichts betont diesen Punkt in der Parabel vom bockigen Ochsen.«

Vilph erschrak. Er, Filantha und all die anderen, die ›Bockiger Ochse‹ gefolgt waren, lauschten aufmerksam.

»Ein Bauer hatte einen Ochsen, der sich ihm nicht fügen wollte«, sagte Alban. »Er wehrte sich gegen die Kandare und griff die übrigen Tiere der Herde an. Andere rieten dem Bauern, er solle den störrischen Ochsen schlachten. Statt dessen trennte der Bauer ihn durch einen Zaun von der Herde, doch so, daß der Ochse die Herde sehen konnte. Er beobachtete den bockigen Ochsen und versuchte geduldig, ihn zu brechen. Er wußte, er würde den Ochsen nicht zähmen können, bevor dieser nicht bereit war, sich zähmen zu lassen. Nachdem der Bauer sich eine Zeitlang aufmerksam um den Ochsen gekümmert hatte, fügte sich dieser und schloß sich der Herde wieder an.«

Vilph sagte wütend: »Ich bin kein wildes Tier, das man brechen kann!«

Daraufhin erhob sich wieder lautes Geschrei in der Menge, bis Alban die Hände hob und sie zum Schweigen brachte. »Zorn schafft immer nur noch mehr Zorn«, sagte er zu den Leuten, um an Vilph gerichtet fortzufahren: »Nein, Ihr seid kein wildes Tier. Ihr seid ein Namensgeber von bedeutender, aber irregeleiteter Macht. Ihr arbeitet gegen uns, weil Ihr nichts von uns in Euch selbst spürt, und in nichts einen Wert seht. Ich habe einen wahren Wert entdeckt, die Erlösung vom Leiden des Lebens. Wollt Ihr es wagen, mit mir auf Reisen zu gehen und zu versuchen, diese Wahrheit zu widerlegen?«

Vilph starrte ihn ungläubig an. »Bietet Ihr an, mich als Schüler anzunehmen?« fragte er sarkastisch.

»Ja.«

Vilph sah ihn an, wie vom Donner gerührt. Ein feindseliges Murmeln erhob sich in der Menge. Sogar Filantha fand dies wider alle Vernunft. Taundis Boyhan sagte: »Peyl! Dieser elende Ork hat große Zerstörungen in der Stadt angerichtet und das Leben Tausender ruiniert oder gar beendet. Vilph hat Euer Heim, Euer Leben und Euer Geschäft zerstört. Er ist Schuld am Tod oder der Verwandlung Eurer Gemahlin. Wir müssen ihn bestrafen!«

Alban sagte gelassen: »Was mich selbst betrifft, so habe ich nicht mehr als meine Fesseln verloren. Für Padia kann ich nicht sprechen. Was den Rest betrifft, ja. Wir müssen Vilph bestrafen. Trotzdem, er ist ein Adept. Er kann aus seinen Fehlern lernen. Wir können von ihm Widergutmachung für seine Verbrechen verlangen, aber nur, wenn er sich zu ihnen bekennt. Ihr könnt ihn nicht bestrafen, bevor er nicht zu lernen bereit ist, denn Bestrafung ohne Belehrung bedeutet nichts anderes als Grausamkeit.«

Er überhörte das wütende Geschrei der Menge und wandte sich an Vilph. »Ich bin selbst schuldig«, sagte Alban, »und ich muß meine Strafe dafür annehmen. Ihr könnt mir helfen, und wenn Ihr wollt, kann ich Euch helfen.«

Vilph Axtgriff starrte ihn benommen an. Gedanken an Flucht und Rache vermischten sich mit einer kindlichen Hoffnung auf Anerkennung und einem irren Bedürfnis, seinen Glauben an die Abwesenheit jeglicher Wahrheit zu beweisen. Kulissen und Vorhänge verschwanden, und innere Glocken läuteten laut. Als seine Gedanken endlich offenlagen und sich seine Illusionen verflüchtigten, empfand der kleine Ork nur noch Zweifel und innere Qual.

Morgengrauen in Hanfseil. Alban band ein paar kleine Kisten mit Vorräten an einem Ende seines notdürftigen Floßes fest. Er hatte Norgan, dem Buchhalter, sein Kontor und Earlene und Insquiss Nurnholz Jessis überschrieben, die sich im Gegenzug dazu bereiterklärt hatten, ihren Grundbesitz in Zweipfennig für jeweils ein Silberstück an die Bewohner zu verkaufen. Jetzt bereitete Alban sich für eine Flußfahrt nach Norden vor.

Alban hatte in Hanfseil nach Freunden des Jungen gesucht, den er getötet hatte. Sie sagten, der Junge sei aus Shunya nach Merron gekommen, einem kleinen Dorf im Norden. Alban hatte die Absicht, auf dem Fluß nach Shunya zu fahren, dort die Eltern des Jungen aufzusuchen und die Buße zu leisten, die er und sie für notwendig erachteten.

Ich ging zu dem Floß, um mich zu verabschieden. »Wenn Ihr Merron verlaßt, werdet Ihr auch den Kreis meiner Wahrnehmung verlassen«, sagte ich. »Das bedaure ich sehr. Ich erfreue mich an der Klarheit Eurer Gedanken.«

»Ich ebenso«, erwiderte Alban. »Vielleicht kehre ich wieder zurück, aber das Leben ist voller Überraschungen.«

»Das habe ich auch schon bemerkt. Ich studiere jetzt so viele Strukturen. Einige davon stoßen mich ab, andere ziehen mich an, aber die Vielfalt an sich reizt mich.«

»Gesprochen wie ein Kind«, sagte Vilph, der gerade ein Tau auf das Floß trug. »Ihr werdet schon bald mit den harten Lektionen des Lebens konfrontiert werden, Egregore, und dann werdet Ihr die Anziehungskraft der

Illusion begreifen. Ich habe die Absicht, Peyl dies ebenfalls begreiflich zu machen.« Er redete mit glatter Zunge, aber dem Sturm der Gedanken in seinem Geist mangelte es an jeglicher Gewißheit.

»Versucht Euer Bestes, Vilph«, sagte Alban unbesorgt, »aber fangt erst damit an, nachdem Ihr die Kisten fertiggepackt und die Ladung ausbalanciert habt.«

»Lehrlingsfron! Arbeit für einen Stauer!« Vilph rasselte eine Litanei von Beschwerden herunter, und doch machte er sich ohne Zögern an die Arbeit, die ihn beruhigte, obwohl er es nie zugegeben hätte. Während er mit dieser anstrengenden, aber guten Arbeit beschäftigt war, schwiegen seine inneren Glocken.

Die beiden legten ohne viel Aufhebens ab. Ich sah sie auf dem ruhig dahinfließenden Fluß nach Norden treiben. Als sie den äußeren Rand meiner Wahrnehmung erreichten, blickte Vilph zum wunderbar klaren Himmel auf. »Was glaubt Ihr, wie lange sich das Wetter noch halten wird?«

»Wie lange wird es sich noch halten?« erwiderte Alban. »Ich bin sicher, das Wetter wird sich noch sehr lange halten.«

EPILOG

Ein Jahr später

> Hierin, o Ananda, laß einen Bruder, so er im Körper wohnt, diesen Körper dergestalt betrachten, daß er, der er strebsam, aufmerksam und zuvorkommend ist, den Kummer überwinden möge, der aus den Sehnsüchten des Körpers erwächst, solange er auf der Welt ist.
>
> Und wenn er denkt oder folgert oder fühlt, laß ihn seinen Gedanken dergestalt betrachten, daß er, der er strebsam, aufmerksam und zuvorkommend ist, den Kummer überwinden möge, der aus den Sehnsüchten infolge von Ideen oder Folgerungen oder Gefühlen erwächst, solange er auf der Welt ist.
>
> Jene, die, entweder jetzt oder nach meinem Tod, sich selbst leuchten, sich nur auf sich selbst und nicht auf Hilfe von außen verlassen und ihre Erlösung in der Wahrheit allein suchen [...], das sind diejenigen von meinen Mönchen, Ananda, welche die höchsten Höhen erreichen werden! Aber sie müssen bestrebt sein zu lernen...
>
> *– Abschiedsrede des Buddha*

Und nun sitze ich da und denke.

Ich habe niemals auch nur für einen Augenblick geglaubt, Merrons Wohlhabende könnten sich ändern, und das haben sie auch nicht getan. Die Arbeitshäuser stehen immer noch, die Arbeiter siechen noch immer langsam in ihnen dahin, und in Altstadt und Schlußstein hört man weiterhin dieselben bitteren Beschwerden über ihre gierigen und faulen Arbeiter.

Einige wenige von den Alten Familien gingen nach Vilphs Abendgesellschaft nach Hause und erhängten sich oder schluckten Gift, um ihr abgestumpftes Leben mit einem letzten Akt der Feigheit zu beenden. Doch ihre Erben, die begierig darauf waren, in ihre Rollen zu schlüpfen, arbeiteten hart, um den Familienmakel zu beseitigen – indem sie sich in jeder Hinsicht wie die verstorbenen Eltern benahmen.

In den nächsten zwei Monaten richtete niemand eine Gesellschaft aus. Schließlich überredete Landfrau Barghill-Bhurn mit eisernem Willen jeden Gast dieser alptraumhaften Gesellschaft, an ihrer Runde der unerreichten Extravaganz teilzunehmen. Dort sahen die beunruhigten Familien mit Erleichterung, daß sich nichts verändert hatte, und von da ab glättete sich ihr Leben wieder.

Sie hätten nicht an sich zu zweifeln brauchen. Schließlich schult das gesellschaftliche Leben auch in den besten Zeiten die Fähigkeit der Verleugnung.

Ennis Roodville ist noch immer Leiter von Antimer, aber er hat seine zerbrochene Stachelrute nicht ersetzt, und den Insassen geht es um genau so viel besser. Die Kosten einer einzigen Abendgesellschaft in Altstadt könnten aus Antimer einen Ort der Heilung und nicht des Leidens machen – aber kein Mitglied der Alten Familien wird jemals freiwillig auch nur ein Kupferstück zur Hilfe aufwenden. Die Bewohner Merrons könnten sie dazu zwingen – aber in Zweipfennig und Nachtschatten üben die Arbeiter eine andere Art der Verleugnung – wie ein Schlafwandler durch seine Traumlandschaft schreitet. Filantha Decrevi, die Arbeiter im Kontor, Morinnans überlebende Gauner, die Massen der einfachen Arbeiter – sie sind wie Blätter im Wind und treiben alle von einem Tag zum nächsten, wo sie entweder Arbeit finden oder nicht.

Die Zauberer verleugnen das Geschehene jedoch nicht, und Schulenburg hat einigen Wandel erfahren. Die Gilden haben begonnen, mit zaghaften freundschaftlichen Gesten ihre lange Rivalität zu beenden. Jede Schule nimmt jetzt Schüler anderer Disziplinen auf, und die Gildenältesten versammeln sich jeden Neumond auf Menschenfeld. Haerlam ist in das schwarze Gebäude eingetreten, um von Ghantrem die geheimen Namen der Geister zu lernen. Thanyx Destrovan hört von dem geläuterten Taundis Boyhan Lieder des Windes und des Regens.

Im Tode hat Padia Villandry etwas erreicht, das sie sich im Leben immer gewünscht hat. In der Dekade, die sie damit verbrachte, die Reichen dazu zu bewegen, den Armen zu helfen, indem sie sich wie eine Welle gegen den unnachgiebigen Wall der Sitten und Gebräuche warf, ist es ihr nicht gelungen, das Leben der Arbeiter auch nur um eine Winzigkeit zu verbessern. Unter Benutzung ihres Körpers konnte ich ihnen helfen. Ich bewege mich unsichtbar mitten unter ihnen und sorge für eine Art seichter, kosmetischer Gerechtigkeit: indem ich Verletzungen verhindere, gestohlene Gegenstände ihren Besitzern zurückbringe und Questoren dorthin schicke, wo sie Gutes tun können.

Banalitäten. Doch die Arbeiter sind damit zufrieden und freuen sich. Legenden kursieren in der Stadt, die von einer wohlmeinenden Wesenheit berichten. Die Stille Dame nennen sie mich.

Offensichtlich gefällt es mir viel besser, ein verirrtes Haustier zu retten, als den Merroner Bürgern ihre Gliedmaßen und Organe zu stehlen. Doch ich sehe, daß meine guten Taten nicht von Dauer sind – nicht, solange ich mit Vilphs Krankheit verflucht bin: Ich-Bewußtsein.

Ich handle in Dunkelheit, der Dunkelheit des Geistes.

Solange ich von selbstsüchtigen Begierden getrieben werde, kann ich weder klar sehen noch einsichtig handeln – nicht so, wie Alban es getan hat.

Alban war zu Beginn der Heimsuchung ein wohlhabender Magistrat und an ihrem Ende eine mittellose Nicht-Wesenheit. Er besaß ein großes Anwesen und wurde heimatlos – und besaß eine geliebte Frau, die er verlor. Ein Feind hat das Drum und Dran seines Lebens vernichtet und ist doch seiner Strafe entgangen.

Dennoch hat Alban ohne Zweifel gesiegt. Er hat die Unzufriedenheit hinter sich gelassen, die ich in jedem anderen Namensgeber sehe und die ich selbst in jedem Augenblick empfinde. Sie entspringt der alles beherrschenden Illusion eines Ichs und der unablässigen Sehnsucht darin.

Jetzt, auf der Kuppe eines sonnenbeschienenen Hügels, schwärmen unzählige Ameisen über diesen Körper. Sie hüllen ihn in ein Gewimmel winziger Beine. Diese zahllosen Fünkchen meines Ichs, die sich zu Hunderttausenden in lebendigen Strömen und Flüssen bewegen, betrachten das Gefäß, das ich aus dem Feuer holte, aus vielfältigen Blickwinkeln. Wo kann ich mich in all diesen Fünkchen und in jenem Gefäß wiederfinden? Ich fließe. Ich lebe nur in jenen sich ständig verändernden Strukturen.

Scheinbar ewig war ich auf der Suche, im Fluß, in Bewegung. Jetzt suche ich Ruhe. Ich sehne mich nach dem spannungslosen Gleichgewicht jenseits allen Trachtens und Strebens. Und jetzt rührt sich eine neue Idee in dieser sich unablässig wandelnden Struktur, und diese Idee läßt die Ameisen innehalten. Wie die Grashalme auf dem Hügel wachsen, so finde ich den Frieden, der jede Leistung übersteigt, der über den Triumph triumphiert, der den Schleier der Illusion zerreißt. Sie besagt nur: *Ich bin.*

Und in diesem endgültigen *ich bin* … bin ich nicht.